BLAUE REIHE

Von Friedhelm Werremeier sind
als Heyne-Taschenbücher erschienen:

Taxi nach Leipzig / Ich verkaufe mich exklusiv ·
Band 02/2319
Der Richter in Weiß / Ohne Landeerlaubnis ·
Band 02/2310

FRIEDHELM WERREMEIER

EIN EKG FÜR TRIMMEL

TRIMMEL MACHT EIN FASS AUF

2 Kriminalromane in einem Band

WILHELM HEYNE VERLAG
MÜNCHEN

HEYNE BLAUE REIHE
Nr. 01/8149

Herausgegeben von
Bernhard Matt

Neuausgabe der HEYNE-Taschenbücher Band Nr. 02/2088, 02/2131
Für diese Ausgabe vom Autor durchgelesen und überarbeitet

Printed in Germany 1990
Umschlagfoto: Foto Design Johanna Fischer / Rechtmehring
Umschlaggestaltung: Atelier Ingrid Schütz, München
Satz: Werksatz Wolfersdorf GmbH
Druck und Bindung: Elsnerdruck, Berlin

ISBN 3-453-04636-6

Inhalt

EIN EKG FÜR TRIMMEL

Es gehe nicht an, sagte mir ein prominenter Hamburger Urologieprofessor in einem Fernsehstreitgespräch nach der Erstveröffentlichung dieses Buches, ausgerechnet in einer zwar kritischen, ›leider‹ jedoch auch spannenden Kriminalgeschichte die Leiden und Beschwernisse kranker Menschen zu behandeln; vor allem die Vorstellung, in der Humanmedizin könnten überhaupt andere Gedanken als das Patientenwohl eine Rolle spielen, sei in diesem Zusammenhang brandgefährlich. Ich wies dann unter anderem darauf hin, daß nach meinen Erkundigungen in den USA immerhin folgendes Phänomen zu beobachten gewesen sei, das uns nachdenklich stimmen sollte:

Solange sich die ärztliche Kunst der Nierentransplantation noch im experimentellen Stadium befand und Überlebenszeiten wie Überlebensquoten bedrückend niedrig waren, gehörten neun Zehntel aller Empfänger zum farbigen und grundsätzlich sicher finanzschwächeren Teil der amerikanischen Bevölkerung. Seit jedoch gerade die Verpflanzung von Nieren zum therapeutischen Alltag gehört, sind unter den Empfängern der Organe deutlich die ›reichen‹ Weißen überrepräsentiert; man könne, in Anbetracht dessen, sicher nicht ganz vorbehaltlos behaupten, es gehe im Bereich der Heilkunde immer *alles* mit rechten Dingen zu.

Wir seien aber nun mal nicht die Vereinigten Staaten, wurde ich damals barsch zurechtgewiesen, und diesem Vorwurf hatte ich lange Zeit nichts entgegenzusetzen. Heute, immerhin, kann ich mich in dieser Hinsicht dahingehend äußern: Erstens, bis vor kurzem durfte man durchaus der Überzeugung sein, die Bundesrepublik Deutschland habe zwar ihre Fehler und Schwächen, sei jedoch sicherlich keine Bananenrepublik. Zweitens, gerade dazu muß man nach einigen Ereignissen der letzten Zeit inzwischen eine differenziertere Meinung vertreten. Drittens ist die damit angesprochene Korruption auf dem wirtschafts-, finanz- und parteipolitischen Sektor beispielhaft für einen wuchernden Filz auf sämtlichen Gebieten unseres Daseins, wie durch tausend und abertausend Beispiele der letzten Jahre belegt worden ist – und schon von daher ist längst nicht mehr einsehbar, warum ausgerechnet der weite Bereich Medizin hier noch als weißer Fleck auf der deutschen Karte geltend gemacht werden könne.

Wer, beispielsweise, hätte noch Ende 1983 gedacht, daß ein deutsches Strafgericht gleich zu Beginn des Jahres 1984 öffentlich den Verdacht äußern würde, ein leibhaftiger Star der deutschen Medizinszene hätte einen bankrotten Ex-Banker absichtlich eher kränker als gesünder gemacht, um ihm die ›Peinlichkeit‹ einer Gerichtsverhandlung zu ersparen? Wer hätte es für möglich gehalten, daß angesehene bundesrepublikanische Ärzte unter dem Verdacht verbotener Honorarabsprachen nach dem Kartellgesetz angeprangert würden? Oder sich schlicht als gemeine Betrüger verantworten müßten?

Vor solchen Hintergründen habe ich nach reiflicher Überlegung darauf verzichtet, meine Geschichte bei ihrer Überarbeitung dem aktuellen Stand der Wissenschaft, vorrangig der Medizin und der Computertechnik, ›mit Gewalt‹ anzupassen. Wichtiger erschien letztlich mir die Antwort auf die Frage, ob ihre ›innere Mechanik‹ noch stimmt. Sie lautet uneingeschränkt: ja.

Januar 1984 F. W.

1

Der Mann, der am 21. November, ausgerechnet am Totensonntag, in einem der auf englisch getrimmten Pubs am Hamburger Gänsemarkt sitzt, hat mit einem Mal Sehnsucht nach seinem Freund Mike, mitten in der grauen Millionenstadt; es spricht einiges dafür, daß er, im klinischen Sinne, ein bißchen verrückt ist. Vor dem Mann steht ein Halbliterkrug mit dunklem, bittersüßem Bier, und neben ihm tummelt sich das, was sich hier, Tag und Nacht, dauernd tummelt: Jungen mit Mädchen. Mädchen mit Jungen. Jungen mit Jungen, das vor allem.

»Herr Ober, bitte zahlen!« ruft der Mann. Er heißt Jacob Tennessy und wird Jake genannt. Als der Ober nicht sofort erscheint, wächst seine irrationale Sehnsucht nach Mike und außerdem das bestimmte Gefühl, daß es Mike – dazu noch am Sonntag – nicht anders geht.

»Ich bin ja schon unterwegs, Guter!« Jacob ›Jake‹ Tennessy hat halblaut vor sich hin gesprochen. Als der bärtige Junge, der am Nebentisch sitzt, herüberschaut, erkennt er, daß die Hände des Mannes zittern.

Jake nimmt einen letzten Schluck Bier und stellt den Krug so weit von sich weg wie nur eben möglich. Nichtraucher, der er ist, sieht er um sich herum Wände von Tabaksqualm – dicke, blaugraue Wände, wo sich in Wirklichkeit höchstens ein Haschwölkchen hochkringelt oder eine von diesen Filterzigaretten mit dem Leichengeruch vor sich hin glimmt.

Nichts für mich, sagt sich Jake. Und schon gar nichts für Mike, der ebenfalls nicht raucht...

Mike wartet ein paar Kilometer von hier entfernt; er kann auf Grund seines komplizierten Innenlebens nur in einem vollklimatisierten Raum existieren. Insofern geht er auch nie vor die Tür; eine Angewohnheit, um die ihn Jake glühend beneidet. Aber was ist das für eine Freundschaft, denkt Jake im selben Augenblick, in der häßliche Gefühle wie Neid ihren Platz haben? Der Gedanke ist so verschroben wie alles, was Mike betrifft.

»Zahlen!« ruft Jake laut. Der Service, denkt er, wird in diesem Lokal offenbar klein geschrieben. Immerhin ist er auch deshalb stinkwütend, weil er hierher bestellt und dann einfach wie ein Pennäler versetzt worden ist; er klopft mit einem Zweimarkstück heftig auf den Tisch.

Der Kellner kommt. »Einsachtzig!« sagt er beleidigt.

»Stimmt so!« sagte Tennessy und steht auf.

Nach Ansicht des Kellners ist es gut, daß der Mann abhaut. Er störte nur; es war gegenseitige Abneigung auf den allerersten Blick.

»Laß dich bloß nicht wieder blicken!« murmelte der Kellner in seinen Schnauzbart.

Jake Tennessy wird sich nicht wieder blicken lassen.

Er nimmt seinen leichten Mantel vom Stuhl und geht grußlos hinaus, durch die gläserne Tür. Er erwischt am Gänsemarkt das letzte Taxi, denn es beginnt in dieser Minute zu regnen. Besonders kalt ist es zwar nicht. Aber novembergrau. »Kommt daher das Wort grausam?«

Der Taxifahrer dreht sich um. »Was haben Sie gesagt?«

»Ach, nichts. Entschuldigen Sie!«

»Sind Sie Engländer?«

»Wieso?«

»Ach, nichts!« Manchmal wissen sogar Taxifahrer, wann sie die Klappe halten sollen.

Die Menschen rund um die Staatsoper flüchten vor dem Regen zu Kaffee und Kuchen und Campari. Am Stephansplatz wartet das Taxi ewig lange vor einer roten Ampel; Jake sagt mit amerikanischem – nicht englischem – Akzent laut und überdeutlich: »Scheiße!«

»Ich kann nicht fliegen!« brummt der Taxifahrer.

»Ihr Fehler!« sagt Jake Tennessy gehässig.

Dammtorbahnhof. Mittelweg. Die Fontenay. Und der neue Büroturm; dort wohnt Mike.

»Früher gab's hier richtig schöne Häuser!« sagt der Taxifahrer beim Wechseln. Keine Antwort. Ein einzelner Groschen Trinkgeld. Nach dem Kellner innerhalb einer Viertelstunde der zweite Mensch, der froh ist, daß er mit Jake Tennessy nichts mehr zu tun hat.

Er wird auch nie wieder mit ihm zu tun haben.

»Tag, Herr Tennessy!« grüßt der Pförtner, der heute Sonntagsdienst hat, als er ihn in die Halle läßt und umständlich die Tür wieder zuschließt. Und dabei schnuppert der Mann wie ein Kaninchen.

»Ich habe ein Bier getrunken!« sagt Jake.

Der Pförtner grinst. »Mach ich nachher auch!«

Als Jake im Expreßlift nach oben schießt, sagt er sich mit inzwischen etwas mehr Nachsicht: der Mensch kann ja gar nicht wissen, wie geruchsempfindlich Mike ist! Und als er im vierzehnten Stock aus dem Fahrstuhl steigt und in der Jackentasche ein zerdrücktes Kaugummi findet, atmet er auf. Gott sei Dank... er schiebt's in den Mund und kaut heftig, während er durch die lichten Flure geht.

Als er die dreifach gesicherte Tür zu Mikes Wohnraum aufschließen will, stutzt er. Da ist nichts aufzuschließen; die Tür öffnet sich, als er den Klinkenknauf dreht.

»Goddamm!« Er tritt ein, stellt sich die möglichen Konsequenzen eines derartigen Leichtsinns vor und sagt dann erst: »Hallo, Mike!« Ebenfalls englisch ausgesprochen, denn mit Mike spricht man Englisch.

Zunächst keine Antwort.

»Hallo, Honey...«

Und da antwortet Mike plötzlich mit merkwürdig hoher, völlig fremder Stimme: »Hallo, Jake!«

Jake Tennessy erstarrt mitten in der Bewegung, denn so was hat Mike noch nie getan. Noch nie hat Mike seine Stimme verstellt. »Was soll dieser Quatsch?« fragt Tennessy scharf. Er verfällt ins Deutsche, seine zweite Muttersprache.

»Ich hab schon eine ganze Weile gewartet«, sagt die hohe Stimme, und es klingt höhnisch.

Und nun weiß er mit einem Male, wer auf welche Weise hier reingekommen ist und sich dann hinter Mike versteckt hat. »O ja... die Tür...«

»Ja, die Tür!« bestätigt die Stimme hinter Mike. »Die Tür war nicht abgeschlossen!«

»Aber was soll das alles?« fleht Tennessy. »Ist das vielleicht eine Lösung, wenn... Du weißt doch gar nicht, wie das alles zusammen... Nein!« schreit er, als er plötzlich die

Pistole sieht, die sich auf ihn richtet. »Das hilft doch erst recht... Bitte nicht... vielleicht überleg ich...«

Es blitzt zweimal. *Plop... plop...*

Die Stimme hinter Mike hat keine weiteren Fragen mehr abgeschossen; statt dessen haben zwei Kugeln aus einer Walther PPK 7,65 Millimeter mit Schalldämpfer den Mann, der am Totensonntag bloß bei seinem Freund sein wollte, von den Füßen gerissen.

14 Uhr 16.

Mike schweigt. Mike ist undankbar. Mike schweigt sogar zu den letzten, röchelnden Atemzügen von Jacob ›Jake‹ Tennessy. Verzeihlich ist das allenfalls deshalb: Pulvergase, dazu noch in seinem vollklimatisierten Lebensraum, sind für Mike schieres Gift.

Keine Sekunde lang wird Mike um den Mann trauern, der seit Jahren sein Freund war. Auf dem Hemd des Mannes, der hier vor ihm auf dem Rücken liegt, breitet sich mehr und mehr das Blut aus; Mike nimmt es nicht zur Kenntnis. Mike bleibt stumm, als der Mensch mit der Waffe den Tatort verläßt; er wird sich in der Folgezeit allenfalls als stummer, seelenloser Zeuge dieses Mordes zur Verfügung stellen. Oder so: er wird ein Zeuge sein, der höchstens in Rätseln spricht, wenn ihn jemand nach dem Mörder fragt.

Das ist des Rätsels Lösung: Mike ist ein Computer der sogenannten vierten Generation.

2

Am 14. September dieses Jahres, einem Dienstag, nahm Trimmel gegen Mittag den soundsovielten Zug des Tages aus der soundsovielten schwarzen Zigarre, kriegte gleich darauf große und entsetzte Augen, griff sich links an die Brust und schnappte nach Luft.

»Verdammt!« knurrte er. Mehrere Schläge seines Herzens waren ineinandergerutscht. Herzstolpern, sagte er sich, sobald er wieder klar denken konnte.

»Das sind bestimmt Extrasystolen!« sagte auch der halbgebildete Höffgen, der ins Büro kam, als Trimmels bleiche Hand noch auf dem Herzen lag.

»Soviel versteh ich auch davon!« brummte Trimmel. »Behalt's gefälligst für dich!«

Aber am nächsten Tag kam es wieder. Es war Trimmel schon so vertraut wie den meisten Menschen ihre kleinen und großen Defekte: sie sind da, sie gehören zum Leben. Seltsamerweise überhaupt nicht zum Tod, an den sie doch wohl behutsam erinnern sollen und wollen.

Trimmel legte die Zigarre weg und holte sich einen Cognac; soviel verstand er tatsächlich von der Medizin. Diesmal sagte er nichts.

Aber Höffgen sah auch so, was mit dem Alten los war. »Sie sollten zum Arzt gehen«, meinte er herzlos, »mit so was ist in Ihrem Alter nicht zu spaßen!«

Außerdem weniger rauchen und trinken. Die Erleichterung im Anschluß an den Cognac ist eine scheinbare und überdies lediglich vorübergehende Erleichterung.

»Ein Wunder übrigens«, fügte Höffgen auch noch hinzu, »daß Sie da nicht schon früher Ärger gekriegt haben!«

Wenig über die Fünfzig, dachte Trimmel betroffen, und dann *noch* früher...?

Am Donnerstag stolperte das Herz, am Freitag, am Samstag, am Sonntag. Gott sei Dank war es eine ruhige Woche bei der Kriminalgruppe 1 im Polizeipräsidium am Berliner Tor. Zwei Totschläge auf St. Pauli, die gleich an Ort und Stelle von der Kripo Budapester Straße geklärt wurden; eine Gattentötung an der Wandsbeker Chaussee, bei der sich der Ehemann selbst als Täter stellte. Ein armes Schwein. Auch er hatte es mit dem Herzen gehabt, allerdings im übertragenen Sinne. Seine Frau war ein kleines Nymphchen gewesen; vor der Obduktion mußten sie ihr nicht mal das Höschen ausziehen.

Montags ließ sich Trimmel insgeheim einen Termin bei Dr. Otto Frerichs geben, und am Dienstag, genau eine Woche nach dem ersten Stolpern, ging er um vier Uhr nachmittags in die Sprechstunde des Internisten.

»Auf Sie habe ich ja schon lange gewartet«, sagte Dr. Frerichs. »Ein Lebenswandel wie ein Barkellner, der seinen Beruf ernst nimmt und deshalb alles selbst ausprobiert!«

Trimmel, gehorsam, wenn auch verbittert, machte den Oberkörper frei und legte sich auf die Couch. Husten, Spukken, Heiserkeit auf Kommando.

»Chronische Bronchitis!« konstatierte Frerichs.

Ein massives Paket Leber rechts unter dem Rippenbogen.

»Eine reichlich fette Fettleber!« kalauerte der Arzt. Und zum Zahnarzt, meinte er wenig später, könne Trimmel übrigens auch mal wieder gehen.

»Ich habe Herzstolpern!« knurrte Trimmel, weitgehend wehrlos. »Das ist der einzige Grund, weshalb ich hier bin!«

»Hängt alles zusammen«, sagte Frerichs munter, »aber trösten Sie sich: ganz so schlimm ist es auch wieder nicht. Genau gesagt ist an Ihnen sogar so wenig zu verdienen... also, wenn Sie schon mal kommen, muß man das ausnutzen!«

Trimmel verwünschte laut den Tag, an dem er Frerichs auf einer Party seines Freundes, des Biologen Dr. Georg Lippmann, kennengelernt hatte.

»Halten Sie den Schnabel«, sagte der Arzt; »ich kann sonst nichts hören!« Gute Ärzte wissen, wie froh im Grunde auch renitente Patienten sind, wenn sich endlich mal jemand um sie kümmert. »Und jetzt das EKG...«

Bis dahin war es für Trimmel immer noch eine normale Untersuchung und keine Hexerei. Auch als man ihn ins Nebenzimmer führte, ihn auf die nächste Couch packte und ihm die Kontakte für das EKG anlegte, fand er das alles zwar lästig, jedoch keineswegs ungewöhnlich; er erinnerte sich dunkel, daß man ihn vor ewigen Zeiten schon mal dieser Prozedur unterzogen hatte. Immerhin: er war blutiger Laie. Und daß von diesem EKG-Gerät zwei Drähte mehr als sonst abzweigten, zwei telefondrahtähnliche Schnüre, fiel ihm nicht auf.

Zehn Sekunden lang pochte Trimmels strapaziertes Herz Zacken auf das Papier.

»Dann ziehen Sie sich mal wieder an und kommen anschließend rüber zu mir!« sagte Frerichs, der im EKG-Raum geblieben war, weil er Trimmel sehr schätzte.

Als Trimmel dann am Schreibtisch dem Arzt gegenübersaß und sich den Schlips zurechtzog, beachtete Dr. Frerichs die zackigen Linien auf dem EKG-Streifen, der vor ihm lag, merkwürdigerweise kaum. Statt dessen las er einen eng beschriebenen Papierstreifen und reichte ihn Trimmel über den Tisch.

»Hier... Lesen Sie selbst. Diesmal hat Sie der Diagnostikcomputer gecheckt; da gibt's gar kein Vertun mehr.«

»Der Computer?« sagte Trimmel erschrocken.

»Ja. Und *was* er da ausspuckt... ich mein, das ist ja in der Hauptsache Ihr Bier, Herr Trimmel, und das können Sie getrost wörtlich nehmen...«

Kolonnen von Buchstaben und Zahlen.

Trimmel nahm, sobald er sich von seinem Schock erholt hatte, mit spitzen Fingern den Computerausdruck an sich. Dieser *Output* oder wie das heißen mochte, sah entsetzlich steril aus. Typen in Großbuchstaben wie von einer sehr modernen Schreibmaschine. Kaum ein einziges Satzzeichen. Zahlenkolonnen wirklich ohne Ende. Endlich, rechts, auch ein paar zu Worten zusammengefügte Buchstaben...

Chinesisch? Oder nur Latein?

Trimmel las: ZUSAMMENSTELLUNG DER IM EKG-COMPUTER-DIAGNOSTIK-CODE NACH CACERES/SCHOFFA BERÜCKSICHTIGTEN DIAGNOSEN.

NORMALER SINUSRHYHTMUS
SINUSTACHYKARDIE
SINUSBRACHYKARDIE
SINUSARRHYTHMIE
NORMALER KNOTENRHYTHMUS
KNOTENBRADYKARDIE
EXTRASYSTOLIE...

»Aha«, sagte Trimmel. »Also doch! Extrasystolie. Das alles hab ich also...«

Frerichs stoppte ihn mit einer knappen Handbewegung. »Was heißt, Sie haben... Sie sind in der...«

Aber Trimmel, verblüfft und entsetzt, unterbrach ihn seinerseits: »Das alles hab ich am Herzen!«

Frerichs vollendete geduldig: »Sie sind da in der falschen Spalte, Bester. Sie lesen da nur die Möglichkeiten, nach denen der Computer Ihre EKG-Werte überprüft hat!«

»Ja, sicher, Extrasystolie – sag ich doch!«

»Gott, sind Sie hartnäckig! Natürlich Extrasystolie. Aber außerdem nur Linkshypertrophie, hier, unter den Zahlen. Deutliche Größen- und Gewichtszunahme des Herzens. Übermäßige Inanspruchnahme. Wie gesagt, komisch ist das nicht, aber es ist Ihr Bier, Sie Saufpolizist! Und dann Ihre fette Leber... also, auf die Gefahr hin, daß ich mich wiederhole, den Saufpolizisten können Sie wörtlich nehmen!«

»Schönen Dank für Ihren Charme«, sagte Trimmel. »Haben Sie den auch von Ihrem Computer?«

Frerichs lachte. »Den hab ich bloß einmal gesehen!«

»Einmal?« fragte Trimmel verblüfft. »Der muß doch bestimmt öfter mal geölt werden?«

Draußen saßen noch Patienten, sogar Privatpatienten. »Erstens kostet dieser Apparat Millionen«, sagte Frerichs ungeduldig; »zweitens kann ich ja nicht noch Miete für fünfhundert Quadratmeter zusätzlich zahlen...«

»Ja, Moment...« Trimmel schaute sich unwillkürlich um. »Er steht also gar nicht hier?«

»Er steht in der Fontenay, und er gehört nicht mir, sondern der Hamburger Gesundheitsbehörde. Und die stellt ihn den Ärzten auf Honorarbasis zur Verfügung.«

»Aber so schnell kann doch...«

Der Arzt schüttelte ungeduldig den Kopf. »Löchern Sie mich hier nicht ewig, ich hab wirklich zu tun... Ihr EKG wird von hier aus in die Fontenay überspielt, per Telefon; der Computer dort wird mit Ihren Werten gefüttert. Mit Ihren wichtigsten Daten und Ihren Herzschlägen sozusagen. In ein paar Sekunden hat er dann Ihre Diagnose gestellt und hämmert sie per Telefon hierhin zurück in den Drucker; das machen inzwischen die meisten Kollegen...«

»Verrückt!« sagte Trimmel kopfschüttelnd.

»Überhaupt nicht. Es erleichtert einem die Arbeit.«

»Stimmt das denn alles?«

»Bester«, sagte Dr. Frerichs, »ich halt Ihnen gelegentlich gern einen Privatvortrag, aber lassen Sie mich jetzt damit in Ruhe. Der Computer irrt sich nie, das kann ich Ihnen noch sagen. Es sei denn, er wird falsch gefüttert wie neulich bei dem Mann mit dem Herzschrittmacher. Das hatte man dem Computer versehentlich nicht gesagt, und dann...«

Dann stand Trimmel auf. Er hatte immer noch die Computerdiagnose in der Hand.

Frerichs schrieb ein Rezept aus. Als er fertig war, sagte er: »Hier. Dreimal täglich. So wenig wie möglich rauchen und saufen!«

Trimmel war beeindruckt und sah fast gehorsam aus. »Schönen Dank auch!« Er ging zur Tür.

»He, die Diagnose!« sagte Frerichs.

Trimmel sagte mit großen Augen: »Die wollt ich eigentlich mitnehmen. Als Andenken...«

Aber Frerichs blieb stur: Die Diagnose verblieb in seiner Kartei. »Dahinter steckt doch wieder bloß Ihr Mißtrauen. Besorgen Sie sich doch selbst ein Exemplar! Jedenfalls sind Sie im Computer erst mal für alle Ewigkeit gespeichert.«

Trimmel fuhr spornstreichs in seine Stammkneipe *Old Farmsen Inn* und bestellte Bier und Korn. »Da hast du mehr als dein halbes Leben hinter dir«, sagte er zu dem Gastwirt, der sein Freund war, »und dann kommt plötzlich 'ne Computermaschine und nimmt dich zu Protokoll!«

»Besser rot als tot!« sagte der Gastwirt, der so gut wie gar nichts verstand, reichlich flapsig.

»Spinner! Weißte überhaupt, was 'n Computer ist?«

»Bei mir reicht's nur zum Zapfhahn«, sagte der Wirt. »Hat mein Alter schon klar erkannt, als ich noch Milch trank.«

»Muß lange her sein!« sagte Trimmel und ärgerte sich, daß er überhaupt damit angefangen hatte.

Es störte Trimmel, daß irgend jemand Dinge über ihn wußte, die er selbst am liebsten verdrängt hätte, und sei es auch nur ein Computer. *Behalt's für dich!* hatte er zu Höffgen gesagt, als ihn das Herzstolpern überkam. Und jetzt konnte jeder – jeder, der sich auf ein paar Handgriffe verstand – den Computer fragen: *Wie geht's denn eigentlich diesem Hauptkommissar Trimmel? Ich meine, gesundheitlich; ist er überhaupt noch halbwegs gut zuwege?*

Noch ein Bier, noch ein Korn. Nun gerade – diesem Computer zum Trotz. In Wirklichkeit trank Trimmel natürlich nur seinem Arzt zum Trotz; genauer gesagt, seiner eigenen Gesundheit zum Trotz. Aber was, bitte, tut der Mensch nicht alles in seinem Schmerz?

Es ist zum Verrücktwerden, befand Trimmel. Er neigte schon seit jeher zur Hysterie: Erstens, er sah Gefahren, wo sie gar nicht lauerten, zweitens, er sah sie allerdings auch dort, wo sie wirklich lauerten, bisher jedoch noch von keinem anderen gesehen worden waren.

Und wie war's hier? Hier und heute, an seinem Tag des Computers? Hier, im *Old Farmsen Inn*, trank er noch einiges, ließ dann aber immerhin den Wagen stehen.

»Ruf mir ein Taxi!« sagte er dem Wirt.

Auf der Heimfahrt war er schon so weit, die seelenlose Computermaschine als persönlichen Gegner zu identifizieren. Damit war er – was er damals noch nicht wissen konnte – in umgekehrter Hinsicht fast so weit wie der Fachmann Jake Tennessy, der Leiter des Computerzentrums in der Fontenay, der seinen Computer Mike nannte.

Er jedenfalls, der Laie Trimmel, würde sich diesen Computer, der sich seiner Person bemächtigt hatte, wenigstens mal anschauen. Er würde ihn sich aus der Nähe anschauen und gegebenenfalls strikt darauf bestehen, daß man seinen Namen aus dem Gehirn der Maschine löschte.

Kann man denn darauf bestehen?

Ich werd's schon durchsetzen, schwor sich der erboste Polizist, als er zu Hause, schon ausgezogen, ein allerletztes Bier trank. Ich werde *mich* durchsetzen, wegen *dieser* Situation und meiner Antipathie von Anfang an...

Mochte, beispielsweise, das Bundeskriminalamt hundert- und aberhundertmal recht haben mit seiner Ansicht, die Kriminalistik von heute könne auf den Computer nicht mehr verzichten – Trimmel hielt es trotzdem immer noch mehr mit der Spurenkunde. Mit Fingerabdrücken, Blutspuren, Punzzeichen, Tatortsicherungen, Tintenaltersbestimmungen und Waffenkunde. Vor allem mit der eigenen Intuition, auch Nase genannt.

Weitaus mehr als beispielsweise Großfahndungen, sogenannte Materialschlachten, waren verzwickte Fälle Trimmels Spezialität – immer schon. Dazu nämlich muß man denken können. Und das – so befand Trimmel am Abend des ersten Tages seiner Begegnung mit dem Computer – können sie eben doch nicht, diese Computer!

Wirklich nicht?

Diese Frage erschien Paul Trimmel dann allerdings schon in einem alkoholisch beschwerten Traum.

Der Fortschritt machte zu diesem Zeitpunkt zwar noch vor seinem Verstand, der sich gegen die neuen Einsichten sperrte, nicht aber vor seiner Gesundheit halt. Ob es die Tabletten von Dr. Frerichs waren oder die neue Aufgabe, den Computer zu zwingen, ihn zu vergessen: Trimmel wurde von seinem Herzen in Frieden gelassen.

Wahrscheinlich waren es die Tabletten.

»Ein ausgezeichnetes neues Präparat!« lobte Dr. Frerichs bei Trimmels nächstem Besuch. »Endlich mal was anderes als diese ewigen Digitalisgranaten!«

»Dann kann man ja die Diagnose aus dem Computer herausnehmen«, sagte Trimmel.

Frerichs lachte. »Was soll's? Glauben Sie im Ernst, daß sich jemand für Ihre Wehwehchen interessiert und den Computer abzufragen versucht?«

»Wieso eigentlich nicht?«

»Wie meinen Sie das?«

»Lassen wir mich mal aus dem Spiel«, sagte Trimmel, »das lohnt tatsächlich nicht, zugegeben. Aber Sie können mir nicht im Ernst einreden, daß es *nie* Interessenten geben könnte, eine solche Maschine zu manipulieren. Die speichert alles, wie ich das sehe, aber sie kann nicht denken; sie kann nicht zwischen Gut und Böse unterscheiden. Sie ist also moralisch wertfrei, und das...«

»Ernsthaft«, sagte Dr. Frerichs, »ihr Job hat Sie anscheinend doch ziemlich verdorben. Vielleicht sind Sie mit nem Irrenarzt sehr viel besser bedient als mit nem Internisten wie mir... mit nem psychiatrischen Kollegen, wollt ich natürlich sagen...«

»Und dann«, sagte Trimmel hartnäckig, »spult der psychiatrische Kollege seine Diagnose in den Computer, über Telefon, damit's schneller geht, und dann sagt der Computer im Zweifelsfall jedem, den es nichts angeht, der ihn aber richtig fragt, der Trimmel spinnt!«

Frerichs lachte jetzt schallend. »Also, total spinnen Sie einstweilen noch nicht, *das* kann ich Ihnen verraten – es gibt tatsächlich eine Methode für den Computer zur automatischen Interpretation einer Persönlichkeit. Insgesamt fünfhundertfünfzig Fragen. Der Computer kann Ihnen, wenn die oder ein Großteil davon beantwortet sind, eine Menge über Ihre Persönlichkeit sagen – ob Sie ne ganz große Meise haben oder bloß ne kleine Delle...«

»Aha!« sagte Trimmel. »Also doch!«

»Nein, zum Henker! Es ist doch Unsinn anzunehmen, daß jeder, der *etwas* Ahnung davon hat, den Computer anschließend ohne weiteres abfragen kann! Erstens weiß er gar nicht, wie's geht, und zweitens kommt er unbefugt überhaupt nicht durch den Sicherheitscode!«

»Das«, sagte Trimmel aus langer, bitterer Erfahrung, »ist im Zweifelsfall nur eine Frage der kriminellen Energie. Quasi der Höhe des Bestechungsgeldes.«

Die Praxis war heute nicht so gedrängt voll, und Dr. Frerichs war ganz Ohr. »Haben *Sie* sich etwa schon mal bestechen lassen?«

»Nee«, sagte Trimmel, »sag ich ja; leider war ich noch nie interessant genug.«

»Aber Sie würden...?« Frerichs lächelte wie ein Faun.

Trimmel hätte ihn am liebsten heftig auf den Bocksfuß getreten. »Wenn Sie's so genau wissen wollen – *ich* hab tatsächlich schon Leute bestochen, im Dienst an der sogenannten Gerechtigkeit und mit meinen eigenen Piepen. Wie hoch die Summe sein müßte, um *mich* rumzukriegen, darüber hab ich mir ehrlich noch keine Gedanken gemacht. Aber sicher sollte sich da bestimmt keiner fühlen; da könnte todsicher jeder ins Stolpern kommen...«

»Aber erst mal ins Herzsolpern«, sagte Frerichs versöhnlich. »Sie können ja richtig pathetisch werden – so kenn ich Sie noch gar nicht!«

»Dann kennen Sie mich jetzt!« sagte Trimmel. »Jedenfalls werde ich mir den Computer mal ansehen!«

»Wirklich bloß wegen Ihrem lächerlichen EKG?«

»Es ist mein EKG und gar nicht lächerlich!«

»Doch«, sagte Dr. Frerichs, »erfreulicherweise ist es lächerlich von hinten bis vorn! Sehen Sie's einfach so; für Ihr Alter sind Sie noch prima dran!«

»Dann guck ich mir den Computer an, um ihm zu danken!«

»Er wird nicht wissen, warum.« Sie standen mittlerweile an der Tür; Dr. Frerichs hielt die Klinke in der Hand. »Ein EKG für Trimmel? Das macht der Knabe doch nebenbei...«

Wieder einer, der die Maschine personifizierte.

»... im Grunde nämlich hat er wirklich Wichtigeres zu tun, als mir für relativ viel Geld im Monat Ihre und anderer Leute Diagnosen zu geben!«

»Wiedersehen!« Trimmel gab ihm die Hand.

»Übrigens, wenn Sie unbedingt wollen, rufen Sie im Computerzentrum Herrn Tennessy an und sagen Sie ihm einen schönen Gruß von Doktor Frerichs; ich bin auf dem Gebiet einer der Pioniere. Tennessy wird Ihnen sicher gern nachweisen, daß Sie spinnen!«

»Und dann?« fragte Trimmel. »Freut er sich dann?«

Ein klassicher Fall von Monomanie, dachte Frerichs nachsichtig, als sein Patient Trimmel unbelehrt und anscheinend auch unbelehrbar aus der Praxis marschierte.

Tatsächlich. Trimmel rief an.

»Hier Tennessy«, sagte die Stimme mit leichtem amerikanischen Akzent.

»Ich heiße Trimmel«, sagte Trimmel. »Ich soll Ihnen« – effektiv wörtlich – »einen schönen Gruß von Doktor Frerichs bestellen. Ich bin Polizeibeamter hier in Hamburg und habe, so könnte man sagen, ein privates Interesse daran, Ihren Computer zu besichtigen. Können wir das einrichten?«

Bei dem Wort *Polizeibeamter* war Tennessys Herz urplötzlich ins Stolpern geraten, bildete Trimmel sich später ein. Er war sich da allerdings nie ganz sicher.

»Natürlich!« sagte Tennessy. »Sie sollten netterweise allerdings Ihren Dienstausweis mitbringen; wir zeigen das Zentrum natürlich nicht jedem...«

»Klar!« Aber das sagte Trimmel wider besseres Gefühl.

»Wann wollen Sie kommen?«

»Tja wann... nächste Woche vielleicht. Kann ich Sie noch mal anrufen?«

»Jederzeit!« Der Mann war, wie alle modernen Facharbeiter, die Sachlichkeit und Höflichkeit in Person. »Möglichst einen Tag vorher, bitte!«

Insofern war alles geregelt. Jake Tennessy fragte gleich nach dem Telefongespräch – natürlich nur zur Vorbereitung auf den Besuch des Polizisten – seinen Freund und Computer Mike nach Herrn Trimmel ab. Zu seiner mäßigen Überraschung lieferte Mike ihm nicht nur die direkten Personendaten des Herrn – Name, Beruf, Geburtstag, Religion (keine), Steuerklasse, Familienstand –, sondern auch seine zwar zackigen, aber keineswegs schwer pathologischen EKG-Werte.

Trimmel jedoch, Leiter der Kriminalgruppe –, mußte seinen Besuch verschieben, weil die Hamburger Mörder wieder mehr Arbeit machten und sich ums Verrecken nicht fangen lassen wollten. Er hatte so viel zu tun, daß er weder in der nächsten noch in der übernächsten und sogar nicht mal in der darauffolgenden Woche dazu kam, in der Fontenay seine Aufwartung zu machen.

Mittlerweile indessen führte er das Wort *Computer* merkwürdig häufig im Munde, selbst im Zusammenhang mit polizeilichen Dingen. »Ich werd beantragen, daß wir auch n Computer kriegen«, sagte er sogar mal, als er sich vor allem über Höffgen geärgert hatte: »der ist bestimmt fähiger als ihr alle zusammen, ihr sogenannten Kriminalisten!«

Höffgen nahm es gelassen hin – als Ausdruck einer partiellen Entziehungskur. Trimmel rauchte und trank tatsächlich etwas weniger; die Vorräte reichten länger.

Schließlich traf er Jake Tennessy dann doch noch.

Am späten Sonntagnachmittag – draußen wurde es rasch dunkel – lag er auf der Couch und ließ sich von seiner Lebensgefährtin Gabriel ›Gaby‹ Montag das Haar kraulen. Dabei las er die Zeitung.

»Telefon!« sagte Gaby; dabei schrillte es wie das Pausenläuten der Hammer Realschule durch die Wohnung.

»Hallo?« sagte Trimmel in den Hörer.

Selbstverständlich eine Leiche, die in seinen Amtsbereich fiel; wieder mal war jemand keines natürlichen Todes gestorben. Gar nicht selbstverständlich war die Tatsache, daß die Leiche im neuen Bürohochhaus Fontenay gefunden worden war, im Computerzentrum. Und absolut unverständlicherweise hatte die Leiche zu Lebzeiten Jake Tennessy geheißen.

»Ich komme sofort!«

Zum erstenmal seit Wochen stolperte sein Herz wieder. »Gib mir n Cognac!« sagte er. Dann erst begriff er endgültig, daß seine mehrfach aufgeschobene Verabredung mit dem Computer nun endlich stattfinden würde – ausgerechnet heute, an einem Tag, der dem Gedenken an längst vermoderte Leichen und gewiß nicht der Beschäftigung mit frischen gewidmet war, die Jake Tennessy hießen und häßliche, tödliche Löcher in der Brust hatten.

Aber kann man sich's aussuchen?

3

Der einzige Tatzeuge heißt Mike – M wie Martha. Ein Computer der vierten Generation, wie gesagt – der derzeit jüngsten und modernsten Generation jener Denkmaschinen, die den Markt mehr und mehr erobern.

In der vollklimatisierten Atmosphäre des Fünfhundert-Quadratmeter-Raums, an dessen Wänden in balkenhoher Schrift COMPUTER-ZENTRUM HAMBURG ABS IL 214 steht, muß sich Trimmel dauernd den Schweiß aus dem Genick wischen. Das Mädchen vor ihm dagegen wirkt taufrisch; dabei muß es von der Schreckensnachricht am Totensonntag eigentlich viel härter getroffen worden sein als ein Polizist.

»Wie kommen Sie auf Mike?« fragt Trimmel.

Das Mädchen wendet der Leiche jetzt den Rücken zu. »Sagte Jake immer; ich mein, Jake Tennessy hatte das irgendwann mal eingeführt...«

»Und wie kam Jake Tennessy auf Mike?«

»Gott – was weiß ich!«

Man kann's irgendwo sogar begreifen, denkt Trimmel. Er hat sich den Computer ganz anders vorgestellt: als eine Art Roboter beispielsweise, dessen schwere, ferngesteuerte, staksige Schritte von farbig glühenden Blinklichtern illuminiert werden. Statt dessen diese Halle mit ihrer Klimaanlage, in der es aussieht wie im Verkaufsraum eines Fernsehgroßhandels; jedes Gerät hat sein eigenes Programm, dazwischen eine Konsole mit Knöpfen.

»Jake hat sogar mal gesagt, Mike kann lächeln!«

Dabei hat Mike nicht mal ein Gesicht wie ein Auto oder eine Diesellok, nicht mal einen richtigen Körper wie eine Rakete. Im Mittelpunkt der Computerschrank, und um ihn herum der Plattenspeicher, die Drucker, zahllose Magnetbänder und Bildschirme und Gott weiß was sonst noch alles. Das Mädchen redet und redet, und Trimmel hört gar nicht hin...

Wer könnte da wohl lächeln? denkt er. Etwa der Thermostat, der beim Ausfall der Klimaanlage alles abschaltet?

Das Mädchen trägt einen weißen Pulli zu einem dunkelblauen Kostüm und hat die Jacke ausgezogen. Wenngleich der Rock kurz ist wie die Sünde, erinnert ihn der Aufzug an ein Mädchenpensionat von anno dazumal. »Ich glaub, ich hab Ihren Namen vorhin nicht verstanden!« sagt Trimmel.

»Jill«, sagt sie – sie heißt also auch wie die Sünde. »Johanna, Ida, zweimal Luise. Jill Biegler.«

»Wie alt?« Als ob er das Protokoll machen müßte.

»Vierundzwanzig.« Dabei sieht sie aber eher aus wie achtzehn, neunzehn.

»Was genau ist Ihr Job?«

»Leiterin des Rechenzentrums.« Tennessy, Leiter der Datenverarbeitung, galt als Direktor des Computerzentrums, erklärt sie, und sie fungierte als Stellvertreterin, wenn er nicht im Hause war.

»In Ihrem Alter?« staunt Trimmel.

»Ich habe ein Einskommadreiabitur«, sagt sie pikiert, »außerdem mehr als drei Jahre Praxis als mathematisch-technische Assistentin. Dazu Glück und Genie...«

Er hat kurzfristig einen flüchtigen und merkwürdigerweise ärgerlichen Verdacht. »Standen Sie zu Herrn Tennessy in näheren Beziehungen?«

Die Frage kommt in jedem Fall zu früh. Außerdem, wenn sich Trimmel die Leiche so anschaut... Jake Tennessy war mindestens Ende Dreißig. Konservativ gekleidet, schütteres blondes Haar, miserable, derzeit grinsende Zähne und verwaschene blaue Augen – alles in allem schmal wie ein preiswertes Brathuhn. Jake Tennessy war auch zu Lebzeiten kein besonders schöner Mensch. Trotzdem sagt das Mädchen ruhig: »Ich hätt echt nichts dagegen gehabt, aber er wollte nicht. Ich glaube, daß er... daß er ein bißchen schwul war.«

»*Ein bißchen* schwul?« Es klingt fast, als ob Trimmel mehr erwartet hätte.

»Ja – leider«, sagt Jill Biegler ernsthaft. »Als Fachmann hab ich ihn schlicht bewundert. Aber nicht nur das... er war eine Seele von Mensch.«

»Beides zusammen?« fragt Trimmel überrascht. »Gibt's denn so was?«

»In seinem Fall ja!« sagt sie knapp.

Trimmel geht zum Fenster, ohne es anzufassen. Unten in der Außenalster spiegeln sich die Lichter von Uhlenhorst. »Ob man mal Luft reinlassen kann?«

»Man kann«, sagt sie, »aber es regnet draußen, und für Mike wär's ziemlich gefährlich...«

»Also, lassen Sie's.«

In diesem Riesenraum verläuft sich alles, selbst die Spurensicherer, die normalerweise den Tatort für sich beanspruchen. Wenn ein Polizeifotograf blitzt, glaubt man, fern über Bremen wüte ein Gewitter; wenn jemand *Scheiße* sagt, klingt's, als habe fern am Rathausmarkt jemand vergebens nach einem Taxi gerufen. Es sind bestimmt fünfzehn Leute im Raum. Trotzdem ist Trimmel mit Jill Biegler ganz allein.

»Noch mal zu Mike«, sagt Trimmel. »Hat er auch einen offiziellen Namen?«

»Antonia Berta Sieglinde, Leertaste, Irene Luise, zwo eins vier«, zitiert sie, ohne zu stottern, und deutet auf die Inschriften ringsum. »Außerdem... lesen Sie Zeitung?«

»Selten. Warum?«

Na ja, weil da dauernd vom *Star von Hamburg* die Rede ist, wenn's um den Computer geht...«

»Schon drei Namen für diesen Johnny!«

»Mit Johnny vier...«, lächelt sie, und es sieht in der Tat ungewöhnlich hübsch aus.

Fünfzehn Leute im Raum, dazu eine Leiche und ein Computer. Ein Computer als einziger Tatzeuge. »Abgesehen davon, daß Jake Tennessy ne sehr fähige und allenfalls etwas schwule Seele von Mensch war« – Trimmel zeigt mit der Fußspitze auf den Toten, und Jills Augen gehen ganz flüchtig mit und kommen rasch wieder zurück –, »was war er denn sonst für n Typ?«

»Sein Gehabe mit Mike war die pure Affenliebe«, meint sie zögernd. »Als er mir neulich sagte, Mike sei der einzige Kumpel, den er je gehabt hat – also, da hatt ich echt den Eindruck, jetzt hebt er ab! Dazu kam sein sonstiges Verhalten... kein Mensch, beispielsweise, arbeitet dauernd am Wochenende, wenn's gar nicht nötig ist. Aber er lungerte zum Schluß Tag und Nacht hier rum; von daher ist es an und für sich nur logisch, daß er heute hier war. Bloß...«

»Bloß was?«

»Bloß, daß er erschossen wurde«, sagt Jill mit einemmal überraschend kaltschnäuzig, »das paßt gar nicht in unser Programm!«

Trimmel sieht sie schräg an. Auch wenn sie's tatsächlich mal mit Jake Tennessy versucht hat: Sehr nah ist ihr sein Tod nicht gegangen, denkt er.

»Er war Amerikaner mit deutschem Paß«, sagt sie. »Sein Vater war Amerikaner; ich glaube, er hatte sich erst vor zwei, drei Jahren für die deutsche Staatsangehörigkeit entschieden. Hat die meiste Zeit drüben gelebt und ist in Kalifornien auch ausgebildet worden...«

»War er beliebt?«

Sie denkt nach. »Den einen oder anderen, der neidisch auf ihn war, gibt's sicher. So als halber Ami, da heißt's in der Branche schon mal leicht, daß da einer zur kalifornischen Mafia gehört.«

»Aber direkte Feinde..,?«

»Nee, das wohl nicht. Und ich meine, je länger ich darüber nachdenke... von den üblichen Querelen abgesehen galt er doch wohl als ganz dufter Typ!« Dabei hat sie allerdings deutlich ein leichtes Flackern in den Augen.

»Sagen Sie's schon!« drängt Trimmel.

»Ach, ich weiß nicht... irgendwie war er in den letzten Monaten einfach *anders* als sonst, und das ging vielen auf den Geist. Er war dauernd auf Achse, wenn man ihn brauchte, telefonierte von morgens früh bis abends spät, war oft merkwürdig depressiv – im nächsten Moment war er dann wider unberechenbar und albern wie ein Baby...«

»Und warum?«

Aber da zuckt sie nur noch die Schultern.

»Mit wem traf er sich, wenn er unterwegs war?«

Neues Zucken: auch da hat sie keine Ahnug.

»Na gut«, sagt Trimmel. »Dann zu Ihnen. Wo waren Sie heute nachmittag?«

»Im Bett«, sagt sie, »leider Gottes allein...«

»Wieso leider?«

»Wegen eines Alibis. Wahrscheinlich wär's ja leichter für mich, wenn ich hiergewesen wär.« Winzige Pause. »Das Komische ist, fast *hätt* ich sogar mit Mike gespielt...«

»Was denn?«

»Was heißt was? Was man so spielen kann?«

»Zum Beispiel...«

Prompt zeigt sie in die viereckige Runde wie eine Fremdenführerin auf der Akropolis. »In einer Stunde können Computer der vierten Generation abhängig von der Zahl der angeschlossenen Einheiten« – sie zeigt auf die Einheiten – »die Drucker zum Ausspucken von vielen hunderttausend Zeilen Klartext veranlassen, die Zeile zu hundertzweiunddreißig Anschlägen. Oder sie können pro Sekunde Millionen von Zeichen verarbeiten, die man in der Fachsprache *Bytes* nennt...«

»Wahrhaftig erstaunlich?« meint Trimmel. Dabei verzieht er keine Miene.

Und Jill, so sieht's aus, schmollt. Sie hat offensichtlich keine Lust, sich mit einem Mann zu unterhalten, der sie nicht ernstnimmt. Warum fragt er überhaupt?

Weil er einen Mörder fangen will, sagt sich Trimmel. Weil er einen Mörder fangen *muß*, besser gesagt, und weil er schon jetzt den Eindruck hat, daß ihm so recht und freiwillig niemand dabei helfen will – ganz gewiß nicht dieses Ungetüm der vierten Generation aus den allerletzten Jahrzehnten des zweiten Jahrtausends.

»Haben Sie sonst noch Fragen?«

»Doch, doch!« knurrt Trimmel.

»Und warum fragen Sie nicht?«

»Ich wär froh«, sagt er, deutlich etwas hilflos und vielleicht endlich mal ehrlich, »wenn ich's könnte...«

Ein merkwürdiger Heiliger. Und dann macht er, ganz überraschend, scheinbar auch noch eine Art Witz und will wissen, ob der allmächtige Computer auch fotografieren kann.

»Wen sollte er denn fotografieren?«

»Beispielsweise den Mörder!«

Da jedoch verzieht sie angewidert den Mund. »Soweit ich im Bilde bin, waren auch zu Jakes Zeiten Mörder nur äußerst selten bei uns zu Gast. Bis heute jedenfalls... deshalb war nie an eine versteckte Kamera gedacht worden, wenn's das ist, was Sie meinen...«

Trimmel zündet sich eine Zigarre an.

»Hier soll nicht geraucht werden!« sagt Jill.

»Auch nicht geschossen«, antwortet er, und das Streichholz flackert. »Ich will Ihnen mal eines sagen: wenn wir mal davon ausgehen, daß Tennessy höchstwahrscheinlich weder einer Liebestragödie noch einem Raubmord zum Opfer gefallen ist, liegt hier ein Gedanke verdammt nahe. Der nämlich, daß es dem Mörder auf Dinge angekommen ist, die in eurem Johnny gespeichert sind. Was also« – er zeigt auf die Mittelkonsole – »steckt da drin?«

»Tausend Sachen«, sagt sie. »Gehaltslisten, Auswertungen von Reihenuntersuchungen, Hafengeschichten, Molekularberechnungen, zentrale Diagnosedaten...«

»Ja, das kenn ich!« sagt er.

»... Datensammlungen für tausend andere medizinische Zwecke, und so weiter. Aber bis dahin ist Mike eigentlich nur ein besserer Karteikasten; im Grunde kann er viel mehr.

Soll ich Ihnen vielleicht mal die durchschnittliche Herzschlagfrequenz der Hamburger morgens um sieben Uhr zweiunddreißig bei plötzlichem Glatteis ausrechnen lassen?«

»Danke, nein!« sagt Trimmel.

»Na ja, wozu auch... jedenfalls kann die Maschine in einer einzigen Sekunde die Informationsmenge eines mehrbändigen Lexikons verarbeiten!«

»Aber in einem solchen Tempo kann man doch nicht mal annähernd fragen!«

»Menschen sicher nicht. Und wenn Sie bei Ihrer Idee bleiben wollen... etwas mehr Zeit hätte sich Tennessys Mörder sicher nehmen müssen, wenn er sich irgendwas abrufen oder drucken lassen wollte.«

Er sieht sie schräg an. »Das kann aber nicht jeder?«

»Natürlich nicht. Abgesehen davon, daß Jake seinen Mörder vielleicht überrascht hat, wie Sie sich das offenbar vorstellen... Da muß schon einer Experte sein.«

»So wie Sie?« fragt er heimtückisch.

»Lächerlich!« sagt sie. »Was ich brauch, kann ich mir doch während der Dienstzeit beschaffen!«

»Aber wär's heute – an nem Sonntag, mein ich – nicht ruhiger gewesen?«

Sie schüttelt den Kopf. »Sie vertrödeln Ihre Zeit; alltags könnt mir genausowenig einer auf die Finger gucken!« Sie wird richtig böse. »Als Bulle... als Polizist sollten Sie hier ja wohl besser Fingerabdrücke suchen und sich den armen... sich die Leiche mal aus der Nähe ansehen. Und was es da sonst noch alles zu tun gibt...«

Trimmel sagt seelenruhig: »Dafür hab ich meine Leute. Und wie ich die kenne, stochern die bestimmt auch schon in Ihrem Privatleben rum!«

»Viel Glück!« sagt Jill und verzieht das Gesicht. »Das beste Beispiel für rausgeschmissenes Steuergeld!«

Dicht neben ihnen laufen plötzlich grüne Zeilen über einen Bildschirm, und ein Drucker jagt los; vor Schreck hätte Trimmel fast die Arme hochgehoben. *Melden Bedarf Nierentransplantat an,* rattert der Absender, ein Münchner Krankenhaus, vertreten durch einen Chefarzt namens Sandmann, *Diagnose und erforderliche Gewerbestrukturdaten folgen morgen. Bitte umgehend bestätigen...*

Jill schreibt direkt zurück. *Bestätige Vor-Anfrage. Erwarten Diagnose und Gewebestrukturdaten morgen...*

»Was soll das?«

»Sie lesen's doch!«

»Was heißt hier Nierentransplantat?«

»Ach so, das hab ich vorhin vergessen«, sagt sie scheinheilig. »Wir sind auch die dritte europäische Datenverarbeitungsanlage für Organverpflanzungen.«

»Für... für Herz und Nieren?«

»Ja. Manchmal auch für Lebern«, sagt sie. »Aber die werden noch ziemlich selten verlangt.«

»Und woher kommen die Nieren? Oder die Lebern?«

»Von frisch Verstorbenen. Diese frommen Sprüche kennen Sie doch bestimmt... die teuren Toten leben dann wenigstens teilweise in anderen weiter...«

Trimmel erinnert sich tatsächlich: An die Erzählung eines Kriminalrats in der Kantine, der neulich von einer Dienstreise zurückgekommen war. Er hatte in einer Boeing der Lufthansa nach Köln-Bonn gesessen und sich mit Hilfe seines Dienstausweises erkundigt, warum sich der Start verzögerte. Dann hatte ihm der Captain sagen lassen, da sie noch eine Niere mitnehmen müßten – und wenig später war dann auch ein *Follow-me*-Wagen angerast gekommen, der zwei Weißbekittelte mit einem eimerähnlichen Transportgerät gebracht hatte, die in der *First Class* plaziert worden waren...

Man hat ja allen Ernstes sogar auch schon Organe aus Mordopfern entnommen und verpflanzt, erinnert sich Trimmel weiterhin, allerdings nur dann, wenn die Leute den Anschlag zunächst überlebt hatten und erst später, im Krankenhaus, verstorben waren. Und diesmal, sieht er, folgt Jill seinem Blick auf den toten Tennessy länger...

»Bei ihm ist es zu spät«, sagt sie leise. Sie scheint Gedanken lesen zu können. »Das muß gleich geschehen, sofort bei Eintritt des klinischen Todes...«

Jake Tennessys Oberkörper ist mittlerweile nackt. Trimmel will sich, anders als die Mehrzahl deutscher Mordpolizisten, möglichst schon am Tatort ein Bild davon machen, wie das Opfer unter der Jacke beschaffen ist – aus welcher Richtung die Messerklinge oder die Kugeln kamen, die in die Körperhöhlen eingedrungen sind. Hier – man sieht's überdeutlich – ist das Opfer stehend und von vorn in die Brusthöhle getroffen worden, zweimal hintereinander: Auf Jake Tennessys Brust zeichnen sich zwei rotbraune und krustige Punkte ab, dort, wo auf dem Hemd die blutigen Löcher waren. Die Kugeln stecken noch in ihm; man wird sie noch heute herausschneiden. Und abermals der Gedanke: Der Mann muß in der Tat schon recht starr sein. Von Jake Tennessy wird gar nichts weiterleben.

»Also«, sagt Trimmel, »Mike hilft also, bei Nierenangeboten den Empfänger zu ermitteln. Richtig?«

»Ja.«

»Und was, präzise, macht er da?«

»De facto alles«, sagt Jill. »Effektiv entscheidet er, wer die Nieren kriegt!«

»Versteht er denn soviel von Medizin?«

»Wir hätten ihn ohne weiteres mit der entsprechenden Software füttern können«, sagt sie, »aber eigentlich ist das wieder bloß Karteikastenarbeit. Der Computer sucht einen Nierenempfänger raus, dessen medizinische Daten mit denen des Nierenspenders übereinstimmen, und damit ist der Fall gelaufen. Der Empfänger mit den richtigen Daten ist dann dran – anders wär's überhaupt nicht möglich.«

»Und wie ist das mit Angebot und Nachfrage?«

»Weiß nicht genau... eins zu fünfzig, glaub ich.«

»Eins zu fünfzig?« sagt er fast entsetzt. »Auf jede Niere, die hier angeboten wird, kommen fünfzig Leute, die eine brauchen?«

»Ja, so ungefähr...«

»Aber dann – dann muß Ihre Maschine manchmal doch echt der liebe Gott sein?«

»Es läuft wirklich rein funktional ab«, sagt Jill. »Außerdem hätten wir im Zweifelsfall ja Gott sei Dank noch unseren Aufsichtsrat...«

Die Sache wird in Trimmels Augen immer mysteriöser. »Aufsichtsrat?«

»Ja... Fünf Persönlichkeiten ohne Fehl und Tadel. Gesundheitsbehörde, Kirche, Ärztekammer, Gewerkschaft und ein sogenannter Bürgervertreter.«

»Und die werden jedesmal gefragt?«

»Nein, eben nicht – laut Statut nur, wenn für ein Transplantat zwei oder mehrere Empfänger in Frage kommen. Praktisch läßt sich's allerdings auch dann nicht immer machen. Im allgemeinen sind die Leute völlig zufrieden, wenn sie hinterher ihre Statistik kriegen...«

Trimmel denkt nach. »Also, in letzter Konsequenz hat dann bisher eben doch Tennessy entschieden? Gerade, wenn da Zweifelsfälle auftauchen können?«

»Ja und nein...«, sagt sie zögernd.

»Und nächstens tun Sie's!« stellt er fest. »Sie übernehmen doch den Laden, oder?«

Da schüttelt sie den Kopf und ist sauer. »Glaub ich nicht; die schicken bestimmt einen von der Frankfurter Zentrale. Alte Knacker haben Vorfahrt; meinen Sie, das wär in der Branche anders?«

Es gibt ihm einen leisen Stich. In ihren Augen ist er seit zwanzig Jahren ein alter Knacker.

»Aber mal was anderes«, sagt sie, »ich wollt wirklich nie im Leben Leichenbeschauer werden... können wir nicht in mein Büro gehen, wenn Sie noch was von mir wollen?«

»Ja, natürlich!« sagt Trimmel und folgt ihr.

»Dicht!« sagt dann, quasi hinter ihrem Rücken, der eine der beiden Feuerwehrmänner, die Jake Tennessy abtransportieren. Er nimmt den Sarg aus billigem Kunststoff auf und marschiert aus dem großen Raum, gefolgt von der Leiche, gefolgt von seinem Kollegen.

Die übliche Prozession des Todes. Niemand ahnt, daß die Feuerwehr heute noch mehr für die Abteilung Trimmel zu tun kriegen wird.

Am Fahrstuhl stellen sie den Sarg ab, und der eine kratzt sich den Kopf unter der Mütze. »Scheiße!«

»Zu eng!« sagt der andere überflüssigerweise.

»Wollen wir hochkant?«

Aber im Grunde kann man das schlecht machen, entscheiden sie ohne weitere Worte, und deshalb verläßt Jake

Tennessy die Stätte seines Wirkens sozusagen zu Fuß über die Treppe.

Ich sollte freundlicher – noch freundlicher – mit dieser Jill Biegler umspringen, denkt Trimmel. Er sitzt in ihrem ziemlich unpersönlichen Büro, in dem als einziger Schmuck ein kleiner Blumenstrauß steht. Jill zieht sich die Lippen nach und wird davon voll in Anspruch genommen.

Nach wie vor Thema eins: die Sache mit den Organverpflanzungen.

Trimmel fühlt sich alarmiert und hilflos zugleich. Er hat das Mädchen im Moment nötiger als Höffgen und die ganze Spurensicherung – denn die Auskünfte, die er braucht, kann ihm weitgehend nur der Computer geben. Und wie soll er ohne Jill Biegler und ihre Kollegen in der nächsten Zeit mit dem Computer reden – mit Mike ohne Kopf und Kragen?

Es ist rabenschwarz mittlerweile, draußen über der Alster, hier drinnen in seinem Gehirn.

»Moment mal«, sagt er erleichtert, »ich seh da gerade...«

Da ist Höffgen. Trimmel sieht ihn fragend an.

»Der Portier in der Halle«, sagte Höffgen, »hat fünf Personen registriert, die heute das Haus betreten haben. Einer war zweimal hier, Tennessy selbst. Ist heute früh um neun gekommen, hat mittags das Haus wieder verlassen, kam nach zwei Uhr nachmittags zurück. Um zwei hatten allerdings alle anderen das Haus ordnungsgemäß wieder verlassen.«

»Muß man sich beim Portier an- und abmelden?«

»Nee, nur sonn- und feiertags und in der Woche nach siebzehn Uhr. Während der Bürozeit machen's die einzelnen Firmen und Behörden jeder für sich etagenweise. Unheimlich ordentliches Haus... gräßlich!«

»Haste was gegen Zucht und Ordnung?«

»Gegen zuviel immer!« Höffgen schüttelt sich. »Hier haben Sie's sogar auch noch schriftlich, die Liste der Leute, die im Haus waren.« Drei Männer und eine Frau, deren Namen außer dem Namen Tennessy Trimmel noch nie gehört hat.

Der fünfte beziehungsweise zweite weibliche Name sitzt im Büro gleich nebenan. Jill Biegler.

»Sie ist zwanzig vor eins gekommen«, sagt Höffgen, »in einem dunkelblauen VW Käfer mit Schiebedach; ist gleich in die Tiefgarage gefahren. Beim Portier leuchtet ein rotes Lämpchen auf, wenn jemand in die Tiefgarage fährt. Er muß dann nachsehen oder den Fahrstuhl auf dem Weg von der Garage nach oben in der Halle stoppen... fragen Sie sie doch mal selber, was Sie dazu meint...«

Trimmel geht mit Höffgen wieder in Jill Bieglers Büro. Sie hat sich inzwischen mit einem Stapel von Computerprotokollen auf ihren Schreibtisch gehockt wie die kleine Meerjungfrau in Kopenhagen auf ihrem Sockel; bei Jill allerdings wirkt's viel künstlicher.

»Wann waren Sie zuletzt hier im Haus?« fragt Trimmel.

»Heute mittag«, sagt sie prompt.

»Warum haben Sie mir das nicht gesagt?«

»So genau haben Sie mich ja gar nicht gefragt. Ich bin etwa um halb eins ins Haus gekommen, und...«

Trimmel winkt ab. »Wie denn?«

»Was heißt wie?« sagt sie frech. »Zu dem Zeitpunkt hatte ich noch eine schwarze Hose und dazu einen... ja, einen lila Pullover und...«

»Aha. Und mit welchem Verkehrsmittel haben Sie das Haus erreicht, und auf welchem Weg sind Sie von der Straße in Ihr Büro gekommen?«

Dann, endlich, bestätigt sie vollends das, was Höffgen vom Portier erfahren hat. Blauer VW Käfer. Tiefgarage. Unterwegs, in der Halle, drei Worte mit dem Portier gewechselt. »Um halb zwei bin ich wieder abgehauen...«

Die Frage erübrigt sich, ob sie Jake Tennessy noch begegnet ist. »Allerdings könnten wir uns eigentlich beide mal wie zivilisierte Menschen betragen!« sagt Trimmel. »Wenn Sie wollen, können Sie übrigens nach Hause gehen!«

»Mach ich glatt!« sagt sie. Aber als Trimmel sich dann den Portier kommen läßt, ist sie immer noch da.

»Wissen Sie, ob Tennessy einen ständigen Parkplatz hatte?« fragt Trimmel den Portier.

»Er hatte kein Auto«, sagt der Mann.

»Ach nee. Und wie ist er gewöhnlich hergekommen?«

»Mit dem Taxi«, sagt der Portier, unvermittelt weinerlich. »Heute auch, zweimal. Aber ich weiß im Moment überhaupt nicht mehr, was los ist... Da war plötzlich die Leiche, wo ich seit dem Krieg keine Erschossenen mehr sehen kann...«

»Und woher wissen Sie, daß er erschossen worden ist?«

»Das... ich...« Aber er kann sich nicht mal mehr erinnern, ob er sich vielleicht nicht doch eine Sekunde lang halb über die Leiche gebeugt hat.

Nichts zu machen. Jedenfalls im Moment nicht.

Als Trimmel sich umdreht, sieht er, daß Jill Biegler sich die Szene ungewöhnlich interessiert angeschaut hat. Und, daß sie wirklich ein ungewöhnlich hübsches Mädchen ist, vor allem wenn sie lächelt, so wie jetzt.

Aber warum lächelt sie?

Noch am selben Abend sieht er sie nackt. Eine Aufregung jagt die andere.

Gegen 21 Uhr ist Jill Biegler nach Hause gekommen, in ihr möbliertes Zwei-Zimmer-Apartment, eine Teilwohnung bei einer Frau Herzog. Und gegen 23 Uhr geht Trimmel in die Funkleitzentrale. Er hat vergessen, den Taxifahrer suchen zu lassen, der Jake Tennessy am Nachmittag in die Fontenay gefahren hat.

Er sitzt herum, ziemlich abgeschlafft nach diesem mörderischen Totensonntag, und hört den Gesprächen zu. Unten in seiner Etage werden die ersten Berichte im Mordfall Tennessy geschrieben und die ersten Hefter angelegt. Ein paar rote Akten mehr, rot wie Mord. Es werden nicht die einzigen bleiben; das kann man sich auch ohne Computer ausrechnen.

Die Funkleitzentrale fragt die Taxizentrale in Sachen Computerzentrale.

»Wie heißt der Mann? Bernhard Schleifmann? Hat seit zweiundzwanzig Uhr Feierabend?«

Dann dürfte er entweder zu Hause sein oder noch in irgendeiner Kneipe ein Bier trinken, das er tagsüber nicht trinken durfte... Immerhin, man versucht's.

»Peter neun, bitte kommen!«

»Hier Peter neun...«

»Fahren Sie Klosterstern« – Adresse folgt – »und versuchen Sie, den Taxifahrer Bernhard Schleifmann ausfindig zu machen. Er wird als Zeuge am Berliner Tor gebraucht... Nee, nee, ganz sauber; packt ihn in Watte und bringt ihn so schnell wie möglich her...«

»Danke!« sagt Trimmel.

»Keine Ursache.«

Um 23 Uhr 24, als Trimmel gerade abhauen will, zeigt sich, daß schon wieder was passiert ist. Ein Beamter in Hemdsärmeln, ein Stück weiter weg, winkt Trimmel aufgeregt zu.

»Ich krieg da gerade ne Gasvergiftung, Herr Trimmel«, sagt er, »Wiedestraße fünfundvierzig, eine gewisse Jill Biegler... und ich dachte, wo wir dieselbe Dame heute von zu Hause abholen mußten auf Ihre Anordnung...«

»Ach, du Scheiße...«, sagt Trimmel. »Schönen Dank!«

Er rast so schnell los, daß er das Haus in der Wiedestraße noch vor dem ersten Streifenwagen erreicht; er kommt effektiv als erster nach dem Notarzt. Es steht nur eine Tür offen, eine Tür in der dritten Etage; das allerdings wird sich in wenigen Minuten ändern, denn die Polizeisirenen, hört man, sind schon unterwegs. Trimmel rennt die ältere Frau im Morgenrock in der Diele fast um.

»Wo?« fragt er.

Zweite Tür rechts.

Und da liegt sie. Nackt. Über ihr ein Mann.

»Raus!« sagt der Mann und macht weiter. Alles bei sperrangelweit geöffnetem Fenster.

»Trimmel, Kriminalpolizei!« Er streckt ihm die Dienstmarke hin. »Ich kenn das Mädchen...«

»Ja und?« sagt der Notarzt, ohne hinzugucken. »Sie sehen doch, daß...« Dann sagt er erst mal nichts mehr.

Jill Biegler ist bewußtlos; es sieht immerhin so aus, als habe sie gerade den Kopf bewegt. Ihre Haut hat die Rosenfarbe gasvergifteter Toter, überlegt Trimmel...

Tatsächlich: Gas! Jetzt erst registriert er bewußt diesen süßlichen Geruch, den er gleich zu Anfang in der Nase hatte, schon im Treppenhaus. »Kommt sie durch?«

»Ja, wahrscheinlich«, murrt der Arzt. »Wie oft muß ich Ihnen noch sagen, daß Sie verschwinden sollen?«

Statt dessen sieht er sich im Zimmer um. Ein alter Gasheizofen gleich am Fenster. Die Anschlüsse sind dem Anschein nach intakt. Jills Sachen liegen auf einem Stuhl, auf der Sitzfläche die Dessous, unter dem Sitz stehen die Schuhe. Das Bett, auf dem sie liegt, ist ziemlich zerwühlt... Zurück zum Heizofen: der Gashahn ist geschlossen.

»Haben Sie den Hahn geschlossen?«

Der Arzt hat gerade den Blutdruck gemessen. »Ja, hab ich. Er war geöffnet; die Flamme war aus.«

In diesem Augenblick beginnt Jill sich unruhig herumzuwerfen, heftig zu würgen und sich zu erbrechen. Der Arzt stützt ihr den Kopf.

»Tun Sie doch was!« sagt Trimmel, hilflos und verwirrt vor dem vergifteten nackten Mädchen.

»Ich werf Sie raus!« grollt der Arzt wütend. »Ich häng Ihnen ein schreckliches Ding rein...«

Diesmal geht Trimmel tatsächlich. Und trifft in der Diele, durch die die Blaulichter der Polizei- und Rettungsfahrzeuge zucken, Frau Herzog in ihrem Morgenmantel. »Kommen Sie doch mal mit«, meint sie händeringend. »Sie sind doch von der Polizei, sehen Sie sich das an...«

Es gibt im Badezimmer einen Hauptanschluß für die Gasversorgung der Wohnung. Auch er ist geschlossen, aber direkt neben ihm liegt ein schwarzer Stoffhandschuh.

»Ich hab Jill immer gesagt, sie soll Nachthemden tragen«, klagt die Frau, »dann müßt sie nicht so viel heizen, weil sie nicht so friert, und dann hätt ihr das jetzt gar nicht passieren können!«

»Was denn?«

»Na, sehn Sie doch... Sie hat den Gasofen brennen lassen, und dann ist jemand hier ins Bad gekommen und hat die Flamme ausgedreht, und dann ist in ihrem Zimmer der Ofen ausgegangen, und das Gas ist die ganze Zeit ausgeströmt. Und dann hat er die Flamme wieder voll aufgedreht, und wegen der Fingerabdrücke hat er schwarze Handschuhe angehabt, und den einen davon hat er...«

Trimmel stoppt sie. »Nun mal langsam...«

»Was heißt langsam, woher soll der Handschuh denn kommen?« sagt sie bitterböse.

»Haben Sie ihn angefaßt?« fragt Trimmel.

»Herr Kommissar, ich bitte Sie – ich weiß doch, was da zu tun ist!«

»Aha. Hören Sie's denn normalerweise nicht, wenn jemand in Ihrer Wohnung rumgeistert?«

»Ach, ich hör doch immer schlechter«, jammert sie, »inzwischen tanzt mir doch jeder auf dem Kopf rum...«

Trimmel nickt, wenn auch noch so widerwillig. Denn das *muß* er sich fragen: Woher kommt der Handschuh neben dem Hauptgashahn tatsächlich? Und ist das Ganze nicht sowieso sehr verdächtig? Erst wird Jake Tennessy umgelegt, dann Jill Biegler vergiftet... Sieht das nicht ganz danach aus, als ob hier jemand das Computerzentrum lahmlegen will? Oder die Leute auszuschalten versucht, die vielleicht eben doch zu viel wissen über das, was der Computer gespeichert hat?

Zwei Feuerwehrleute mit einer Krankentrage stehen gelangweilt in der Diele. »Nicht mal rauchen darf man!« mault einer. »Daß die Menschen nicht begreifen wollen, daß man sich mit Gas nicht mehr vergiftet!«

»Warum nicht?« fragt Trimmel. »Ist das unmodern?«

»Es bringt nichts«, sagt der Mann. »Weil's nicht funktioniert. Wer sind Sie eigentlich?«

»Ich hab hier Dienst«, sagt Trimmel. Er zeigt seinen Ausweis. »Warum funktioniert's nicht?«

Immerhin etwas respektvoller sagt der Feuerwehrmann: »Weil das Stadtgas heute unter drei Prozent Kohlenoxyd hat. Da müßt man schon den Kopf in den Gasofen stecken und sich vorher anbinden... es würd jedenfalls ewig dauern, bis einer bei unter drei Prozent Kohlenoxyd tot ist...«

Der Arzt kommt raus. »Alles klar!« sagt er. Die Feuerwehrleute, sieht Trimmel durch die geöffnete Tür, betten Jill auf ihre Trage und decken sie sorgsam zu.

»Ist das sicher, daß sie durchkommt?«

»Herrgott, ja!« knurrt der Arzt. Ein rüder Mensch, allerdings offenbar nicht nachtragend. »Das C-O-zwei im Gas wirkt doch geradezu belebend! Höchstens drei Tage Krankenhaus, viel frische Luft... Aber was mich interessiert, wieso kreuzt hier eigentlich so schnell die Kripo auf?«

»Weil's möglicherweise versuchter Mord war«, sagt Trimmel. »Rechtlich ist es ja egal, ob's mit tauglichen oder untauglichen Mitteln passiert ist.«

»Sieh mal an«, staunt der Arzt. »Und wann und wo haben Sie das festgestellt?«

»Hier in der Wohnung!«

»Sind Sie den Hellseher?«

»Das Mädchen ist meine wichtigste Zeugin in nem Mordfall«, sagte Trimmel, »und es wär in mehrfacher Hinsicht jammerschade, wenn sie...«

»Sie wird nicht!« sagt der Arzt. »Wie oft soll ich's Ihnen noch sagen?«

»Und warum spuckt sie und ist bewußtlos, wenn das Gas tatsächlich so belebend wirkt?«

»Sie hat wahrscheinlich n paar Schlaftabletten geschluckt, die Packung lag da rum; harmlos, aber in diesem Fall schlimmer als das ganze Gas. Und zusammen mit dem einen oder anderen Schnaps, ihrer Fahne nach zu urteilen...«

Jill kommt auf der Trage vorbei; sie hat die letzten Worte wahrscheinlich gehört, denn sie ist – Schnaps hin, Tabletten her – erstaunlicherweise wieder voll bei Bewußtsein. Ihre Augen stehen weit offen, und sie erkennt Trimmel. »Sie...?« sagt sie leise.

Die beiden Feurwehrleute bleiben stehen – schließlich ist der Mann Hauptkommissar. Und der Arzt nickt.

Trimmel bückt sich, um sie besser zu verstehen.

»Wegen Jake«, flüstert sie. »Lassen Sie sich doch von Mike mal alle Daten über einen Professor Lachnitz geben... hier in Hamburg. Über Nierenverpflanzung – ist mir gerade vorhin noch eingefallen...«

Vorhin? Als sie bewußtlos war?

Im Moment sagt sie nichts mehr. Und dann ist sie erst mal weg in Richtung Krankenhaus St. Georg, vorbei an vielen offenen Türen, vorbei an der inzwischen zusammengelaufenen Menge. Die also kriegt das erwartete blasse Gesicht schließlich doch noch zu sehen.

Alles in allem, durch diese ganzen Ereignisse muß schließlich Höffgen in dieser Nacht den Taxifahrer Schleifmann vernehmen, den sie wider Erwarten doch in seiner Wohnung angetroffen haben. Der Mann gibt immerhin zu Protokoll, Tennessys Fahrt zur Fontenay habe am Gänsemarkt begonnen, und er habe dabei ziemlich dumme Sprüche von sich gegeben.

Trimmel, äußerst neugierig geworden, geht derweil auf dem schnellsten Weg ins Computerzentrum, wo ein ziemlich gleichgültiger sogenannter System Operator Nachtdienst macht. Mord hin, Mord her – der Betrieb geht weiter.

Erst sieht Trimmel die Daten über Professor Lachnitz, den Chefchirurgen des Krankenhauses Lehnberg, nach denen er von Amts wegen gefragt hat, auf dem Bildschirm. Anschließend bekommt er sie auch noch gedruckt, und auf diese Weise wird er zweifach beeindruckt.

»Arbeitet ihr eigentlich Tag und Nacht?« erkundigt er sich voller Mitgefühl.

»Drei Schichten normalerweise«, sagt der Operator. »Wie im Hafen...«

»Aber heute... gestern nachmittag war's doch leer?«

»Tja, das war so – letzten Freitag hat Tennessy komischerweise angeordnet, wir sollten zu Hause bleiben; er hätte was auszutüfteln, und die Stallwache, die macht er nebenbei selber. Warum er dann über Mittag trotzdem weggegangen ist, wie ich gehört habe, wobei es eigentlich sehr unüblich ist, den Laden leerstehen zu lassen... Also, wirklich mal ganz unter uns...«

Trimmel riecht seinen schweren Atem, als er sich dicht zu ihm herüberbeugt.

»Ganz unter uns«, wiederholt der Mann dramatisch, »manchmal hat Tennessy richtig gesponnen!«

Vielleicht ähnlich wie Lachnitz, denkt Trimmel mit dem überraschenden Ergebnis von Jill Bieglers Tip in der Tasche. Kann's nicht sein,daß die beiden auf derselben Wellenlänge gesponnen haben?

4

Sie haben sämtlich keine Gesichter: zehn Leute in grünen Kitteln, vier Ärzte und sechs Schwestern, weil sie Masken tragen, der Patient, weil ihm bei einem schweren Unfall auf der Werft das Gesicht durch einen herabfallenden Eisenträger zerschmettert worden ist.

Trotzdem tut keiner was. Vier Ärzte und sechs Schwestern, die komplette Lachnitz-Truppe, lassen die Arme hängen, verschränken sie über der Brust, schlenkern sie hin und her. Geschickte Finger in hauchdünnen Handschuhen bleiben untätig oder schlagen nervöse und sinnlose Takte.

»Stellt ihn ab!« sagt der Chefarzt, ohne sich zu rühren. Er meint den Patienten, den Mann ohne Gesicht, der an Geräte angeschlossen ist und an Drähten hängt.

Drei Augenpaare gleichzeitig begegnen über den Masken den Augen des Chefs.

»Der Mann hat noch schwache Gehirnströme!« sagt einer der Ärzte leise.

»Stellt ihn ab! Es hat keinen Zweck mehr...«

Eine klare, eindeutige, moralisch wertfreie Entscheidung. Der Mann mit den schwachen Gehirnströmen wird nie wieder das Bewußtsein erlangen – sein Leben hängt nur noch an der Beatmungsmaschine. Er wird derzeit *gezwungen*, zu leben – ohne Bewußtsein, ohne Seele, mit zerstörtem Gehirn und anderen, tödlichen Verletzungen im Brustraum.

7 Uhr 32 am Morgen des 23. November.

Der Werftarbeiter Jens Brockmann wird nicht länger gezwungen zu leben. Jeder im Operationssaal des Krankenhauses Hamburg-Lehnberg, auch der Chefarzt, ist sich klar darüber, daß die Beatmungsmaschine trotzdem um Stunden zu früh abgestellt wird. Stunden zu früh: aus juristischer und aus standesethischer Sicht.

Im Gegensatz zum Herzschlag lassen sich Gehirnströme nicht erzwingen. Aber solange sie, wenn auch noch so schwach, vorhanden sind, gilt Jens Brockmann nicht als tot.

Deshalb haben sie ihren Chef angestarrt. Und am Ende tut's der Chef selbst. Und dann erst kommen sie ihm zu Hilfe – dann allerdings alle...

Professor Dr. Helmut Lachnitz trennt selbst die Bauchdecke des toten Jens Brockmann auf. Oberarzt Dr. Korth assistiert bei der Freilegung der Nieren. Lachnitz durchtrennt die Gefäße: Vene, Arterie, Harnleiter. Die Nieren werden herausgenommen, kommen in Glasschalen. In die Nierenerhaltungsmaschine. Dünne Schläuche verbinden Arterien und Venen mit dem Pumpsystem der Maschine. Plasma, organische Salze, auch Penicillin durchpulsen im Rhythmus der Herzschläge die herausgetrennten Organe.

Die Maschine rollt auf Gummireifen leise aus dem Operationssaal. Wohin?

Sie werden irgendwann einen Namen hören. Eine Stadt, später den Namen eines Menschen. Und wie lange der dann – voraussichtlich – noch lebt, nachdem er, da es keine andere Möglichkeit zu seiner Rettung mehr gab, mit einem Nierentransplantat versorgt worden ist...

»Heute haben wir ja mal Glück gehabt!« sagt Lachnitz beim Waschen. Dr. Korth weiß, was er meint: Jens Brockmanns Nieren, bohnenförmig, gesund, elf Zentimeter lang, ordnungsgemäß rechts und links von der Wirbelsäule an der hinteren Rumpfwand, hatten eine für ihn selbst zu Lebzeiten unwichtige, für die Ärzte nach seinem Tode jedoch recht günstige Besonderheit – sie hatten nur eine Arterie und eine Vene. Manchmal sind es auch je zwei, manchmal sogar je drei, die eine Operation kompliziert machen.

Schade um den Jungen, denkt Lachnitz.

Jens Brockmanns Körper wird vom jüngsten Assistenten mit großen Stichen wieder zugenäht. Und im Vorraum zum Operationssaal steht mit einemmal die Sekretärin des Chefs – ein weißer Kittel unter lauter Grünen.

»Was ist los?« fragt Lachnitz stirnrunzelnd.

Sie wirkt ausgesprochen beunruhigt. Beugt sich zu ihm und flüsterte ihm ins Ohr.

»Polizei?« Lachnitz hebt ärgerlich den Kopf. »Heute nachmittag? Was wollen die denn von mir?«

»Also, ich weiß es nicht!« sagt die Sekretärin nervös und nun schon zum drittenmMal. Trimmel hat über den Grund seines Besuchs leider wirklich keine Angaben gemacht.

Lachnitz. Echt der dickste Punkt auf Trimmels Tagesprogramm. Aber erst muß er die Berichte durchackern, an denen sich die Stammbesatzung der Mordkommission – Höffgen, Petersen, Laumen und derzeit noch ein paar mehr – am gestrigen Montag routinemäßig die Finger wund gehackt haben.

Der Pförtner in der Fontenay hat Tennessys Leiche gefunden, weil er für Anrufer, die die Durchwahlnummern des Hauses nicht kennen, sonntags auch Telefonzentrale spielen muß. Ein ekelhaft hartnäckiger Anrufer beim Computerzentrum wollte ums Verrecken keine Ruhe geben, hat der Portier schließlich ausgesagt, nachdem er sich etwas gefangen hatte – und weil er am Ende selbst verwundert darüber war, daß Herr Tennessy den Hörer nicht abnahm, obgleich er doch im Hause war, ist er nach oben gegangen, um nachzuschauen. Oben hat er sich erneut gewundert, weil die Tür zum Computerzentrum nicht verschlossen war – ja, und dann hat er entsetzt zwei Beine gesehen und anschließend die ganze Leiche.

Frage: *Haben Sie außer den schon benannten Personen vorher oder nachher jemanden weggehen sehen?*

Antwort: *Nein. Aber wenn jemand weggegangen wäre, hätte es mir auffallen müssen!*

Der Mörder muß also noch im Haus gewesen sein, als das Opfer gefunden wurde, denkt Trimmel; vielleicht war er ja sogar noch beim Eintreffen der Polizei im Hause. Viel weiter allerdings bringt ihn der Gedanke nicht.

Aber weiter. Berichte und Aussagen, Vernehmungen und Vermutungen.

Ob Tennessy, wie die Zeugin Biegler vermutet, *ein bißchen schwul* war, weiß anscheinend nur der liebe Gott. Ob er *normal* war, weiß wohl auch nur der liebe Gott. Der Mann hatte so gut wie kein Privatleben, sagen seine Wohnungsnachbarn. Nicht mal Salz hat er sich irgendwo mal gepumpt.

Der mögliche Mordversuch an Jill Biegler: diesen schwarzen Handschuh neben dem Haupthahn gibt's zigtausendfach. Billige Dutzendware; sonst keine Spuren. Das hat allerdings ein noch sehr junger Beamter ermittelt; Trimmel, mißtrauisch seit seiner Geburt, behält's im Hinterkopf.

Was sonst noch? Zwei Patronenhülsen vom Tatort, dazu zwei Projektile aus der Leiche sind mit Eilauftrag ins Bundeskriminalamt gegangen. Keine verwertbaren Fingerspuren im Tatortbereich Computerzentrum; Abdrücke gibt's nur von den dort Beschäftigten – Tennessy selbst, Jill Biegler und einem knappen Dutzend Operators und Analytikern. Die Tatwaffe, 7,65 Millimeter, ist spurlos verschwunden.

»Er hätt den Colt ja eigentlich wirklich mal liegenlassen können!« sagt Trimmel grämlich.

»Wer?« fragt Höffgen.

»Von mir aus der Computer selber!« knurrt er und macht die Akte so heftig zu, daß es immerhin leise knallt.

Auf nach Lehnberg, auf zu Lachnitz.

Es ist dann aber doch drei Uhr, als Trimmel ankommt; der Professor muß in seinem Nickerchen gestört werden. Er macht einen guten, selbstsicheren, derzeit etwas müden Eindruck. Mitte Vierzig vielleicht – silberne Schläfen und ein junges, angespanntes Gesicht.

Bevor er dazu kommt, sich abermals zu ärgern, wird er bereits gefragt: »Sie arbeiten eng mit dem Hamburger Computerzentrum Fontenay zusammen?«

Lachnitz nickt. »Von Anfang an... zuletzt in den heutigen Morgenstunden.«

»Ach nee. Sie meinen, Sie haben...«

»Ja. Ich habe!«

»Sie haben heute morgen aus einem Toten...?«

»Bitte«, sagt Lachnitz ungeduldig, »vielleicht kommen Sie irgendwann doch mal...«

Aber da verlangt der Besucher allen Ernstes: »Kann ich die Leiche nicht mal sehen?«

Lachnitz ist so verblüfft, daß er wortlos vorangeht – tatsächlich in die Pathologie. Vor der Leiche von Jens Brockmann bleibt er stehen. Er zeigt Trimmel die frisch vernähten großen Narben. Von denen abgesehen unterscheidet sich der Körper überhaupt nicht von anderen Leichen.

»Wohin sind die Nieren gekommen?« fragt Trimmel.

»Heute in die Uniklinik Hamburg. Manchmal werden sie

sehr viel weiter verschickt. Dann kann's natürlich auch mal reichlich hektisch werden...«

Trimmel sieht ihn nachdenklich an. »Aus Ihrem Haus... Ihrem Krankenhaus sind in den letzten Monaten sage und schreibe zwölf Nierentransplantate angeboten und über das Computerzentrum weitergeleitet worden?«

»Mit diesem hier sogar dreizehn«, sagt Lachnitz, immerhin nicht ganz so stolz, wie er es vielleicht sein könnte. »Mir ist übrigens nur ein einziger Fall bekannt, in dem der Empfänger mittlerweile verstorben ist.«

»Alle Achtung!« sagt Trimmel lakonisch. »Aber deshalb bin ich nicht hier...«

»Sondern?«

»Wegen Herrn Tennessy«, sagt Trimmel. »Beziehungsweise wegen seiner Leiche.«

Lachnitz ist bestürzt. »Tennessy ist tot? Er war die Seele des Zentrums...« Er hat offenbar tatsächlich noch nichts von der Sache gehört.

»Nicht bloß, daß er tot ist«, sagt Trimmel, »er ist sogar ermordet worden. Irgendeiner mochte ihn anscheinend plötzlich nicht mehr leiden... möglicherweise jemand, der viel mit ihm zu tun hatte...«

»So wie ich etwa?«

Trimmel zuckt die Achseln. »Wenn Sie's selbst sagen... Sie liegen weit an der Spitze aller deutschen Krankenhäuser und Kliniken, die jemals über den Hamburger Computer Nieren angeboten haben.«

»Okay«, sagt Lachnitz. »Aber ich habe mich bisher noch nie um solche Rekorde gekümmert.«

»Können Sie mir trotzdem sagen, wie sich Ihre Vorliebe für Nierenverpflanzungen erklärt?«

»Ich verpflanze keine Nieren«, erklärt Lachnitz, »ich löse sie lediglich aus den Körpern Verstorbener und stelle sie für die Rettung anderer Menschen zur Verfügung.«

»Ist das sehr einträglich?« fragt Trimmel. Ob's ihm rausgerutscht ist oder nicht: eine bodenlose Frechheit.

Lachnitz bleibt trotzdem erstaunlich gelassen. »Ich bekomme mein Gehalt vom Land Hamburg sicherlich genauso pünktlich wie Sie, Herr Kriminalrat, und ich halte es...«

»Hauptkommissar!« unterbricht Trimmel. Er lächelt, beinahe wider Willen. Irgendwie hat er einen Gegner getroffen, wie er ihn gern hat.

»So, Hauptkommissar?« fragt der Gegner, ohne eine Miene zu verziehen. »Ist das etwa noch weniger?«

Trimmel nickt. Nimm ihn trotzdem von vorn, denkt er. »Warum hat mir der Computer Ihren Namen genannt, als ich ihn quasi nach Verdächtigen gefragt habe?«

»Nach Mordverdächtigen?«

»Ja, in etwa – sag ich ja.«

Da verliert er doch die fast unnatürliche Contenance. »Hören Sie«, grollt er, »ich könnte mich in Anbetracht Ihrer Unverschämtheiten inzwischen ohne weiteres an den Senator wenden. Aber ich tu's nicht; ich zieh's vor, Sie gleich persönlich rauszuwerfen. Ich will Ihnen vorher sogar noch eine Erklärung geben... Kriminalrat oder nicht. Sie sind jedenfalls kein Beamter des *einfachen* Dienstes und können sich von daher sicher nicht damit rausreden, daß Sie nicht mindestens über simpelste allgemeine Kenntnisse verfügen. Mindestens in Umrissen dürften Sie die Diskussionen um den Eintritt des klinischen Todes kennen, die seit Jahren auf allen Ärztekongressen geführt werden...«

Trimmel sagt nichts. Aber Lachnitz nimmt's offensichtlich als Zustimmung.

»Bei meiner Tätigkeit«, fährt er fort, »geht es einzig und allein um die Entnahme von Organen aus frisch Verstorbenen, wie ich bereits sagte... das ist mein Job, von mir aus auch meine Berufung. Dabei pflege ich grundsätzlich geduldig zu warten, bis es dem Herrgott oder wem auch immer gefällt, den jeweils meiner Fürsorge anvertrauten Erdenbürger endgültig abzuberufen...«

Da macht Trimmel doch den Mund auf. »Völlig klar!« sagt er mehrdeutig.

»... mit anderen Worten, wenn ein Patient stirbt, der für eine Organentnahme in Frage kommt, warte ich mindestens die vorgeschriebene Anzahl von Stunden nach dem Erlöschen der Hirnströme ab, bevor ich die Leiche öffne. Ich habe allerdings in aller Öffentlichkeit nie den geringsten Zweifel daran gelassen, daß ich diese von den Ärztekammern aufgestellten Vorschriften über den Eintritt des sogenannten klinischen Todes für zu eng halte. Gerade Scheuerlein...«

»Wer ist Scheuerlein?«

»Professor Scheuerlein von der Ärztekammer. Vorsitzender des Aufsichtsrats für die Organvergabe... gerade meinem Freund Scheuerlein habe ich das immer wieder gesagt, kann mir indessen kaum denken, daß Sie daher Ihren albernen Verdacht...« Er deckt den toten Nierenspender endlich wieder zu.

»Ich habe bisher weder mit Professor Scheuerlein noch mit anderen Vertretern des Aufsichtsrats gesprochen!« sagt Trimmel wahrheitsgetreu. »Ich weiß lediglich, daß dieses Gremium existiert.«

Lachnitz aber geht in der Pathologie mit einemmal auf und ab wie im Hörsaal. »Ich könnte mir, wie gesagt, immerhin sehr gut vorstellen«, doziert er, »und ich rede da weiß Gott nicht nur von meinen Mitarbeitern und mir, daß es in der Tat durchschlagende Argumente gibt, die Anzahl der Stunden im Anschluß an das Erlöschen der Hirnströme zu reduzieren!«

»Welche denn?« fragt Trimmel.

»Natürlich die erhöhten Überlebenschancen für den Empfänger«, antwortet er, »die vor allem. Nieren lassen sich grundsätzlich am besten von allen Organen verpflanzen. Die Blutzufuhr ist einfach, das Lymphsystem für das Überleben der Niere nicht unbedingt *so* wichtig – die Niere kann sogar ohne Nerven auskommen. Und wenn wir nun eine oder meist zwei Nieren entnommen haben, können die Organe an und für sich zwar noch gut sechsunddreißig Stunden in der Nierenerhaltungsmaschine funktionsfähig gehalten werden...«

»Ist das denn nicht Zeit genug?«

»Doch ja. Aber mich wird trotzdem nie das Gefühl verlassen, es könnte besser sein, wenn die maximalen Überlebenszeiten nicht ausgenutzt würden – wenn also die Transplantation kurzfristiger erfolgte! Ebenso könnte es, simpel ausgedrückt, wohl kaum schaden, wenn die Niere nicht allzu lange im sterbenden Spenderkörper verbleibt... sagen Sie, was wollte ich eigentlich?«

»Mich rausschmeißen!« erinnert Trimmel.

Aber Lachnitz winkt ab. »Uns Ärzten kommt so viel Unrat auf den Tisch...«, sagt er resignierend. Und dann wieder ganz konzentriert: »Ich wollte Ihnen folgendes sagen: Bis zum bevorstehenden Ende dieses Jahres werden in der Bundesrepublik gut hundert Nieren verpflanzt worden sein – aber bei zweitausend Menschen wäre eine Transplantation möglich, sinnvoll und lebensrettend gewesen! Nur – woher könnte man in einem Jahr und in einem Land wie dem unseren diese zweitausend Nieren bekommen?«

»Es gibt doch künstliche Nieren«, sagt Trimmel, »Dialyseapparate...« Er erinnert sich an sein Gespräch mit Jill – das Verhältnis von eins zu fünfzig bei Angebot und Nachfrage. Und die Gottähnlichkeit des Computers. Oder des Menschen, der ihn beherrscht...

Lachnitz marschiert immer noch hin und her; er glaubt offenbar wirklich, daß er vor einem kleinen, aber mittlerweile sehr dankbaren Publikum im Hörsaal redet. »Achttausend Patienten sterben bei uns jedes Jahr an chronischen Nierenerkrankungen. Wir können nur schätzen, wie viele von ihnen gerettet werden könnten, wenn es zum einen genügend Kunstnieren, zum anderen genügend Transplantate gäbe. Denn bis die Vorsorgeuntersuchungen für Nierenerkrankungen so weit sind, daß Kunstnieren und Verpflanzungen überflüssig werden... bis dahin, in der Tat, dürften noch Jahrzehnte vergehen!«

»Aber weshalb gibt es nicht genügend Kunstnieren?« fragt Trimmel beeindruckt.

»Es gibt fünfhundert«, sagt Lachnitz. »Es müßte Tausende geben!« Er wird fanatisch – und er schreit fast: »Jeder Dialyseapparat, jede Kunstniere kostet nicht mehr und nicht weniger als dreißigtausend Mark – und was, bitte, sind für unseren Staat neunzig Millionen, die man brauchen würde, um genügend Kunstnieren herzustellen und aufzustellen? Nicht mehr und nicht weniger als ein paar Starfighter, selbst wenn man noch die Kosten für die Ausbildung des Personals und die jeweilige Behandlung dazunimmt! Wenn Sie das verstehen, Herr... Herr Trimmel – *ich* bin in dieser Hinsicht längst am Ende meiner Wissenschaft angelangt!«

Erst ein Zeuge, dann ein Dozent, dann ein Fanatiker. Die verschiedenen Seiten eines Arztes, der Tag für Tag im Operationssaal steht, Menschen sterben sieht, manchmal helfen und viel öfter nicht helfen kann.

Aber Fanatiker sind auch unberechenbar, denkt Trimmel; Fanatiker halten sich leicht für den lieben Gott, den Lachnitz hier ja auch schon zitiert hat. Trimmel ist mittlerweile fest davon überzeugt, daß der Fanatiker Lachnitz selten oder nie die vorgeschriebene Zeit nach dem klinischen Tod eines Menschen einhält, um, noch blutwarm, die Nieren sorgsam aus ihm herauszuschälen.

Könnte es also – einstweilen nur eine vage und sicher auch groteske Vermutung – unter Umständen sein, daß ein Experte à la Jake Tennessy dem Fanatiker auf die Schliche gekommen ist; ein Fachmann, der nachweislich sehr oft mit Lachnitz zu tun hatte? Und daß Tennessy sterben mußte, weil er dem vermeintlichen Fortschritt der Transplantationschirurgie auf irgendeine Weise im Wege war?

»Können Sie eigentlich schießen, Herr Professor?« fragt er unvermittelt.

Lachnitz runzelt die Stirn. »Was soll das?«

»Nichts. Nur eine Frage...«

»Sprechen Sie normalerweise immer alles aus, was Ihnen gerade in den Sinn kommt?«

»Doch, ich glaube, ja«, sagt Trimmel ehrlich. »Können Sie schießen oder nicht.«

Die Antwort ist verblüffend, wenn nicht entwaffnend: »Ich bin Mitglied im Bund gegen den Mißbrauch der Tiere. Ein Verein für sich... man wird wahrscheinlich schon ausgeschlossen, wenn man an eine Schießbude auf dem Dom geht, und als Jäger wohl erst recht... Nein, ich hab mein Lebtag so gut wie nie geschossen. Im Krieg war ich Stabsarzt!«

Also muß er doch wohl schon älter sein.

»Hatte Ihre Frage direkt mit dem Tod von Herrn Tennessy zu tun?« fragt Lachnitz plötzlich.

»Wenn ich einen Mord aufzuklären habe«, sagt Trimmel, »haben alle Fragen mit diesem Mord zu tun. Von daher eine letzte Frage, Herr Professor... Hatten Sie bei all

Ihren Nierenentnahmen das Einverständnis der Angehörigen des...«

»Des Spenders?«

»Ja. Hatten Sie da nie Schwierigkeiten?«

»Sie müssen nicht alles glauben, was in den Zeitungen fälschlich Diskussion genannt wird«, sagt Lachnitz nachsichtig. »Ich kann es Ihnen auch schriftlich geben... ja, ich hatte jeweils das Einverständnis! In ein oder zwei Fällen habe ich es nachträglich eingeholt. Beim letzten Fall, dem heutigen, habe ich es noch nicht, werde es aber sofort beschaffen. Anderenfalls werde ich auch das Verfahren überleben, das gegen mich angestrengt werden könnte... was ist jetzt?«

Trimmel ist aufgestanden. Hau ab, bevor er dich dumm redet, denkt er seit zwei Minuten; du sollst einen Mörder fangen, keinen noch so verrückten Arzt einer Ordnungswidrigkeit überführen. »Ich danke Ihnen«, sagt er. »Wahrscheinlich komm ich noch mal wieder...«

»Bitte sehr!« sagt Lachnitz steif. Er ist enttäuscht – und aus diesem Gefühl heraus beschließt er, daß er doch besser in die Offensive gehen und Scheuerlein von sich aus unterrichten sollte. »Ich begleite Sie zum Fahrstuhl...«

Auf dem Weg dorthin begegnen sie einer zugedeckten Gestalt auf einer Bahre, die von einem Pfleger mit gleichgültigem Gesicht geschoben wird. Tot oder nicht tot?

Das ist hier in Lehnberg eben dic Frage.

»Was Neues?« fragt Trimmel, als er wieder im Büro ist.

Höffgen berichtet: »Über Tennessy nichts. Von Jill Biegler nur, daß sie sagt, sie hat den Ofen angemacht und ist daraufhin eingeschlafen...«

»Mach mal die Tür zu!« sagt Trimmel. Er fühlt sich momentan zwar erschöpft, aber kerngesund, was sein Herz anbelangt. »Ich glaub, ich ahne, wo der Hund begraben ist!« sagt er, als er sich einen Cognac eingießt.

Höffgen bedient sich selbst. »Wo denn?«

»Sowohl in der Fontenay als auch im Krankenhaus. Ich will echt nicht mehr Trimmel heißen, wenn's da nicht um *den* klassischen Fall von wegen Computerkriminalität geht.

Wenn sich da nicht irgendeiner an fremder Leute Nieren regelrecht gesundgestoßen hat!«

»Tennessy?«

»Kann sein, kann nicht sein. Abgesehen davon, daß er nicht mehr so ganz gesund ist...«

»Lachnitz?«

»Ehrlich, ich weiß es nicht. Aber wenn wir mit diesem Tennessy direkt nicht weiterkommen, müssen wir's wirklich anderweitig versuchen. Hier...« Er kramt eine jener Listen aus dem Aktenköfferchen, die der Computer schon letzte Nacht für ihn ausgespuckt hat. »Zwölf Patienten von Professor Lachnitz. Alle tot; da ist ihm wohl kein Vorwurf zu machen. Aber alle ohne Nieren begraben; die sind anderen Leuten eingepflanzt worden. Und nun brauch ich schnellstens möglichst alles über die zwölf Spender und auch über die Empfänger. Was die Empfänger betrifft: ob sie noch leben. Was beide betrifft: ob sie oder ihre Angehörigen je Kontakt zu Lachnitz hatten, vorher oder nachher!«

»Wahnsinn!« mault Höffgen.

»Tu ich etwa nichts?« fragt Trimmel nach seiner längsten Rede seit längerem.

Plötzlich aber strahlt Höffgens Gesicht – trotz des Wahnsinns, der da auf ihn zukommt. »Die wohnen doch sicher nicht alle in Hamburg!« Er sieht eine Reise vor Augen, wenn nicht mehrere – wahrhaftig ein gigantisches Geschenk für einen Hamburger Polizisten. Nach Hannover, Stuttgart, Düsseldorf und vielleicht sogar München...

»Nee, du – dafür gibt's Amtshilfe!« sagt Trimmel indessen kurz und bündig und zerstört damit die Hoffnung im Ansatz.

Am Abend besucht er Jill Biegler in ihrem Einzelzimmer in St. Georg.

»Gute Krankenkasse?« sagt Trimmel. Das offenherzige Nachthemd lenkt ihn ziemlich ab.

Sie lächelt. »Wenn schon Sozialstaat, soll man auch davon Gebrauch machen. Was kann ich für Sie tun?«

Ja, das ist die Frage, denkt er. »Sind Sie sich nach wie vor ganz sicher, daß Ihr Heizofen gebrannt hat, als Sie ins Bett gegangen sind?«

»Absolut!«

»Und er ist noch nie von selbst ausgegangen?«

»Nein, nie! Er war nicht mehr das jüngste Modell, aber absolut intakt!«

»Tja«, sagt er, »irgendwie sträubt sich alles in mir, daß Sie einer ins Jenseits befördern wollte. Aber wenn ich so an Tennessy denk...«

Ihr Lächeln wird etwas mühsam. »Im Moment fühl ich mich ja bei Ihnen in besten Händen!« Und dann kommt sie Gott sei Dank von selbst auf Lachnitz zu sprechen. »Waren Sie bei ihm? In Lehnberg?«

»Ja!« sagt Trimmel erleichtert.

»Und?«

»Na ja – am Ende ging's, aber anfangs hat er sich ziemlich aufgeregt. Ich möcht wissen, wieso sich die Menschen überhaupt aufregen, wenn die Polizei mal zu Besuch kommt!«

»Also, dazu könnt ich allerdings auch was sagen...«

»Wieso Sie?«

Mit einemmal wird sie rot. »Ich meine... ich dachte gerade an unser erstes Gespräch...«

»Aha. Und wieso haben ausgerechnet Sie mir den Namen Lachnitz genannt? Wirklich nur, weil er wahrscheinlich am häufigsten gespeichert ist?«

»Nein, nein – eigentlich eher deswegen, weil er Jakes häufigster Gesprächspartner gewesen ist. Jake hat auch dauernd *über* ihn gesprochen; Lachnitz wär ein regelrechter Fanatiker, sagte er...«

»Damit könnte er sogar recht haben«, sagt Trimmel. »Wobei mir einfällt – wie viele Fälle von Nierenvermittlung sind eigentlich über euer Zentrum insgesamt gelaufen?«

»Vierzig oder fünfzig«, vermutet sie.

»Kann man die auch mal nachprüfen?«

»Also, das dürfte einiges an Arbeit sein«, sagt sie. »Aber gut, ich mach's selbst. Sofern die mich hier jemals wieder laufenlassen...«

»Sie sind ja wirklich erstaunlich hilfsbereit...«, wundert sich Trimmel.

»Nur Ihretwegen!« sagt sie und meint es auch so.

Ihr Lächeln verschwindet erst, nachdem Trimmel aus der Tür ist. Netter Mensch, denkt sie; könnte ihr Vater sein. Schade, daß es immer noch modern ist, Bullen nicht leiden zu können.

Der Computer ABS IL 214, *Star von Hamburg*, genannt Mike, mag sich langsam daran gewöhnen, daß abends Trimmel kommt. Sein Nachtdienst – weiblich, lange nicht so hübsch wie Jill – läßt alle Zweifelsfälle erst einmal außen vor und ermittelt, daß acht von den im Laufe der Zeit über das Computerzentrum angebotenen Nieren in Hamburg geblieben sind, elf in München verpflanzt wurden, fünf in Heidelberg, fünf in Hannover, drei in Bonn und drei in Bad Wildungen.

»Bis auf Bad Wildungen handelt es sich um die traditionellen Nierentransplantationszentren«, sagt der Nachtdienst, ohne zu stocken.

»Wieso eigentlich Bad Wildungen?« fragt Trimmel. Universitäten traut man ja automatisch irgendwie alles zu, gerade auf medizinischem Gebiet, aber in Bad Wildungen ist erwiesenermaßen auch keine Außenstelle einer Universität.

Das, erklärt der Nachtdienst, läßt sich leider nicht feststellen, zumindest nicht auf Anhieb.

»Dann stellense aber mal ganz schnell fest, was Sie überhaupt feststellen können!« sagt Trimmel. »Wie heißt da in Bad Wildungen beispielsweise der Arzt?«

5

Der Arzt in Bad Wildungen heißt Professor Dr. Dr. Friedrich W. Becker. Der Mann hat – das erfährt Trimmel gleich am nächsten Morgen – eine glänzende Laufbahn als Universitätslehrer aufgegeben, als er eines denkwürdigen Tages nicht nur eine Frau heiratete, sondern auch deren Millionen. Mit denen, immerhin, hat er sich dann den Traum verwirklicht, der an den deutschen Unikliniken unzählige Male geträumt wird: Die geradezu verschwenderische Einrichtung einer Privatklinik, bei der Unzulänglichkeiten aller Art so weitgehend ausgeschlossen sind, wie es der jeweils letzte Stand der Medizin und der Krankenhausforschung ermöglicht.

Sechzig Betten, kein einziges mehr. Die modernste Dialysestation auf dem Kontinent. Professor Becker ist Chirurg und Urologe zugleich. Vier Fachärzte für Chirurgie und Urologie als Oberärzte; der oberste von denen heißt Meyers und ist ebenfalls schon Professor. Personal wie im Luxushotel, also keineswegs nur medizinisch ausgebildet – und Gäste, anderenorts Patienten genannt, ebenfalls wie im Luxushotel.

Schwimmbad mit 29 Grad Wassertemperatur. Sonnenterrassen, eigener Park. Bundeskegelbahn für alle, bei denen es wieder geht. Farbfernseher. Preise nach Vereinbarung, nicht gerade mit der Ortskrankenkasse.

Vor allem aber eins, erfährt Trimmel. Beckers Spezialgebiet ist ein medizinisch ungeheuer wichtiges Teilgebiet der Molekularbiologie – die Erforschung der Abwehrreaktion des menschlichen Körpers nach der Verpflanzung fremder Organe und Gewebe. Er hat ein eigenes, exzellent ausgestattetes Laboratorium zur Erforschung dieser sogenannten Immunitätsbarriere; dazu hat er einen Leichenkeller mit so viel Präparaten und so umfangreichen Sektionsmöglichkeiten wie in der Pathologie einer mittleren Universität.

»Muß er denn dazu nicht auch vor allem...?«

Aber sicher. Dazu muß er vor allem auch selbst Organe verpflanzen – und das tut er auch. Nur Nieren, versteht sich. Es gab anfangs immer ziemlich viel Wirbel. Daß es einem Privatarzt, unabhängig von jedem staatlichen Institut, überhaupt gelingt, Transplantate zu bekommen...

»Ein bißchen futuristisch, das Ganze«, sagte Trimmel. »Ein bißchen viel Medizin von morgen auf einmal.«

Aber davon will sein Gesprächspartner nichts wissen. Eher sei Professor Becker etwas barock oder byzantinisch oder ein Renaissancemensch; so genau käm's darauf sicher nicht an. Das W mit dem Punkt in Beckers Namen bedeute *Wolfram*, und der Name *Wolfram von Wildungen* laufe ihm seit zehn Jahren nach. Was mache es aus, wenn das Vorbild dieses Namens, der hochberühmte mittelhochdeutsche Wolfram von Eschenbach, mit Barock, Byzanz und Renaissance wenig im Sinn gehabt habe? Wenn einer dieser beiden Wolframs auf dem Wildenberg gedichtet habe und der andere in Wildungen Studien betreibe? Wenn der Chirurg und Urologe Wolfram höchstens Arterien, Körperhöhlen und Bauchdecken dichten könne – wenn er also nicht viel musischer sei als eine Glühbirne mit Wolframfäden, einfach eine Leuchte und sonst gar nichts?

Friedrich Wolfram Becker.

Zurück zur Sache: Von seiner Privatvilla auf dem Klinikgelände aus hat Becker einen herrlichen Blick auf Schloß Friedrichstein. Und vom hessischen Staat wird er gefördert wie im allgemeinen wirklich nur eine staatliche Institution von allerhöchstem wissenschaftlichen Rang. Denn er hat nach Ansicht einiger Leute, auf die es ankommt, für den Ruf seiner Wahlheimat in einem Jahrzehnt mehr getan als Konrad... nein, natürlich nicht Adenauer für Köln! – als Konrad von Soest, der ein halbes Jahrtausend zuvor den Flügelaltar in der Wildunger Stadtkirche malte.

Wildungens Quellen gehören zu den erdigen Säuerlingen; das Bad, schwören die Leute, die Jahr für Jahr wiederkommen, ist gut gegen Gicht, Blasen- und Nierenleiden.

Wenn es nicht mehr hilft, kann man sich unter Umständen ja immer noch bei Professor Dr. Friedrich W. Becker neue Nieren einsetzen lassen.

Soweit Trimmels Gesprächspartner auf dem Wege der Amtshilfe. Trimmel hat den Wildunger Kollegen, einen erstaunlich gebildeten Kriminaloberkommissar namens Schwarz, händeringend gebeten, über das Interesse der Hamburger Polizei an Professor Becker striktes Stillschweigen zu bewahren. Trimmel hatte ihn angerufen, sobald er halbwegs klar sah; die Sache Tennessy ist mittlerweile schon bald eine halbe Woche alt, und nach aller Regel und Erfahrung schwinden die Chancen der Aufklärung von Stunde zu Stunde mehr.

»Warum beißen Sie sich denn mit einemmal so an Bad Wildungen fest?« fragt Höffgen.

»Weil dieser Becker irgendwie exotisch ist!« sagt Trimmel. »Und Exoten sind immer für was gut, das weißte selber... im Guten wie im Bösen. Der paßt in diese ganze Geschichte hinten und vorn nicht rein!«

»Aha«, sagt Höffgen. »Fahren Sie selber hin?«

Er weiß noch gar nicht, ob er überhaupt fährt. Das Bundeskriminalamt hat ihm mitgeteilt, die Geschosse aus Tennessys Körper seien aus einer polizeilich noch nicht in Erscheinung getretenen Waffe abgefeuert worden. Im Obduktionsbericht ist nochmals davon die Rede, daß der tote Tennessy schlechte Zähne hatte und aus einer ziemlich kurzen Distanz zweimal ins Herz getroffen worden ist. Über Lachnitz gibt es nichts Neues außer der Mitteilung, daß er seine Ärzte netterweise an seinen nicht unbeträchtlichen Einnahmen beteiligt, daß die aber ganz gewiß nicht aus dem illegalen Verhökern frischer menschlicher Organe stammen.

»Trotzdem«, sagt Trimmel finster, »ganz fertig bin ich mit ihm noch lange nicht!«

Und nun der neue Professor?

Man kann es sich nicht immer aussuchen, denkt er. Auf der anderen Seite, man muß einen Schritt nach dem anderen tun und nicht, wie bei manchen modernen Tänzen, die Beine auf einmal zu bewegen versuchen. Also wird eine Spurenakte Professor Dr. Becker angelegt.

Trimmel selbst knifft den Schnellhefter, beschriftet ihn und benutzt selbst den Locher für die paar Blatt Papier. Der große Krieg gegen die Mörder und Totschläger findet sowieso viel häufiger zwischen Aktendeckeln als mit der Waffe statt.

»Aber noch mal zu Lachnitz, womit hat der sich denn nun wirklich verdächtig gemacht?« will Höffgen wissen, als er seinerseits Spurenakten anlegt und vervollständigt.

»Also, wenn mir einer tausendmal sagt, wie knapp verpflanzbare Nieren sind«, sagt Trimmel, »dann frag ich mich am Ende doch automatisch, ob da nicht dieselbe Automatik abläuft wie bei Geld oder echten Rembrandts.«

»Wie meinen Sie das?«

»Na ja – warum wird Geld geklaut? Weil irgendeiner auf die Idee kommt, er hat nicht genug davon. Warum besorgt sich jemand echte Rembrandts? Erstens, weil er meint, seine Sammlung wär nicht vollständig, zweitens, weil sie knapp sind auf dem freien Markt. Und wieso, frag ich dich, soll sich dann nicht mal jemand auf die krumme Tour Nieren besorgen oder besorgen lassen, wenn er glaubt, daß sie ihm fehlen und normal kaum zu kriegen sind?«

»Allerdings einer, der Geld genug hat...«, sagt Höffgen mit der ihm eigenen Philosophie.

»Sicher. Aber nun mal ehrlich... siehste nicht, daß gerade Leute wie Tennessy oder Lachnitz da am allerehesten drinhängen können? Deshalb sieh zu, daß die Liste mit den Patienten von Lachnitz endlich fertig wird!«

Die Liste mit allen erreichbaren persönlichen und medizinischen Daten über diejenigen Leute, die über das Krankenhaus Lehnberg und das Computerzentrum eine neue Niere bekommen haben. Höffgen sieht Trimmel traurig an. »Die Leute wohnen tatsächlich über ganz Deutschland verstreut, aber wenn wir nicht mal verreisen dürfen...«

»Komm, ist ja gut!« sagt Trimmel. Er zündet sich, was immer noch seltener vorkommt als früher, eine schwarze Zigarre an und qualmt wie ein Schornstein. »Ganz so schlimm *kann's* ja gar nicht sein; der Computer hat allenfalls vierzig Nieren vermittelt!«

Sie sind nach außen hin friedlicher miteinander als je zuvor. Aber unter der Oberfläche brodelt's: bei Höffgen das Gefühl, für das bißchen Geld im Monat viel zu viel arbeiten zu müssen. Bei Trimmel die Hilflosigkeit gegenüber der Elektronik und der Medizin.

»Im Grunde haben wir bis jetzt bloß rausgekriegt, daß Tennessy ne Seele von Mensch war...« mosert Höffgen.

Trimmel steht unvermittelt auf. »Entweder bringen wir Johnny endlich richtig zum reden, oder wir klären den Fall nie!« Er zieht sich den Mantel an und kommt sich vor wie ein Halbgebildeter auf dem Wege zur Volkshochschule. »Ist Laumen im Haus?«

»Ja, seit kurzem«, sagt Höffgen. »Arbeitet inzwischen auch schon an Ihrer Liste...«

»Er soll sich in Sankt Georg erkundigen, wann morgen diese Biegler entlassen wird; der geben wir mal Polizeischutz. Kann ja sein, daß dabei sonst noch was rauskommt; an geheime Daten kann die ja auch...«

»Wie lange denn?« fragt Höffgen.

»Erst mal sowieso mindestens bis Mitternacht!« entscheidet Trimmel grämlich. »Wenn ich mich nicht melde oder ne Ablösung schick, kann er nach Hause gehen!«

»Gott, der Arme!« sagt Höffgen neidisch.

Wozu, indessen, hat der Mensch Freunde, wenn er sie nicht Tag und Nacht um Rat angehen kann? denkt Trimmel später. Er fährt über die Stadtautobahn in Richtung Pinneberg.

Und dann geschieht es.

Sein Herz krampft sich zusammen, als ohne jede Vorwarnung die Steuerung versagt und blockiert. Keine kurze Extrasystole – ein langer, tödlicher Schreck. Dreh und dreh und dreh – das Lenkrad dreht total ins Leere, und die Karre fährt stur nach rechts. Bremsen? Er tut's; gleichgültig, ob's falsch ist oder richtig.

Die Zeitlupe sieht es so: Trimmels gelber Ford bricht beim Überholen eines Lastwagens nach rechts aus; durch das Bremsen wird der Lastwagen gleich schnell mit Trimmels Ford, die Wagen berühren sich seitlich, und der Ford schießt dann nach links gegen die Leitplanke...

»Der ist ja besoffen!« schreit der Lastwagenfahrer.

Daß er brutal in die Bremsen steigt, ist goldrichtig und rettet Trimmel vermutlich das Leben. Der Ford schleudert quer über die beiden Fahrspuren, dreht sich, bleibt endlich stehen und kriegt von dem Lastwagen nur noch einen allerdings sehr derben Puff an der linken hinteren Seite.

Schrottreif. Das Ende eines Autos, mit dem Trimmel oft genug quer durch Deutschland gefahren ist, zweimal illegal auch in die DDR.*

»Sind Sie besoffen?« schreit der Mann aus dem Lastwagen, der Trimmel aus dem Ford zerrt.

* Friedhelm Werremeier: *Taxi nach Leipzig*, Heyne Taschenbuch Nr. 02/2021 in der Reihe *Blaue Krimis*

»Ich... ich glaub nicht...«

Er lebt noch – das zumindest. Er hat mehr Glück als Verstand gehabt, eine ganze Menge also; er hat scheinbar allenfalls eine Gehirnerschütterung und blutet wie ein Schwein aus einer tiefen Schnittwunde über dem rechten Auge.

Hinter der Unfallstelle wächst die Schlange. Irgend jemand ruft bestimmt schon die Polizei. »Wie ist das denn eigentlich passiert?« fragt Trimmel fremde Menschen mit belegter Stimme und besorgter Miene.

»Das müssen Sie gerade fragen!« sagt der Lastwagenfahrer, der am ganzen Leib zittert.

»Aber ich... ich kann doch nichts...«

»Das wird sich herausstellen!« knurrt der Fahrer und wirft die kaum angerauchte Zigarette weg, schon die zweite nach dem Bums. Eine menschliche Regung immerhin: »Haben Sie denn echt nix getrunken?«

»Nein, ich schwör's!« Wenn's hochkommt, überlegt er, null Komma zwei oder drei. Ein Mann drückt ihm ein Verbandspäckchen auf die Stirn, und er hält es mit der linken Hand fest. Null Komma zwei oder drei Promille; Gott segne Dr. Frerichs, *so wenig saufen wie möglich!*

Was war nun wirklich los?

Stichwort Frerichs. Assoziationsketten: Diagnose per Computer bei Frerichs. Frerichs ist ein Freund von Lippmann. Ich wollte zu Lippmann, deshalb bin ich hier. Ihn irgendwas fragen. Über den Computer? Nicht direkt – bloß über einen Teil. Die Abteilung mit den gespeicherten Daten über (also vor und nach) Organverpflanzungen. Ja, das war's!

Inzwischen ist die Polizei eingetroffen, schiebt die gelben Trümmer von der Straße und gibt den Verkehr wieder frei. Schnuppert bei der formlosen Vernehmung heimtückisch an Trimmels Gesicht herum, weil das Erwischen von Oberbeamten immer noch mit am meisten Spaß macht, riecht aber nichts und gibt ihm am Ende zuvorkommend den Polizeiführerschein zurück. »Da haben Sie ja wirklich Schwein gehabt, Herr Trimmel!« Besser, meinen sie, wär es allerdings auf jeden Fall, den Schrottwagen und vor allem die Steuerung mal von Fachleuchten untersuchen zu lassen.

»Mach ich«, sagt Trimmel. »Aber können Sie mich nicht mal weiter Richtung Pinneberg fahren? Das neue Amt für Pflanzenschutz, ich hab da was zu tun...«

»Wollen Sie denn nicht ins Krankenhaus?«

»Nee, Pflanzenschutz!« Trimmel ist hartnäckig; er leistet sich sogar, was er normalerweise nie tut, einen Kalauer. »Unkraut vergeht nicht...«

Also gut. Über Funk können sie den schon gestarteten Krankenwagen noch stoppen. »Aber Sie müssen's versprechen... Sie gehen heute noch zum Arzt?«

Er nickt. Erst mal allerdings wird ihn Dr. Lippmann verarzten; der ist immerhin Biologe und weiß – unter anderem – über Unkraut tatsächlich jede Menge.

Pflaster hat er auch im Haus. »Genäht werden muß da offenbar nichts!« Jedenfalls, wenn Trimmel kommt, ist doch immer was los, meint Lippmann. Er tastet Trimmels Schädel ab, kocht ihm Tee und stellt einen Cognac daneben. »Was haben Sie denn heute für Kummer, abgesehen von Ihrem Unfall?«

Trimmel erzählt ihm in Umrissen die Geschichte vom Tod des Computerchefs Jake Tennessy. Und erzählt ausführlich von Professor Lachnitz und von Professor Becker vor allem und dessen Spezialgebiet, der Immunbarriere nach Transplantationen: wie das funktioniert, will er wissen, effektiv *en detail*. Die medizinischen Daten, die übereinstimmen müssen, wie Jill Biegler ihm gesagt hat: *welche* Daten?

Dr. Lippmann zieht die Stirn kraus. »Mal was von DNS gehört? Desoxyribonucleinsäure, die berühmten Ereignisse im Innern einer Zelle?«

Trimmel hat. »Trotzdem«, stöhnt er, »mir platz der Schädel; erklären Sie's mir...«

Und tatsächlich, Lippmann schafft's, statt wie die meisten Wissenschaftler bei Adam und Eva anzufangen. »Sie und ich zum Beispiel, wir haben bestimmt nicht nur unterschiedliche Blutgruppen, sondern auch unterschiedliche Gewebefaktoren. Und wenn man mir nun ohne Rücksicht darauf eine Niere von Ihnen einpflanzen würde, so würde mein Gewebe Ihr Gewebe als schädlichen Fremdkörper ansehen und die Niere mit einiger Sicherheit abstoßen. Und umgekehrt... Es hätte also nicht nur keinen Zweck, Organe zwischen Menschen mit unterschiedlichen Gewebefaktoren zu verpflanzen, sondern es kann unmittelbar tödlich sein...«

»Man muß also vorher feststellen, wie sich das Innenleben zweier Menschen verträgt, zwischen denen transplantiert werden soll?«

»Genau«, sagt Lippmann. »Und dafür, unter anderem, werden Computer eingesetzt. Der Computer speichert Daten und Faktoren, vor allem aber die Gewebefaktoren derjenigen Nierenpatienten, die nur noch durch eine neue Niere zu retten sind. Und wenn dann irgendwo in Deutschland oder Europa eine Niere angeboten wird, sucht der Computer denjenigen Kranken raus, der sie erstens am dringendsten braucht und zweitens hinsichtlich der angebotenen Organspende die beste Gewebeverträglichkeit aufweist...«

»Mein lieber Mann«, sagt Trimmel, »wenn sich da kein Mordmotiv finden läßt...«

»Wieso?« fragt Lippmann verständnislos.

»Wenn sich dahinter nicht sogar mehrere handfeste Mordmotive verstecken – Jake Tennessy, mit seinem *Star von Hamburg* Herr über jede Menge Nieren! Theoretisch hätte der sich doch mit Schiebereien Millionen ergaunern können!«

»Gibt's denn da was Konkretes?«

»Ja und nein. Tennessy war ne Seele von Mensch, behaupten die Leute. Aber solchen Seelen trau ich nie!«

Lippmann macht eine hilflose Handbewegung. »Möglich ist ja fast alles. Immerhin, im Interesse *meiner* wissenschaftlichen Ethik hoff ich stark, daß Ihnen diesmal die Fantasie durchgegangen ist!«

»Wenn Sie krank wären, Herr Lippmann«, sagt Trimmel, »echt sterbenskrank, und wenn Sie auf eine Niere angewiesen wären – wieviel würden Sie zahlen, um ihr Leben zu retten oder wenigstens zu verlängern?«

»Vermutlich ziemlich viel«, meint Lippmann ehrlich. »Wahrscheinlich alles, was ich habe!«

Als Trimmel mit dem Taxi ins Präsidium zurückfährt, sieht er, daß sein Auto inzwischen abgeschleppt worden ist. Er wird wütender als vorher: Wenn ich den kriege, denkt er, der mir da an der Lenkung rumgefummelt hat... Mordversuch an Trimmel, na warte! Auch Lippmann hat ihn angefleht, er möge unbedingt ins nächste Krankenhaus fahren und sich vorsichtshalber den Schädel röntgen lassen. Aber gerade jetzt, in seiner Wut, hat er es eilig; er hat effektiv das Gefühl, keine Zeit mehr verlieren zu dürfen.

»Um Himmels willen!« sagt Höffgen, als er das große Pflaster sieht. »Was ist denn mit Ihnen los?«

»Erst Tennessy«, sagt Trimmel grimmig, »dann Jill Biegler, dann ich. Ganz ehrlich – heute wär ich echt fast an der Reihe gewesen!«

Höffgen ist gelegentlich ein praktischer Mensch. »Wann waren Sie mit Ihrem Wagen zuletzt in der Inspektion?« fragt er, sobald er die ganze Geschichte kennt.

»Letzte Woche«, sagt Trimmel.

»Und die Werkstatt?«

»Die hab ich seit Jahren; da bin ich noch nie schlecht bedient worden.«

»Also, soweit ich was von Autos versteh«, erklärt Höffgen, »möglich ist es, daß Ihnen jemand unter den Wagen kriecht und innerhalb von zehn Sekunden so massiv an der Lenkung rumfummelt, daß Sie später damit zusammenkrachen...« Auf jeden Fall legt er vorsichtshalber wieder eine neue Akte an, *Mordversuch zum Nachteil von Paul Trimmel* zum neuerlichen Ärger von Pau Trimmel.

»Du bist doch wohl nicht gescheit...«

»Tun Sie mir einen Gefallen«, sagt Höffgen, plötzlich ungewöhnlich mutlos, »mir und sich selber – gehen Sie nach Hause! So was dürfen Sie doch auf gar keinen Fall auf die leichte Schulter nehmen! Oder wollen Sie sich nächstens auch noch n neuen Kopf aufsetzen lassen, nachdem Sie neulich schon damit rechnen mußten, daß Sie über kurz oder lang n neues Herz verpflanzt kriegen?«

Der Kopf, ja. Von Herz redet ja keiner mehr, aber der Kopf tut tatsächlich weh. Ganz merkwürdig weh, völlig anders als nach noch so ausgedehnten Abenden im *Old Farm-*

sen Inn oder sonstwo. Und dennoch... »Wie weit bist du mit der Patientenliste von Lachnitz?«

Da gibt Höffgen auf. »Halb fertig!« Knirscht mit den Zähnen und wünscht Trimmel die Syphilis an den Hals.

Zweimal in den bisher überprüften Fällen sind die Organe, die Lachnitz frisch verstorbenen Menschen entnommen hat, nach Bonn gekommen, einmal nach Köln. Dreimal sind sie in Hamburg geblieben. Die Spender auf dieser Liste, auf der der Name Bad Wildungen nicht erscheint, waren drei Verkehrstote, ein Herzinfarktopfer, das keinerlei anderweitige körperliche Schäden hatte, zwei Betriebsunfallopfer.

»Hier sind die Namen...«

Trimmel überfliegt sie. »Kannten sie Lachnitz?«

»Nein. Alles ganz einfache Leute. In zwei Fällen haben die Angehörigen ihre Zustimmung tatsächlich erst gegeben, als die Nieren schon entnommen waren; das ist nicht ganz astrein. Einer sagte, es wär ihm entsetzlich schwergefallen – irgendein Sektenmensch. Aber er hatte einen Aufruf in der Zeitung gelesen: Im Tod noch Leben spenden oder so ähnlich. Und da hat er sich sagen müssen, wenn die Nieren seines Bruders auf die Art noch helfen können, dann will er's im Gebet mit seinem Herrgott persönlich ausmachen...«

Direkt weltbewegend, sagt sich Trimmel, ist's nicht. »Was ist mit den Empfängern?«

»Ja, das sieht n bißchen anders aus«, sagt Höffgen. »Wennste reich bist, kannste länger leben und kriegst deine Niere wahrscheinlich doch schneller! Ich will mich da nicht festlegen, Chef, aber unter den sechs Fällen, die ich überprüft habe, waren fünf gut betuchte Privatpatienten!«

»Tatsächlich?«

»Ja. Ich hab auf jeden Fall beschlossen, in ne noch bessere Krankenkasse einzutreten!«

»Na gut. Aber war dann wenigstens einer von diesen reichen Empfängern näher mit Lachnitz bekannt? Ehe er krank wurde und zu ihm in Behandlung kam?«

Höffgen schüttelt den Kopf. »Ich wundere mich selber, aber da läuft auch nichts.«

Trotz und alledem aber ist Trimmel schließlich mit dem

Tag zufrieden. Sechs weitere Überprüfungen von Lachnitz-Nierenempfängern stehen noch aus; außerdem gibt's ja immer noch Professor Dr. Dr. Becker in Bad Wildungen. Den Mann, der zwar mit Lachnitz direkt offenbar nichts zu tun hat; aber wenn der als der klassische Verkäufer von Nieren gelten könnte, so wäre er der dazu passende Ankäufer. Sozusagen der passende Deckel auf den Topf... Bei Licht besehen allerdings ist Becker unter dem Strich einstweilen nur dadurch verdächtig, daß er in Trimmels Augen als Exote gilt.

Allmählich aber sollte man diesen Herrn doch mal besuchen, sagt sich Trimmel. Ihm einfach mal auf die Pelle rükken.

»Wie komm ich dahin?«

Höffgen sieht ihn fragend an. »Wieso?«

»Meine Karre ist doch im Eimer...«

»Mein Gott«, sagt Höffgen, »dann nehmen Sie eben ausnahmsweise mal n Dienstwagen! Ist doch auch ne Art Amtshilfe!«

Gegen Mitternacht erst ist Trimmel zu Hause und legt sich auf die Couch. Gaby Montag sagt nach dem ersten Schreck bei seinem Anblick: »Hauptsache, daß du noch lebst!«

»Ja – mit Mühe!« brummt er. Besonders gut nämlich fühlt er sich wirklich nicht; vor allem der Kopf tut in unregelmäßigen Abständen immer noch weh.

Er will jedenfalls gar nicht mal den starken Mann herauskehren, als Gaby ihm Eis auf die Stirn legen will; er hat zufällig einfach nur einen Whisky pur in der Hand, den er neuerdings trinkt, weil's auf die Dauer besser als große Mengen Bier fürs Herz sein soll oder zumindest nicht ganz so schädlich wie Cognac. Und so nimmt er ihr das Eis einfach weg, bevor sie es in ein Tuch tun kann, und tut's in den Whisky. Ein für allemal verbindlich nämlich will er rauskriegen, ob's mit oder ohne Eis besser schmeckt.

6

Am Donnerstag, dem 25. November, geht Jacob ›Jake‹ Tennessys toter, obduzierter Körper im Krematorium Ohlsdorf in Flammen auf. Die stille Trauerfeier geht zu Ende; Asche zu Asche, Staub zu Staub, und das ABS-Vorstandsmitglied, das eigens zur Einäscherung aus Frankfurt eingeflogen war, schaut verstohlen auf seine bewährte Rolex: Die Mittagsmaschine zurück müßte zu schaffen sein.

Keine Blumen, keine Orgel, keine Trauergemeinde mehr, als die allerletzten Reste Tennessys dann in eine Urne aus braunem Ton sortiert werden. Immerhin hat ABS im Einvernehmen mit dem Staatsanwalt eine Belohnung von fünftausend Mark für Hinweise zur Ergreifung des Mörders ausgesetzt: man hat sich immer schon was darauf zugute gehalten, daß man ein wirklich ungewöhnlich sozialer Betrieb ist.

Mit der offiziellen Belohnung von dreitausend sind das jedenfalls achttausend Mark. Ziemlich genau der Betrag, den der verblichene und verbrannte Leiter der Datenverarbeitung des Hamburger Computerzentrums in zwei Monaten netto verdiente.

Die Leiterin des ABS-Rechenzentrums wird ebenfalls an diesem Mittag aus St. Georg entlassen; es hat letztlich doch einen Tag länger als geplant gedauert, denn Jill Biegler wird den Leuten auch hier nicht nur als zartes, sondern auch als sehr hübsches Mädchen in Erinnerung bleiben, und der Stationsarzt hatte sie gern bei sich. »Die Woche über bleiben Sie auf jeden Fall bitte noch zu Hause und schön brav im Bett!« ordnet der Stationsarzt an.

Was der sich so unter Bett vorstellen mag, denkt Jill träge. Dann kommt eine Schwester und sagt: »Draußen wartet ein Herr auf Sie.« Und Jill Bieglers denkt: Bertie! Dieser Idiot!

Im Moment allerdings ist noch nicht Berti der Idiot, sondern der Kriminalmeister Laumen. »Herr Trimmel meint, es wär ganz gut, wenn ich Sie n paar Tage...«

»Daddy«, sagt Jill wütend, wenngleich Laumen kaum ein paar Jahre älter ist, »das schminken Sie sich ja mal besser gleich ab! Ich und n Bulle, ich lach mich krank!«

»Herr Trimmel will's so«, sagt Laumen.

»Dann soll er gefälligst selbst kommen! *Sie* jedenfalls beschützen mich nicht gegen meinen Willen!«

»Na schön«, sagt Laumen. Scheinbar geht er weg. In Wirklichkeit beobachtet er von einem Auto aus, wie sie ein Taxi besteigt. Er fährt hinterher und postiert sich dann mit seiner grauen Ente vor ihrer Tür. Es gibt schlimmere Jobs, denkt er relativ heiter.

Kurze Zeit später werden dann oben ein paar Gardinen aufgezogen, und sekundenlang erkennt er Jill am Fenster.

Bertie saß auf dem Bett, als sie ins Zimmer kam, und auf dem Tisch stand ein unheimlich dicker Strauß roter Rosen, den er gekauft hatte, obgleich er nur sehr ungern in öffentliche Läden geht. Da stehen die Blumen jetzt noch und duften vor sich hin, und Jill sitzt im Sessel und sagt sich, daß manche Herrschaften lästig sind wie die Fliegen.

»Also, was ist?« fragt Bertie.

»Du kannst nicht bleiben!« sagt Jill, endgültig entschlossen. »Sie können mich jederzeit wieder zur Vernehmung holen, wegen dem Gas, mein ich! Abgesehen davon, wie soll ich's der blöden Wirtin beibringen?«

»Die hat mich doch selber reingelassen«, sagt Bertie. »Was da so n paar Blumen ausmachen; n paar Tulpen hab ich ihr auch mitgebracht! Die Alte ist super – ich hab sie gefragt, ob sie was dagegen hat, wenn ich n paar Tage hier bin; da meint sie, sie wär heilfroh, daß endlich mal einer auf dich aufpaßt! Alle alten Leute sind scharf darauf, daß n paar Jüngere im Haus sind – weißte das nicht?«

»Interessiert mich nicht. Du kannst nicht bleiben!«

»Doch!« grinst er. »Wetten?«

»Ich kann's mir nicht leisten, einen zu verstecken, hinter dem die Bullen her sind!«

»Scheiße!« sagt er daraufhin heftig. »Hab ich dir n Gefallen getan oder nicht? Wußte nicht, daß ich momentan auf dich angewiesen bin?«

»Draußen hängt einer von den Bullen in Lebensgröße rum!«

»Was will der denn?« fragt Bertie entsetzt.

»Mich beschützen... was weiß ich...«

Mit weichen Knien geht Bertie zum Fenster. »Da der Typ mit der alten Ente?«

Sie nickt. Sie hat Laumen unterwegs natürlich keine Minute aus den Augen verloren.

»Aber das ist doch sogar super!« sagt Bertie. Er zieht den Spalt der Tüllgardine sorgsam wieder zu und schließt die Vorhänge. »Unter Polizeischutz sucht mich doch keiner!« Er lacht sich scheinbar halb krank. Dabei steht ihm die helle Angst im Gesicht.

Das lange Haar fällt ihm auf die Schulter. Ein verrückter Typ, denkt Jill, einmal macht er auf abgefuckt und knallhart, mit allen Wassern gefixt, gleich danach, als habe er Werthers sämtliche Leiden auf einmal. Großkotzig wie jene Stadtguerilla, die sich *sämtliche* Cocktails nur aus Kerosin mixt, und im nächsten Augenblick schnappt ihn der Weltschmerz. Vor dem Abi abgehauen, logo auch keine Zulassung zum Studium – *Azubi* aber oder sonstwas macht er auch nicht. Aber der hübscheste Junge weit und breit, eine Art schöner Jesus, und einmal hat er angeblich auch was geleistet. Oder zweimal – wenn auch zweimal nichts Gutes.

Es ist immer dasselbe, wenn er aufkreuzt. Außer den Blumen hat er Campari gekauft; woher er das Geld hat, weiß er wahrscheinlich selbst nicht mehr. Und irgendwann, danach kann man die Uhr stellen, wird er todernst und besteht auf einer Aussprache, wie er das nennt... Jedesmal, seit er eines schönen Tages Jill Biegler kennengelernt hat, die viel hübschere, arrivierte Schwester seiner Freundin Sandra, und seit Jill, drei Tage später, idiotischerweise mit diesem Kiffer und Hochbahnrevoluzzer ins Bett gestiegen ist.

»Das ist jetzt ein Jahr her, Jill, und ich hab dir von Anfang an gesagt, ich würd mich immer für dich entscheiden! Das hat doch mit Sandras Krankheit gar nichts zu tun, Jill – das hat mit dir zu tun und sonst nichts! Ich könnt doch glatt neben dir her leben, Jill, ich würd dich nie anfassen...« – die Stimme, so hört sich's an, bricht gleich – »... ich möcht nur immer bei dir sein...«

»Ja, ja, ja...«, sagt Jill gottergeben. Bertie ist einunddreißig, und wenn er das Gefühl dafür, wann er einem auf den

Wecker geht, bis jetzt nicht hat, kriegt er's nie. Es gibt einen einzigen Weg, die Sache abzukürzen.

Jill zieht sich aus, geht ins Bett und muß wirklich nicht lange warten, bis er nachkommt und sie anfaßt, trotz seiner Sprüche. Was anderes hat er sowieso nie im Sinn gehabt, abgesehen davon, daß bei Sandra inzwischen nichts mehr läuft.

Trimmel hat Höffgen inzwischen ins Computerzentrum mitgenommen. Zuerst spielt er zum x-ten Mal an den Türschlössern herum und sagt verdrossen wie eh und je: »Raffinierter als jeder Banktresor!« Drei komplizierte Schlösser übereinander, praktisch in einem.

»Die Spurensicherung hat nicht die geringste Beschädigung festgestellt«, erinnert Höffgen. »Der Mörder *muß* hier so gut wie zu Hause gewesen sein. Wir sollten immer dran denken; *so* groß ist die Auswahl an Leuten ja nicht...«

In dem Riesenraum, in respektvoller Entfernung, stehen ein paar Sachbearbeiter herum, ein Systemanalytiker, ein Systemprogrammierer, ein Operator. Trimmel zumindest kennt sich bei der Mannschaft langsam aus.

Er winkt den Operator heran. »Ich hätte da mal n paar spezielle Fragen an Ihren Johnny...«

»Sie können ihn heute direkt fragen«, sagt der Angestellte eifrig, »wir arbeiten im Moment mit Mikrofon – eine ganz neue Sache, wird gerade ausprobiert. Notfalls helf ich Ihnen, die Fragen richtig zu formulieren.«

»Einfach losfragen?« sagt Trimmel ungläubig. »Alles?«

»Sicher... Sie wissen doch, daß wir ziemlich viel gespeichert haben...«

»Ja, dann fragen Sie ihn doch mal über Höffgen...«

Der Computermensch nimmt's ernst, gleichgültig, ob's ernst gemeint war oder nicht. »Call Kurzinform Name Höffgen!« sagt er ins Mikro.

Auf dem Bildschirm erscheint die Antwort. *Höffgen Kurzinform. Höffgen, Edmund, 36, Kriminalhauptmeister, Behörde für Inneres, ledig, Monatseinkommen nach Besoldungsstufe...*

»Stop!« schreit Höffgen.

Der Computer stoppt sofort.

»Was ist denn?« fragt Trimmel verwundert.

»Was geht das die Leute an, was ich verdiene? Ist sowieso wenig genug!«

»Gott, du Seelchen!« sagt Trimmel.

Die zweite Frage, die er sich zurechtgelegt hat, diesmal tatsächlich eine ernsthafte Frage, lautet in der Originalfassung: »Haben die Professoren Lachnitz und Friedrich Wolfram Becker irgendwas miteinander zu tun?«

Der Operator übersetzt: »Call Kurzinforms Namen Lachnitz, Helmut, und Becker, Friedrich!«

Der Computer fragt über seinen Bildschirm zurück: *Wollen Sie erst einzeln? Specify?*

Trimmel nickt. »Specify!« Wie ein alter Hase.

»Call Kurzinform Name Lachnitz, Helmut!«

Lachnitz Kurzinform. Lachnitz, Helmut Erwin, Professor der Medizin, 54, Behörde für Gesundheit Hansestadt Hamburg, Ärztlicher Direktor – (Chirurgie) – im Krankenhaus Hamburg-Lehnberg, Grundmonatseinkommen (in freier Vereinbarung) brutto DM 6000... Alles in Sekundenschnelle. Und gleich noch die *Inform* dazu: ... *Nierentransplantate von Lachnitz, Helmut Erwin, angeboten am...*

»Stop!« sagt Höffgen, abermals verärgert. Das muß ja nicht sein: ausgerechnet jetzt wird Trimmel daran erinnert, daß die Patientenliste immer noch nicht fertig ist. »Das kennen wir auch schon...«

»Weiter!« sagt Trimmel.

»Call Kurzinform Name Becker, Friedrich!«

Der Bildschirm: *Becker Kurzinform. Becker, Friedrich Wolfram, Professor der Medizin, 58, Bad Wildungen. Facharzt für Urologie, Facharzt für Chirurgie. Nierentransplantate erhalten am...*

Diesmal stoppt Trimmel.

Aber dann, endlich, kann der Operator die Frage formulieren, auf deren Antwort er in erster Linie scharf ist: »Correlate Lachnitz, Becker?«

Becker, Friedrich Wolfram, hat am 20. Juli eine von Lachnitz, Helmut Erwin, angebotene Niere erfolgreich transplantiert, schreibt der Computer.

»Wer war Sachbearbeiter im Computerzentrum bei Vermittlung des Transplantats?« fragt Trimmel, wieder zu ungeduldig, denn die Antwort gehört noch zur *Correlate*-Antwort und steht schon auf dem Bildschirm:

Sachbearbeiter ABS IL 214: Tennessy.

»Tennessy selbst?« sagt der Mann, der mit dem Computer redet, im höchsten Maße erstaunt.

»Ist das ungewöhnlich?« fragt Trimmel.

»Nun ja, es ist nicht sein Job... eh, gewesen.«

»Wessen denn?«

»Na ja, meiner... Oder ein Kollege...«

»Wär's unter Umständen Jill Bieglers Job gewesen?«

Der Operator zuckt die Achseln. »Nicht mal...«

»Fragen Sie mal direkt nach Tennessy und Biegler!« fordert Trimmel plötzlich.

»Call Kurzinform Name Tennessy!«

Tennessy Kurzinform. Tennessy, Jacob, 39, Leiter Datenverarbeitung ABS IL 214... Und so weiter.

»Dann Biegler!«

»Call Kurzinform Name Biegler!«

Specify.

»Wieso?« fragt Trimmel.

Aber der Computer sagt's noch mal: *Specify.*

»Ja, gibt's, denn da mehrere?«

Es gibt tatsächlich zwei. Einmal Jill Biegler – die kennen sie schon. Aber dann Sandra Biegler – von der wissen sie weiß Gott noch nichts:

Biegler Kurzinform. Biegler, Sandra, 28, o. Beruf, Schwester von s. d. Biegler, Jill, Leiterin Rechenzentrum ABS IL 214. Dialysepatientin, Anwartschaft Nierentransplantat sehr dringlich, Gewebestruktur – nach Skala Longmore – 23 Strich 14 Strich Berta minus.

Eine kalte Hand greift Trimmel ans Herz: urplötzlich erinnert er sich an ein paar Zahlen und Buchstaben, die er gerade wenn auch nur mit halbem Auge gesehen hat. Ein Würgen im Hals verändert die Stimme: »Fragen Sie sofort noch mal, welche Gewebestruktur die von Lachnitz angebotene Niere hatte, die von Becker verpflanzt worden ist!«

Gewebestruktur – nach Longmore – 23 Strich 14 Strich Berta plus schreibt der Computer, von seinem Operator ordnungsgemäß befragt.

Und Trimmel stöhnt auf. »Danke!«

Dort *Berta plus*, hier *Berta minus*. Ein kleines, fast winziges Zeichen – aber sicher ein lebenswichtiger Unterschied. Zumindest Trimmel glaubt das; ein Plus- und ein Minuszeichen poltern ihm wie zwei Steine vom Herzen.

»Ich wußte gar nicht, daß Jill eine kranke Schwester hat«, sagt der Computermann. »Und daß die Schwester bei uns gespeichert ist...«

»Vergessen Sie's!« sagt Trimmel.

»Aber warum hat Jill nie darüber...«

»Vergessen Sie's!« wiederholt Trimmel schärfer. Die Kopfschmerzen werden wieder stärker. Etwas versöhnlicher fügt er hinzu: »Euer Johnny ist ja n verdammt guter Zeuge!«

»Ja, das ist er wirklich!« sagt Johnnys Bedienung. »Wollen Sie mal eine Partie Mühle mit ihm spielen?«

»Nee, danke!« sagt Trimmel. Er hat plötzlich ein wahnsinniges Bedürfnis nach frischer Luft. Und ausgerechnet in diesem Zustand bittet ihn eine ABS-Angestellte in den zwanzigsten Stock: der für die Organvergabe zuständige Aufsichtsrat möchte ihn sprechen, sagt sie – der tage dort gerade.

Die fünf Herren sitzen an einem für sie zu großen Konferenztisch, und der stellvertretende Vorsitzende, Staatssekretär a. D. Jabunk, trommelt nervös auf die Platte und sagt: »Ich weiß wirklich nicht, ob das gut ist!«

»Im Grunde«, meint der Oberkirchenrat Dr. D. Jülich, »bin auch ich der Ansicht, daß es nicht unsere Aufgabe sein kann, in diesen Niederungen...«

Scheuerlein jedoch, Vorsitzender und der eigentliche Fachmann des Gremiums, spricht ein erstes Machtwort: »In dieser Hinsicht, Herr Jülich, muß ich Ihnen auf das schärfste widersprechen. Wenn die Polizei hier – wie uns unser Freund Lachnitz sicher nicht ohne Grund mitteilt, wofür wir ihm dankbar sein sollten –, also, wenn die Polizei hier tatsächlich an Hypothesen stricken sollte, die bei aller Absurdität die Fundamente unserer segensreichen Arbeit erschüttern könnten, falls sie jemals an die Öffentlichkeit kämen...«

»Ach was, die Polizei tut hier schlicht und ergreifend ihre Pflicht!« sagt der DGB-Funktionär Grams tapfer. »Unser aller Aufgabe, meine Herren – und ich finde es gut, daß ich unsere Runde aus diesem Anlaß vollständig ansprechen kann – unser aller Aufgabe wird es sein, dem Herrn...«

»Herr Trimmel ist da!« sagt da die Protokollführerin, und so kann auch Herr Grams seinen geschwollenen Satz nicht mehr ganz zu Ende bringen.

Niemand hält es für nötig aufzustehen, als Trimmel in den Raum kommt. Immerhin stellt Scheuerlein sich und seine Ratskollegen – neben Jabunk, Jülich und Grams noch den Leitenden Regierungsdirektor Thienemann von der Hamburger Gesundheitsbehörde – in aller Form vor.

»Nehmen Sie Platz. Und lassen Sie uns gleich zur Sache kommen...«

»Sie sind nämlich«, sagt der wieder mal ziemlich vorlaute Jabunk, »nicht der einzige Punkt der Tagesordnung. Wir wollen von Ihnen wissen, ob Sie anläßlich eines... Zwischenfalls im Computerzentrum tatsächlich den nach unserer Ansicht effektiv absurden Verdacht hegen, bei der Organvergabe durch den Computer sei möglicherweise nicht alles mit rechten Dingen zugegangen.«

»Sie formulieren das etwas überspitzt«, sagt Trimmel, »außerdem kommt mir die Frage viel zu früh. Ich war gerade erst bei einem Herrn Professor Lachnitz...«

»Lachnitz, ja!« wirft Thienemann ein, und Professor Scheuerlein wirft ihm einen wütenden Blick zu.

Trimmel allerdings hat begriffen, woher der Wind weht. »Zu alledem«, sagt er, »wäre zunächst festzustellen, daß ich als Vertreter der ermittelnden Behörde Herrn Professor Lachnitz ebensowenig verdächtige wie einen von Ihnen oder mich selbst. Aber es ist doch wohl sicherlich unsere Pflicht, einen Mann aufzusuchen, der als einer der engsten... Mitarbeiter dieser, eh, Organbank gelten kann, dessen Leiter man aus unbekannten Gründen erschossen hat...«

»Gewiß, gewiß...«, räumt Jülich ein.

»Eben. Und bei meinem Gespräch mit Lachnitz« – damit rächt er sich für dessen Petzerei – »hatte ich immerhin den

Eindruck, daß er sich mit seinen Ansichten zur Frage des klinischen Todes nicht immer im Einklang mit den offiziellen Stellen befindet...«

»Er ist eigenwillig«, gibt Scheuerlein rasch zu, »das allerdings sei zugegeben. Aber sofern man das zur Untermauerung Ihrer Theorie...«

»Meiner Praxis!« sagt Trimmel rasch. »Meiner aus der Praxis gewonnenen Erfahrung, genau gesagt. Theorien sähen anders aus...«

»Nämlich?« fragt Scheuerlein irritiert und vergißt seinen Satz davor.

»Sie sähen so aus, daß Herr Tennessy letztlich doch wohl deshalb erschossen worden ist, weil – ich gebrauche da gern Ihre Worte – bei der Vergabe von Nieren nicht alles mit rechten Dingen zugegangen ist...«

»Unmöglich!« sagt der Oberkirchenrat mit gebrochener Stimme. »Ganz unmöglich!«

»Und sie sähen in jedem Fall so aus«, fährt Trimmel fort, »daß sowohl Herr Lachnitz als auch jeder andere, der mit diesen Dingen zu tun hat, automatisch in den Verdacht geraten könnte – ich sag könnte! –, mit solchen Unregelmäßigkeiten in Verbindung zu stehen. Mehr kann und will ich Ihnen dazu zumindest heute nicht sagen.«

Noch einmal ergreift der DGB-Vertreter das Wort. »Es wird grundsätzlich keine Niere vergeben«, sagt er überzeugt, »die nicht unsere Zustimmung findet!«

»Um so besser«, sagt Trimmel, »um so besser...«

»Wir hatten nicht in einem einzigen Fall Grund zur Beanstandung!« behauptet Thienemann.

»Vielleicht hätten Sie ja ruhig mal das eine oder andere beanstanden sollen«, gibt Trimmel zu bedenken. »Abgesehen davon entnehme ich Ihrem Satz, daß Sie die Vermittlungen durch den Computer erst dann sanktionieren, wenn sie schon erfolgt sind?«

Darauf antwortet Jabunk: »Ich formuliere das anders. Wir sanktionieren Maßnahmen, die Deutschlands fähigste und gewissenhafteste Fachleute getroffen haben. Das sollte Ihnen genügen, Herr Trimmel!«

Und Trimmel steht auf. »War's das?«

»Ja, das war's!« erklärt Scheuerlein. »Und denken Sie immer an das eine, was auch passiert... Wir sind als Aufsichtsgremium gerade deshalb eingesetzt worden, um alle Unregelmäßigkeiten im Zusammenhang mit der sogenannten Ersatzteilchirurgie bereits im Ansatz auszuschließen! Leben Sie wohl, Herr Trimmel!«

Höffgen hat im Computerzentrum gewartet. »Na, Gott sei Dank, Sie leben ja noch!«

»Ja, noch!« sagt Trimmel. »Alles heiße Luft!«

»Ich hab mir das mal überlegt«, sagt Höffgen dann im Fahrstuhl. »Wenn Jills Schwester dieselbe Struktur gehabt hätte wie die Niere von Lachnitz... also, dann wär aber was am Kochen gewesen...«

»Ja«, sagt Trimmel einsilbig.

»Jedenfalls, wenn ich mir vorstell, ich hätt n Bruder oder auch bloß ne Freundin, die ne neue Niere braucht, und ich säß an der Quelle...«

»Ja, eben. Wir sollten Jill mal fragen, weshalb sie ihrer Schwester bis heute keine Niere besorgt hat, wenn's wirklich so dringend ist.«

»Wollen wir Sandra nicht mal selber fragen?«

»Von mir aus auch!« knurrt Trimmel plan- und lustlos. Vor lauter Kopfschmerzen kann er kaum noch denken. Sie stehen auf der Straße; ganz so frisch ist die Luft leider nicht – ziemlich verhangen und mit feuchten, asthmaträchtigen Nebeltröpfchen versetzt. Auf der nächsten Revierwache besorgen sie sich die Adresse von Sandra Biegler. Sie fahren hin; es macht dann allerdings niemand die Tür auf. Eine mürrische Nachbarin meint, Fräulein Biegler sei vielleicht zur Spülung.

»Zu was?« fragt Höffgen erschrocken.

»Zur Nierenspülung, was sonst? Da geht sie jede Woche hin, ihre Schwester fährt sie meistens.«

»Und heute auch, meinen Sie?«

»Ach nee – morgen ist ja erst Freitag! Aber sagen Sie mal, meinen Sie, ich hätt nichts Besseres zu tun, als mir zu überlegen, wer zur Spülung muß und wer nicht?«

Sie fahren weiter zu Jill, und die ist auch nicht da – es gibt so Tage, sagt Höffgen. Laumen lungert immer noch vor dem Haus herum und schwört Stein und Bein, Jill habe das Haus zumindest nicht durch den Vordereingang verlassen.

»Dann eben durch den Keller!« sagt Trimmel. So und so können sie dem Mädchen ja nicht die Tür eintreten.

Auf Trimmels Schreibtisch liegt der Bericht über sein kaputtes Auto. *Bei dem zu untersuchenden Modell wirkt die Lenkung im allgemeinen auf die Spurstangen. Die Spurstangen wiederum wirken über den Lenkstockhebel auf die Räder. Spurstange und Lenkstockhebel sind kurz hinter der Höhe des Vorderrades unter dem Federbein miteinander verschraubt. Von außen ist eine mit einem Splint gesicherte Schraubenmutter sichtbar.*

Dann kommt's.

Die Befunde am Unfallwagen lassen den Schluß zu, daß durch Einwirkung von außen der Splint entfernt und die entsprechende Schraubenmutter mit einem sogenannten Siebzehnerschlüssel gelockert worden ist. Durch die Rüttelbewegung des fahrenden Autos ist vermutlich die gelockerte Mutter völlig abgefallen. Danach ist die Spurstange total aus dem Lenkstockhebel gefallen, so daß eine Steuerung des Wagens abrupt nicht mehr möglich war.

»Mein lieber Mann!« Höffgen hat Trimmel über die Schulter gesehen und mitgelesen. »Wollen Sie die nächste Zeit nicht doch besser ne Pistole...«

»Schaden könnt's nicht«, sagt Trimmel beeindruckt.

Eine 7,65 PPK – wahrscheinlich das Modell, mit dem ein unbekannter Mörder am letzten Sonntag Jake Tennessy erschossen hat. Ein Mörder, der vermutlich auch noch mit Gas, Schraubenschlüssel und Hammer gearbeitet hat. Hoffentlich besorgt er sich nicht auch noch Dynamit und jagt das Polizeipräsidium in die Luft – gerade jetzt, wo es dort endlich was Neues gibt.

Kriminalobermeister Petersen beispielsweise, den sie *Leichenbestatter* nennen, weil er als Spezialist für das Überbringen von Todesnachrichten stets dunkel oder gar schwarz gekleidet ist, hat endlich eine Neuigkeit für die Liste der Lachnitz-Patienten. Fröhlicher allerdings wirkt er deshalb noch lange nicht.

»Ich weiß ja, worauf es Ihnen ankommt, Chef«, sagt er bekümmert. »Sie würden ja am liebsten hören, daß Tennessy von Lachnitz umgelegt worden ist, weil Tennessy rausgekriegt hat, daß Lachnitz in seinem Krankenhaus die Beatmungsmaschine immer etwas zu früh abstellt. Aber diese Illusion muß ich Ihnen leider zerstören...«

Er holt weit aus, weil man es sonst, wie er meint, kaum begreifen kann, und erzählt die traurige Geschichte eines gewissen Konrad Brauer, ehemals Rechtsanwalt in Hamburg. Am 21. Juni dieses Jahres kam Brauer auf der Autobahn von Lübeck bei Stapelfeld mit seinem Mercedes von der Straße ab, überschlug sich dreimal und kam tödlich verletzt ins Krankenhaus Lehnberg, zu Professor Lachnitz. »Er war der geradezu klassische Fall einer lebenden Organbank. Das ist einer dieser häßlichen Ausdrücke der Medizyniker – den gebrauchen sie, wenn ein Mensch, den sie voraussichtlich ausschlachten, noch nicht ganz tot ist!«

Trimmel schüttelt sich. Er ist momentan sowieso ziemlich allergisch gegen Autounfälle. Seinem Schädel bekommt's überhaupt nicht.

»Ansonsten aber ist der Fall Brauer quasi der Gegenbeweis für Ihre bisherige Annahme«, meint Petersen. »Der klassische Beweis dafür, daß die Leute bei Lachnitz wenigstens nicht immer schneller sterben mußten als anderswo. Brauer hat nämlich noch vier Wochen gelebt und ist die ganze Zeit künstlich beatmet worden. Allerdings hatte seine Ehefrau angeblich ziemlich schnell ihr Einverständnis erklärt, im Fall des Todes ihres Mannes könne Lachnitz seine Nieren entnehmen und dürfe sie verpflanzen lassen. Genau das ist dann auch passiert. Mindestens eine ist per Hubschrauber nach Bad Wildungen geflogen worden, zu einem Professor Becker...«

»Den kennen wir schon!« sagt Trimmel.

»Ach!« sagt Petersen pikiert. »Aber ich, ich mußte trotzdem erst im Schmutz herumwühlen... soll ich Ihnen mal sagen, daß das einer der schrecklichsten Fälle ist, die ich jemals gehört habe?«

»Wieso das denn?«

»Frau Brauer hat innerhalb von vier Wochen ihren Mann

und ihren Schwager verloren!« sagt Petersen dramatisch. »Von anderen schlimmen Begleitumständen mal ganz abgesehen...«

»Moment mal – wie hieß der Mann?«

»Konrad Brauer«, wiederholt Petersen.

»Hat der was mit der Reederei Brauer zu tun?«

»Jahresumsatz einhundertsechsundvierzig Millionen und dabei eine sensationelle Nettoquote«, sagt Petersen, wie immer gut informiert. »Konrad war der jüngere der beiden Söhne.«

»Und was war mit dem Schwager?«

»Das war der ältere Bruder Berthold. Der war Makler in Lübeck und hatte einen Herzinfarkt. Konrad hatte ihn gerade im Krankenhaus besucht, und auf der Rückfahrt brach *er* sich dann den Hals. Schrecklich...«

»Berthold ist auch tot?«

Petersen nickt. »Zwei Stunden vor Konrad gestorben...«

Trimmel steht auf. Finster wie eine Gewitterwand steht er im Raum. »Du kannst nach Hause gehen!« sagt er, völlig unerwartet. Und zu Höffgen: »Du auch!« Er hat einen seltsam hohlen, seltsam falschen Ton in der Stimme.

Höffgen und Petersen sehen sich betreten an. Eine Erklärung haben sie allerdings ebensowenig wie Trimmel selbst.

Vielleicht wollte er ja nur allein sein. Vielleicht wollte er nur in Ruhe Bilanz ziehen. Vielleicht beruhigt es ihn, eigenhändig ein ellenlanges Werk in die Maschine zu hämmern, das er *Zwischenbericht* nennt. Zwischenbericht im Ermittlungsverfahren wegen Mordes zum Nachteil Jacob Tennessy, das ihm über den Kopf zu wachsen droht.

Trimmel beginnt.

1. Objektive Erkenntnisse. Tennessy wurde mit einer 7,65 PPK erschossen. Tatwaffe polizeilich bisher nicht bekannt. Nur ein Eingeweihter hätte ohne Dynamitpatronen oder einen kompletten Satz Nachschlüssel an den Tatort kommen können; beides jedoch war nicht der Fall. Keine verdächtigen Fingerabdrücke, die verwertbar wären.

2. Zur Person von Tennessy. Farblos; nicht sehr attraktives Äußeres, exzellenter Fachmann, angeblich ›eine Seele von Mensch‹.

Keine Feinde bekannt. Aber es ist unter Umständen nicht ohne Belang, daß sein Computer als ständige Schaltstelle für Nierentransplantate fungierte.

3. Weitere Anschläge. Auf Jill Biegler und Paul Trimmel. Beide erfolglos. Einzelheiten. Tatzusammenhänge mit dem Mord an Tenessy möglich, wenn nicht wahrscheinlich.

4. Die Spur Sandra Biegler. Großes Fragezeichen. Menschliches Gewebe und ein Geflecht aus menschlichen Verstrickungen, noch nicht entschlüsselt.

5. Die Spur Professor Becker. Ihr wird durch den Endunterzeichnenden gegebenenfalls noch nachgegangen.

6. Die (zusätzliche) Spur Professor Lachnitz: Hat der mit Hilfe des Beatmungsgerätes eine Erbfolge (146 Millionen Mark Jahresumsatz) beeinflußt?

Beschlagene Scheiben, feuchte Lichter draußen. Er hämmert wie ein Besessener, inzwischen schon die zwölfte Seite. Klar ist der Fall noch längst nicht, aber er bekommt ein Gesicht beziehungsweise sogar mehrere. Trimmel vergißt Hunger, Durst und Zigarren. Und seine Kopfschmerzen. Und kommt sich allen ernstes vor, als er zum wiederholten Male das Stichwort *Erbfolge* schreibt, als schreibe er sein Testament. Mutterseelenallein und ganz auf sich gestellt. Das Klappern der Tasten erzeugt ein dröhnendes Echo in seinem Kopf.

Die Tür wird krachend aufgestoßen. Trimmel nimmt, zu Tode erschrocken, die Hände hoch.

Aber es ist nur Petersen. »Ich glaube, ich hab's!« sagt er atemlos. Das kommt allerdings nur daher, daß im Fahrstuhl ein Kurzschluß ist und er deshalb die letzten Etagen zu Fuß laufen mußte.

»Ich auch«, sagt Trimmel. »Aber ich weiß nicht ganz genau, ob's auch stimmt...«

»Bei mir stimmt's garantiert!« sagt der Leichenbestatter energisch wie selten.

»Ja, was denn?«

Petersen, ein Mann mit einem phänomenalen Gedächtnis, hat sich einen Bericht der Sonderfahndung aus der Registratur geholt. Er zeigt Trimmel die Stelle, die er, wie er sagt, jetzt endlich gefunden hat, nachdem ihm schon früher am Tag ein Gedanke durch den Kopf gegangen ist. Nach einem glücklicherweise nicht sehr brisanten Sprengstoffanschlag auf die Hamburger Hochbahn, der den Roten Zellen in die Schuhe geschoben wurde, ist im Tunnel kurz vor dem Rödingsmarkt vor zwei Monaten ein schwarzer Stoffhandschuh gefunden worden. »Ein rechter Handschuh«, betont Petersen, »ein einzelner!«

»Und?«

»Der, den Sie bei Jill Biegler gefunden haben, war eindeutig ein linker!«

»Ja, passen die denn zusammen?«

»Das ist ja die Scheiße!« sagt Petersen. »Dieser Hochbahnhandschuh ist verschwunden! Aber es *ist* der richtige!«

Trimmel bemüht sich, die Zusammenhänge zu begreifen – aber irgendwie schafft er's nicht. Die Fensterscheiben sind inzwischen restlos blind; man ahnt kaum noch, was in der Welt vorgeht. »Also, das *kann* nichts mit uns zu tun haben... Überleg doch mal selber!«

Petersen sagt: »Ich weiß nicht, ob das so einfach...«

»Doch, doch!« sagt Trimmel. »Guck mal, ich kann mich nicht mal ausruhen. Hau du doch wenigstens ab und ruh dich aus!«

7

Alles in allem hat der Frühwinter bisher kaum Nebel gebracht, und Eis und Schneeverwehungen gab's sowieso nicht. Irgendwie ist es ein sanfter, halbgefrorener Fürst-Pückler-November; in den Alsterparks, unter den leise tropfenden Bäumen, gehen immer noch Menschen spazieren, Handschuh in Handschuh, und ihr Atem steigt in zwei kleinen Wolken empor und manchmal auch in einer. Milde, verhangene Zärtlichkeit allerorten. Die meisten möchten im melancholischsten Monat des Jahres Gutes, nur die wenigsten aber Böses tun.

Jill Biegler streichelt unter der Decke Berties Brust. Ein

neuer Gasofen zischt sanft seine Wärme ins Zimmer. Bertie ist immer noch da, inzwischen ist ein neuer Tag angebrochen; aber was soll's, denkt Jill, morgen nach Sandras Dialyse will sie sowieso eine Woche mit Sandra wegfahren. Sie wird Bertie das Terrain also kampflos überlassen und sich erst mal... Moment, Moment! Fast hätte sie, mehr als unpassend, gedacht: sie wird sich erst mal aus der Schußlinie zurückziehen.

Jill wird dann schläfrig. Und Bertie schläft fest. Niemand löscht das Licht.

Vor dem Haus sitzt nach wie vor Laumen in seiner Ente und schaut hoch zu Jills Fenster. Sie ist also doch da, denkt er, sie hat Trimmel nur nicht aufgemacht...

Laumen summt die Melodie aus dem Radio mit. *Soft Machine.* Nicht unbedingt der letzte Hit. Aber das Jahr hat ja nur noch fünf Wochen zu leben. Und er bei diesem blödsinnigen Job höchstens noch ein paar Stunden zu warten.

Hamburg. Berliner Tor. Trimmel in seinem Zustand hat Laumen total vergessen. Er hat zu Hause angerufen: »Ich komm was früher!« Etwa schon wieder vor Mitternacht? Gaby hat sich gefragt, ob sie ein Steak auftauen soll.

Schließlich Fuhlsbüttel Airport. Mit blinkenden Lichtern rollte Lufthansa-Flug 973 zur Startbahn. München nonstop. Einer der letzten Flüge. Captain Hanschke war beim Studium der Wettermeldungen zu der Überzeugung gekommen, daß die Mühle auch ohne ihn nach Süden segeln könnte.

Irgendwelche Leute aber hatten in den nassen, grauen Frieden schon längst einige Unruhe gebracht.

Angefangen hat es um 17 Uhr, als außerhalb des Krankenhauses Hamburg-Lehnberg noch niemand was ahnte. Lachnitz war der Unruhestifter, Professor Helmut Lachnitz, Chefchirurg und nach Trimmels Ansicht Fanatiker.

»Er eskaliert!« würde Trimmel sagen.

Innerhalb einer einzigen Woche schon das zweite Lehnberger Angebot über das Hamburger Computerzentrum. »Wir haben wieder ein Nierentransplantat!« Daten nach Longmore. »Ermitteln Sie umgehend geeigneten Empfänger!«

Der Computer, von der Spätschicht bedient, rast los. Eine lebenswichtige, allerdings keine Staatsaktion und ebensowenig eine besonders schwierige Aufgabe. Und das ist dann, alles in allem, deren Lösung.

Hertha Blitter. München-Bogenhausen. Seit elf Jahren Dialysepatientin. Kaum noch Toleranzen für die weitere Behandlung mit der Kunstniere. Akuter Fall. Gewebeverträglichkeit mit dem Lehnberger Spender vereinbar. Anwendung von Antilymphozytenserum empfohlen. Einzelne Befunde...

Zahlen, Chiffren, Latein – fast schon Chinesisch. München erklärt sich sofort bereit, noch in derselben Nacht die Verpflanzung der Niere vorzunehmen.

»Patient Walter Jakobs in den heutigen Morgenstunden verstorben, keine Hirnströme mehr, künstliche Beatmung«, meldet Lehnberg. Kein Wort darüber, daß er an einer Messerstecherei verstorben ist.

Er hatte weder Krebs noch urologische Beschwerden – anderenfalls hätte Lehnberg die Nieren nicht angeboten. Man verläßt sich aufeinander, stellt Fragen ausschließlich im Zusammenhang mit der Immunreaktion, die zu erwarten ist, nach immunosuppressiven Medikamenten, die die gefährliche Reaktion niederdrücken können. Sowie Fagen über die Möglichkeit einer Röntgenbestrahlung, die die Überlebenschance von Hertha Blitter ebenfalls erhöhen soll.

Alles ist kurzgeschlossen – von Arzt zu Arzt.

Die Frage ist nur noch: Wie kommt das Transplantat an diesem sanften Novemberabend nach München?

Genauso, wie Trimmel es vor längerem mal gehört hatte.

»Lufthansa neun sieben drei, ihr könnt noch keine Starterlaubnis kriegen; bleiben Sie in Parking Position vor der Runway stehen und warten Sie weiteres ab!«

»Roger«, sagt Captain Hanschke im Cockpit, »aber was soll das? Macht ihr wieder mal Bummelstreik?«

Der Controller, der ihm die Anweisung gegeben hat, ist beleidigt und lacht etwas krächzend. »Nix Bummeln, Captain; ihr sollt nur noch was mitnehmen nach München... nach dem Takeoff sollt ihr sogar so schnell wie möglich fliegen. Habt ja Gott sei Dank Rückenwind...«

»Was denn mitnehmen?«

»Was Medizinisches«, sagt der Controller. »Aber mehr weiß ich auch nicht. Ich weiß nur, daß wir diese Anweisung nicht nur von der Flughafenleitung, sondern parallel auch von eurer Flugeinsatzleitung gekriegt haben; muß also diesmal echt was dahinterstecken.«

Hanschke klingelt der Stewardeß. »Gebt den Leuten mal was zu trinken, von mir aus auch Whisky. Wir müssen warten; weiß selbst nicht, wie lange...«

Die Passagiere – die meisten erinnern sich nur allzu deutlich an jenes Fegefeuer, durch das sie beim Bummelstreik der Fluglotsen gehen mußten – nehmen es gelassen hin. Die meisten trinken tatsächlich Whisky.

»Darf man denn wenigstens rauchen?« wird die Stewardeß immer wieder gefragt.

»Ich frag mal!« sagt sie am Ende und geht ins Cockpit.

Kurz darauf ist die dreiviertelbesetzte Boeing 727 auf der ganzen rechten Seite blau von Zigarrettenrauch.

Peter neun steht mit laufendem Motor und rotierendem Blaulicht vor dem Haupteingang des Krankenhauses Lehnberg; die Besatzung steht mit angespannten Gesichtern an den vorderen Türen. Die Beamten können binnen Sekunden starten. Die hinteren Türen stehen ebenfalls offen.

Im Eingang erscheinen zwei Pfleger mit einem Nierentransportgerät und Oberarzt Dr. Korth, der über den weißen Kittel hastig einen Mantel geworfen hat. Die Pfleger packen das Gerät sehr sorgsam (bei aller Eile) auf den Rücksitz des Streifenwagens, der Arzt setzt sich daneben. Die Polizisten schlagen die Türen zu und rasen los.

Sie schalten die Sirene ein. Es geht um Minuten, hat man ihnen gesagt. Viel geredet wird da nicht.

Aber während der rasenden Fahrt von Lehnberg zum Flughafen beugt sich der Polizist auf dem Beifahrersitz irgendwann neugierig nach hinten und fragt Korth: »Um was geht's denn hier tatsächlich?«

»Um eine Nierenverpflanzung heute nacht in München!« Der Arzt legt wie schützend die Hand auf die neu konstruierte Maschine zum Transport von Nieren.

»Also doch!« sagt der Beamte. Die Funkleitzentrale hat's ihnen gesagt, aber zumindest er hat's bis jetzt nicht recht glauben wollen.

Korth aber hat Angst. Die rasende Fahrt: sozusagen nur das Vehikel für die Angst. Die Angst ist schon alt – so alt wie das Datum, an dem Lachnitz zum erstenmal die Beatmungsmaschine zu früh abgestellt hat. Jetzt wieder neu: seit sich herumgesprochen hat, daß bei Lachnitz die Kriminalpolizei gewesen ist. Und heute schlimmer denn je: Er wird einfach nicht klug, dieser besessene Lachnitz; er hat heute für die Niere, die jetzt durch die Stadt rast, schon wieder zu früh »Stell ihn ab!« gesagt!

Korth weiß, daß er sofort ein Geständnis ablegen wird, sobald sie ihn jemals fragen. Denn nicht nur dieses Polizeiauto, in dem er hier sitzt, fährt zu schnell. Sondern in erster Linie der Chef.

Kreisel Alsterkrugchaussee. Der Peterwagen ist durch. Der Flughafen. Bunte Lichter wie auf der Kirmes, gefiltert durch die feuchte, sanfte Luft.

Links vom Flughafenhauptgebäude eine offene Schranke. Ein gelber VW der Lufthansa wartet. »Haben *Sie* die Niere? Dann bitte folgen!«

Er prescht los wie ein Sportwagen. Immer größer erscheint die Boeing, die jetzt am Anfang der Startbahn steht, in der Windschutzscheibe des Polizeiwagens.

Dr. Korths Arm liegt immer noch auf der Nierenmaschine. Es ist wie verhext, geht's ihm sekundenlang durch den Kopf; jeder will bei alledem nur das Beste, jeder möchte seinem lieben Nächsten Gutes, niemand dem anderen Böses tun.

Die Triebwerke sind gedrosselt, während Dr. Korth mit dem geheimnisvollen Apparat vorn einsteigt, aber nicht abgestellt. Die Treppe weg. Polizei- und Lufthansawagen fahren ab. Rauchverbot. Anschnallen. Startfreigabe.

Die Boeing rollt, wird immer schneller, hebt ab. Nur nicht zu steil hoch – weiß der Himmel, was da sonst überschwappen könnte!

Der Captain läßt Korth durch die Stewardeß fragen, ob er Lust hat, im Cockpit mitzufliegen.

»Gern!« sagt der Arzt. Die Niere ist im vorderen Einstiegraum gut verstaut.

Für die Hauptbeteiligten wird's ein denkwürdiger Flug. Der eine erfährt endlich, daß er nicht nur ein Medikament an Bord hat, wie er angenommen hatte. Der andere hat kurz vor München allmählich den Eindruck, er könne die Boeing inzwischen fast selbst fliegen.

Korth erlebt auch die Landung aus neuer Perspektive: hier vorn merkt man kaum, daß die Maschine aufgesetzt hat; die Umkehr der Schubkraft ist scheinbar viel sanfter, und das Ausrollen scheint früher als sonst zu enden.

Schon von weitem sieht er dann neben dem gelben Blinklicht des Einweisungswagens das Blaulicht der Polizei. Niemand darf aus der Boeing aussteigen, bevor Korth mit dem Transplantat im Streifenwagen sitzt und über das Flugfeld von München-Riem davonjagt.

Hanschke indessen sagt zu seinem Co-Piloten, das sei wahrscheinlich das erste, aber wohl auch das letzte Mal gewesen, daß sie eine Niere ohne den dazugehörigen Menschen an Bord gehabt hätten.

Es geht um Minuten und nach Sekunden. Hertha Blitter wird die rechte kranke Niere herausgenommen, und an ihre Stelle kommt, quasi seitenverkehrt, die linke gesunde Niere von Walter Jakobs. Dr. Korth als Beobachter wundert sich, daß der Chirurg, Professor Sandmann, die neue Niere in ihre natürliche anatomische Lage einpflanzt; im allgemeinen setzt man sie in die Nähe der Baucheingeweide.

Zunächst die Blutversorgung. Sandmann verbindet die Nierenvene des Transplantats mit einer der großen Venen der Patientin Blitter. Dann trennt er die innere Beckenarterie der Frau kurz vor ihrer Vereinigung mit der äußeren Bekkenarterie ab und verbindet sie mit der Nierenarterie des neuen Organs. Zum Schluß der Harnleiter: das neue Organ wird mit der Blase verbunden. Der bisherige Harnleiter wird unterbunden, sozusagen stillgelegt.

Doch die klassische Operation, erkennt Korth. Die linke Niere rechts, die Rückfläche nach vorn.

»Wollen hoffen, daß es zwischen Harnleiter und Blase

keine undichte Stelle gibt...«, sagt Professor Sandmann. Das ständige Problem bei Nierenverpflanzungen. Die stete Gefahr, wenn Druck entsteht.

Aber es sieht gut aus. Das grau-rosa Transplantat, das Dr. Korth aus Hamburg gebracht hat, färbt sich rot: es wird kräftig durchblutet.

Korth bleibt stehen. Korth sieht zu, wie der magere Körper der Patientin Hertha Blitter nach der Operation versorgt wird und wie man sie behutsam hinausfährt.

Später lädt ihn Sandmann, eine Leuchte der Deutschen Gesellschaft für Chirurgie, noch zu einem Drink in seine Wohnung am Englischen Garten ein. Sandmann wirkt erschöpft und seltsam deprimiert. Ein passendes Wort von ihm, denkt Korth, und ich erzähle ihm alles über Lachnitz – alles, was mir auf der Seele liegt...

Aber Professor Sandmann lobt Professor Lachnitz plötzlich über den grünen Klee. Und versprüht wieder Optimismus, lobt sein erfahrenes Team hier in München, bei dem die Griffe sitzen wie beim Gewehrkloppen, sagt, daß allein schon die größere Häufigkeit der bei ihm durchgeführten Verpflanzungen die besseren Überlebensziffern garantiere... »Routine macht *einiges* aus von unserer Kunstfertigkeit, das wissen Sie so gut wie ich!«

Korth lächelt verkrampft. »Auch eine Legitimation...«

»Also, *meine* Legitimation«, sagt Sandmann, »ist schon im Ansatz vordergründiger. Gleich zu Anfang der Transplantationsära, als die Überlebenszeit nur Jahre betrug, wenn wir Glück hatten, hab ich mir gesagt: die Patienten, denen ich da eine Niere einpflanze, haben ohnehin nur noch wenige Wochen zu leben. Mit meiner Aktion aber ein Mehr-, wenn nicht Vielfaches davon!«

»Aber die vielen früheren Todesfälle?« gibt Korth zu bedenken. Zum letztenmal gibt es hier und in dieser Sache überhaupt was zu bedenken.

»Ach, wissen Sie, man kann sich dem Fortschritt letztlich nie versagen«, sagt Sandmann, »man muß Opfer bringen, und das gilt für uns wie für die Patienten!« Die Antwort paßt eigentlich überhaupt nicht in diese Stunde zwischen Mitternacht und Morgen; sie scheint eher in einen Parlamentsausschuß zu gehören, dessen Mitglieder nach einigen Jahren ihre Verantwortung für den Fortschritt an der Pensionskasse abgeben.

Und Korth fragt sich eines: Soll er ausgerechnet in dieser Wohnung, quasi bei der Konkurrenz, seinem Kummer über Lachnitz Luft machen? Nie im Leben! beschließt er für sich. Denn die satten Sprüche, die Sandmann hier klopft, sind praktisch dieselben Sprüche, wie sie auf Bohr- oder ähnlichen ›Packen-wir's-an!‹-Inseln protokolliert werden... widerlegbar sind sie nie, und ob sie stimmen, weiß auch keiner.

Trotzdem, der Kompromißvorschlag: muß man ihnen im Interesse der gesamten Menschheit nicht zustimmen?

Ja, man muß! entscheidet Korth – anders läuft auf der Welt gar nichts! Und dann, mit einem Male, hat er einen sehr merkwürdigen Eindruck von sich selbst: jetzt erst, in diesem Moment, reift er nach all den Lehr- und Wanderjahren definitiv zum Mann!

»Einen allerletzten Nightcap!« befiehlt Sandmann.

»Auf den Fortschritt!« sagt Korth, zynischer, als es sonst seine Art ist. Denn der Fortschritt hilft am Ende immer, vor allem gemischt mit Alkohol.

Von wegen, wieder vor Mitternacht: Es ist kurz vor zwei, als Trimmel auf die Uhr schaut. Das dumpfe Hämmern und Dröhnen in seinem Kopf ist noch schlimmer geworden. Sogar der Kugelschreiber dröhnt über das Papier, als Trimmel seinen Namen unter die engbeschriebenen Blätter setzt, unter den *Zwischenbericht*, der's in sich hat, wie er glaubt.

Er legt sein Werk in den Schreibtisch, schließt ausnahmsweise ab und verläßt das Büro. Grüßt müde zurück, als der Polizist am Eingang ihn herausläßt. Geht dann zu Fuß zum Hauptbahnhof und nimmt dort erst ein Taxi.

»Nach Hamm!« sagt er. Nach Hause.

Denn selbst seine Stammkneipe, das *Old Farmsen Inn*, hat um diese Zeit längst die Luken dicht. Bleibt nur der Kühlschrank in der Küche... aber dabei hofft er inständig: hoffentlich muß er kein Wort mehr reden!

Vorsichtig macht er auf. Nur in der Diele macht er Licht,

stößt dabei allerdings, taumelnd und von seinen Kopfschmerzen geplagt, krachend einen Hocker um.

Wenn Gaby nicht schläft, tut sie wenigstens so... Gott sei Dank, denkt er geradezu inbrünstig. Er stellt den Hocker vorsichtig wieder auf und kippt fast vornüber. Früher war ich härter im Nehmen, sagt er sich, letztes Jahr noch, sogar noch letzten Monat. Mühsam trinkt er das Bier aus dem Kühlschrank zu Ende und legt sich, diesmal für die ganze Nacht, auf die Couch im geheizten Wohnzimmer.

Verrückterweise träumt er, Gaby würde weinen, weil er gestorben ist. »Aber so seht ihr alle aus!« murmelt er grimmig im Schlaf.

»Ich mein's ja nicht böse«, sagt die sanfte Gaby freitags um zehn Uhr früh, »aber vielleicht sollten wir doch mal in Ruhe miteinander reden!«

»Über was?« fragt Trimmel scheinheilig.

»Über uns. Ich weiß, daß du viel um die Ohren hast – viel zuviel für dein Alter und für dein Herz...«

»Ach, hör auf!«

»... ich hab auch immer öfter das Gefühl, als ob ich eher noch eine zusätzliche Belastung für dich wäre. Ich meine, es war sehr nett von dir, als du mich nach dem Tod von Beerenberg gefragt hast, ob ich nicht vorläufig erst mal bei dir bleiben will*; ich hab's ja auch gern getan, und bestimmt nicht nur, weil ich auf der Straße stand... da hätte sich schon was finden lassen...«

Alarm! sagt sich Trimmel. Alarm ausgerechnet bereits beim Frühstück. »Aber?« fragt er.

»Ich glaube, unsere Zeit ist abgelaufen. Ich werd' mir deshalb was Neues suchen, eine Wohnung, meine ich, weil...« Sie weiß nicht weiter.

Zwei Dinge sind hier gefährlich, und eins ist so schlimm wie das andere: Sie wird gleich weinen, und er kann, um alles in der Welt, keine weinenden Frauen ertragen; unter anderem deshalb hält er sich dienstlich den Leichenbestatter Petersen. Zweitens erwartet Gaby offenbar eine Art Heirats-

* *Der Richter in Weiß* von Friedhelm Werremeier. Heyne Taschenbuch Nr. 02/1985 in der Reihe *Blaue Krimis*.

antrag, und so was muß man sich ja wenigstens erst mal in aller Ruhe überlegen.

»Muß das wirklich heute besprochen werden?« fragt Trimmel so behutsam wie möglich. »Wo ich immer noch diese Kopfschmerzen hab?«

»Nein, sicher nicht heute«, sagt Gaby tapfer. »Aber einmal wirst du dir die Zeit nehmen müssen...«

Telefon – laut wie eine Schiffsglocke. Selten war Trimmel so erleichtert. »Hallo?«

»Höffgen!« Wenn's bei Trimmel unverhofft klingelt, ist es in aller Regel Höffgen. »Professor Lachnitz hat gestern abend schon wieder ne Niere verschenkt!«

»Woher weißt du das?«

»Fällt quasi in unseren Amtsbereich«, meint Höffgen. »Der Spender starb nach einer Messerstecherei in Wandsbek. Als wir der Sache nachgingen, waren wir plötzlich ganz von selbst bei Lachnitz in Lehnberg. Da hatt er diesen Jakobs schon ausgeschlachtet...«

»Jakobs?« fragt Trimmel.

»Ja, so hieß er. Walter Jakobs, n ziemlicher Schläger; war vorauszusehen, daß der nicht im Bett stirbt. Den Täter haben wir schon; wenn er Glück hat, kommt er mit Notwehrüberschreitung davon, denn Jakobs hat ihn vorher übel zugerichtet, bevor er das Messer...«

»Und die Niere?« fragt Trimmel nervös. Sein Herz macht einen Sprung.

»Nee, nee, auch diesmal nicht Bad Wildungen!« sagt Höffgen und wundert sich einmal mehr. »Die ist nach München geflogen und sofort verpflanzt worden. Eine Frau Hertha Blitter; keine Beziehungen zu Lachnitz!«

»Wieso hast du eigentlich damit zu tun?« will Trimmel wissen. »Hatt ich dich nicht weggeschickt?«

»Na ja...« Höffgen macht eine stolze Kunstpause. »War ja kein so ganz großer Fall. Und bei Ihnen zu Hause hat sich zu der Zeit keiner gemeldet; also hat man mich...«

Daß Trimmel die halbe Nacht im Büro gesessen hat – darauf sind die Idioten offenbar nicht gekommen. »Ich ruf gleich zurück«, sagt er. »War gestern ziemlich spät...«

Gaby sitzt mit großen Augen, die längst keine Fragen

mehr stellen, am Tisch. Sie streicht ein Honigbrötchen. »Soll ich dir was packen? Fährst du weg?« Im Grunde wäre sie wirklich eine gute Polizistenfrau.

»Ich weiß nicht«, sagt Trimmel ratlos. »Vor allem weiß ich nicht, wohin...«

Zehn Minuten lang denkt er dann mit wirrem Kopf darüber nach, ob er Lachnitz – mit dem nötigen Nachdruck – bitten soll, gemeinsam mit ihm zu Becker nach Bad Wildungen zu fahren. »Dieser Lachnitz eskaliert!« sagt er zu Gaby, wenngleich die den Fall nur in Umrissen kennt. Aber was bringt's? sagt er sich – entweder der eine oder der andere. *Gemeinsame* Sache haben die beiden ja bestimmt nicht gemacht, als es um die Ausschaltung von Tennessy ging; ein derart gigantisches Komplott war's im Endeffekt sicher nicht.

»Ich fahre nach Wildungen!« sagt er unvermittelt; ein für allemal, er glaubt, er hat erst wieder Ruhe, wenn er den Exoten unter Kontrolle hat. »Allein!«

»Was heißt das?« wundert sich Gaby. »Wolltet ihr ursprünglich zu mehreren fahren?«

»Ach, ist mir nur so rausgerutscht...«

Während Gaby seine Reisetasche packt, bestellt er telefonisch einen Dienstwagen mit neutralem Kennzeichen. Zweck der Reise: Ermittlungen im Mordfall Tennessy – zwangsläufig einigermaßen pauschal. Zur Zeit, sagen sie daraufhin, haben sie nur einen bereits recht betagten Mercedes 200. »Ist ja gut«, sagt Trimmel ungeduldig, »schickt ihn mir nach Hause, ich komm bestimmt heil wieder zurück...«

Warum sagt er das? denkt Gaby.

Der Wagen kommt; Trimmel nimmt Kfz-Schein und Schlüssel in Empfang. Und ist schon fast weg, als er zurückläuft, weil er ja Höffgen anrufen wollte. »Hör zu – wenn ich mich bis um elf nicht aus Wildungen melde, laß dir meinen Schreibtisch aufmachen; dann tu das, was du für richtig hältst!«

»Ja, ja...«, sagt Höfgen. Er hat schon Bauklötze gestaunt, als er von der Fahrbereitschaft hörte, was da läuft; er hält die

Tour für komplett blödsinnig. »Soll ich nicht wenigstens mitkommen?«

»Nee, nee – das heißt... für den Fall, daß... Also, warum Lachnitz... soll aber rechtzeitig sagen, wenn er wieder Nieren auspuhlt...« Schrecklich ungereimtes Zeug.

Dann, endlich, startet Trimmel durch. Er fühlt sich hundsmiserabel, jetzt ganz eindeutig vom Kopf her. Er muß sich unheimlich zusammenreißen, um bis zu den Elbbrükken und zur Autobahn nicht wie ein total Betrunkener zu fahren. Vielleicht liegt's daran, daß er selten Mercedes gefahren ist.

Die Autobahn nach Kassel, dann noch an die vierzig Kilometer über die Dörfer. Jeder einzelne Kilometer tut ihm weh, in jedem Dorf möchte er in die nächste Kneipe stolpern und einen Klaren trinken. Aber bereits nach dem zweiten Dorf, nach dem zweiten Schnaps muß er anhalten, torkelt aus dem Wagen und kotzt sich die Seele aus dem Leib.

BAD WILDUNGEN 14 km hat er vor wenigen Minuten auf einem Schild gelesen. Ich kann einach nicht mehr, sagt er sich und würgt und würgt. Aber lumpige vierzehn Kilometer vor dem Ziel aufgeben...?

Langsam fährt er weiter, sieht die Scheinwerfer entgegenkommender Autos doppelt, fährt dann mit einem Auge so scharf wie möglich rechts ran und gibt erst wieder langsam Gas, wenn der andere vorbei ist.

BAD WILDUNGEN liest er abermals. Es sieht aus wie

B D   I D N E
A   W L U G N

und tanzt ununterbrochen, und er hält sofort an und übergibt sich ein zweites Mal. Wenn jetzt ein Polizeiwagen käme, hielte man ihn mit Sicherheit für betrunken. Aber es kommt kein Polizeiwagen, dafür jedoch nach einiger Zeit, ganz zufällig, ein Taxi. Trimmel winkt.

»Fahren Sie mich zur Klinik von Professor Becker!«

»Gern«, sagt der Taxifahrer. »Ist das Ihr Mercedes?«

»Ja. Warum?«

»Weil Sie ihn besser parken sollten...«

»Wieso denn? Der steht direkt am Kantstein!«

»Das nennen Sie Kantstein?« fragt der Mann erstaunt. »Das sind doch mindestens zwei Meter...«

»Mir ist nicht gut«, sagt Trimmel hastig und mit belegter Stimme. »Machen Sie das für mich. Hier, der Schlüssel; machen Sie schon...«

Als er schließlich im Taxi sitzt, nachdem der Mercedes einigermaßen manierlich geparkt ist, fühlt er sich wenigstens etwas wohler. Er kann wieder denken, glaubt er – und die Lösung im Mordfall Tennessy, glaubt er ebenfalls, hat er greifbar vor Augen. Er liest sie ab an den eleganten Fassaden der Häuser, an denen das Taxi vorbeifährt; wahre Schlösser manchmal, viele haben bestimmt Millionen gekostet.

Ja, auch Millionen...

Wenn Sie auf eine Niere angewiesen wären, hat er Lippmann gestern (oder vorgestern?) gefragt, *wieviel würden Sie zahlen, um Ihr Leben zu retten oder zu verlängern?*

Vermutlich ziemlich viel, hat Lippmann gesagt, *wahrscheinlich alles, was ich habe!*

Auch Millionen also, wenn er sie hätte...

Seine Gedanken sind kühn und ein bißchen krank. Professor Friedrich Wolfram Becker, denkt Trimmel, hat sich von dem Experten Tennessy Nieren für seine Patienten beschaffen lassen; dafür hat er Unsummen gezahlt, unter dem Strich jedoch Millionen kassiert. Dann hat Tennessy mitkassieren wollen und ist ihm zu unverschämt geworden mit seinen Forderungen, die man wohl auch Einkaufspreise nennen könnte; er hat ihn ohne Rücksicht auf eigene Verluste zu erpressen versucht und gedroht, alles auffliegen zu lassen...

Ein astreines Mordmotiv.

Der Herr Professor muß es ja nicht selbst getan haben. Für so was gibt's Killer, die Trimmel, wenn schon nicht immer persönlich, so doch bestimmt von Amts wegen kennt, hinsichtlich ihrer Herkunft und der derzeitigen...

Wie aus heiterem Himmel zuckt in dieser Sekunde ein Blitz durch Trimmels Gehirn, Feuer aus Schmerz und

Schwindel. »Halten Sie mal an!« stöhnt er. »Einen Moment...«

Das Taxi steht schon.

Soll er in einem solchen Zustand zu Becker gehen und möglicherweise die Lösung des Falls verschenken, so kurz vor Toresschluß? »Wie spät ist es?«

Der Fahrer sieht auf die Uhr. »Halb acht vorbei.«

Ohnehin ziemlich spät. »Fahren Sie mich in irgendein Hotel«, sagt Trimmel, »ich muß erst mal schlafen. Sehen Sie zu, daß ich reinkomm, mieten Sie mir ein Zimmer, halten Sie die Klappe...«

Er schließt die Augen, hört, wie der Wagen wieder anfährt, spürt wieder die Kopfsteine, hört andere Autos vorbeifahren und wird am Ende mehr aus dem Wagen getragen als gestützt. Für eine Sekunde sieht er das besorgte Gesicht eines Hotelempfangschefs in Schwarz.

»Es geht schon«, sagt er und reißt sich zusammen. »Ich bin nur überarbeitet, muß mich mal ausschlafen...«

»Soll ich nicht einen Arzt holen?« fragt der Empfangschef, der Nachtdienst hat.

Aber wozu das denn, wenn er davon überzeugt ist, daß er in der Tat nur überarbeitet ist und sich ausschlafen muß? »Bringen Sie mir lieber ein Bier!« kommandiert er.

Der Taxifahrer sagt: »Es macht zwölf dreißig...«

Zwanzig Mark. »Stimmt so! Schönen Dank!«

»Oh, danke!« Weg ist er.

Vermutlich denkt er jetzt, daß zwanzig Mark in der Tasche doch besser sind als ein Betrunkener in der Ausnüchterungszelle. Trimmel hat es ihm am Gesicht angesehen, als er in das Taxi stieg: am liebsten hätte er ihn stracks zur Polizei gefahren.

Ob es besser gewesen wäre?

Es wird sich – so mies, wie Trimmel sich fühlt – bestimmt bald herausstellen.

Er ist noch wach, aber halb ausgezogen, als angeklopft wird. Das Bier kommt. »Schreiben Sie's auf die Rechnung!«

»Geht's denn besser?« fragt der Nachtempfangschef, der um die Zeit den Kellner vertritt.

»Ja, ja, ja...«

Der Empfangschef will die Tür leise hinter sich schließen, als Trimmel ruft: »He, Sie!«

Der Mann dreht sich um.

»Was für ein Tag ist heute?«

»Freitag.«

»Ach ja, natürlich... Danke.«

Und dann ist Trimmel plötzlich nicht mehr in der Lage, sich das Bier einzuschenken. Nur noch ein halber Blick, als er ins Bett fällt: ob die Pistole nicht zufällig... nein, sie hängt nirgendwo raus.

Er schläft sofort ein.

Das Licht im Zimmer brennt die ganze Nacht. Das Bier in der geöffneten Flasche perlt immer langsamer und wird schal. Der Empfangschef macht sich Sorgen, die ganze Nacht, ist aber wenig entschlußfreudig und läßt die Sache auf sich beruhen.

8

Samstag vormittag. Im Grunde genommen hat Edmund Höffgen jede Menge privat um die Ohren, aber Dienst ist Dienst. Befehl ist Befehl. Und so geht er ins Büro.

Auf dem Weg dorthin macht er einen Abstecher zur Kriminalwache. »Habt ihr was von Trimmel gehört?« fragt er hoffnungsvoll.

»Wieso – ist der weg?«

»Ja, leider!« Es ist allerdings erst kurz nach zehn. Erst wenn sich Trimmel bis elf Uhr nicht meldet, soll Höffgen aktiv werden.

Halb elf.

Dreiviertel.

Höffgen soll sich Trimmels Schreibtisch aufmachen lassen, hat Trimmel gesagt. Aber das geht sehr viel einfacher mit einer Schere... Da, der Aktendeckel. *Zwischenbericht.*

Vierundzwanzig Seiten; ganz schön fleißig. Höffgen beginnt schnell zu lesen, immer schneller, und je weiter er kommt, um so klarer wird ihm, daß es *so* tatsächlich gewesen sein könnte. Wohlgemerkt: *könnte!*

Zwölf nach elf.

Höffgen ergreift die Initiative. Er ruft nacheinander Laumen und Petersen an und sagt: »Kommt mal gleich her, es gibt was zu tun!«

Sie maulen ein bißchen; sie hätten nur einen Chef, und der heiße Trimmel... Aber Höffgen läßt sich die Butter nicht vom Brot nehmen.

»Trimmel ist auf Achse!« sagt er knapp. »Er hat mir eine Reihe von ganz bestimmten Anweisungen hinterlassen!« Autorität ist tatsächlich übertragbar.

Gegen zwölf sind Laumen und Petersen da. »Na, du Stellvertreter?« sagt Laumen verbittert. Petersen sagt nichts außer »Tach«. Er hat die übliche Leichenbittermiene aufgesetzt und bleibt an der Wand kleben.

Höffgen blättert geschäftig in Trimmels Papieren.

»Also – was liegt an?« fragt Laumen schließlich. »Ich hab bis zwei Uhr früh vor dem Haus von der Biegler gestanden; bis dahin hatte sie immer noch Licht, dann erst hat sie's ausgemacht...«

»Und warum biste weggegangen?«

»Weil ich bloß bis um Mitternacht warten *sollte*! Meinst du nicht, daß es reicht, wenn ich bei diesem Blödsinn sogar zwei Stunden über die Zeit warte?«

»Du und über die Zeit!« sagt Höffgen, obgleich gerade Laumen einer der Eifrigsten ist. »Na ja... nun gehste eben noch mal hin. Das heißt, mittlerweile ist uns die ganze Sippe suspekt, und deshalb versuchste erst mal, was über Sandra Biegler rauszukriegen, diese nierenkranke Schwester. Hinterher fragste die Vermieterin, diese, diese Frau...«

»Herzog.«

»... Herzog noch mal gründlich nach diesem komischen schwarzen Handschuh im Bad – die weiß schon Bescheid, um was es geht, wenn du sie fragst!«

Petersen horcht auf. Dann allerdings sagt er sich, daß er sich mit *seiner* Handschuhidee, der Idee mit den Roten Zellen, schließlich schon einmal Blasen gelaufen hat, und hält deshalb vorsichtshalber die Klappe. »Ich kapier allmählich gar nichts mehr«, sagt er nur noch, als er mit Höffgen allein zurückgeblieben ist. »Haben wir uns denn nun auf den Lachnitz eingeschossen oder nicht?«

»Im Augenblick ist der Alte in Bad Wildungen«, sagt Höffgen, »er will sich noch n anderen Mediziner vorknöpfen. Ich könnt mir immerhin *vorstellen*, daß er recht hat.«

»Dann kann ich ja wieder gehen!«

»Nee, nee, das ist ne andere Sache. Lachnitz wär zwar tatsächlich aus dem Schneider, meint Trimmel, jedenfalls was die Sache Tennessy betrifft. Aber diese andere Geschichte, die du ihm erzählt hast...«

»Brauer?«

Höffgen nickt. »Die sollen wir gründlicher ausloten. Ob's doch noch Auswirkungen auf die Sache Tennessy haben kann, daß Lachnitz den verunglückten Brauer so lange am Leben gehalten hat, oder ob's echt bloß n Fall für sich ist, sozusagen n umgekehrter Mord...«

»Am heiligen Samstag!« murmelt Petersen.

»Gerade wir können uns die Feiertage nicht aussuchen!« erwidert Höffgen. Er entwickelt sich schnell zu einem Bündel an Autorität. »Ruf mich von unterwegs an. Ich bleibe hier, falls Trimmel sich meldet...«

»Hoffentlich wartest du, bis du schwarz wirst!« mault der Kollege mit dem schwarzen Anzug und macht die Tür hinter sich zu. Allzu böse hat er's gar nicht mal gemeint, aber in Höffgens Ohren klang's wie ein Bannfluch.

Trimmel, hilf!

Er geht für alle Fälle nochmals zur Kriminalwache. »Sobald ihr Trimmel in der Leitung habt, stellt ihn zu mir durch oder gebt mir Bescheid...«

Irgendwie ahnt er, daß er lange warten muß.

Es ist alles ein bißchen wie ein Löwe ohne Kopf. Höffgen ist kein Trimmel, noch lange nicht; weiß der Himmel, ob er jemals einer werden wird. Immerhin jedoch hat der Praktiker Höffgen seinem Meister einiges abgeguckt; so schlecht also ist es nun auch wieder nicht, was er hier veranstaltet.

Laumen hat Sandra Biegler nicht angetroffen; weiß der Kuckuck, wo eine angeblich derart kranke Person sich dauernd rumtreibt! Und weil heute sogar nicht mal diese widerliche Nachbarin da ist, startet er gleich durch und parkt schließlich vor dem Haus in der Wiedestraße, in derselben Lücke, in der er nachts geparkt hat. Er läutet bei *Biegler*, überlegt noch, wie er's diesmal am besten anstellt mit Jill – aber da öffnet Frau Herzog.

»Tag, Frau Herzog, mein Name ist Laumen... ich hätte gern Fräulein Biegler gesprochen.«

»Die ist nicht da!« sagt Frau Herzog.

»Dann würd ich *Sie* ganz gern sprechen«, sagt Laumen.

»Mich? Wer sind Sie denn überhaupt?«

Laumen sieht diskret hinter sich – im Treppenhaus ist weit und breit kein Mensch. Trotzdem sagt er's flüsternd: »Kriminalpolizei!«

»Um Gottes willen!« sagt Frau Herzog erschrocken. »Was wollen Sie denn nun schon wieder?«

Laumen folgt ihr in die Diele; sie verschließt sorgsam die Wohnungstür. »Es geht noch mal um den schwarzen Handschuh bei dieser Gasgeschichte mit Fräulein Biegler. Zeigen Sie mir am besten erst mal... was haben Sie denn?«

»Im Augenblick können wir schlecht stören«, sagt Frau Herzog zögernd.

»Wieso denn?«

»Fräulein Biegler hat Besuch«, flüstert Frau Herzog, »sie ist nicht da, aber sie hat Besuch...«

»Ja, und?«

Da lächelt Frau Herzog ausgesprochen verschämt.

Laumen kommt dahinter: es handelt sich um einen Mann! »Na schön, aber warum kann ich nicht trotzdem mal reingehen?« Er klopft an Jills Tür. Es passiert nichts. »Hallo!« sagt er. Es bleibt immer noch mucksmäuschenstill.

Frau Herzog mischt sich ein. »Ich bin's – machen Sie bitte mal auf! Hier ist ein Herr von der Polizei, der will bei Ihnen und im Bad was nachgucken!«

Gleichzeitig drückt Laumen die Klinke runter, und die Tür geht auf – sie war gar nicht verschlossen. Im selben Moment aber schleudert er die Klinke erschrocken so heftig von sich, als sei es eine Schlange; die Tür kracht gegen die Wand und macht dort ein ziemliches Loch.

Auf dem Sims des offenen Fensters steht ein gutaussehender, langhaariger junger Mann. »Hauen Sie ab, sonst spring ich!« zetert er dramatisch.

»Mach keinen Scheiß!« sagt Laumen fassungslos. »Ich will doch überhaupt nichts von... von Ihnen!« Zu Frau Herzog sagt er: »Was hat er denn?«

Aber sie steht da bloß herum und starrt an ihm vorbei und weiß es auch nicht.

Laumen geht wie in Zeitlupe auf den Mann zu. »Komm runter, das bringt doch nichts! Ich freß Sie doch nicht... Liegt doch gar nichts an...«

Der klettert der Junge – sehr ernst war's ihm offenbar doch nicht mit seinem Freitod – tatsächlich zögernd vom Fensterbrett und drückt sich an die Zimmerwand.

»Wovor haben Sie den eigentlich Angst?« fragt Laumen, dem plötzlich die Knie zittern.

»Vor Ihnen sicher nicht!« sagt der Mann pampig.

»Kann ich mal Ihren Ausweis sehen?«

»Hab ich nicht hier!«

»Führerschein? Irgendwas...?«

»Liegt alles am Hauptbahnhof«, sagt der Typ, »im Schließfach. Bin gestern erst angekommen.«

Laumen, der schließlich anderes im Kopf hat, hätte die Geschichte unter Umständen sogar auf sich beruhen lassen, aber Frau Herzog ist jetzt erkennbar entrüstet. »Also, das stimmt nicht!« sagt sie. »Seit zwei Tagen ist er schon hier! Außerdem ist er mir sowieso langsam verdächtig – er geht praktisch nie aus dem Haus!«

»Tja«, sagt Laumen fast bedauernd, »dann müssen Sie leider doch mal mitkommen!«

Vorsichtshalber tastet er den Jungen nach Waffen ab, bevor er mit ihm loszieht. Der aufgeregten Frau Herzog sagt er tröstend: »Ich komm dann später noch mal...«

Da weiß sie echt nicht, was sie davon halten soll.

Auf den Stufen des Hauseingangs gibt der junge Mann seinem Bewacher einen heftigen Stoß und haut ab.

Laumen stürzt und schrammt sich schmerzhaft das Schienbein an. Noch im Liegen schreit er: »Halt – stehenbleiben!«

Aber der Junge rennt weiter, und Laumen, dem vor Schmerzen die Augen tränen, zieht seine Dienstwaffe und schießt zweimal in die Luft. Zwei einsame Passanten lassen sich entsetzt einfach auf die Straße fallen.

Der langhaarige Typ rennt hakenschlagend immer noch weiter. Und nun rennt Laumen los. Er rennt ungewöhnlich schnell, viel schneller als der andere, und hat ihn trotz seines aufgeschlagenen Schienbeins schon an der übernächsten Ecke eingeholt.

»Merk dir eines«, sagt er schwer atmend, »ich war mal Hamburger Polizeimeister über hundert Meter!« Dann packt er ihn in seine Ente, kümmert sich nicht um die plötzlich zusammengelaufene Menge und fährt ins Präsidium.

Höffgen sagt zu Laumen, in Gegenwart des vorläufig festgenommenen jungen Mannes: »Wieso fängste hier Hippies, wenn du bei der Mordkommission bist?«

Der Festgenommene kriegt anscheinend einen Heidenschreck, sagt aber nichts. Laumen zuckt nur die Achseln.

Sie lassen den Jungen dann erkennungsdienstlich behandeln und ihm die Fingerabdrücke abnehmen – und dann stellt sich überraschend heraus, daß Laumen anscheinend einen guten Fang gemacht hat. Gleich zwei Beamte der Sonderfahndung kommen ins Zimmer, sehen sich Laumens Gefangenen an und vergleichen ihn mit einigen älteren Fotos.

»Kein Zweifel, das ist er!« sagt der erste.

»Wer?« fragt Höffgen.

Der zweite Beamte liest aus einer schmalen Akte vor: »Berthold Weyer, genannt Bertie, angeblich Student, mutmaßliches Mitglied einer Roten Zelle, Haftbefehl wegen terroristischen Anschlags auf die Hochbahn … damals, bei den Protesten wegen der letzten Fahrpreiserhöhung.«

»Na bitte!« sagt Laumen.

Bertie Weyer jedoch schneidet nur Grimassen und sagt nach wie vor nichts.

»Was mich interessiert«, fragt der erste Beamte, »weshalb

werden Sie hier ausgerechnet von der Mordkommission angeliefert, Herr Weyer?«

»Leck mich am Arsch!« sagt Bertie Weyer.

Aber die Sonderfahnder grinsen nur. »Bei den Brüdern weiß man eben nie...«

»Meinste die Roten Zellen oder die Mordkommission?«

»Raus!« sagt Höffgen. Kaum ist Trimmel weg, denkt er vergrätzt, und schon nehmen sich untere Dienstgrade derart gravierende Respektlosigkeiten heraus.

Petersen hat länger zu fahren, bis nach Volksdorf; immerhin, er freut sich mittlerweile auf das Gespräch, das ihm bevorsteht. Und dann zeigt sich rechts von der Eulenkrugchaussee zwischen hohen Bäumen ein prächtiger Bungalow... *Konrad Brauer* steht am Eingang im Grünen.

»Ja, bitte?« fragt eine Frau durch die Sprechanlage.

»Mein Name ist Petersen«, sagt der Leichenbestatter feierlich, »von der Polizei. Hab ich die Ehre mit Frau Brauer persönlich?«

Das Türschloß summt.

Petersen geht den Weg hoch, und die Dame, die ihn oben am Bungalow erwartet, ist ganz eindeutig Frau Brauer persönlich. Sehr blaß, hochgeschlossen und in Schwarz. »Guten Tag, gnädige Frau. Ich bin ziemlich untröstlich, Sie am heiligen Samstag stören zu müssen, aber...

Man glaubt es ihm; das ist seine Stärke.

»... es geht um Ihren verstorbenen Gatten. Ihm ist doch... es tut mir wirklich aufrichtig leid, davon sprechen zu müssen... ihm ist doch nach seinem Tod von Herrn Professor Lachnitz eine Niere entnommen und gewissermaßen anderweitig verpflanzt worden?«

»Beide Nieren!« sagt Frau Brauer sachlich. Dann, mit einer einladenden Geste: »Bitte, treten Sie ein... ich wollte gerade Kaffee trinken; nehmen Sie auch ein Täßchen?«

»Gern, gnädige Frau...« Man muß sich Zeit nehmen, sagt er sich, man kann letztlich nicht mit der Tür in ein so komfortables Trauerhaus fallen. Und erst als das Mädchen den Kaffee serviert hat, fährt er mit seiner langsamen und feierlichen Stimme fort: »Ich bin beauftragt, gnädige Frau, die

Angehörigen aller Verstorbenen, denen bei Herrn Professor Lachnitz Nieren entnommen worden sind, zu befragen, ob das mit ihrem, wie Sie wissen, gesetzlich vorgeschriebenen Einverständnis geschehen ist...«

»Ich war einverstanden!« sagt Frau Brauer. »Ich möchte allerdings wissen...«

»Ja, aber wann waren Sie einverstanden, gnä Frau?« unterbricht Petersen schnell. »Ihr Gatte – Sie sehen es einem Polizeibeamten, der seine Pflicht zu tun hat, sicherlich nach, daß ich das nochmals aufwühlen muß –, Ihr Gatte war doch klinisch eigentlich bereits tot, als er ins Krankenhaus Lehnberg eingeliefert wurde...?«

»Richtig«, sagt Frau Brauer ruhig. »Er war offenbar nicht mehr in der Lage, mit mir zu sprechen.«

»Aha«, sagt Petersen, »statt dessen haben Sie dann also mit Herrn Professor Lachnitz gesprochen?«

»Ja, das habe ich. Er sagte mir sofort, es bestehe keinerlei Hoffnung mehr.«

Und Petersen fährt fort – langsam, bedächtig und scheinheilig. »Herr Professor Lachnitz hatte Sie sicher schon bei dieser Gelegenheit gefragt, ob Sie Ihr Einverständnis geben würden, Nieren beziehungsweise überhaupt Organe Ihres Mannes zu entnehmen und zu dessen Rettung auf einen anderen Menschen zu verpflanzen?«

Sie sieht ihn sehr direkt an. »Ja, er fragte mich sofort, aber ich konnte mich in meiner ersten... Schocksituation noch nicht entschließen...«

»Verständlich, gnä Frau, nur allzu verständlich... Aber sagen Sie, gnä Frau: Sie wußten zum damaligen Zeitpunkt sicher auch, daß Ihr Schwager Berthold an einem Herzinfarkt daniederlag, von dem er sich dann ja beklagenswerterweise ebenfalls nicht mehr erholt hat?«

Noch immer sieht sie ihm in die Augen. »Ja, das wußte ich. Aber woher wissen Sie es, und warum interessiert sich die Polizei für solche sehr privaten Dinge? Würden Sie mir netterweise sagen, auf was Sie hinauswollen?«

»Ungern!« sagt Petersen spontan. »Aber wenn Sie darauf bestehen...«

»Ich bestehe darauf!« sagt die zierliche Frau.

»Also, ich habe mich im Krankenhaus umhören müssen, und es fällt mir wirklich sehr schwer, Frau Brauer... aber würden Sie nicht selbst sagen, daß man vermuten könnte, Sie hätten Ihr Einverständnis zu der erwähnten Organspende davon abhängig gemacht, Ihr Mann müsse noch für einige Tage... also, einige Zeit leben bleiben...«

Sie springt weder auf, noch regt sie sich sonderlich auf, aber sie kommt sofort auf den Punkt: »Wie wär's, wenn Sie mir auch noch unterstellen, ich hätte Lachnitz für diesen... Liebesdienst Geld gegeben?«

»Also, wenn ich ehrlich bin«, sagt Petersen, »und ich bin immer ehrlich – bei den Summen, die hier im Spiel waren, würde ich es nicht für ausgeschlossen halten!«

Frau Brauer schenkt Kaffee nach. »Ein überaus unerfreuliches Gespräch, wider Erwarten. Ich will die Sache jedoch auch meinerseits beim Namen nennen... Ich hätte Professor Lachnitz Geld gegeben, wenn ich mir in dieser Hinsicht auch nur etwas davon versprochen hätte; nur... es ging ihm vorrangig um andere Dinge als Geld...«

»Und um welche? *Was* haben Sie ihm gegeben?«

»Meine Güte, Sie wissen es doch! Sie sagten es doch schon; natürlich tatsächlich die Nieren meines Mannes!«

»Sie haben also wortwörtlich mit Herrn Professor Lachnitz darüber gesprochen?« fragt Petersen schließlich.

»Natürlich. Deshalb kommen Sie extra her?«

Es passiert dem Leichenbestatter zum ersten Male in seiner Laufbahn, daß es ihm die Sprache verschlägt. »Sie können aber doch... Sie haben doch sicher einen Rechtsanwalt?« sagt er in seiner Verwirrung, gegen die Regeln der Kunst.

»Was soll's?« sagt sie. »Ich habe nichts Strafbares getan. Ich habe lediglich den Professor gebeten, das Leben meines Mannes so lange wie möglich zu erhalten. Ich habe abermals nichts Strafbares getan, als ich ihm erlaubte, das eine oder andere Organ zu entnehmen, falls es doch zu Ende gehen sollte!« Sie nimmt einen Schluck Kaffee; die Hand, die die Tasse hält, zittert nicht. »Daß das Ganze zufällig mit einer günstigen Erbfolge für meine Kinder – Konrads und meine Kinder! – zusammentraf...« Achselzucken. »*Das* hätte mein Mann an meiner Stelle genauso gemacht.«

Sie sehen sich an – und sie wissen beide, wie unmoralisch diese Rechnung ist. Gerade weil sich dieses Geschäft nicht in die Paragraphen eines Vertrags oder gar des Strafgesetzbuchs pressen läßt...

»Warum also sollte ich meinen Anwalt konsultieren?« fragt Frau Brauer. »Es würde der Sache möglicherweise nur eine unerwünschte Publizität verschaffen, und am Ende würd's ausgehen wie das Hornberger Schießen. Ausschließlich deshalb habe ich Ihnen alles erzählt... damit nämlich, glaube ich, ist die Sache am ehesten ausgestanden. Für mich und die Kinder. Und irgendwie – ja, auch für meinen Mann!«

Es ist auch aus Petersens Sicht nicht gerade zu einem erfreulichen Gespräch gekommen. »Wie alt ist Ihr Schwiegervater eigentlich?« fragt er.

»Er feiert in der nächsten Woche seinen zweiundachtzigsten Geburtstag«, sagt sie. »Und falls Sie es noch genauer wissen wollen: Er ist noch sehr rüstig.«

»Er hatte nur diese beiden Söhne?«

»Ja. Meine Kinder – seine Enkelkinder – werden nach dieser Lage der Dinge eines hoffentlich noch sehr fernen Tages seine Haupt-, wenn nicht einzigen Erben sein!«

»Ihr Schwager in Lübeck hatte keine Kinder?«

»Nein. Aber seine Frau wird ja ihren Pflichtanteil bekommen, nehme ich an.«

»Den gibt's nicht!« sagt Petersen. »Ihre Schwägerin kriegt nur dann was, wenn sie sich mit Ihrem Schwiegervater besonders gut versteht. Tut sie das?«

»Sie kann ihn und er kann sie nicht ausstehen!« sagt Frau Brauer.

Petersen überlegt. Es wäre eine Frage für sich gewesen, ob es für die Erbfolge in der Millionärssippe Brauer grundsätzlich wirklich eine entscheidende Bedeutung gehabt hätte, wenn Bruder Berthold *nach* Konrad gestorben wäre. Besser und sicherer jedoch ist es für Konrads Witwe allemal, daß er *vor* Konrad gestorben ist. Daraus allerdings ein wie auch immer geartetes Mordmotiv... Petersen schüttelt den Kopf, packt seine paar Notizen zusammen und macht Anstalten, die Vernehmung zu beenden.

»Sie möchten gehen?« fragt Frau Brauer.

»Ja, ich möchte gehen«, sagt er. Er steckt die Notizen in seine Jacke und deutet eine Verbeugung an. »Ich danke Ihnen, gnä Frau!« sagt er und glaubt's selbst nicht. Er ist, so unwahrscheinlich es klingt, im Umgang mit Witwen doch noch um eine Erfahrung reicher geworden. Der Mordfall Tennessy hingegen ist seiner Überzeugung nach um eine Hoffnung, einen Verdächtigen ärmer geworden – und darüber und überhaupt über alles ist er dann so deprimiert, daß er sogar vergißt, Höffgen anzurufen.

»Woher kennen Sie Jill Biegler?« fragt Höffgen. Und aufs Geratewohl: »Etwa durch ihre Schwester?«

Da macht der angebliche Student Bertie Weyer zum erstenmal richtig den Mund auf und sagt erstaunt: »Woher wissen Sie das denn? Daß sie ne Schwester hat, mein ich?«

»Na ja... Sandra natürlich...«

Bertie denkt nach. »Okay. Sie war mal meine Freundin. Aber ich mach Ihnen n Angebot... ich red mit Ihnen, und Sie lassen Sandra hier raus. Sie weiß von gar nichts, ehrlich – außerdem ist sie todkrank.«

»Das wissen wir«, sagt Höffgen ohne große Betonung. »Sind Sie deshalb auf Jill umgestiegen?«

Bertie lacht, aber es klingt unsicher. »Kommt gleich nach Blutschande, meinen Sie?«

»Wie man's nimmt«, sagt Höffgen ohne jeden Humor. »Streng juristisch nicht.«

»Bei Jill war ich doch bloß, weil ich momentan keine vernünftige Bude hab!«

»Weil Sie gesucht wurden, wollen Sie sagen. Inzwischen ist ja alles klar, Sandra hat Sie deswegen wahrscheinlich ja auch schon rausgeschmissen...«

»Tatsächlich?« höhnt er. »Warum fragen Sie mich überhaupt noch, wenn Sie schon alles wissen?«

»*Alles* weiß ich nicht. Wußte Jill, beispielsweise, was mit Ihnen los war?«

»Also, bloß mal um des lieben Friedens willen«, sagt Bertie, »was ist denn *überhaupt* los? Mit mir nix, werden Sie sagen, und da geb ich Ihnen sogar recht...«

Höffgen nickt wider Willen. Bertie ist tatsächlich ein so kleiner Fisch, daß ihn die Terroristenjäger, die sonst jeden Furz für sich beanspruchen, ohne Widerworte der Mordkommission überlassen haben.

In diesem Moment kommt Petersen ins Büro.

Bertie wirft ihm einen Blick zu, läßt sich aber nicht stören. »Diese Roten Zellen und dieser ganze Stuß – damit läuft bei mir überhaupt nix! Ich hab n einzigen Knallfrosch unter die Hochbahn gelegt, als Demonstration und sonst gar nix, und wo kommen wir denn hin, wenn man nicht mal mehr demonstrieren darf, bitte schön?«

Petersen starrt ihn an.

»Is was?« fragt Höffgen irritiert.

»Wart mal einen Moment«, sagt Petersen. Er verschwindet in seinem Büro, kommt aber gleich wieder zurück und zeigt Bertie Weyer einen schwarzen Stoffhandschuh in einem Plastikbeutel. Den Handschuh aus dem Bad Herzog-Biegler. »Ist das nicht der Handschuh, den Sie da im Tunnel verloren haben?« fragt er wider besseres Wissen.

»Weiß ich doch nicht!« sagt Bertie.

»Ja oder nein?«

»Herrgott noch mal, soll ich denn alles gestehen, was ich nicht gemacht hab?«

Da sagt Petersen: »Schaff ihn mal weg!« Und Höffgen kennt diesen Ton und greift zum Telefon.

»Wohin denn jetzt schon wieder?« sagt Bertie frech. »Vielleicht ins *Hilton?*«

»Zur Hinrichtung!« sagt Petersen. »Aber sagen Sie mal, wo ist Jill Biegler eigentlich im Moment?«

»Verreist!« sagt Bertie wütend und stößt eim Abführen die Tür mit dem Fuß krachend hinter sich zu.

»Sag mal, kannste mir da mal einiges erklären?« erkundigt sich Höffgen.

»Diese Witwe Brauer ist ein Aas«, erklärt Petersen, wie immer methodisch und der Reihe nach, »aber mit Tennessy hat sie leider nichts zu tun. Jill Biegler allerdings – die hat wahrscheinlich jede Menge damit zu tun...« Und dann hat er seine größte Stunde seit langem, als er erzählt, wie er mit dem Handschuh und den Roten Zellen anscheinend recht behalten hat, obgleich nicht mal Trimmel ihm zuhören wollte. »Der ist auch nicht mehr das, was er mal war...«

Trotzdem würde Höffgen Jahre seines Lebens geben, wenn er Trimmel jetzt herbeizaubern könnte. Fünfzehn Uhr inzwischen – der Höhenflug des ›Stellvertreters‹ ist gestoppt. Statt dessen kriecht ihm das kalte Grausen aus den Schuhen hoch über den ganzen Körper.

»Laumen ist noch immer hinter Jill her«, sagt Höffgen bedrückt. »Vielleicht hat er ja zweimal Glück...«

Frau Herzog hakt die Sperrkette bereits los, als Laumen noch den Finger auf der Klingel hat. In der Zwischenzeit hat sie sich ziemlich stark geschminkt und bietet statt Kaffee einen Klaren an. »Wer bezahlt mir eigentlich das Loch in der Wand?« fragt sie friedfertig. »Sie haben vorhin die Klinke so heftig...« Aber eines interessiert sie viel mehr: »Was hat der Herr Weyer denn verbrochen?«

»Darüber darf ich nicht reden«, behauptet Laumen geschwollen. »Für die öffentliche Sicherheit könnt's allerdings sehr wichtig sein, wenn Sie mir mal genau erzählen, was an diesem Gasabend gelaufen ist.«

Sie ist sichtlich beeindruckt. »Also, Jill ging abends ins Bad, und ich sag noch, ›Jill, wenn Sie unbedingt am Abend baden müssen, machen Sie möglichst leise!‹ Aber sie meint, sie will gar nicht baden, sie will sich nur n bißchen frischmachen für die Nacht...«

»Blieb sie lange im Bad?«

»Wissen Sie, *so* genau...« Sie geht voran ins Bad.

Laumen sieht sich um. »Das ist also der Haupthahn, neben dem der schwarze Handschuh lag – okay. Aber jetzt mal endlich auf Ehre und Gewissen: Wer hätt ihn nun wirklich hinlegen und liegenlassen können? Wer war an dem Abend tatsächlich hier in der Wohnung?«

»Nur Jill und ich«, sagt Frau Herzog erschrocken. »Aber ich hab mir inzwischen ja auch mal Gedanken gemacht – ich bin etwas ängstlich in meinem Alter, wissen Sie, und ich hatte hundertprozentig die Sperrkette aufliegen, wie vorhin. Ich hatte auch die ganze Zeit die Tür zum Flur offen, weil ich manchmal das Gefühl hab, ich würd ersticken...

die Kette lag hinterher auch noch auf. Durch die Wohnungstür *kann* also keiner reingekommen sein! Es hätte also bloß jemand durch den Lichtschacht und das kleine Badezimmerfenster kommen können – aber da hätt er schon so dünn sein müssen wie... wie...«

»Wie Bertie?«

»Ja, genau. Ich wollt's nur nicht sagen.«

Aber es ist und bleibt absurd. Er blättert in der schmalen Akte *zum Nachteil Jill Biegler*, die er einfachheitshalber dabei hat. »Warum ausgerechnet Bertie Weyer Jill vergiftet haben soll, möcht ich wissen. Ganz unter uns, Frau Herzog, die schlafen doch miteinander?«

Sie errötet. »Ja, sicher... aber kommen Sie, darauf nehmen wir noch einen – das ist ja fürchterlich! Und das Loch in der Wand, das vergessen Sie man...«

Laumen jedoch lehnt ab und verabschiedet sich ziemlich hastig. Er hat plötzlich eine ganz konkrete Idee, und er brennt darauf, sie wenn schon nicht mit Trimmel, so doch mit Höffgen zu besprechen.

»Also. Ich hab mir die Örtlichkeiten noch mal ganz genau angesehen. Wir gehen ja idiotischerweise immer noch davon aus, daß jemand im Badezimmer den Hauptgashahn abgedreht und damit den Gasofen in Jills Zimmer gelöscht hat.«

»Wieso idiotischerweise?« sagt Höffgen. Seine Nervosität wächst von Minute zu Minute.

»Weil's dann nur Bertie gewesen sein könnte – aber das ist nun wirklich Schwachsinn! Aber hier« – er findet den Bericht der Spurensicherung auf Anhieb –, »da steht, auf dem Hauptgashahn war ein deutlicher Fingerabdruck von Frau Herzog, die zu diesem Punkt jedoch glaubhaft versichert, sie habe den Hahn seit Wochen nicht mehr angefaßt!«

»Interessant«, sagt Höffgen, »ich versteh allerdings immer noch nicht, was...«

»Der Hahn geht unnormal schwer«, erklärt Laumen, »und wenn ihn einer mit einem Handschuh geöffnet und geschlossen hätte, müßte er den Fingerabdruck Herzog zwangsläufig abgewischt haben. Das heißt also, es kann überhaupt niemand am Haupthahn gewesen sein! Es hat zwar jemand den Handschuh an den Hahn im Bad gelegt, um die blöden Bullen zu täuschen, aber der sogenannte Mordversuch hat in Jills Zimmer stattgefunden und nirgends sonst!«

Höffgen starrt ihn an.

»Und damit ist *der* Fall klar. Entweder wollte Frau Herzog ihre Untermieterin umbringen, indem sie klammheimlich gewartet hat, bis Jill, nachdem sie ihre Tabletten genommen hatte, eingeschlafen war, um dann in das Wohnzimmer zu schleichen und das Gas ausströmen zu lassen. Irgendwo ist das wohl genauso n Blödsinn wie die Idee, der Spinner Bertie könnt's gewesen sein. Oder...«

»Oder?« fragt Höffgen lauernd.

»Oder die liebe Jill hat's selber getan und führt uns alle miteinander an der Nase rum. Dann frag ich mich mittlerweile allerdings dreimal: Warum hat sie's getan?«

Darauf finden sie im Moment keine Antwort. Petersen, der sich seit einiger Zeit zu den Frustrierten im Präsidium rechnet und deshalb seine Dienststunden ebenso sorgfältig zählt wie die überwiegende Mehrzahl der Kollegen, hat außerdem gerade Feierabend gemacht; der Spalt der Erkenntnis wächst also wieder zu, ohne daß vorerst die kleinste Narbe bleibt. Trimmel mit seinen noch so verrückten Ideen, erkennt der ›Stellvertreter‹ schmerzhaft und definitiv, fehlt eben doch an allen Ecken und Enden.

Reichen, beispielsweise, die Indizien aus, um Jill Biegler zur Fahndung auszuschreiben? überlegt er unsicher. Oder macht man sich als Polizist einfach nur lächerlich, wenn man argumentiert, daß es da eine Verdächtige gibt, die zwar nach jetzigem Erkenntnisstand von jedem Gericht abendfüllend freigesprochen werden dürfte, nach Adam Riese allerdings mit einem Mord zu tun haben *muß?*

9

Trimmel wird wach, denkt, daß es noch ganz früher Morgen ist, sieht dann aber, daß die Vorhänge zugezogen sind und es schon erheblich später sein muß. Seine Uhr steht auf fünf... Fünf? Das kann doch nicht wahr sein!

Aber der Tagesportier am Telefon bestätigt: »Es ist genau siebzehn Uhr!«

»Warum haben Sie mich nicht geweckt?« schreit Trimmel, obgleich es ihm weh tut.

»Aber wir haben es doch nur gut gemeint! Wir waren mittags im Zimmer, weil wir uns Sorgen machten; da schliefen Sie tief und fest und ganz ruhig. Wir haben das Licht ausgemacht – Sie hatten es brennen lassen...«

Trimmel hört nicht mehr zu. »Bestellen Sie mir in fünf Minuten ein Taxi!« Er kann nicht mehr schreien; er hat an die zwanzig Stunden geschlafen und ist immer noch nicht frisch. Ganz im Gegenteil: Er hat größte Schwierigkeiten beim Anziehen. Seine Reisetasche, beschließt er unkonzentriert, wird er im Hotel lassen und später abholen. Das Taxi wartet schon, als er in die Rezeption kommt. Er streicht sich ums Kinn; er war nicht in der Lage, sich zu rasieren.

»Zur Becker-Klinik!«

Dann lehnt er sich zurück und schließt die Augen. Er wird sich nicht mit der Vorrede aufhalten, wird den Gegner frontal angreifen, den Gegner Becker...

Das Taxi stoppt am Haupteingang. »Sechs Mark...«

Trimmel gibt dem Fahrer achtlos ein paar Silbermünzen und geht durch die gläserne Schwingtür, zu einem Schalter mit der Aufschrift *Empfang*. »Ich möchte zu Professor Bekker!«

»Einen Augenblick, bitte«, sagt ein Mann in Schwarz.

Gleich darauf kommt eine Frau in Weiß. »Ich bin Professor Beckers Sekretärin. Was kann ich für Sie tun?«

»Mein Name ist Trimmel. Ich muß Professor Becker sprechen, sehr dringend!«

»Ich fürchte, das wird ohne festen Termin schwierig sein, heute am Samstag...«

»Kriminalpolizei!« sagt Trimmel grob und fuchtelt mit seinem Ausweis herum.

Das zieht hier noch. »Kommen Sie bitte mit...«

Dann endlich – in derselben Stunde, in der Höffgen in Hamburg fast an seinem Fall und an sich selbst verzweifelt – betritt Trimmel Professor Beckers Büro. »Nehmen Sie noch einen Moment Platz!«

Aber er bleibt lieber stehen und schaut sich um. Sagenhaft teuer aussehende Möbel ringsrum und ein *Dufy* signiertes Bild an der Wand. Auf dem Schreibtisch die gerahmte Fotografie einer hübschen Frau, etwas altmodisch gekleidet, vermutlich ein Jugendbildnis der Frau Gemahlin. Modern der Raum, kostbar und ungemütlich. Auf dem Schreibtisch steht auch noch ein Telefon, und ein rotes Lämpchen leuchtet.

Die Sekretärin telefoniert. Aus dem Lämpchen werden plötzlich drei Lämpchen, und der ganze Raum dreht sich um Trimmel. Dann sieht er, daß der Dufy scheinbar drei Rahmen hat und die geraden Linien der Tischkante vibrieren und außerdem mehrfach nebeneinander verlaufen – drei- oder viermal, er kann's nicht genau sagen.

Trimmel stöhnt. Er läßt sich jetzt doch ganz vorsichtig in einen Sessel sinken, was er gerade noch schafft, lehnt seinen wirren, wehen Kopf zurück und hofft dringend, daß der Professor noch eine Weile braucht.

Becker braucht tatsächlich seine Zeit: er sitzt auf der Bettkante eines seiner Patienten, eines gewissen Munck, und außerdem in der Klemme. Eine ungewöhnliche Zeit für ein Patientengespräch. Allerdings ist es auch ein ungewöhnliches Gespräch.

»Im Augenblick sehen Sie prächtig aus, Herr Munck«, sagt Becker, »innen und außen...«

Munck, ein Riese von Mensch mit einem groben, großporigen Gesicht, sieht de facto sehr schlecht aus. Er zieht die Bettjacke über der Brust zusammen und macht ein grimmiges Gesicht. »Deswegen hab ich Sie nicht rufen lassen...«

»Sondern?« fragt Becker, auch nicht gerade klein.

»Ich will endgültig wissen, wann Sie mir endlich eine neue Niere verpflanzen!«

»Ich hab's Ihnen hundertmal gesagt – das mache ich nur bei total hoffnungslosen... in Ausnahmefällen«, sagt Bekker.

»Und? Bin ich keiner?«

»N... nein. Noch nicht...«

»Herr Becker«, sagt Munck, »ein für allemal – ich laß mich nicht mehr verschaukeln!« Er hebt die Beine aus dem Bett, erwischt die Pantoffeln, findet sie, schlüpft hinein und steht mühsam auf. »Und deshalb reden wir mal Tacheles...«

Professor Becker steht ebenfalls. »Wie meinen Sie das? Ich hab Sie schon die ganze Zeit nicht verstanden...«

Munck schlurft im Zimmer herum. »Sie haben mich ganz genau verstanden!« sagt er, betont beiläufig. »Arno Schilling – war *das* vielleicht ein völlig hoffnungsloser Fall?«

Becker sieht ihn ausdruckslos an. »Wie kommen Sie in diesem Zusammenhang auf Schilling?«

»Na, wie schon! Arno Schilling war sterbenskrank... bis er voriges Jahr seine neue Niere von Ihnen gekriegt hat! Seitdem geht's ihm prächtig – Sie sehen, ich bin im Bilde!«

Becker schweigt.

»Erzählen *Sie's* doch mal, Professor – ich weiß ja nur das, was er mir als medizinischer Laie selbst erzählt hat...«

»Ist Ihnen zufällig der Begriff ärztliche Schweigepflicht geläufig?« fragt Becker.

»Mann, hören Sie auf! Fällt's etwa auch unter Ihre ärztliche Schweigepflicht, daß Schilling Ihnen eine halbe Million Schwarzgeld für die neue Niere gezahlt hat?« fragt Munck zurück. »Ohne Quittung?«

Becker hat damit rechnen müssen. »Sie haben da anscheinend einiges läuten hören, wenngleich nur halbe Sachen und Bruchstücke«, sagt er vorsichtig. »Woher kennen Sie Herrn Schilling überhaupt?«

»Gott – gemeinsames Leid und so... Wir haben uns vor Jahren im Krankenhaus kennengelernt. War nicht ganz so teuer wie Ihres, aber man kriegte dort auch mit Sicherheit keine neuen Nieren. Jedenfalls hatten wir seit der Zeit überhaupt keine Geheimnisse voreinander.«

»Herr Munck«, sagt Becker entschlossen, »gesetzt den

Fall, ich wollte – ich *könnte* Ihnen im Moment gar kein neues Organ verpflanzen. Ich wüßte gar nicht, wie ich an das Transplantat kommen sollte!«

»Sie haben's bei Schilling auch gewußt!«

»Das waren noch andere Zeiten. Es hat sich da einiges geändert – ich hab gerade noch dieser Tage in einem anderen Zusammenhang eine Reihe von Telefongesprächen geführt. Trotzdem müßten wir die Hoffnung ja nicht ein für allemal aufgeben, in absehbarer Zeit...«

Munck versucht's andersherum. »Ich zahle Ihnen das Doppelte. Eine Million! Ebenfalls schwarz!«

»Sie begreifen nicht, Herr Munck! Sie sind Geschäftsmann – vielleicht sehen Sie deshalb alles nur unter diesen finanziellen Aspekten. Aber darum geht's beim besten Willen nicht, abgesehen davon, daß ich Ihnen keinerlei Rechenschaft schuldig wäre...«

»Wem denn?« fragt Munck lauernd.

Becker schüttelt den Kopf. »Lassen wir das. Jedenfalls, im Moment geht's nicht, und wenn Sie mir zehn Millionen oder eine Milliarde zahlen würden!«

Da sagt Munck: »Was, bitte, hat sich da im einzelnen geändert?«

Und da sagt er wenigstens zum Teil die Wahrheit. »Ich besitze eine Privatklinik, Herr Munck. Man muß schon ein sehr gutes Verhältnis zu einer Instanz haben, die für die Vergabe von Transplantaten zuständig ist, um hier berücksichtigt zu werden. So war es bei Schilling. Gerade im Moment allerdings hat sich bei der Vergabeinstanz personell einiges... eh, geändert...«

»Ist Ihr Lieferant pleite?«

»Er ist tot!« sagt Becker.

»Ach... und das hängt alles an einer Person?«

Kein Wort des Erschreckens, registriert Becker, geschweige denn des Bedauerns...

Munck stopft sich scheinbar in aller Gemütsruhe eine Pfeife. Als Becker den Mund aufmachen will, schneidet er ihm mit einer Handbewegung das Wort ab. »Ich steh mit dem Rücken an der Wand, Professor. Ich kämpfe ums nackte Leben... Mit meinen Nieren hab ich höchstens noch zwei Jahre!«

»Herr Munck, bitte«, sagt Becker drängend, »Sie hängen da einer fixen Idee nach...«

»O nein, Professor! Und ich will Ihnen was sagen: entweder ich krieg bald, was ich will, oder...« Er reißt ein Zündholz an und läßt den Satz einfach stehen.

»Erpressung?« fragt Becker langsam. »Womit? Etwa mit Ihrem Freund Schilling?«

»Na, da denken Sie mal scharf nach, Professor!« sagt Munck höhnisch. Zieht an der Pfeife, gibt deutlich zu erkennen, daß er das Gespräch für beendet hält. Und sagt, als Becker nicht sofort aufsteht, knallhart: »Guten Abend!«

Muß sich ein Arzt von Beckers Qualitäten und Renommee, ein so erfolgreicher Organverpflanzer wie er, solche Frechheiten einfach gefallen lassen?

»Becker!« sagt er zu Trimmel und scheint dem Raum mit seinem kahlen Schädel mildes Licht zu spenden.

Übergangslos, ohne sich vorzustellen, sagt Trimmel: »Ich ermittle hier in einem Mordfall und habe einige sehr dringende Fragen an Sie!« Das Bild an der Wand, die vier Kanten des Schreibtisches und auch der große Mann vor ihm sind momentan einkonturig.

»Sie sind aber nicht aus Wildungen?« fragt der große Mann sehr gelassen, offenbar gar nicht verwundert über die Vokabel Mord. »Sie sehen müde aus...«

»Ich bin nicht müde!« sagt Trimmel grob. »Bilden Sie sich bloß nichts ein! Im übrigen komm ich aus Hamburg, und es geht um einen gewissen Tennessy... Sie haben ihn doch gekannt?« In seinem Kopf pfeifen plötzlich wieder hundert Engel. Oder tausend Teufel. Leere und dieser schauerliche Schmerz wechseln sich jetzt immer rascher ab. Und Widerspruch konnte er sowieso nie vertragen.

»Was Sie nicht sagen«, sagt Becker heuchlerisch, *»der* ist tot? Ermordet, sagten Sie?«

»Tun Sie doch nicht so scheinheilig!« poltert Trimmel. Er ist in all den Jahren nie besonders zartfühlend gewesen, aber im Augenblick ist er ganz entschieden zu laut. Selbst dann, wenn er recht hat... »Sie sind doch heilfroh, daß Tennessy vom Fenster weg ist!«

Professor Becker schüttelt tadelnd, aber auch verständnislos den Kopf. »Wir haben vorzüglich mit dem Hamburger Computerzentrum zusammengearbeitet...«

»Na klar«, sagt Trimmel laut. »Er hat Ihnen die Nieren geliefert und Sie haben ihm ne Stange Geld gegeben. Lief wie geschmiert!«

»Aha...«

»Aber dann wollte er nicht nur sein Honorar, sondern auch was außer der Reihe. Und dann haben Sie dafür gesorgt, daß das n Ende hat mit solchen Erpressungen!«

Allmählich wird der Professor wütend. »Wovon... was wollen Sie eigentlich?«

»Ich will Ihnen Geschichten erzählen, die Sie sowieso kennen, Sie dreckiger Ganove!« So hat bestimmt noch niemand mit dem Herrn Professor geredet, denkt er zufrieden, mit dem Rest seines gestörten Bewußtseins. »Geschichten, in denen Sie eine säuische Rolle spielen!« Dann verzerrt sich sein Gesicht, und er faßt sich an den Schädel, der plötzlich grausamer schmerzt als je zuvor.

»Also, nun passen Sie mal auf, Verehrtester«, sagt Becker. »Ich soll mich – wenn ich Sie recht verstanden habe, und das ist ja nicht ganz leicht –, ich soll mich einerseits bei Herrn Tennessy mit Nieren versorgt haben, zum anderen aber auch darüber freuen, daß meine nach Ihrer Ansicht fleißigste Kuh das Zeitliche gesegnet hat?«

»Geschlachtet worden ist, jawohl!« dröhnt Trimmel. »Tennessy ist erschossen worden!«

»Aha – und da meinen Sie auch noch, ich hätte...«

»Sie oder ein von Ihnen bezahlter Helfershelfer!«

»Sagen Sie mal – ist Ihnen eigentlich bewußt, wen Sie hier vor sich haben?«

»Einen sehr berühmten Mann«, sagt Trimmel, mit einem Male dumpf wie aus dem Grab. »Also einen, der ne Menge zu verlieren hat...«

»Raus jetzt!« knirscht Becker. »Machen Sie sofort, daß Sie rauskommen!« Sein Gesicht hat Farbe gekriegt – die rote Farbe der Wut.

Aber dann passiert's. »Ohne Tennessy hätten Sie ja nie ne Niere zum Verpflanzen gekriegt«, sagt Trimmel leiernd,

»nie ne Niere, nie ne Niere...« Die Platte ist mit einem Mal endgültig kaputt... sie dreht sich im Leerlauf, und nur einmal noch kreischt sie im Diskant.

Trimmels Kopf explodiert. *Von hinten niederge...* denkt er, als es knallt und finster wird. Aber beim besten Willen, es hat ihn wirklich niemand niedergeschlagen.

Er verdreht die Augen und kippt vornüber – direkt vor die Füße des Professors, der ihn vergeblich aufzufangen versucht. Seine Augen sind geschlossen.

Becker bückt sich, zieht nacheinander Trimmels Augenlider hoch, will in sein Sekretariat rennen, stockt, zögert, schaut auf den bewußtlosen Mann auf seinem Teppichboden – und reißt dann doch die Tür zum Sekretariat auf. »Meyers!« schreit er. »Holen Sie Professor Meyers, sofort! Geben Sie mir außerdem sofort die Neurochirurgie!«

Er schlägt die Tür wieder zu und kniet neben Trimmel. Eine halbe Minute später stürzt der Oberarzt ins Zimmer, gefolgt vom Arzt, der Dienst hat; die Sekretärin bleibt angstvoll und neugierig im Türrahmen stehen.

»Sehen Sie sich das an!« sagt Becker. Er öffnet das rechte Auge Trimmels. »Typisch unnatürlich geweitete Pupillen... bereiten Sie sofort ein Arteriogramm vor!«

Der Arzt, der Dienst hat, rennt aus dem Zimmer. Meyers kniet jetzt ebenfalls auf dem Teppichboden, neben Becker. »Wer ist das überhaupt?«

»Ein Polizeibeamter aus Hamburg«, sagt Becker, »Kommt rein und fällt um, ohne ein Wort zu sagen...«

Dann läutet das Telefon. Becker ist noch vor seiner Sekretärin dran.

»Halloo... Ja, Professor Becker hier, bitte sofort Professor Linds, dringend!« Pause. »Herr Linds? Herr Kollege, kommen Sie um Himmels willen sofort zu mir raus; ich krieg hier Besuch, und der fällt plötzlich um! Epidurales Hämatom, vermute ich; nein, auf keinen Fall transportfähig... ja, ich hab alles hier zur Operation! Intervall? Natürlich...« Er schaut auf die Uhr. »Vor zwei Minuten abrupt abgebrochen... ja, danke, wir bereiten alles vor!«

Als Becker wieder neben Trimmel kniet, meint Meyers: »Dem geb ich allenfalls noch zwei Stunden...«

Becker richtet sich auf. »Meinen Sie?« Er geht zum Fenster und starrt nach draußen. Und dann dreht er sich abermals um, und dann sagt er fast unnatürlich ruhig: »Wir können ihn jedenfalls auf keinen Fall verrecken lassen!«

Professor Meyers schaut kurz und verwundert hoch, führt es jedoch auf die allgemeine Hektik zurück und hat's im nächsten Moment wieder vergessen.

10

Am noch recht frühen Abend hat Höffgen in Trimmels Büro eine Erscheinung. Erst nachdem er sich gesagt hat, daß er, wenn er nicht träumen würde, jetzt am besten wohl aufstehen, Haltung annehmen und Meldung machen sollte... erst dann begreift er, daß effektiv der Herr Polizeipräsident persönlich ins Zimmer gekommen ist.

»Herr Höffgen«, sagt der Herr Präsident, »ich lasse Sie in ganz Hamburg suchen, und Sie sitzen hier...«

»Ich habe momentan *sehr* viel zu tun, Herr Präsident«, sagt Höffgen bescheiden und stolz.

»Schnappen Sie sich trotzdem sofort das nächste Auto!« ordnet der Präsident an. »Wir kriegen da gerade ein Telex von der Bezirksregierung Kassel; Trimmel ist in Bad Wildungen zusammengebrochen! Es geht auf Leben und Tod; fahren Sie sofort hin und prüfen Sie, ob Sie was tun können!«

»Bei... Professor Becker?« stottert Höffgen.

»Ja – Sie wissen also Bescheid, um so besser! Es geht da ja wohl um die Sache Tennessy, diese Computergeschichte...« Und dann läßt er durchblicken, daß die Sorge um Trimmel nicht alles ist, was ihn bewegt. »Darüber wollte ich sowieso mal mit euch sprechen, weil mich Herr Thienemann von der Gesundheitsbehörde angerufen hat... Geht ihr in der Angelegenheit nicht ein bißchen weit? Ich meine, habt ihr da tatsächlich die Idee eines Riesenkomplotts?«

»Es... es ist noch alles am Kochen...«, stottert Höffgen.

»Na ja, wie auch immer. Rufen Sie mich auf jeden Fall morgen an; wenn's sein muß, auch heute nacht. Welche Nummer hat unsere Fahrbereitschaft?« Er bestellt persönlich einen Wagen für Höffgen; der ist in drei Minuten fahrbereit.

»Ich muß nur noch eben«, sagt der verstörte Höffgen, »nur noch eben...«

Ja, natürlich: er muß noch Petersen benachrichtigen; alles unter den Augen des Präsidenten. Dabei sollte Höffgen als Polizist an Unvorhergesehenes gewöhnt sein... aber nein, in der Aufregung läßt er alle Zügel schleifen und denkt weder an die Biegler-Sisters noch an sonstwen. »*Was* ist denn da passiert? Noch ein Autounfall?«

»Ich glaub eher, daß es sich um den *alten* Unfall handelt«, sagt der Präsident. »Es gab offenkundig unerkannt gebliebene Schädelverletzungen...«

Höffgen ist reisefertig.

»Viel Glück für Trimmel!« sagt der Präsident. »Tun Sie Ihr möglichstes! Gehen Sie aber, wie gesagt, auch behutsam vor!«

Erst fährt er zu Trimmels Wohnung.

»O Gott!« sagt Gaby, während er in zwei, drei Sätzen alles erzählt. »Natürlich fahr ich mit!«

Sie rasen durch die Nacht, was der Mercedes hergibt. Erst als die Autobahn leer wird, beginnt Höffgen zu reden.

»Ungewöhnlich, daß ausgerechnet Becker ihm das Leben gerettet hat...« Es ist zwar noch nicht gesagt, daß er es auch geschafft hat, aber das braucht Gaby ja nicht zu wissen.

Gaby antwortet nicht.

»Er hatte gleich ein komisches Gefühl; ich hab mich mehrfach gewundert, bevor er nach Wildungen fuhr. Er hielt Professor Becker, für ziemlich verdächtig im Fall Tenessy und wollte ihn... Tja, und ausgerechnet dabei...«

Ausgerechnet dabei hat's ihn erwischt. Und wenn er mit dem Leben davonkommt, was wirklich noch nicht abzusehen ist, dann verdankt er es möglicherweise einzig und allein seinem Mordverdächtigen!

Gaby sagt immer noch nichts. Sie denkt nur an Paul Trimmel, der vielleicht immer noch auf dem Operationstisch liegt; an Paul, der in den letzten Tagen so still war, als sei ihm nicht gut, als habe er ständig Schmerzen... Zwischendurch betet sie ein bißchen.

»Mögen Sie ihn eigentlich?«

»Natürlich«, sagt Höffgen spontan. »Genau wie Sie...« Und nach einer Weile: »Aber Sie brauchen es ihm ja nicht weiterzusagen...«

»Nein, nein...« Ob sie dazu überhaupt noch mal Gelegenheit hätte? denkt sie verzweifelt.

Zumindest die erste mehrstündige Operation hat Trimmel überlebt. Beckers erste Diagnose, als er sah, daß eine Pupille unnatürlich geweitet war, hat sich schon beim Arteriogramm bestätigt: ein epidurales Hämatom. Eine Blutung zwischen der Schädelinnenfläche und der harten Hirnhaut, verursacht und aufgetreten durch einen unerkannt gebliebenen Schädelbruch. In der buchstäblich letzten Minute für Trimmel ist der Neurochirurg Professor Linds in Beckers Klinik erschienen und hat dort, zwangsläufig mit Beckers Assistenz, die Operation vorgenommen – das Blutgerinnsel entfernt, das die Hirnhaut immer mehr vom Schädelknochen abwühlte.

»Ein derart langes Intervall zwischen Verletzung und endgültigem Eintritt der Bewußtlosigkeit wie hier habe ich noch nicht erlebt...«

Kopfschüttelnd hat sich Professor Linds verabschiedet. Er wird gleich morgen früh seinen Oberarzt schicken und ist im Notfall die Nacht über erreichbar.

An Trimmels Bett auf der Intensivstation, umstellt von medizinischen Apparaten, sitzt ständig eine Schwester. Sie muß sich sogar ablösen lassen, wenn sie zur Toilette geht. Becker tut wirklich alles für den Mann, der ihn, wohl in einer momentanen Verwirrung, einen Ganoven genannt hat.

Becker sitzt in seinem privaten Arbeitsraum. Seine Hände zittern; er trinkt den Scotch Soda, den ihm seine Frau Charlotte gegeben hat.

»Du hättest ihn ohne weiteres sterben lassen können«, sagt Charlotte Becker. »Epidurales Hämatom – niemand hätte dir einen Vorwurf machen können, wenn du zwei Stunden die Hirnblutung nicht erkannt hättest...«

»Doch«, sagt Becker. »Ich selbst!«

»Unsinn... du bist Urologe und nicht Neurologe...«

»Aber ich bin Arzt, zum Teufel! Hör damit auf!«

Ein schrecklicher Tag. Erst Munck, dann Trimmel. Der eine erpreßt ihn, der andere beschuldigt, ja bedroht ihn – und mit einemmal fällt der einfach um und führt ihn in die schlimmste Versuchung seines Lebens! Und nun auch noch Charlotte, zu allem anderen...

»Deutschlands einst mit Abstand jüngster Medizinprofessor am Ende«, sagt Charlotte bitter, »der Mann, der die Lehrstühle serienweise ausgeschlagen hat, stolz wie Oskar, die Frau hat's ja, dafür hat er ja auch Europas beste Privatklinik für urologische Chirurgie...«

»Hör auf!« sagt Becker nochmals.

»... Präsident und Mitglied von drei Dutzend wissenschaftlichen Kongregationen«, fährt sie unbarmherzig fort, »Autor von zwei und Mitautor von drei Lehrbüchern, alles Standardwerke, seit zig Jahren Mitglied des Ehrengerichts der Ärztekammer...«

»Und jetzt Gauner!« sagt Becker dumpf.

»Ja«, sagt sie. »Gauner. Zum hundertstenmal: Bloß weil du ihn nicht hast sterben lassen!«

»Ich würd's wieder so machen!«

»Sicher. Und dafür bist du jetzt dran. Spätestens, wenn er wieder gesund ist. Und dann mach mal irgend jemandem klar, daß es dir nicht nur ums Geld gegangen ist...«

Becker hört kaum noch zu. »Wenn ich nur wüßte, wie dieser Trimmel überhaupt auf die Idee gekommen ist, daß ich mit Tennessy... eh, Geschäfte gemacht habe...«

Charlotte Becker indessen ist trotz allem eine praktische Frau. Eine praktische und aparte Frau; Friedrich Wolfram Becker hat sie bestimmt nicht nur wegen ihres Geldes geheiratet. »Denk mal an deine Schecks«, sagt sie, »nachdem ich mich dauernd gefragt habe, weshalb du Tennessy überhaupt Schecks gegeben hast...«

»Hätt ich ihm etwa kiloweise Bargeld geben sollen?«

»Ja und? Warum nicht?« Jedenfalls hat sie eine Idee.

»Hast du nicht mal irgendwann gesagt, dieser Tennessy besäße Konten in der Schweiz?«

»Eins kenn ich«, sagt Becker. »Beim Bank- und Kreditverein in Zürich. Aber was kann uns das...?«

»Denk mal nach!« sagt sie.

Und plötzlich begreift er. »Du, ja, das kann uns unter Umständen tatsächlich weiterhelfen!«

Seine Frau hat das Telefon schon in der Hand und wählt die Auslandsauskunft.

»Allerdings nicht am Samstagabend...«, sagt er.

»Doch!« behauptet sie. Und sie weiß auch schon, wie.

»Hallo?« sagt Becker in den Hörer. »Sind Sie der Leiter der Ausländerabteilung beim Schweizerischen Bank- und Kreditverein? Ich hoffe, Sie schlafen noch nicht...«

Natürlich schläft der Mann um die Zeit und fühlt sich gestört. »Wie haben Sie meine Nummer bekommen?« fragt er verschlafen, im breitesten Zürcher Dialekt.

»Von Ihrem Nachtwächter. Es ist nämlich dringend!« erklärt Becker. Und mit derselben lügnerischen Beredsamkeit, mit der er den Nachtwächter überzeugt hat, fährt er fort: »Die Sache ist die: Ein gewisser Jacob Tennessy aus Hamburg hat bei Ihnen ein Konto, darauf sind im letzten Jahr mehrere größere Schecks eingegangen, bis hunderttausend Mark, vermutlich von einem Professor Becker aus München...«

»Es möchte mich interessieren«, unterbricht der Schweizer, »mit wem ich dieses späte Weekendvergnügen habe?«

Auf die Frage ist Becker vorbereitet. »Hier ist die Kriminalpolizei in München; wir brauchen die Bestätigung in einer sehr dringenden Sache... notfalls morgen oder allerspätestens am Montag...«

»Es tut mir sehr leid«, sagt der Zürcher, »aber wir geben grundsätzlich keinerlei Auskünfte über die Kunden. Damit habe ich nicht gesagt, daß Herr Hennessy...«

»Tennessy!«

»... Herr Tennessy Kunde bei uns ist!«

»Es geht um Mord!« behauptet Becker.

»Auch ein Mord darf unsere Zunge nicht lösen, Herr

Kommissär; es sei denn, der förmliche Beschluß eines unserer Kantonalgerichte...«

»Wie wäre es, wenn ich Montag selbst nach Zürich komme und mich ausweise?«

»Sie würden eine absolut zwecklose Reise unternehmen, Herr Kommissär!«

»Sie würden also nicht einmal in einem Mordfall Auskünfte an die Polizei geben?«

»Abgesehen von den erwähnten Ausnahmen leider nicht, Herr Kommissär. Und diese Ausnahmen werden von den Gerichten sehr, sehr streng gehandhabt.«

»Gott, sind Sie stur!« sagt Becker und haut den Hörer auf die Gabel. Aber er ist alles andere als sauer. Zum erstenmal an diesem Tag grinst er. »Aus *der* Ecke kann Trimmel seine Informationen nicht haben. Und kriegen würde er wohl auch kaum welche. Bleibt nur der Computer...«

»Hat der nicht nur medizinische Daten gespeichert?«

»Eben. Also, es gibt gar nichts Schriftliches! Bleibt also nur eine Möglichkeit: der Mann hat geblufft!«

Sie kennen Trimmel nicht. Immerhin, sie ahnen, daß die Gefahr noch längst nicht definitiv gebannt ist.

Charlotte Becker geht unvermittelt zu ihrem Mann, küßt ihn leicht, nimmt das Glas und schenkt ihm neu ein. Dabei erklärt sie lässig und wie nebenbei (aber Becker kennt ihre Zwischentöne): »Ich habe dir ja mal vor langer Zeit versprochen, dich nie zu verlassen...«

»Und?« fragt er, und sein Herz schlägt rascher, als er das Whiskyglas nimmt.

»Es bleibt dabei!« sagt sie.

Als später – noch später – die Polizei ins Haus kommt, hat Becker keine Angst mehr. Diesmal hat er ja darauf gewartet.

Höffgen weist sich als Kriminalhauptmeister aus. Gaby Montag stellt er Becker als Frau Trimmel vor.

»Wie geht es ihm?« fragt sie. »Kann ich ihn sehen?«

»Wir können gleich gemeinsam rübergehen«, sagt Becker. »Es sieht nicht ganz schlecht aus, obgleich die Lebensgefahr noch längst nicht...«

»Natürlich. Aber er hat eine Chance?«

»Liebe gnädige Frau«, sagt Professor Becker »eine Chance gibt es in jedem Fall bis zum letzten Atemzug. Und in diesem Fall... Ich würde sagen, Herrn Trimmels Chance lag zunächst erheblich unterhalb von fünfzig Prozent. Aber der glückliche Umstand, daß er bei mir zusammenbrach, unter den Augen eines Arztes... und dank der Fähigkeiten von Professor Linds... Ich würde, mit allem Vorbehalt, inzwischen für den weiteren Verlauf eine eher günstige Prognose stellen.«

»Wie genau ist es passiert?« fragt Höffgen.

»Er wollte mich sprechen«, sagt Becker, »brach dann jedoch sofort zusammen, und es sah so aus, als habe er nur noch wenige Stunden zu leben. Ich dachte sofort an eine verborgene Schädelblutung – ein epidurales Hämatom, wenn Ihnen das was sagen sollte. Während Professor Linds unterwegs war, rief ich die Polizei an, die mir sagte, sie würde Hamburg benachrichtigen; auf diesem Wege erfuhr ich, Herr Trimmel habe unlängst einen Unfall gehabt, und damit war uns eigentlich alles klar. Zu diesem Zeitpunkt konnten wir nur noch auf Herrn Linds vertrauen und beten...«

Genau das habe ich getan, hätte Gaby fast gesagt.

»Die Operation hat dann unserer Ansicht recht gegeben. Sie müssen sich das so vorstellen« – er nimmt beide Hände zu Hilfe, um Trimmels Verletzung zu veranschaulichen – »die Bruchränder eines Schädelbruchs verletzen die Wand einer Arterie. Diese an und für sich spontan lebensgefährliche Verletzung war bei Herrn Trimmel glücklicherweise so geringfügig, daß nur sehr wenig Blut austrat und auf das Hirn drückte, und zwar ungewöhnlich langsam. Dadurch erklärt sich das lange Intervall, die Zeit, in der Herr Trimmel zwar schon verletzt, aber noch bei Besinnung war. Ich möchte allerdings annehmen, daß Sie beide, beziehungsweise seine Umwelt bemerkt haben müßten, wie schlecht er sich fühlte... daß seine Konzentration nachließ, er etwas verwirrt war, leichte Dämmerzustände...«

»Er muß sich sehr zusammengenommen haben«, sagt Gaby. »Sie haben recht; man merkte, daß was nicht stimmte.«

Höffgen nickt nur. Und tut insgeheim Abbitte.

»Nun haben wir also, das heißt, Professor Linds, den Schädel geöffnet und nach dem Entfernen des Gerinnsels jene Ader geschlossen...« Er zieht einen Mantel über.

Es sind wirklich nur ein paar Schritte bis zur Klinik. Es ist kalt, und sie sind hungrig, aber sie spüren es nicht oder denken nicht daran.

Unterwegs fragt Höffgen: »Was wollte Herr Trimmel denn eigentlich bei Ihnen, Herr Professor?«

Eine hinterhältige Frage. Gaby denkt, er hätte sie auch zu einem anderen Zeitpunkt stellen können.

Aber Becker bleibt gelassen und auf der Hut. »Ich sagte ja wohl schon – ich weiß es nicht! Sie müßten da besser im Bilde sein als ich...«

»Wir werden uns ja sicher noch öfter sehen«, meint Höffgen ausweichend.

Eine Treppe. Ein Flur. Eine Tür. Becker öffnet.

Und da liegt ein Mann im Bett, der mit dem Kriminalhauptkommissar Paul Trimmel nicht mehr allzu viel Ähnlichkeit hat. Und das kommt nicht allein von den Schläuchen und Drähten und vom Dämmerlicht.

Die Krankenschwester ist leise aufgestanden. Gaby geht auf Zehenspitzen zum Bett und beugt sich über Trimmel. Sie wagt nicht, ihn zu berühren.

»Kommen Sie!« flüstert Becker nach einer Weile.

Draußen sagt Höffgen kategorisch: »Wir werden diese Nacht bei ihm wachen!«

»Aber er hat nichts davon!« sagt Becker. »Er dürfte sicher noch eine ziemliche Weile ohne Bewußtsein sein.«

»Trotzdem...«, sagt Gaby.

Und Höffgen nickt. »Irgendwann kommt er bestimmt wieder zu sich!« Dann, sagt er, will er auf alle Fälle dabei sein.

11

Er taucht aus unendlichen Tiefen auf, kommt aber nicht bis an die Oberfläche. Er fühlt, daß es ein Traum ist ganz in Grün, ein entsetzlicher Traum. Er liegt zwischen mehreren mit Laken zugedeck-

ten Leichen, und eine dieser Leichen steht plötzlich auf. Es ist Jill. Jill Biegler. Wo kommt die denn her?

Sie geht auf Trimmel zu, der als einziger bekleidet ist, dafür aber an das Lager gefesselt wurde, und küßt ihn. Dann schneidet sie ihm die Fesseln durch.

»Sind Sie auch tot?« fragt Trimmel.

Jill schüttelt den Kopf. »Wir leben doch beide... Wir haben denen ein Schnippchen geschlagen!«

Da erhebt er sich mühsam und sieht Jill an, die ein Laken umgehängt hat. »Ziehen Sie sich doch was an!« sagt er bittend und hilflos. Sie ist so schön, und er will sich nicht länger so schrecklich genieren.

»Wenn Sie unbedingt wollen...«, sagt Jill und geht zu einem unheimlich ordentlich hingelegten Kleiderbündel in einer Ecke und kramt daraus ihre Sachen hervor...

»Was wollen Sie überhaupt hier?« fragt Trimmel.

»Ihnen helfen«, sagt sie, »was sonst? Deshalb bin ich hinter Ihnen hergefahren.«

»Wissen Sie denn, wer der Mörder ist?«

»Das ist doch völlig klar!«

Draußen nähern sich Schritte. Jill legt warnend den Finger auf den Mund. Ein Schlüssel knirscht im Schloß. Trimmel packt einen Leichenhaken, mit dem Tote aus dem Wasser geborgen werden, und stellt sich hinter die Tür. Und als die sich öffnet und Professor Becker hereinkommt, schlägt er ihn von hinten nieder.

»Wie du mir, so ich dir!« sagt er. »Ruhe sanft!«

Aber Becker ruht nicht – der Mörder ruht nie. Trimmel und Jill schleppen ihn auf ein leeres Leichenlager. Er sieht die beiden ungläubig und mit höchstem Entsetzen an. »Sie werden jetzt alles sagen«, sagt Jill, »sonst...« Sie zündet sich eine Zigarette an, macht zwei Züge und drückt sie auf Beckers Handrücken aus.

»Aufhörn!« schreit Becker. »Ich sag ja alles...«

Jill zündet sich eine neue Zigarette an und steht abwartend neben ihm.

Trimmel fragt Becker: »Sie geben also zu, daß Tennessy Ihnen über sein Hamburger Computerzentrum Nierentransplantate zugeschanzt hat?«

Becker wimmert: »Ja, ja, ja...«

Trimmel: »... daß Sie ihn also dafür bestochen haben, gemästet wie ne Weihnachtsgans?«

Becker nickt nur, den Blick angstvoll auf Jills Zigarette gerichtet.

Trimmel fragt gnadenlos weiter: »Wieviel haben Sie Tennessy gezahlt?«

»Erst preiswerte zehntausend«, sagt Becker, »dann zwanzigtausend und schon bald hunderttausend...«

»Und wieviel haben Sie von Ihren Patienten kassiert?«

»Dreimal eine Viertelmillion.«

»Er lügt«, sagt Jill, die alles weiß. Sie drückt ihre fast aufgerauchte Zigarette unversehens wieder auf Beckers Handrücken aus, und Becker schreit gellend auf.

»Ja, ich lüge! Ich will aber jetzt alles sagen...«

Jill zündet die dritte Zigarette an.

»Für jede Verpflanzung eine Million!« stöhnt Becker.

Trimmel: »Warum haben Sie Tennessy umgelegt?«

Becker: »Ich hab ihn gar nicht umgelegt...«

Jill kommt in Zeitlupe mit der Zigarette näher.

»Nein! Nicht... Nicht die Zigarette! Ich geb's ja zu, wir haben uns zumindest gefreut, als er umgelegt wurde!«

»Aha!« sagt Trimmel befriedigt. »Sag ich ja! Stecken also noch mehr dahinter!«

Und Jill sagt höhnisch: »Das war knapp. Die nächste hätte ich Ihnen auf der Glatze ausgedrückt!«

Trimmel bleibt bei seiner straffen Führung der Vernehmung und nimmt den Faden wieder auf. »Warum habt ihr euch gefreut, als Tennessy umgelegt wurde?«

»Das habe ich Ihnen schon gesagt.«

»Zum Teufel, aber mir nicht!« wütet Jill. Außerdem stimmt das nicht, fügt Trimmel hinzu.

»Ja, also«, sagt Becker zögernd zu Trimmel. »Sie haben es doch von Anfang an gewußt... weil er mich erpreßte. Ich wollte nicht mehr, aber er wollte immer weitermachen und mich andernfalls hochgehen lassen, ohne Rücksicht auf eigene Verluste...«

Jill sagt ungeduldig zu Trimmel: »Sonst noch was?«

»Wir müssen ihn verhaften!« sagt Trimmel.

Aber da meint sie verächtlich: »Da wär ich doch mehr dafür, daß wir ihn selbst bestrafen...«

»Wie denn?«

»Wir schneiden ihm eine Niere heraus und schenken sie meiner Schwester Sandra.«

Plötzlich mischt sich Becker ein. »Eine ganz hervorragende Idee!« sagt er eifrig. »Ich helf Ihnen...«

»Wer soll's denn machen?« fragt Trimmel ahnungslos.

»Sie natürlich!« sagt Jill.

»Doch nicht ich!« schreit Trimmel entsetzt. »Becker... und Biegler... doch nicht ich!«

Sie hören es nur als Stöhnen. »Becker... und Biegler...« Sie sitzen an seinem Bett – Höffgen, Gaby und die Nachtschwester; die wartet darauf, daß sie abgelöst wird. Gaby hat sich über ihn gebeugt und richtet sich wieder auf.

Höffgen fragt: »Was hat er gesagt?«

»Ich hab's nicht verstanden...«, sagt Gaby verzweifelt.

»Er fantasiert«, sagt die Schwester.

Kurz darauf kommt mit der Ablösung für sie auch Professor Becker mit dem Oberarzt von Professor Linds. Gaby und Höffgen müssen ein paar Minuten auf dem Flur warten; Höffgen tut es äußerst ungern. Als die Ärzte wieder herauskommen, machen sie zwar ernste, aber keineswegs hoffnungslose Gesichter.

»Wie geht's ihm?« fragt Gaby.

Der Neurologe zuckt die Schulter. »Die Operation scheint er verkraftet zu haben.«

»Er hat geredet«, sagt Höffgen.

»Was denn?«

»Irgendwas mit... Becker. Er schien einen ziemlich schweren Traum zu haben...« Dabei sieht er Becker ziemlich schräg von der Seite an.

Aber der Neurologe, der den Zusammenhang nicht kennt, sagt belehrend: »Traum würde ich das nicht nennen... Es gibt zwar keine Erfahrungswerte über den Ablauf dieser Fantasien. Aber in dieser posttraumatischen Phase, noch im Zustand des eingeschränkten Bewußtseins, können wir die entsprechenden Phänomene immer wieder beobachten – regelrechte posttraumatische Psychosen...«

»Geisteskrankheiten?«

»Ja, vergleichbar... kurzfristig natürlich.«

»Trimmel spinnt nie!« sagt Höffgen so entschieden, als habe er gerade hier seine Zweifel gehabt.

»*So* hab ich's auch gar nicht gesagt...« sagt der Neurologe begütigend, verspricht, später wiederzukommen, und verabschiedet sich.

Becker meint zögernd: »Wir haben ein leeres Zimmer... Sie müssen hundemüde sein, legen Sie sich etwas hin...«

»Später!« sagt Höffgen. Auch Gaby entscheidet, daß sie zunächst noch an Trimmels Bett bleibt.

Trimmel aber ist schon mitten in der Operation. Er hat Becker in der Nierengegend den Leib geöffnet und stochert ziemlich linkisch mit seinen chirurgischen Instrumenten herum. Immer noch ist alles grün, und das rote Blut, das doch eigentlich fließen müßte, bleibt aus.

»Er blutet gar nicht!« wundert sich auch Jill, während sie Trimmel über die Schulter sieht.

»Gott sei Dank«, meint Trimmel. »Sie werden es nicht glauben, aber ich kann kein Blut sehen!«

Becker – der Traum – Becker – mischt sich ein: »Ich kann gar nicht bluten!«

»Und warum nicht?«

»Ich bin gebürtiger Transsylvanier. Ein Vampir – mich kann man nur verbrennen, sonst tut mir nichts weh...«

»Lassen Sie die Scherze!« sagt Trimmel grob.

»Sie glauben einem auch überhaupt nichts!« sagt Becker beleidigt.

Trimmel operiert weiter, ziemlich hilflos. Aber der Patient hilft ihm, wie versprochen: »Was Sie da gerade zu fassen haben, ist nicht meine Niere, sondern die Milz!«

»Ich werde auch Ihre Niere schon finden!« verspricht Trimmel. Er stochert hier, er stochert da. »Aha!«

»Herzlichen Glückwunsch!« sagt Becker lächelnd.

Nun jedoch steht mit einem Male Professor Lachnitz an der Wand, als habe er der merkwürdigen grünen Operation schon die ganze Zeit zugeschaut, und bellt scharfe Kommandos: »Gefäße durchtrennen... jetzt langsam herausheben... vorsichtig, ganz vooorsichtig...«

Trimmel sieht ihn aus den Augenwinkeln erstaunt an, während er die Niere heraushebt, und sagt: »Mensch, Sie hatte ich ja schon ganz vergessen!«

»Das sollten Sie aber nicht tun!« tadelt Lachnitz.

Und irgendwie scheint plötzlich auch Jill von Mitleid gepackt zu werden. »Tut's weh?« fragt sie.

»Nicht im geringsten«, sagt Becker fast fröhlich. »Ich hab doch schon immer gesagt, wofür hat der Mensch eigentlich zwei Nieren?« Gleichzeitig aber muß er doch etwas stöhnen: »Oha... es brennt etwas...«

Doch jetzt wiederum kommt Lachnitz mit einer Schüssel und nimmt die Niere in Empfang. »Danke, Herr Trimmel – damit bin ich wohl aus dem Schneider!«

Jill schlägt vor: »Ich mach uns allen jetzt erst mal ein kräftiges Frühstück!«

»Für mich Tee, bitte!« sagt Becker. »Mit einer Niere, wissen Sie...«

»Er kommt zu sich!« sagt Gaby. Höffgen, der gerade eingenickt war, springt so heftig auf, daß der Stuhl umfällt. Poltern im Raume. Endlich und tatsächlich, Trimmel kommt zu sich, und er durchstößt mit letzter Kraft die harte, dünne Haut zwischen Traum und Wirklichkeit.

Mit geschlossenen Augen tastet er um sich, kommt zunächst nicht weit mit der Hand, stellt aber fest: das Lager nebenan ist leer. Keine Jill. Vielleicht holt sie ja Brötchen, denkt Trimmel, fürs Frühstück. Dann hustet einer. Erst dieses Poltern, und jetzt... Er schlägt die Augen auf.

Keine Jill, richtig. Aber außerdem liegt er in einem Bett mit einem richtigen Kopfkissen. Vor dem Bett sitzen zwei Figuren: Edmund Höffgen und Gabriele Montag.

»Tag, Chef!« sagt Höffgen. Er wirkt sehr besorgt, im Moment allerdings auch erleichtert.

»Paul...«, sagt Gaby erstickt.

»Wie kommt ihr... ihr denn in... in den... den Leichenkeller...?«

»Leichenkeller?« sagt Höffgen ratlos.

Er bleibt es, so sehr und so sanft er auch auf den Patienten einredet. Denn Trimmels erstes Aufwachen ist schon zu Ende, Trimmel ist wieder eingeschlafen.

Am späten Abend öffnet er zum zweiten Male die Augen. Diesmal muß Höffgen Gaby anstoßen: Da – er ist wach!

Kommt näher! sagen Trimmels Augen.

Ganz nah, ganz dicht, denn der Patient hat Angst – das erkennt man deutlich. Oder er sorgt sich um irgendwas. »Becker... lebt noch?« flüstert er.

»Natürlich!« sagt Gaby. Sie begreift nichts, außer daß das gequälte Gehirn ruhiggestellt werden muß.

»Gott sei Dank...!« murmelt Trimmel. Er sieht mit weit offenen Augen zur Decke, ist nur vorübergehend beruhigt, quält sich weiter. »Imm... Immunre-ak-tion...«

Die Schwester rennt aus dem Zimmer.

Professor Becker ist wenige Minuten später da. »*Was* hat er gesagt? Immunreaktion?«

Trimmel hat es verstanden; er versucht mit den Augen deutlich zu machen, daß er nicht nur verstanden, sondern tatsächlich genau das gesagt hat. Und flüstert mühsam: »Niere... angewachsen...?«

»Ja, natürlich!« sagt Becker beruhigend. »Immunreaktion, alles in Ordnung!«

»Guuuut...«, flüsterte Trimmel gedehnt. Die Umstehenden ahnen ein Lächeln. Offenbar unendlich erleichtert taucht er zurück in den Schlaf.

Kopfschüttelnd sagt Becker: »Wieso er da auf die Immunreaktion kommt... beziehungsweise, welche angewachsene Niere er da wohl meint...?«

Höffgen glaubt zwar inzwischen, daß er ihm in dieser Hinsicht einen Tip geben könnte, falls er es echt nicht wissen sollte. Aber Höffgen hütet sich – denn gerade daraus will er ja selbst noch Honig saugen! Laß Trimmel nur erst mal über den Berg sein! denkt er.

Gaby und Höffgen mieten sich inzwischen doch im *Kurhessischen Hof* ein und wechseln sich ab mit der Wache bei Trimmel. Zweimal an diesem Sonntag sieht der Oberarzt von Professor Linds nach dem Rechten, gegen Abend Linds selbst, und zwischendurch kümmert sich auch Becker um den Patienten.

Trimmel schläft, wird wach, schläft wieder ein, wird wieder wach, und man muß schon sehr genau hinsehen, wenn man erkennen will, daß der Hintergrund seiner Augen ganz allmählich klarer wird.

»Ein natürlicher Zustand!« sagt der Oberarzt von Professor Linds. »Es wird noch Wochen, wenn nicht Monate so sein.«

Hin und wieder scheint es zu gelingen, Trimmel das Fragment einer Nachricht zu übermitteln. »Ich soll Sie grüßen, von Laumen und Petersen, sogar vom Präsidenten...«

»Gleich-falls«, murmelte Trimmel, scheinbar zahnlos. Und immer wieder murmelt er Satzfetzen, in denen ›Nieren‹ und ›Gewebe‹, ›Becker‹ und ›Biegler‹ vorkommen.

Höffgen ruft am Montagfrüh schließlich in Hamburg an, auftragsgemäß den Präsidenten persönlich. »Ich könnte jetzt zwar zurückkommen; er hat nach menschlichem Ermessen das Schlimmste hinter sich und wird gut versorgt...«

»Aber?«

»Nun ja«, sagt Höffgen, »ich glaub, ich komm mehr und mehr dahinter, was er wirklich in Bad Wildungen wollte. Es ist alles noch ziemlich diffus, aber gerade deshalb möcht ich gern noch einige Ermittlungen tätigen und Professor Becker vernehmen, wenn Sie einverstanden sind.«

»Gut, tun Sie's«, entscheidet der Präsident zögernd, »aber ich sag's Ihnen nochmals – seien Sie auf jeden Fall behutsam, der Mann ist wirklich prominent!« Besonders wohl ist ihm dabei nicht in seiner Haut: er hat sich inzwischen doch etwas intensiver mit dem Fall vertraut gemacht und dennoch nach wie vor nicht ganz begriffen, was – außer einer vielleicht schon in Hamburg manifesten intellektuellen Verwirrung – den Leiter der Ständigen Mordkommission nach Bad Wildungen getrieben haben kann. Und jetzt spielt sich auch noch der Beamte Höffgen als Orakel auf... also, können geistige Verwirrungen etwa ansteckend sein? fragt sich Hamburgs Polizeioberhaupt. »Auf Ehre und Gewissen, verdächtigen Sie Professor Becker etwa, mit dieser Mordsache...«

»Tennessy!« erinnert Höffgen.

»... mit der Mordsache Tennessy unmittelbar zu tun zu haben?« fragt der Präsident.

»*So* kann man das wohl nicht sagen...«, sagt Höffgen reichlich unbestimmt.

Aber der Präsident – er galt schon immer als ein gelegentlich *zu* umgänglicher Mann, und er hat, auf der anderen Seite, beschlossen, sich über die seinerzeitige Initiative von Herrn Thienemann kräftig zu ärgern – ist's zufrieden. Dazu trägt im Endeffekt doch wohl auch der Vertrauenskredit bei, den Trimmel (offenbar selbst ein schwerkranker Trimmel) im Hause hat und der sich offenbar auch auf Trimmels Leute überträgt. Und so stellt der Präsident nur noch eine letzte Frage: »Sie haben ja sicherlich inzwischen Kontakt mit den Kollegen in Bad Wildungen aufgenommen?«

»Natürlich!« lügt Höffgen. Dieser Stein allerdings fällt ihm sehr schwer auf die Seele: er hätte es wirklich schon gestern tun müssen!

Kriminaloberkommissar Schwarz, *Leiter K* in Bad Wildungen, ist zum Glück – zunächst jedenfalls – nur mäßig pikiert. »Natürlich weiß ich, daß Sie hier sind, hatte mir allerdings schon gedacht... Na ja, wenn Sie jetzt nicht...«

Höffgen nickt pflichtschuldigst und bedauernd. »Jedenfalls sieht die Sache inzwischen... Sie kennen Professor Becker sicherlich persönlich?«

»Wie man sich so kennt hierzulande...«

»Jedenfalls«, wiederholt er und spricht jetzt so deutlich, daß es fast wie gedruckt wirkt, »jedenfalls war Herr Trimmel meiner Ansicht nach gerade im Begriff, Professor Bekker einige Vorhalte zu machen, als er zusammenbrach, und man könnte es unter Umständen Vorhalte gegenüber einem Mordverdächtigen nennen!«

Schwarz sieht ihn groß an. »Vielleicht darf ich Sie doch mal daran erinnern, daß Ihr Chef ohne Becker vermutlich tot wäre... das ist hier Stadtgespräch...«

»Schon, schon«, sagt Höffgen. »Aber was ich weiß, weiß ich positiv aus einem Zwischenbericht von Herrn Trimmel. Und derzeit erlebe ich's ebenso immer wieder, daß er den Namen Becker murmelt, wenn er vorübergehend aufwacht – den Namen Becker im Zusammenhang mit Nierenverpflanzungen...«

»Professor Becker ist ein auch international renommierter Wissenschaftler!« Schwarz ist immer noch skeptisch. »Er gilt geradezu als Pionier auf dem Gebiet der Transplantationschirurgie!«

»Ich weiß«, sagt Höffgen, »ich hab schon in Hamburg einiges über ihn gelesen...«

»Und wen soll er... getötet haben, wenn ich Ihre Andeutungen recht verstehe? Oder töten lassen haben?«

»Seinen Geschäftspartner!« sagt Höffgen. Dann endlich, als er kapiert, daß Schwarz mit seinen bisherigen Auskünften tatsächlich kaum was anfangen kann, erzählt er ihm die Geschichte von Tennessys Tod im Zusammenhang. Und dann kann er aufatmen, weil er erkennt, daß der ranghöhere Kollege seinen beziehungsweise Trimmels Verdacht wenigstens nicht mehr für völlig schwachsinnig hält.

Für denselben Nachmittag trifft Schwarz telefonisch eine Verabredung mit Becker. Und Höffgen spürt etwas Merkwürdiges: am Ende ist es auch ihm ausgesprochen peinlich, Trimmels Lebensretter häßliche Fragen stellen zu müssen.

»Einen Scotch, die Herren?« fragt Becker.

Höffgen sagt nein, Schwarz sagt ja.

»Zum Wohl!«

Becker sagt: »Ich nehme an, die Polizei will sozusagen offiziell eine Auskunft über den Zustand von Herrn Trimmel von mir haben?«

Vorsichtig, vorsichtig! denkt Höffgen. »Ja, auch das, Herr Professor. Es geht mir darüber hinaus – ich meine, es wird ja sicherlich *sehr* lange dauern, bis Herr Trimmel wieder zusammenhängend sprechen kann –, es geht mir letztlich allerdings auch noch mal um den Versuch, von Ihnen zu erfahren, was ihn tatsächlich zu Ihnen geführt hatte...«

»Zum wiederholten Mal«, erwidert Becker geduldig, »ich habe keine Ahnung, er war...«

»Er war ja sicher noch in der Lage, Ihnen wenigstens seinen Namen zu sagen, oder?«

»Ja, das hat er...« Obgleich er gerade das, genaugenommen, nicht getan hat.

»Und bestimmt auch noch einen anderen Namen«, drängt Höffgen, »den von Herrn Tennessy in Hamburg?«

Becker überlegt. Es ist nicht wahrscheinlich, daß Trimmel sich jemals präzise an die letzten Minuten vor seinem Zusammenbruch erinnern wird. Auf der anderen Seite hat sich Trimmel seine rüden Anschuldigungen vermutlich nicht *nur* zusammenfantasiert; wenn einer blufft, muß er, wenn auch schlechte, so doch mindestens *überhaupt* Karten in der Hand haben. Es kann also nicht schaden, denkt Becker, eine Frontbegradigung vorzunehmen und ein paar Meter Boden preiszugeben.

Höffgen bleibt am Ball. »Herr Professor...?«

»Ja, ja... Also, beim besten Willen, wenn der Name Tennessy gefallen ist, hat Herr Trimmel ihn bereits so delirant artikuliert, daß ich's nicht verstanden habe. Allerdings – und deshalb zögere ich immer noch – würde ich es für möglich halten, daß er einen Satz zu sagen im Begriff war, der auf den Namen Tennessy hinauslief...«

»Sie kannten Tennessy?«

»Natürlich. Wir haben mit seinem Computerzentrum mehrfach zusammengearbeitet.«

»Sie wissen, daß er tot ist?« Denn einstweilen muß man ja wenigstens noch offiziell davon ausgehen, sagt sich Höffgen, daß Becker von gar nichts weiß.

Der Arzt aber geht den einfachsten Weg. »Ich lese Zeitung, man hat Herrn Tennessy erschossen!« sagt er.

»So, so. Kannten Sie Tennessy persönlich?«

»Zwei- oder dreimal sind wir uns flüchtig begegnet.«

»Was haben Sie dabei besprochen?«

»Wir haben über die Möglichkeiten bei der Vergabe von Nierentransplantaten gesprochen«, sagt Becker langsam. »Aber haben Sie nicht selbst allmählich den Eindruck, daß Art und Form dieses Gesprächs mehr und mehr doch den Tonfall eines Verhörs annehmen?«

»Höchstens den einer Vernehmung!« Darüber hinaus kümmert er sich gar nicht um die Frage. »Haben Sie mit Tennessy eventuell auch über finanzielle Möglichkeiten bei der Vergabe der Transplantate gesprochen?«

»Was, bitte, soll das?«

»Alles oder nichts, Herr Professor...«

»Ein seltsames Quiz«, sagt Becker. »Wollten Sie mir vielleicht unterstellen, ich hätte mir die über Hamburg vermittelten Organe bei Herrn Tennessy... gekauft?«

»Wir haben Grund zu der Unterstellung«, sagt Höffgen tapfer, »daß Sie sie wenigstens weiterverkauft haben, und zwar mit erstaunlichen Gewinnspannen.«

»Da bin ich aber neugierig...«

»Ich auch, Herr Professor!« Denn hier liegt ja tatsächlich der schwache Punkt dieser Theorie, die von Trimmel stammt: Es läßt sich alles nicht so recht nachweisen, genau gesagt *noch* nicht. Aber in dieser Situation wächst der Kriminalhauptmeister Höffgen über sich selbst hinaus. »Ich darf hier auf Ihre Frage zurückkommen, Herr Professor, ob dies ein Verhör beziehungsweise eine Vernehmung ist. Es ist keine Vernehmung, ich seh's eher als Unterhaltung an. Wir sind jedoch dabei, sofern ich Ihnen das sagen darf, im Zuge unserer Ermittlungen im Gesamtkomplex Tennessy *alle* erreichbaren Zeugen zu vernehmen – das heißt, auch Ihre Patienten. Vor allem diejenigen, die eine Niere gekriegt haben. Und dann...«

»Dann könnte es ein Verhör werden?« erkundigt sich Becker sarkastisch.

Höffgen, kurzfristig erschöpft, sieht Schwarz an – eigentlich ohne viel Hoffnung.

Aber der Oberkommissar ist inzwischen so beeindruckt, daß er ihm tatsächlich zu Hilfe kommt. »Dann könnte es auch zu einer förmlichen Vernehmung kommen!«

Becker überlegt. »Angenommen, liebe Leute«, sagt er seltsam jovial, »ich könnte Ihnen bestätigen, daß bei der Vergabe der Transplantate durch den Computer gelegentlich Geld eine Rolle gespielt hätte, wenngleich nicht in der von Ihnen vermuteten Form – was dann?«

»Dann würde ich Sie fragen«, sagt Höffgen, mit einemmal puterrot, »ob Ihr gesunder Menschenverstand es nicht doch für möglich hielte, daß sich eine Erpessung angeschlossen hätte und vielleicht eben auch ein Mord!?«

»Mann Gottes«, sagt Becker und steht auf, »Sie sind unverbesserlich! Im übrigen, auch ein Besitzer und ärztlicher

Direktor einer privaten Klinik kann sich seine Patienten heutzutage offensichtlich nicht immer aussuchen, wie der Augenschein zeigt. Um ehrlich zu sein, ich hätte allerdings überhaupt nichts dagegen, wenn mein Patient Trimmel, auf dessen Mist dieser Unsinn wohl ursprünglich gewachsen sein dürfte, möglichst bald transportfähig wäre!«

»Also hat er Ihnen doch eine Frage gestellt, bevor er umfiel?« sagt Höffgen schnell.

»Gönnen Sie mir jetzt bitte meinen Feierabend!« sagt Professor Becker. »Und denken und tun Sie alles, was Sie nicht lassen können; ich kann Sie offensichtlich an gar nichts mehr hindern!«

Der Zustand ist manchmal wirklich noch ziemlich delirant, wie Becker sagte, binnen weniger Tage allerdings – im deutlichen Gegensatz zu den ersten, jetzt selteneren Erregungszuständen – eher gleichgültig beziehungsweise unkonzentriert und uninteressiert. Parallel zu diesem Befinden Trimmels wird Höffgen in der kurzen Zeit, die er noch in Wildungen verbringt, immer unzufriedener, weil er effektiv gar nichts mehr zu Tage fördert – und der einzige, der ein wirklich zufriedenes Gesicht macht, ist Professor Linds.

»Sie müssen Geduld haben«, sagt er väterlich zu Gaby, die, nachdem Höffgen weggefahren ist, die Stellung am Krankenbett hält, »dafür kriegen Sie dann einen ganz neuen Mann!«

»Danke, Herr Professor!« sagt Gaby. Mehr als ihren alten Mann will sie eigentlich gar nicht haben.

»Nächste Woche«, sagt der Professor, »können wir ihn nach Hamburg bringen, glaube ich.«

»Mit dem Auto?«

Er sieht sie skeptisch an. »Ich glaube, da mach ich lieber einen Hubschrauber locker. Der Grenzschutz freut sich, wenn er auch mal was Vernünftiges tun kann...«

Ein Major sieht sich dann das Problem an Ort und Stelle an und gibt nach Rücksprache mit seiner vorgesetzten Dienststelle das Okay.

Ein Sikorski. Er landet auf dem Platz hinter der Klinik, der als Landeplatz vorgesehen ist, und stellt seine Rotoren ab. Trimmel hat ein Medikament bekommen; er wird den Flug verschlafen. Zum Abschied finden sich drei Professoren und eine Menge Personal ein. Gaby darf mitfliegen.

Sie soll vorsichtig sein, hat Höffgen gesagt, wenn immer sie mit Becker zu tun hat. Jetzt hat sie mit ihm zu tun, gibt ihm lange die Hand und hat irgendwie wahnsinnige Angst, sie wieder loszulassen. »Ich danke Ihnen für alles«, sagt sie gepreßt. »Sie hören von uns...«

»Ja, das kann ich mir denken!« sagt Becker, wieder äußerst sarkastisch.

Hätte ich den Mann sterben lassen sollen? Die Frage dreht sich in seinem Kopf mittlerweile fast ununterbrochen. Er legt schützend die Hand auf den kahlen Kopf, als der Luftzug der Rotorblätter ihn streift. Mit der anderen Hand winkt er durch den schrecklichen Lärm. Nein, auf gar keinen Fall... *ich hatte KEINE Alternative!*

Der Hubschrauber dreht ab nach Nordnordwest und verschwindet im Dezemberhimmel, der noch grauer ist als der Himmel im November. Trimmel ist weg. Aber in Bad Wildungen bleibt die Angst zurück, die er eingeschleppt hat wie einen Virus.

»Ich bin müde«, sagt Becker zu seinem Oberarzt Professor Meyers. »Sie können mich zu Hause erreichen!«

12

Höffgen ist, seit er wieder in Hamburg ist, der einzige, der den verwickelten Fall Tennessy noch halbwegs übersehen kann. Das Interesse an der Sache flaut übrigens von Tag zu Tag mehr ab, sogar im eigenen Haus, und es flammt für längere Zeit nur noch ein einziges Mal auf. Dann nämlich, als sich wenige Tage nach Trimmels *Heimkehr* – wie der Präsident den Hubschraubertransport euphemistisch nannte – die Fahndung nach Jill Biegler auf dramatische Weise von selbst erledigt.

Erstens, Schwarz aus Bad Wildungen ruft an und teilt erregt mit, Professor Becker habe sich und seine Frau Charlotte umgebracht – dies sei nun wirklich, mehr als alles andere zuvor, Stadtgespräch. »Mit ner Art *Goldenem Schuß* – stellen Sie sich so was vor! Erst hat er ihr eine tödliche Dosis Heroin injiziert, dann sich selbst. Er zumindest hat dann zwar noch gelebt, als die Haushälterin sie fand, es war jedoch nichts mehr zu machen...«

»Um Gottes willen... Hat er was hinterlassen?«

»Ja, einen Brief, aber den hat die Staatsanwaltschaft konfisziert. Muß so was drinstehen wie, Charlotte und er seien diesen ganzen Schmutz samt dem Leben leid... So ähnlich hatte er's auch Meyers gesagt, den kennen Sie ja...«

Zweitens, bevor Höffgen noch darüber nachgrübeln kann, ob und wie weit auch er für Beckers Ende mitverantwortlich ist, erscheint, wirklich nur Stunden später, zur maßlosen Überraschung aller Anwesenden freiwillig Jill Biegler bei der Mordkommission, begleitet von einem früher wohl mal sehr hübschen Mädchen, das unheimlich mager und äußerst hinfällig und krank aussieht – ihrer Schwester Sandra!

»Ich hab gehört, Sie suchen uns?« sagt Jill, geradezu verdächtig friedlich.

»Ja, wir *haben* Sie gesucht«, sagt Höffgen. »Ganz dringend sogar. Aber inzwischen...« Als hätt sie's gerochen, denkt er, daß durch Beckers Selbstmord und sein damit verbundenes indirektes Schuldeingeständnis der Verdacht gegen sie sehr viel leichter geworden ist...

Jill Biegler gibt zu Protokoll, sie habe Sandra am vorvergangenen Freitag nach der Dialyse in Eppendorf abgeholt und sei, nachdem sie nach all diesen Aufregungen bei ABS kurzfristig Urlaub beantragt und bekommen habe, anschließend mit ihr nach Malente gefahren, um eine Woche auszuspannen. Heute sei sie zurückgekehrt, weil morgen früh die nächste Dialyse fällig ist, und dabei habe sie von den abstrusen Verdächtigungen gehört und sei mit Sandra (die im übrigen bis dahin kein Wort gesagt hat und auch später den Mund nicht aufmacht) sofort hergefahren...

»Ja, ja...«, sagt Höffgen gottergeben. Er weiß jetzt schon,

daß sich das alles überprüfen läßt und dann hundertfünfzigprozentig stimmen wird. Und er weiß ebenso, daß die Ermittlungen sich dann endgültig in einer Art Grabenkrieg festgefahren haben.

Man kann jetzt zwar mit viel mehr Berechtigung als vorher davon ausgehen, daß Becker, wie Trimmel nahezu hellseherisch erkannt hatte, tatsächlich krumme Geschäfte mit Transplantaten gemacht hat, und insofern hat auch der Gedanke, daß Tennessys Tod ebenfalls auf ihn zurückzuführen ist, eine erheblich stärkere Durchschlagskraft als bisher. Aber hieb- und stichfeste Beweise dafür kann allenfalls noch Kommissar Zufall bringen – oder ein Wunder. Und die ganzen Randgeschichten der brisanten Affäre – der mutmaßliche Mordanschlag auf Trimmel, der Komplex Lachnitz, Jill Bieglers obskure Gasvergiftung und die noch obskurere Handschuhsache – schmoren vor sich hin: man mag beim besten Willen nicht glauben, daß sich da noch jemals was tut, nachdem Jill die völlig Ahnungslose spielt und Bertie sowieso nie von irgendwas eine Ahnung hat.

Aber trotz und alledem, Höffgen pendelt dann in den folgenden Wochen zwischen dem Polizeipräsidium, der Eppendorfer Klinik, in der Trimmel liegt, und der Staatsanwaltschaft hin und her. Daß der Staatsanwalt sich da auch noch reinhängt und am liebsten täglich über alles unterrichtet werden will... also das, sagt sich Höffgen verärgert, hat ihm gerade noch gefehlt – es versaut ihm das ganze Weihnachtsfest, das im übrigen jeder so feiert, wie er's verdient hat, und sei es (wie bei Bertie) im Knast. Höffgen ist überfordert; alles in allem jedoch, er hat es sich in den Kopf gesetzt wie noch nie etwas in seinem ganzen Leben, die von Trimmel aufgestellte Hypothese der Organschmuggelei doch noch zu beweisen und Becker wenigstens posthum zu überführen.

Und Petersen? Und Laumen?

Natürlich sind sie noch mit dabei. Aber sie können letzten Endes nicht allesamt wochenlang bloß an einer Sache arbeiten, die ohnehin keinem mehr besonders wichtig erscheint. Alle nasenlang also fallen sie aus, weil sie andere Aufgaben erledigen müssen. »Na klar, wenn Sie sie brauchen, stehen Sie Ihnen sofort zur Verfügung!« sagt der Kriminalrat, der Trimmel ordnungsgemäß vertritt. Aber ehrlich, soll ein Kriminalhauptmeister gegen einen Rat anstinken?

Hinzu kommt eines, sagt sich Höffgen: im Grunde braucht er die lieben Kollegen tatsächlich nicht, wenn er über den Akten brütet und Puzzle spielt.

Becker hat drei Nieren verpflanzt. Alle drei Empfänger leben noch. In der Reihenfolge der Operationen: Dahlweiß, Schilling und Seidenfaden. Alle drei gelten als Millionäre. Am reichsten ist offenbar Arno Schilling, Besitzer einer Supermarktkette mit Sitz in Stuttgart.

Aber auch in diesem Punkt: was beweist das schon? Abgesehen davon, daß man mehr und mehr davon überzeugt sein kann, Beckers Patienten seien in aller Regel keine armen Schlucker gewesen...

Die Millionäre stehen wieder voll im Berufsleben; sie sollen sich allerdings schonen und sind im Zuge der Amtshilfe in Hannover, Stuttgart und Frankfurt von der dortigen Kripo vernommen worden. Auf Höffgens Ersuchen – er hätte derzeit gar keine Zeit, selbst rumzufahren – hat man den Herren präzise Fragen gestellt. Aber alle drei streiten empört ab, für ihre neue Niere über die direkten Behandlungs- und Krankenhauskosten hinaus Geld an Professor Becker oder irgend jemand sonst gezahlt zu haben. »Was geht Sie überhaupt die Höhe meiner Behandlungskosten an?« hat Arno Schilling dem Stuttgarter Beamten, der ihn besuchte, grob gesagt.

Arno Schilling wurde dann – so erzählt es der Stuttgarter Kollege Höffgen am Telefon – darauf hingewiesen, es handle sich ja immerhin um einen Mordfall, eben um den Mord an Tennessy. Darauf reagierte er zwar etwas friedlicher, aber in der Sache genauso entschieden: »Herr Tennessy hat – da bin ich absolut sicher – nur seine Pflicht getan, als er Herrn Professor Becker beziehungsweise mich bei der Transplantatvergabe berücksichtigte... Immerhin, er mußte sich ja an die Daten halten, die ihm der Computer an die Hand gab, und konnte gar nicht anders entscheiden. Trotzdem verdanke ich ihm indirekt natürlich eine Menge. Ich werde seiner Witwe etwas unter die Arme greifen!«

Der Stuttgarter Beamte mußte ihm leider mitteilen, Tennessy habe keine Witwe hinterlassen; er habe offenbar überhaupt keine lebenden Verwandten gehabt.

»Dann kann man ja nichts machen«, sagt Schilling, und der Fall war für ihn erledigt.

Wieder eine Spur, die im Nichts endet.

Im Krankenhaus Eppendorf erzählt Trimmel immer noch halbe, unverständliche Geschichten von Becker und Biegler. Die Namen ähneln sich in seiner verwaschenen Sprache derart, daß Höffgen sie manchmal kaum auseinanderhalten kann. Eines Nachmittags aber, zwei Tage nach Neujahr, argwöhnt Höffgen nach dem hundertsten und aberhundertsten *Beckler*, Trimmels Verwirrung könne inzwischen vielleicht doch nur eine Pseudoverwirrung sein – irgendeine Mechanik also könne in dem zwar noch gestörten, aber neuerlich rastlos tätigen Hirn unter Umständen wieder ausgesprochen sinnvoll funktionieren.

Er fährt zum Computerzentrum, in dem ein neuer Chef – ein gewisser Wendisch, tatsächlich von außerhalb nach Hamburg geschickt – und zudem wieder Ruhe herrscht. Der Chef ist nicht da, und Höffgen macht Jill seine Aufwartung.

»Na«, sagt er, »bisher nichts nachgekommen?«

»Wieso?« fragt sie.

»Von wegen Begünstigung zum Beispiel. Ihrem Freund Bertie haben Sie ja immerhin Nahrung und Unterkunft gewährt, von anderen Gewährungen nicht zu reden...«

»Man hat mir nicht nachweisen können, daß ich von Berties sogenannten Delikten gewußt habe«, sagt sie, »insofern ist es subjektiv auch keine Begünstigung!« Sie hat sich offenbar bei einem Anwalt kundig gemacht, wie es so schön heißt. »Sind Sie deshalb hergekommen?«

»Teils, teils. Ich wollt Sie mal wiedersehen.«

»Dann haben Sie ja Ihr Ziel erreicht und...«

»Langsam, langsam!« sagt er. »War doch bloß n Scherz. Können wir Ihren Computer nicht noch mal was über diesen Komplex Professor Becker fragen?«

»Also, das ist ja ganz was Neues!«

Aber dann spielen sie doch noch mal mit dem Zeugen Johnny alias *Star von Hamburg* alias ABS IL 214.

Höffgen bringt tatsächlich in Erfahrung, daß die drei Millionäre mit den neuen Nieren zum jeweiligen Zeitpunkt keineswegs an erster Stelle der Dringlichkeit standen, was die Vergabe geeigneter Transplantate anbelangte, sondern an vierter, siebter und – im Fall Arno Schilling – sogar erst an zwölfter Stelle der im Computer gespeicherten Fälle. Irgend etwas Neues spuckt die Maschine letztlich doch immer aus. »Haben Sie das gewußt, Fräulein Biegler?«

»Nein…« Sie wirkt etwas unsicher. »Das heißt, entscheidend sind hier doch nicht die Rangordnungen, sondern die Gewebedaten! Meinen Sie, daß Sie das eines Tages doch noch mal begreifen?«

»Ich weiß nicht, ich weiß nicht«, sagt Höffgen ahnungsvoll und düster, »da könnt ihr alle sonstwas sagen. Ich glaub immer noch, daß bei alledem einzig und allein eins entscheidend war. Daß es sich nämlich erstens um Patienten von Becker handelte, und daß der zweitens von allen das meiste Geld zahlte, dafür, daß seine Leute bevorzugt wurden!«

Abends hockt er seit längerem wieder mal in Trimmels Büro mit seinen Mitstreitern Petersen und Laumen zuammen und studiert fast unverständliche Computerprotokolle.

»Ich will ja nicht meckern«, sagt Laumen, »aber nach meiner Meinung habt ihr dieses Computermonstrum bisher wirklich nur als besseren Karteikasten benutzt. Dabei hat der doch sicher mehr drauf…«

»Und was nun wieder?« fragt Höffgen.

»Na, hier. Sandra Biegler. Von der redet ja komischerweise kaum noch jemand. Steht an dritter Stelle auf der Liste, auf der der sogenannte Millionär Seidenfaden erst die Nummer sieben ist. Seidenfaden hat aber die Niere gekriegt, und das ist doch der Beweis, hinter dem du her bist!«

»Zeig mal her!« Natürlich stimmt's nicht, erkennt Höffgen auf den ersten Blick, wenigstens in *der* Form. Die Niere, die Seidenfaden bekommen hat, hatte die Gewebestruktur (nach Longmore) 23 Strich 14 Berta *plus*. Sandra Biegler hatte (nach Longmore) dasselbe bis auf Berta *minus*. »Das hab ich damals schon mit Trimmel überprüft. Das muß identisch sein, anders geht's nicht!«

»Effektiv identisch?« fragt Petersen, der bisher den Mund noch gar nicht aufgemacht hat.

»Ja, wieso...?«

Und dann dämmert's. Endlich dämmert's. Höffgen greift zum Telefon. Und hat Glück: Trimmels Freund Dr. Lippmann ist zu Hause und gleich am Apparat.

»Guten Abend, Herr Doktor Lippmann – Höffgen hier, vom Büro von... ah ja. Wie's Herrn Trimmel geht? Danke, den Umständen entsprechend... Doch, ich glaub schon, daß Sie ihn besuchen können. Herr Doktor Lippmann, wir haben hier eine ganz spezifische Frage. Herr Trimmel war doch bei Ihnen, nachdem er damals verunglückt war, und Sie haben ja mit ihm über Organverpflanzungen und Gewebeverträglichkeiten gesprochen... Woher ich das weiß? Er hat einen Bericht geschrieben, bevor er... Ja, danke. Unsere Frage heißt nun: muß bei einer Organverpflanzung das Gewebe von Spender und Empfänger *identisch* sein oder nur *ähnlich?*«

Laumen und Petersen kriechen, dicht neben Höffgen, fast in den Hörer.

»Im Idealfall identisch«, sagt Lippmann, »aber das gibt es wohl bloß bei eineiigen Zwillingen, und selbst da nur angenähert. Im übrigen – in der medizinischen Praxis gilt das Prinzip *so ähnlich wie möglich!*«

»Aha. Aber dann mal konkret... dreiundzwanzig Strich vierzehn Strich Berta *minus*, ist das nicht fast dasselbe wie dreiundzwanzig Strich vierzehn Strich Berta *plus?*«

»Nach Longmore, meinen Sie... ja, doch, das ist in der Tat sehr ähnlich, doch, doch – sogar *äußerst* ähnlich...«

»Danke, Herr Doktor Lippmann!« Er legt einfach den Hörer auf; die Erkenntnis nimmt ihm fast die Luft weg.

»Ist ja irre!« sagt Laumen ergriffen.

»Ja, echt«, sagt sogar Petersen, »da sind wir ja echt im Aufwind...« Denn mit einemmal steht der ganze Fall Tenessy echt auf dem Kopf.

Der Aufsichtsrat, die Ärzte und wahr und wahrhaftig sogar die Kriminalpolizei haben von Anfang an die total falschen Karten gehabt und nichts gemerkt! Man *kann* die krummen Geschäfte machen, die Trimmel vermutet hat – die Computertechnik beziehungsweise die biologischen Fakten stehen der möglicherweise millionenschweren Beutelschneiderei überhaupt nicht im Wege!

»Wenn Jill nicht dieses wasserdichte Alibi hätte«, erklärt Laumen, »also, ich würd glatt annehmen, daß sie Tennessy umgelegt hat. Aber so...«

»Das allerbeste Alibi ist oft auch das schlechteste!« sagt Petersen sybillinisch. Er sieht Höffgen nachdenklich an. »Was meinst du, wie geht's weiter?«

»Morgen früh...«, sagt dann Höffgen, ebenfalls ziemlich mysteriös. »Morgen legen wir einigen Leuten endlich mal Daumenschrauben an!« Anschließend ruft er Gaby an: sie soll Trimmel ausrichten, er werde ihn voraussichtlich erst übermorgen wieder besuchen können, dann allerdings ein paar hoffentlich exzellente Nachrichten mitbringen.

Um 7 Uhr 30 am nächsten Morgen steht Petersen bei Frau Herzog auf der Matte und klingelt Sturm. Frau Herzog macht auf, und Petersen gibt sich erst mal alle Mühe, ihr klarzumachen, daß durchaus auch ein so dunkler Typ wie er bei der Polizei sein kann. Jill mosert ihn durch die geschlossene Tür ihres Wohnzimmers an, sie sei noch lange nicht fertig, und er könne sie sonstwas. Petersen sagt letztlich geduldig, gleichwohl aber auch recht unmißverständlich, allenfalls ein knappes Viertelstündchen habe er noch Zeit.

Zehn Minuten später steht sie in der Diele und sagt: »Ich denk gar nicht dran mitzukommen!«

»Sie werden's wohl müssen!« sagt Petersen bedauernd.

Und so geht sie dann, nachdem sie die Firma angerufen hat, zwangsläufig mit, protestierend und böse und voll von schlimmen Stimmungen und Ahnungen.

Bertie Weyer wird von Laumen aus der Untersuchungsanstalt abgeholt.

»Na, Kumpel?« grinst der Häftling den Mann an, der ihn erwischt hat. »Was liegt an?«

Familienzusammenführung hätte Trimmel gesagt. Laumen meint lediglich: »Abwarten!« Erst einmal abwarten, was jetzt wieder dabei rauskommt, denkt er sowieso schon die ganze Zeit.

Und Höffgen hat alles vorbereitet. Es hätte nicht allzu viel gefehlt, und er hätte die Bleistifte noch selbst gespitzt; statt dessen kontrolliert er zum x-ten Mal das verdeckte Tonbandgerät in der Schreibtischschublade.

Dann kommen sie. Zunächst Bertie. Er wird, mitsamt Laumen, nebenan versteckt. »Versuchen wir's erst mit ihr allein!« beschließt Höffgen. »Später können wir ja tatsächlich bloß noch auf das große Wunder hoffen – aber irgendwie hab ich das Gefühl, heute klappt's!«

»Ich spür nichts...«, sagt Petersen.

»Na komm!« sagt Höffgen. »Rein mit Jill!«

Er begrüßt sie herzlich und fragt, ob sie nicht eine Tasse Kaffee mittrinken wolle. Sie möchte jedoch keine Tasse Kaffee mittrinken, und dieser Herzlichkeit traut sie hinten und vorn nicht über den Weg.

»Na, dann nicht«, sagt Höffgen. Petersen hockt einstweilen stumm neben ihm. »Also, die Sache ist die: Neulich diese komischen Computerprotokolle im Zusammenhang mit den Patienten von Professor Becker... Kannten Sie Professor Becker eigentlich persönlich?«

»Ich sag Ihnen nicht mal die Zeit, wenn Sie mir nicht endlich sagen, warum Sie mich hergeschleppt haben!«

»Wegen Becker und Bertie«, sagt Höffgen munter.

»Ihr seid doch echt bescheuert! Was hat Bertie mit Professor Becker zu tun?«

»Na ja, das wollen Sie uns ja gerade erzählen«, sagt Höffgen in aller Ruhe. »Aber erst mal der Reihe nach... Was wissen Sie denn nun wirklich über Becker? Warum hat Tennessy ihn bei seiner Nierenvergabe bevorzugt? Haben Sie sich das inzwischen mal überlegt?«

Jill fragt aggressiv zurück: »Wer von euch zwei Nasen verhört mich hier eigentlich?«

»Wir beide«, sagt Höffgen liebenswürdig. »Also?«

»Also, also? Becker hatte eine Privatklinik, aber dazu hat Tennessy gesagt, er sei mit Längen besser ausgerüstet als die meisten Unikliniken!«

»Sie haben also mit Tennessy über Becker gesprochen?«

»Hab ich das?«

»Sie haben gewußt, daß Tennessy mit Becker faule Geschäfte macht? Und sich halbtot darüber geärgert?«

»Das sagen Sie...«

»Na klar sag ich das! *Warum* haben Sie sich geärgert?« Derart präzise, denkt Höffgen, hat er das Mädchen bisher nie im Visier gehabt. Die blasse, aber grelle Morgensonne fällt noch schräg ins Zimmer, aber schon voll auf Jills Gesicht; sie muß angestrengt blinzeln. Und Höffgen wechselt das Standbein; im Grunde sagt er sich, kommt's ja nicht mal darauf an, *was* man Jill Biegler um die Ohren schlägt, sondern nur darauf, *daß* es passiert. »*Ich* will Ihnen sagen, wenn *Sie's* nicht sagen wollen... Sie haben sich geärgert, weil Jake Ihnen nichts abgegeben hat von seinem Reibach!«

»Ekelhaft, diese Sonne!« sagt sie. Dann: »Allmählich langweilen Sie mich entsetzlich... der Reibach kann aus biologischen Gründen nicht funktionieren!«

Der bislang völlig stumme Petersen macht sich, wenngleich nur pro forma, an der Jalousie zu schaffen; er macht sie jedenfalls nicht mal halb zu. Die Sonne, immerhin, hat sich nur kurzfristig hinter einer Wolke verkrochen, und Jill merkt gar nicht, daß sie auch weiterhin – anstelle von Daumenschrauben – dem Dritten Grad vom Himmel ausgesetzt werden soll. In einer Minute ist die Sonne wieder voll da.

»Doch«, sagt Petersen todernst, »der Reibach funktioniert hundertprozentig! Und dazu muß ich Ihnen bloß einen einzigen Satz sagen: Gewebedaten müssen so ähnlich wie möglich, brauchen aber nicht identisch zu sein!«

Die neue Waffe hat voll getroffen. Jill wird kreidebleich. Und dann wieder ganz rot.

Und mitten in diese Situation hinein fragt Höffgen absolut beiläufig: »Nun aber mal zu Bertie. Was ich Sie ja eigentlich immer schon mal fragen wollte... ich meine, darf ich mal ganz persönlich werden?«

»Kommt darauf an...«, sagt sie mühsam.

»Na, ich riskier's mal... wieso, frag ich mich von Anfang an, fängt ein so hübsches Mädchen wie Sie eigentlich mit nem Typ wie diesem Bertie n Klüngel an, ausgerechnet? Der mag ja vielleicht mal ganz nett ausgesehen haben, als er noch nicht ganz so struppig war, und ne gute Figur hat er möglicherweise auch, aber sonst...«

»Neidisch?« fragt sie.

»Nee, nee, ich mein das ernst...«

»Dann Thema durch?« sagt sie knapp. »Noch was? Oder kann ich gehen? Ich bin nämlich ein werktätiger Mensch, wenn Sie's noch nicht wissen...«

Da sieht Höffgen seinen Kollegen an, und der nickt ihm, an Jill vorbei, aufmunternd zu. Da wissen sie, daß der Moment da ist, in dem sie wie die Chemiker zwei Elemente zusammenkippen und warten, ob's knallt. Oder noch mehr Zutaten: schwarze Stoffhandschuhe, Gasöfen, Blutschande, die keine ist, und dumme Sprüche. Diese Erfahrung, im übrigen, macht die Polizei gar nicht so selten: sie wirft Steine in den Teich, und sieh einer an, es zieht Kreise und schlägt Wellen!

Höffgen sagt zu Jill: »Wenn Sie Lust haben, können Sie übrigens Bertie noch guten Tag sagen...«

Sie hat sich wieder gefangen – sie hat wahrhaftig erstaunlich gute Nerven. »Das wär mir aber eine Riesenfreude!« meint sie. »Lassen Sie uns denn auch mal allein?«

Hinter ihr macht Petersen die Tür auf. Laumen steckt daraufhin als erster den Kopf ins Zimmer; er hat offensichtlich schon gewartet.

»Tach, Mädchen«, strahlt dann Bertie in Jills Rücken. »Hab ich mir ja heute morgen gleich gedacht...«

Im selben Moment jedoch, in dem Jill sich umdreht, hat Petersen eine Erleuchtung. Keine überirdische, wie sie sich Polizisten oft wünschen, sondern eine sehr reale im Gegenlicht. Bertie und Jill – sie erwidert seinen Begrüßungskuß ziemlich widerwillig – stehen zwischen ihm und der Sonne. Er macht Höffgen und nach ihm Laumen hinter dem Rükken der beiden heftig Zeichen – und Gott sei Dank, die beiden begreifen, was er meint! Die beiden begreifen, daß sich das Wunder, auf das nur Höffgen zu hoffen wagte, viel schneller als erwartet tatsächlich ereignet...

»Wie läuft's denn so im Knast?« fragt Jill. »Ich hab schon nach der ersten halben Stunde *hier* die Nase voll – ich brauch gleich erst mal n Campari...«

Und dann reden und reden sie, und niemand geht dazwischen, und niemand hört hin. Petersen nämlich schleicht auf der Suche nach dem noch besseren Gegenlicht wie eine Katze durchs Zimmer, und mit einemmal hat er die Stelle. Er steht, etwas schräger als zuvor, hinter den beiden, und er erkundigt sich ebenso beiläufig wie überraschend: »Was hatten Sie eigentlich an dem Tag, an dem Tennessy erschossen wurde, für eine Jacke an, Fräulein Biegler?«

»Gar keine«, sagt Jill prompt. »Ich war ja im Bett...«

»Aber später an diesem Totensonntag waren Sie doch noch im Büro. Was hatten Sie denn da an?«

»Mein blaues Kostüm«, sagt sie ahnungslos.

»Ach, richtig«, sagt Petersen, »ich erinnere mich. Ja, dann wollen wir uns hier mal für ne Stunde vertagen...«

Petersen führt Regie. Er fordert eine Kollegin mit Konfektionsgröße 38 und einer blauen Kostümjacke an. Anschließend telefoniert er mit dem Hochhaus Fontenay und kriegt nach einigem Hin und Her die Privatnummer des Portiers, der keine Erschossenen sehen kann und dann ausgerechnet am Todestag von Tennessy Dienst hatte. Und erreicht den Mann und duldet keine Widerrede, als er ihm befiehlt, sofort ins Hochhaus zu kommen und in der Halle zu warten. Zur gleichen Zeit wird Jill Biegler, von einer zweiten Beamtin bewacht, in einem abgelegenen Raum deponiert.

Höffgen fährt dann, mit Jills Einverständnis, den VW; andernfalls, hat er gesagt, würde er eine richterliche Verfügung besorgen. Auf dem Rücksitz sitzen Laumen und Bertie, mit einer Handfessel verbunden. Der Streifenwagen mit der Nummer 537 befördert die Kollegin mit der blauen Jacke und Peterson und gibt der Expedition auf dem Weg zum Hochhaus Fontenay den nötigen Flankenschutz.

Die Wagen parken hundert Meter vor dem Hochhaus. Dann aber alles streng der Reihe nach:

Erstens, der inzwischen im Hochhaus eingetroffene Pförtner wird in der Halle von Petersen so hingesetzt, daß er zunächst nicht auf die Straße gucken kann. Höffgen paßt auf ihn auf – und niemand soll sagen, es handele sich hier um den leichtesten aller Jobs.

Zweitens, Laumen und Bertie und zur Sicherheit die Besatzung des Streifenwagens fahren, ungesehen am Portier vorbei, mit dem Lift in die Tiefgarage. Dort löst Laumen die Fessel, und Bertie reibt sich das Gelenk. Dann überläßt Laumen seinen Gefangenen mit Petersens genauen Regieanweisungen den uniformierten Kollegen und begibt sich zu dem draußen wartenden VW mit der Kollegin in der blauen Jacke.

Drittens, der Portier in der Halle wird zur gläsernen Außenfront geholt. »Wo stehen Sie normalerweise, wenn Sie die Wagen beobachten, die in die Garage fahren oder wieder rauskommen?«

»Hier!« sagt der Portier und marschiert an eine Stelle neben der Drehtür.

»Haben Sie da auch am Totensonntag gestanden?«

»Ja, genau hier!« bestätigt er.

»Schön. Dann gucken Sie nach draußen und sagen mir, was da gleich passiert...«

Die Kriminalbeamtin mit der blauen Kostümjacke hat sich an das Steuer des Volkswagens gesetzt und fährt – auf ein Signal von Petersen hin – etwas ruckend von der Straße in die Tiefgarage. Daß Laumen zwischen den Vordersitzen und der hinteren Bank platt auf dem Boden liegt, sieht man nicht.

»Na, was haben Sie gesehen?« fragt Petersen, als der Wagen in der Garage verschwunden ist.

»Fräulein Bieglers Auto«, sagt der Portier verwundert.

»Und wer saß drin?«

»Fräulein Biegler selbst natürlich!«

»Allein?«

»Ja, sicher«, sagt der Mann ärgerlich, »das haben Sie doch genauso gesehen! Was soll das Ganze eigentlich?«

»Moment, Moment...«

Petersen, Höffgen und der Portier hören zunächst das

Motorengeräusch aus der rechts vom Eingang liegenden Garagenausfahrt. Gleich darauf erscheint der Volkswagen, aus der Tiefgarage kommend, wieder auf der Straße und biegt nach rechts ab. Die Person, die mit der blauen Jacke, läßt den Wagen ausrollen; die Bremslichter leuchten, und der VW bleibt am Straßenrand stehen.

Petersen fragt den Portier: »Na, wer sitzt drin?«

»Wieder Fräulein Biegler!«

»So, so...«

Dann kommen die beiden uniformierten Polizisten zu Fuß aus der Tiefgarage und stellen sich neben den VW. Dann steigt aus dem VW zunächst Laumen aus, geht um den Wagen herum und beobachtet wachsam, wie auch die langhaarige Person mit der blauen Kostümjacke aussteigt, die am Steuer gesessen hat.

»Aber das ist ja gar nicht Fräulein Biegler!« ruft der erstaunte Portier. »Das ist ja ein Mann!«

»Kennen Sie ihn denn?« fragt Höffgen, der vor Spannung die Zähne zusammengebissen hatte.

»Nie gesehen...«

»Aber genauso war's am Totensonntag?«

»Ja, das muß man wohl sagen...«, sagt er gottergeben.

Der Mann mit den schulterlangen Haaren, der den VW zuletzt gefahren hat, ist Bertie Weyer. Und Petersen sagt, lakonisch vor lauter Freude, zu sich selbst und zu allen Leuten, die es was angeht oder auch nicht: »Volltreffer!« Höffgen gegenüber gibt er zu: »Ich hab bis zum Schluß Angst gehabt, daß das nur im Gegenlicht funktioniert!«

Im Präsidium sitzt derweil immer noch Jill, nervös kettenrauchend, gegen ihre Gewohnheit. Ihre Bewacherin hat es aufgegeben, ein Gespräch mit ihr anzufangen.

Irgendwann steht Jill auf, kramt – von der Beamtin mit Argusaugen beobachtet – in ihrer Handtasche und holt Haarnadeln und einen Kamm heraus. Sie geht zum Spiegel über einem Waschbecken in der Ecke und beginnt sich zu frisieren.

Fasziniert beobachtet die Beamtin, wie sich aus dem schulterlang herabhängenden Haar eine Hochfrisur formt.

Sie nähert sich der Fertigstellung, als Höffgen, Laumen und Petersen mit der Kollegin im blauen Kostüm und Bertie zurückkommen.

»Haben Sie neue Haare?« fragt Petersen sofort.

Jill gibt keine Antwort.

Petersen fragt Bertie: »Dann sagen *Sie* es mir... seit wann haben *Sie* lange Haare?«

»Seit nem halben Jahr...« murmelt Bertie.

»Aha!« sagt Petersen. Und dann zu Jill, mit einemmal messerscharf: »Wollen Sie noch eine Sekunde lang abstreiten, daß *Sie* Tennessy erschossen haben?«

»Ich... Sie spinnen!« sagt Jill erstickt.

»Wollen Sie uns dann mal erklären, warum Sie hier die neue Haarmode ausprobieren? Und vor allem, warum Sie sich von Bertie Weyer doubeln ließen und ein perfektes oder fast perfektes Alibi aufbauten? Ein zu perfektes?«

»Was... was soll ich getan haben?«

»Als Sie in die Garage gefahren sind, lag Herr Weyer unten im Wagen auf dem Boden und war nicht zu sehen!« behauptet Petersen. »Er ist im Wagen geblieben, während Sie im Fahrstuhl am Portier vorbei nach oben und nach fünf Minuten wieder nach unten gefahren sind. Dann haben Sie Bertie Ihre Jacke gegeben und ihn als Jill Biegler wieder ausfahren lassen... Ist doch genial! Alle Achtung...«

»Und dann?« fragt Jill.

»Sie waren inzwischen wieder nach oben gegangen – ins Computerzentrum. Reichlich mühsam, die ganzen Treppen zu Fuß; aber als Tennessy kam, waren Sie auf jeden Fall wieder so bei Kräften, daß Sie ihn erschießen konnten. Und ganz am Ende haben Sie das Hochhaus klammheimlich verlassen und sich irgendwo mit Bertie Weyer getroffen!«

Jill hat sich wieder in der Gewalt. »Okay«, sagt sie cool, »alles klar. Im Anschluß daran hab ich mich dann erstens selber vergiftet...«

»Sie sagen es!«

»... und zweitens bei Ihrem Oberkollegen – bei Trimmel die Schraube am Auto losgedreht... so was hatten Sie mir ja schon mal vorgeworfen...«

»*Da* bin ich mir nicht so ganz sicher«, sagt Petersen; »man müßte sich mal erkundigen, ob Sie überhaupt heimlich aus dem Krankenhaus rausgekonnt hätten. Aber es reicht auch so...« Er wendet sich an Bertie und wird ganz feierlich: »Wo, Herr Weyer, haben Sie sich am Totensonntag nach der Fahrt aus der Garage mit Fräulein Biegler getroffen?«

Bertie sagt nichts.

»Herr Weyer – ich darf Sie daran erinnern, was wir vorhin besprochen hatten. Für Sie ist die Frage die, ob Sie im Zusammenhang mit dem Mord nur wegen Beihilfe oder als Mittäter verurteilt werden. Ob Sie relativ billig wegkommen oder sich ein sattes Lebenslänglich einfangen...«

»Haben Sie das etwa zu entscheiden?« fragt Bertie, ein allerletztes Mal aufmüpfig.

»Nein«, sagt Petersen, »immer noch das Schwurgericht. Aber Sie auch!«

Man würde in den folgenden Sekunden die berühmte Stecknadel zu Boden fallen hören.

»Wo haben Sie sich mit Jill Biegler getroffen?« wiederholt Petersen.

Da sagt Bertie leise, aber sehr deutlich: »Getroffen haben wir uns gar nicht an dem Tag – ich hab den Wagen bloß auf den Parkplatz am Dammtorbahnhof gestellt. So hatten wir's vorher ausgemacht...«

»Und die Schlüssel?«

»Jill hatte Zweitschlüssel... Ja und dann, am übernächsten Tag, hab ich in den Zeitungen gelesen, daß ihr Chef im Computerzentrum umgelegt worden ist. Seit Sonntag war ja auch Sandra verschwunden und ich lag auf der Straße; vermutlich war sie im Krankenhaus, sagte mir einer. Drei, vier Nächte konnte ich bei nem Kumpel bleiben, aber dann wurd's dem zu heiß. Also ich zu Jill, und die war zwar auch im Krankenhaus, aber da hat mich die Wirtin reingelassen – irgendwo mußt ich ja bleiben. Aber die ganze Kiste ist nie so recht zwischen Jill und mir zur Sprache geko...«

Jill springt.

Sie wirft den Stuhl um, über den ihre Bewacherin der Länge nach stolpert, und geht mit Fäusten und Fingernägeln auf Bertie los. »Du... du Schwein! Du dreckiger Spitzel! Du widerlicher... kein Wort stimmt!«

Eine Frau liegt außer Gefecht am Boden, und drei männliche Kriminalbeamte sehen der Szene tatenlos zu. Sie greifen erst ein, nachdem die andere Frau, die Kollegin mit der Konfektionsgröße 38, dazwischengegangen ist und ihre blaue Kostümjacke einen Riß bekommen hat.

»Ist ja Gott sei Dank nur die Naht...«, sagt Petersen später tröstend.

13

Die Heiligen Drei Könige und die drei folgenden Tage bringen den ersten starken Schneefall. Ein Geständnis von Jill, die nach Berties Geständnis sofort unter Mordverdacht festgenommen und verhaftet worden ist, liegt noch nicht vor – und wenn sie's bis jetzt noch nicht abgelegt hat, wird sie's mit einiger Wahrscheinlichkeit nie tun. Hamburgs kundige Gerichtsreporter sehen bereits einen sensationellen Indizienprozeß heraufdämmern.

So sieht's auch der Erste Staatsanwalt Portheine, der diesen Fall übernommen hat. Im Gegensatz zu den Reportern ist er gar nicht glücklich über die Entwicklung.

Trimmel haben sie es in der Klinik Eppendorf schonend beigebracht. Mit ihm geht's bergauf, wenn auch sehr langsam. Und am 27. Januar, sieht Höffgen, sind seine Augen mit einem Male viel klarer als sonst.

»Ich hab gestern zum erstenmal sitzen dürfen«, sagt Trimmel, wieder ziemlich mürrisch. »Rumlaufen ist angeblich noch nicht drin.«

Das nach elf Wochen.

»Na ja«, sagt er. »Nimm's, wie's kommt. Was macht eigentlich der Fall Tennessy?«

Da erzählt Höffgen ihm die Geschichte vom Selbstmord Professor Beckers. Vielleicht deshalb, weil er gerade am Tag zuvor von Schwarz endlich eine Kopie des Abschiedsbriefes gekriegt hat, nachdem der *Leiter K* aus Bad Wildungen ihm einige Kernsätze bereits vorher mitgeteilt hatte: Er – Becker – habe zwar ausreichend Geld, um in Südamerika oder sonstwo ein sorgenfreies Legen führen und sogar als Arzt arbeiten zu können. Aber er finde es anständiger, aus der moralischen Schuld, die er nach allgemeiner Ansicht auf sich geladen hat, die Konsequenzen zu ziehen. Er sei aber nicht bereit, sich dem irdischen Richter zu stellen, sondern nur dem Allerhöchsten...

»Dabei sah er aus wie n Atheist...«, sagt Trimmel. Er erinnert sich lebhaft. »Allerdings, ich hab ihn ja nur sehr kurz gesehen...«

»Vor nem Doppelselbstmord benehmen sich die Leute fast immer komisch«, meint Höffgen philosophisch.

Seinen irdischen Richtern hat Becker immerhin noch die Erkenntnis hinterlassen, wie denn nun eigentlich dieses Nierengeschäft in Gang kam. »Die Idee stammte, im Ansatz, weder von Tennessy noch von mir«, liest Höffgen vor. »Einer meiner Patienten fragte mich eines Tages, ob ich eine Nierentransplantation bei ihm für sinnvoll hielte. Ich sagte ihm, grundsätzlich ja, und er fragte mich, ob ich in der Lage sei, die Operation vorzunehmen. Auch dies konnte ich, obgleich ebenfalls nur grundsätzlich, mit ja beantworten, worauf er antwortete, er werde es schon arrangieren.

Nachdem ich dieses Gespräch dann bereits vergessen hatte, suchte mich eines Tages der von dem betreffenden Patienten ohne mein Wissen angesprochene Herr Tennessy auf und erklärte sich überraschend bereit, eine Operation durch die Zurverfügungstellung eines Transplantats zu ermöglichen. Obgleich ich zu diesem Zeitpunkt durchaus in der Lage war, die letzten Endes vorrangig finanziellen Zusammenhänge dieses Arrangements zu erkennen, setzte ich mich darüber hinweg und erklärte mich einverstanden. Es reizte mich in erster Linie, die Transplantation vorzunehmen. Daß es dann nicht bei dieser einen blieb, kann man unter diesem Gesichtspunkt sicher verstehen. Allerdings...«

»Kannst *du* es verstehen?« unterbricht Trimmel.

»Na ja...«, sagt Höffgen. »Verstehen ist ja großenteils unser Job!« Und liest weiter: »... allerdings war ich auch in der Folgezeit nicht die treibende Kraft, sondern Tennessy bedrängte mich. Ohne sein Ableben, mit dem man mich unsinnigerweise in Verbindung gebracht hat, wäre vermutlich alles weitergelaufen. Mir ist auch andeutungsweise zu Ohren gekommen, daß Tennessy mit anderen Wissenschaftlern entsprechende Geschäfte – Geschäfte in Anführungszeichen – besprochen, jedoch nicht getätigt hatte. Insofern könnte man mein Verhalten, das mit Sicherheit nicht nur medizinischen Kreisen bekannt werden wird, unter Umständen sogar als eine heilsame Lehre für unsere Zukunft bezeichnen...«

»Hör auf!« sagt Trimmel. »Es geht mir auf die Nerven, wenn Tote über Tote Schlechtes reden!«

In der folgenden Woche darf er zum ersten Male aufstehen und ein paar noch sehr wacklige Schritte tun. Wieder ein paar Tage später kommt Dr. Lippmann zu Besuch.

»Gott sei Dank haben Sie mir wenigstens keine Blumen mitgebracht!« sagt Trimmel.

»Dafür aber was anderes...«

Gleich darauf kriegt Trimmel Stielaugen. Denn Dr. Lippmann holt aus seiner Jackentasche wahr und wahrhaftig ein Päckchen schwarzer Zigarren.

»Nachdem wir damals bei Ihrem letzten Besuch so ausführlich über Bestechung geredet haben – wie war das, wollten *Sie* sich nicht mal bestechen lassen?« fragt er mit schiefem Grinsen. »Stück für eine Mark zwanzig...«

»Auf jeden Fall ein starkes Stück!« sagt Trimmel.

»Nun rauchen Sie schon!« sagt Lippmann. »Ich hab den Arzt gefragt, der hat in Maßen nicht allzu viel dagegen. Ich glaube, der raucht selbst...«

Der erste Zug nach langen Wochen macht ihn schwindlig. Er schließt die Augen und lehnt sich im Sessel zurück.

Lippmann sagt: »Demnächst soll es ja einen Mordprozeß geben, wie man hört...«

»Wenn Sie Tennessy meinen«, sagt Trimmel, »das sieht eher nach Totschlag aus. Momentan wenigstens.«

»Meine Güte, wo ist denn da der Unterschied, abgesehen vom Strafmaß? Jedenfalls haben wir hier die Tatsache, daß die Affäre der Wissenschaft einen kaum wieder gutzumachenden Schaden zugefügt hat. Und das alles wahrhaftig nur, weil ein Hysteriker wie Sie, ein Monomane Ihres Schlages die Finger wieder mal in Sachen gesteckt hat, von denen er im Grunde keine Ahnung hatte!«

»Ich denk, Sie sind Biologe?« sagt Trimmel voller Mißtrauen. »Außerdem hab ich inzwischen...«

»... inziwschen haben Sie *etwas* Ahnung, okay, es geht eben nichts über eine gediegene Halbbildung! Aber ob ich Biologe bin oder Elektroniker oder Organverpflanzer... *Sie* haben diesen Salat angerichtet, und nur Sie können uns nächstens die Sache *etwas* schmackhafter machen! Eines Tages werden Sie im Prozeß gegen dieses Mädchen mit Sicherheit vom Schwurgericht als Zeuge vernommen werden – und dann, bitte, halten Sie einen Vortrag! Lassen Sie sich von keinem Verteidiger und keinem Staatsanwalt und keinem Richter davon abbringen! Erklären Sie klipp und klar, daß es sich hier Ihrer Meinung nach, um einen absolut einmaligen Fall handelt! Und, daß es ja überall schwarze Schafe gibt, auch bei den Wissenschaftlern – deshalb muß ja die Wissenschaft nicht gleich komplett in den Müll gekippt werden, oder?«

Trimmel legt die angerauchte Zigarre weg. »Schön. Ich werd mir Mühe geben. Sonst noch was?«

»Lachnitz!« sagt Lippmann. »Lassen Sie den bitte ganz raus aus Ihren Berichten!«

»Ach! Kennen Sie den etwa?«

»Ja. Fast so gut wie Sie...«

»Da müßten Sie besser mal mit Höffgen reden, wie die Dinge so liegen...«

Aber Lippmann schüttelt den Kopf. »*Sie* sind in diesem Fall der Boß, und ich verlaß mich auf *Sie* – basta!« Er deutet auf die Zigarren. »Übrigens, nicht mehr als zwei am Tag, hat der Arzt gesagt...«

Trimmel nickt. Und begreift, wie's auch hier funktioniert, auch unter den Ehrenwertesten von allen. Und spielt mit.

»Bestechen Sie mich gelegentlich mal wieder!« sagt er und grinst reichlich verkniffen. Damit erst ist der Oberfanatiker Lachnitz wirklich aus dem Schneider.

Auf den Spaziergängen durchs Klinikgelände, die Trimmel dann unternehmen darf und immer mehr ausdehnt, wird er meist von Gaby begleitet. Manchmal ist eine Prise Frühling in den Nachmittag gemischt. Es hätte nicht viel gefehlt, denkt Trimmel zuweilen, und es wäre nie wieder Frühling geworden.

Sie gehen oft still nebeneinander her, und manchmal denkt Trimmel auch an Jill. Jill im Gefängnis...

»Woran denkst du?« sagt Gaby ausgerechnet in einem solchen Augenblick.

»Ach... an nichts...«

»Sag's schon!«

»An dich!« lügt er. Aber als sie dann ganz fest seine Hand drückt, glaubt er's tatsächlich selbst.

Trotz und alledem, grübelt er, als er nicht einschlafen kann, ein Geständnis könnte dem Fall nicht schaden!

Ist es ein Vorwand, doch wieder an Jill zu denken? An den aberwitzigen Traum aus dem Leichenkeller, der ihm immer noch gestochen scharf gegenwärtig ist? Ebenso wie ein anderer kurzer, eine Zeitlang später...

Jill sagte höhnisch: »Ich geb Ihnen mal n ganz heißen Tip, Herr Trimmel – hinter allem steckt nur die Mafia!«

»Ach!« sagte Trimmel. »Becker war also Mafiaboß?«

»Glauben Sie's etwa nicht?«

»Nein, zum Teufel!«

Da stand sie auf und stellte sich drohend vor ihn und wies mit dem Zeigefinger auf sein Herz. Sie sagte anklagend: »Niemals fluchen – weitersuchen!«

Zum erstenmal hat Trimmel in dieser Nacht die Idee, doch noch mal selbst mit Jill zu sprechen. Er läßt sie aber sofort wieder fallen, schläft dann auch gleich darauf ein und hat am nächsten Morgen scheinbar alles vergessen, was ihm nachts so wichtig erschien.

Es fällt ihm vorerst auch nicht wieder ein. Just an diesem Tag nämlich nimmt man ihm den *Turban*, den dicken Kopfverband, ab und ersetzt ihn durch ein großes Pflaster. Und das ist ihm verständlicherweise viel wichtiger als alles andere.

Irgendwann am Nachmittag hat Gaby mal keine Zeit, und Höffgen steht ebenfalls nicht ins Haus. Trimmel macht den Spaziergang allein, denn das darf er jetzt, und irgendwann fällt ihm unter den vielen Wegweisern im Gelände das Schild UROLOGISCHE KLINIK auf. Er hat so viel mit Nieren zu tun gehabt in den letzten Monaten – es kann nicht schaden, denkt er, wenn er sich das mal von innen ansieht.

Da streicht er die Gänge entlang, durch Pflaster und Freizeitkleidung deutlich als Patient erkennbar, und keiner fragt ihn, was er hier eigentlich verloren hat.

In Eppendorf sind sie ziemlich großzügig. Außerdem ›aufgeschlossen‹, wie sie das nennen; es gibt eine richtige Rezeption auf der urologischen Station, auf der viele Privatpatienten liegen, und an der Wand hängt unter anderem eine Liste mit den Namen der ›Gäste‹ und den dreistelligen Nummern ihrer Hausanschlüsse.

Biegler, liest Trimmel. 649. Tatsächlich: *Biegler*.

Er fragt die Schwester, die gerade vorbeikommt: »Sechshundertneunundvierzig, ist das Sandra Biegler?«

»Ja«, sagt sie und will weitergehen.

»Moment«, sagt Trimmel. »Sandra Biegler... die ist ja wohl schon lange hier, oder?«

»Was interessiert Sie das?«

»Kriminalpolizei!« sagt Trimmel gewohnheitsmäßig, und daraufhin ist sie so beeindruckt, daß sie ihm das anscheinend aufs Wort glaubt. Vielleicht glaubt sie auch, er sei aus strategischen Gründen verkleidet.

»Wollen Sie's genau wissen?«

»Ganz genau!« sagt Trimmel.

Da muß sie allerdings nachsehen. »Hier. Stationär vom einundzwanzigsten bis sechsundzwanzigsten Elften im vorigen Jahr und dann durchgehend seit zwölften Zwölften. Zur Dialyse kam sie übrigens schon ewig...«

Stationär vom einundzwanzigsten Elften.

Seit Totensonntag also. Seit Tennessys Tod...

Einen Augenblick überlegt er, ob er einen Blick in Sandras Zimmer werfen soll. »Ist sie sehr krank?«

Die Schwester druckst herum. »Sind Sie tatsächlich von der Polizei?«

»Zweifeln Sie etwa daran?« sagt Trimmel entrüstet.

»Sie ist... sie ist ein völlig hoffnungsloser Fall«, flüstert die Schwester.

Er geht eilig zurück in sein Zimmer und erwischt Höffgen noch am Telefon in seinem Büro.

»Komm mal sofort raus!«

»Es ist ziemlich was los hier, Chef...«

»Hier auch!« sagt er und legt auf.

In Trimmels Büro sagt Höffgen, den Hörer noch in der Hand: »Der Alte begeht wieder Amtshandlungen!«

14

Er kommt mit einer aufregenden Neuigkeit. »Das Attentat gegen Ihr Auto, Chef...«

»Was ist damit?« fragt Trimmel ungeduldig.

»Sie sollten doch die Werkstatt wechseln... ich hatt da ja gleich so was vermutet.«

»Was denn?«

»Laumen hat es rausgekriegt«, sagt Höffgen. »Die Jungs haben in der Werkstatt schlicht und ergreifend vergessen, den Konus einzusetzen. War also gar kein Attentat, so gesehen, war deutsche Wertarbeit...«

»Hoffentlich sind die Leute gut versichert!« sagt Trimmel. Durchaus mit Sinn fürs Praktische, aber auch mit viel weniger Interesse, als Höffgen erwarten konnte. »Ich hab auch was rausgekriegt. Folgendes...«

Höffgen macht's dann möglich, aber schließlich ist doch Trimmels Name entscheidend. Vormittags um zehn stattet die Untersuchungsgefangene Erna Jill Biegler dem Patienten Trimmel einen richterlich zugestandenen Besuch ab. Ihre Bewachung und Höffgen warten draußen.

»Sie werden ja nun wahrscheinlich doch wegen Mordes angeklagt, nicht wegen Totschlags«, sagt Trimmel, als er mit ihr allein ist; er hat die Hand wieder am Puls der Zeit und aus dem Strafjustizgebäude gerade was läuten hören.

»Es sieht so aus«, sagt sie. »Aber es ist Unfug!«

Völlig überraschend sagt Trimmel: »Vielleicht haben Sie ja sogar recht. Und wenn Sie bei mir doch noch n Geständnis ablegen, n echtes natürlich, kann man da unter Umständen durchaus noch was machen...«

Sie steht auf.

»Bleiben Sie sitzen!«

Sie setzt sich wieder hin. Aber sie sagt auch äußerst entschlossen: »Machen Sie sich bitte keine Hoffnungen. Ich habe nichts zu gestehen!«

»Glaub ich nicht«, sagt er. »Wissen Sie noch, wie ich Ihnen an diesem Mordtag vorgeschlagen hab, wir sollten uns mal wie vernünftige Menschen unterhalten?«

»Dann unterhalten Sie mal...«, sagt sie, und es klingt mit einemmal eher traurig als kaltschnäuzig. Der einzige Beamte, denkt sie plötzlich, der sie jemals unsicher gemacht hat, die Staatsanwälte und Richter eingeschlossen. Irgendwie ein Vater und doch kein Vater.

»Stimmt das eigentlich«, fragt Trimmel, »daß Ihr Vater an Nierenversagen gestorben ist?«

»Ja... aber woher...«

»Und Ihre Schwester hat's geerbt?«

»Das erbt man nicht, soweit ich informiert bin. Höchstens die Veranlagung...«

»Aha. Jedenfalls, bei Ihnen ist es damit gutgegangen und bei ihr nicht. Haben Sie sich deshalb immer so rührend um Sandra gekümmert?«

»Gott ja... ich mochte sie sehr gern...«

»Wieso reden Sie denn plötzlich von ihr in der Vergangenheitsform?« fragt Trimmel.

»Es hat keine Bedeutung«, sagt sie. »Was wollen Sie?«

»Ich will«, sagt Trimmel bedächtig, »doch noch mal auf den Mordtag zu sprechen kommen. Sie fuhren mittags ja bekanntlich ins Computerzentrum. Was wollten Sie da konkret?«

»Gott, alles und nichts. Kleinigkeiten.«

»Wollten Sie nicht vor allem mit Tennessy reden? Mal ganz in Ruhe, außerhalb der Dienstzeit?«

»Ja, auch«, gibt sie zögernd zu. »Woher wissen Sie *das?*«

»Hab ich mir zusammengereimt. Über was wollten Sie mit ihm reden?«

»Weiß ich nicht mehr...«, sagt sie.

»Wissen Sie nicht mehr?« staunt er. »Na schön... Tennessy war ja auch gar nicht da. Wider Erwarten war er nicht da, und deshalb sind Sie gleich wieder runtergefahren in die Tiefgarage. Richtig?«

»Machen Sie mal weiter...«, sagt sie lauernd.

»Sie wollten Bertie Weyer, der mit Ihnen gekommen war und im Auto wartete, Bescheid sagen, es könnte länger dauern, und er soll schon mal losfahren. Und anschließend sind Sie wieder hoch – stimmt's?«

In ihren Augen steht mit einemmal die nackte Panik. »Worauf wollen Sie eigentlich hinaus?«

»Auf Ihr Geständnis natürlich!« sagt er. »Sagte ich Ihnen doch! Ich glaube allerdings, daß es nicht ganz das Geständnis ist, das man von Ihnen erwartet...«

»Sie kriegen's nicht! Aber bitte – bis dahin stimmt's tatsächlich! Ich bin im übrigen alle Wege im Schnellift gefahren an dem Tag, sowohl rauf als auch runter; wenn der blöde Portier das nicht gesehen hat und wenn Ihre Leute dem Mann mehr glauben als mir, dann ist das...«

»Beim erstenmal, als Sie runterfuhren, war er wahrscheinlich pinkeln«, sagt Trimmel. »Und als Sie wieder hochfuhren, konnte er es nicht sehen, weil er gerade aufpaßte, wie Bertie Weyer wegfuhr. Den hat er ja fälschlich für Sie gehalten, und unter anderem deshalb sitzen Sie in der Kiste. Und damit komm ich mal zu Bertie selber... den haben Sie Sandra ja nun ausgespannt, nicht?«

Sie nickt. »Hat mir sofort leid getan. Sandra war ja nicht *so* blöd, daß sie nicht mitgekriegt hätte, was da läuft... die war halb verrückt vor Liebeskummer!«

»Dann allerdings«, sagt Trimmel, »versteh ich nicht, warum Sie ihr das nicht erspart haben. Das hätten Sie doch steuern können; Sie kriegen doch jeden Kerl rum! Aber nein, Herr Weyer hängt nach wie vor bei Ihnen rum! Weshalb war er überhaupt am Totensonntag bei Ihnen? Ich muß das wissen... das liegt in Ihrem eigenen Interesse!«

Gehorsam sagt Jill: »Weil er keinen Pfennig mehr hatte

und Geld von mir haben wollte. Ich hatte aber nicht genug Bargeld im Haus, und darum mußten wir erst mal zum Bahnhof, zur Postsparkasse. Und als das dann klar war, sagt er plötzlich, er fährt noch n bißchen mit mir rum, er traut sich nicht allein durch die Stadt am hellen Tag – na ja, deshalb fuhren wir am Ende ins Hochhaus...«

»Sehen Sie«, sagt Trimmel, »so kriegt alles n Sinn! Allerdings bis auf eins... als der Kerl mit Ihrem Volkswagen tatsächlich aus der Garage wegfuhr, warum hatte er da Ihre Jacke an?«

»Hauptsächlich, weil's da unten saukalt war. Außerdem wurde er ja gesucht – er wollte sich wohl n bißchen tarnen. Aber das glauben Sie mir ja doch nicht...«

»Doch!« sagt Trimmel. »Ich glaub grundsätzlich alles, was logisch ist, und das *ist* logisch!« Er hat bis jetzt effektiv mehr von Jill erfahren als alle anderen: zum allerersten Male hat sie zugegeben, daß sie nach ihrer Ankunft im Computerzentrum zunächst nicht wieder weggefahren, sondern tatsächlich im Hochhaus geblieben ist. »Irgendwann sind Sie allerdings doch noch mal abgehauen; wir haben Sie ja später aus Ihrer Wohnung geholt...«

Sie schweigt.

»Wann?« fragt er.

Sie schweigt noch immer.

»Vielleicht, als Tennessy schon tot war?« drängt er. »Haben Sie den Mörder gesehen?«

»Unsinn! Was ich gesehen hab, würden Sie mir ja doch nicht glauben...«

»Wie oft«, sagt er, »soll ich's Ihnen denn noch sagen? Ich bin in ganz Hamburg der einzige, der Ihnen glaubt!«

»Also gut«, sagt sie schließlich. »Ich habe in meinem Büro gesessen, als es – als es passiert sein muß...«

»Als es geknallt hat?«

»Nein, eben nicht! Es gab doch...« Sie stockt.

»Einen Schalldämpfer?« sagt Trimmel überrascht. »Mal ehrlich, wollen Sie wirklich behaupten, daß es da n Schalldämpfer gab?«

Langsam, ganz langsam nickt sie.

»Und woher wissen Sie das?«

»So was sieht man doch dauernd im Fernsehen...«

Er glaubt's nicht. Aber im Moment beläßt er's dabei. »Sie gingen also aus Ihrem Büro in den Computerraum...«

»Ja.«

»... und da lag Tennessy und war tot?«

»Ja«, sagt sie erschöpft. »So war's!« Und dann fast unverständlich leise: Sie sei sofort weggestürzt, über die Treppe. Habe sich gesagt, daß man sie zwangsläufig verdächtigen würde, wenn man von ihrer Anwesenheit erführe. Habe sich am Ende so versteckt, daß sie aus der Halle nach draußen konnte, als der Portier mal kurz weg war...

»Damit«, sagt Trimmel, »haben Sie immerhin die halbe Wahrheit gesagt!«

Draußen auf dem Flur nähert sich Trimmels Stationsarzt. Höffgen, der den beiden uniformierten Kollegen die ungeheuerlichsten Schwänke aus seinem Leben erzählt, kann ihn gerade noch vor der Tür abfangen.

»Die Sitzung ist beendet!« sagt der Arzt.

»Er ist noch mittendrin!« protestiert Höffgen.

»Ich weiß nicht, ob...«

»Doktor«, erklärt Höffgen, »mal ganz ehrlich. Herr Trimmel hat sich doch erstaunlich gut erholt, und das, was er da drin im Augenblick macht, das macht er seit ewig, das strengt ihn überhaupt nicht an...«

»Was ist es denn?«

»Da drin geht's um Mordgeständnisse!« dröhnt Höffgen. »Da kann man doch nicht einfach...«

»Doch, ich könnte!« sagt der Arzt. »Aber schön. Eine Stunde mehr wird ihm hoffentlich nichts ausmachen.«

»Danke, Doktor!«

»Mal was anderes«, sagt Trimmel. »Sie haben Sandra doch immer freitags zur Dialyse gebracht. Hier nach Eppendorf.«

»Ja. Ich würd's auch heute tun, wenn...«

»Wenn's ginge, ja. Wie lange geht das voraussichtlich denn überhaupt noch?«

»Sicher nicht ewig«, sagt sie bedrückt. »Eines Tages hilft da gar nichts mehr...«

»Na ja«, sagt er tröstend, »im Moment jedenfalls trifft es sich ja gut, daß Sandra jetzt dauernd hier ist. Eben weil Sie in Haft sind und so...«

Sie antwortet nicht.

»Am einundzwanzigsten November«, fährt Trimmel fort, »genau an dem Tag, an dem Tennessy erschossen wurde, ist sie ja hergekommen...« Er hält inne. Und wartet.

Jill schweigt weiter.

»An diesem einundzwanzigsten November haben Sie ja grauenhaft viel zu tun gehabt, fällt mir dabei ein. Erst die Sache im Computerzentrum, und dann müssen Sie auch noch das Mädchen für länger ins Krankenhaus bringen...«

Sie hält sich erschrocken die Hand vor den Mund. »Wie kommen Sie darauf?«

»Ich hab im Aufnahmebuch nachgeschaut.«

Sie überlegt. »Ja, richtig. Sie haben recht. Ich hab's ganz vergessen vor lauter Aufregung. Sandra war ungefähr ne Woche hier... ich hab sie an dem Sonntag allerdings lange vor Mittag hergefahren.«

»Also, das soll ich Ihnen glauben?« sagt er, und sein Ton ist mit einemmal ganz anders. »Soll ich tatsächlich erst die Krankenschwester holen lassen, die Sandra auf der Urologie in Empfang genommen hat?«

Sie sieht ihn so verstört an, daß er Mitleid bekommt, wenn er's nicht sogar schon vorher hatte – Mitleid mit einer kaltblütigen Mörderin?

»Ich weiß doch alles, Jill!« sagt er. »Ich weiß doch, daß Sie's nicht gewesen sind! Sie müssen's mir nur noch mit Ihren eigenen Worten erzählen... sonst will's uns am Ende nicht mal einer glauben...«

Sie starrt auf den Fußboden.

»Jill...«, mahnt er.

»Heute nicht...«, sagt sie leise. Sie steht auf. Und plötzlich weint sie. »Morgen vielleicht...«

Da geht er auf den Flur. Höffgen ist sofort bei ihm. »Morgen geht's weiter!«

»Das wird Schwierigkeiten geben«, sagt Höffgen. »Vor allem mit dem Richter.«

»Der Richter?« sagt Trimmel. »Der kann mich mal, der

Richter! Entweder die Justiz spielt mit, oder sie soll nächstens ihre Fälle alleine aufklären!«

Höffgen strahlt über das ganze Gesicht. Trimmels Genesung macht sichtlich Fortschritte.

Den Rest des Tages verschläft er; zuletzt war er doch reichlich erschöpft. Seine Leute aber führen die Anweisungen aus, die er Höffgen noch mitgegeben hat, und dabei sind sie seit Wochen zum erstenmal wieder ausschließlich im Fall Tennessy-Biegler unterwegs.

Höffgen geht zum zuständigen Richter. »Herr Trimmel kommt gut voran. Aber aus gesundheitlichen Gründen darf er ja noch nicht so lange Besuch haben...«

»Besuch ist gut!« sagt der Richter und genehmigt den zweiten Besuch Jill Bieglers bei Trimmel nur sehr zögernd. Immerhin, er tut's.

»Danke, Herr Amtsgerichtsrat!« sagt Höffgen. »Wir werden Ihr Vertrauen nicht enttäuschen!« Er ärgert sich halb krank, weil der Mann die Verhohnepiepelei ganz offenkundig wörtlich nimmt.

Petersen sieht sich, quasi inkognito, zwei Stunden lang in den Eingeweiden des Bürotums in der Fontenay um und schreibt darüber einen Bericht:

Wenn davon ausgegangen wird, daß die Einfahrt zur Tiefgarage geöffnet ist, kann man ohne weiteres in den Transporttrakt des Hauses gelangen. Zwischen der Garageneinfahrt und der eigentlichen Garage befindet sich eine Tür zum Fahrstuhl und gleichzeitig zum Treppenhaus. Eine zusätzliche Sicherung dieser Tür erschien offenbar nicht erforderlich, weil das Tor zur Garage a) von außen nur durch einen sogenannten elektronischen Schlüssel zu öffnen ist und sich eine Minute später automatisch wieder schließt, und weil b) ausfahrende Wagen durch eine Lichtschranke das Tor öffnen, das sich dann ebenfalls eine Minute später wieder schließt...

Und schließlich Laumen. Der Exsprinter, der Jüngste in der Truppe. Er muß mit einer Spezialaufgabe ins Hamburger Untersuchungsgefängnis.

»Hallo, Sportsfreund«, sagt Bertie. »Lange nicht gesehen! Was liegt an?«

»Haben Sie immer noch keinen Prozeßtermin?« erkundigt sich Laumen scheinheilig.

»Ach, Kumpel«, sagt Bertie betrübt, »wissen Sie doch – die haben alle mehr Zeit als wir...«

»Sandra ist ja noch im Krankenhaus«, erzählt Laumen.

Bertie wundert sich. »Immer noch?«

»Ja, seit dem einundzwanzigsten November...«

»Sie muß wohl wirklich bald sterben?«

»Weiß nicht genau.« Laumen zuckt die Achseln. »Vermutlich ja. Wissen Sie nichts Näheres?«

Bertie ist mißtrauisch. Er überlegt, worauf das Ganze hinaus soll, aber er kommt nicht auf den Dreh. Er entscheidet, daß ein offenes Wort unter Männern den Betroffenen – auch ihm – in den seltensten Fällen schadet. »Als ich Sandra damals aufgerissen hab, ging's ihr noch ganz manierlich... ich mein, das ist Jahre her. Ich bin echt erst Wochen später drauf gekommen, daß sie schwer nierenkrank ist und dauernd zur Dialyse muß. Erst hat's mir nichts ausgemacht. Aber dann wurde sie immer kränker, und am Ende – mal ehrlich, Kumpel, kommt das ins Protokoll?«

»Ich mach gar kein Protokoll!« sagt Laumen.

»Okay«, sagt Bertie. »Also, am Ende kam ich mir vor wie 'n halber Leichenschänder!«

»Da hatten Sie's aber doch schon mit Jill?«

»Ja, ungefähr um die Drehe...«

»Wann«, fragt Laumen dann, »wann genau sind Sie eigentlich zum allerletzten Mal bei Sandra gewesen?«

Bertie guckt wieder äußerst skeptisch aus der Gefängniswäsche. »Also, weil Sie's sind«, sagt er schließlich; »genau am Tag vor dem Mord im Computerzentrum. Aber nun werfen Sie mir auch mal n Stein in n Garten!«

Laumen nickt. »Wollt ich sowieso gerade. Ganz im Vertrauen... ich glaub, ich weiß, warum das so lange dauert mit Ihrem Prozeßtermin.«

»Nämlich?«

»Da ist irgendwie von ner Pistole die Rede. Na schön – was ist heutzutage schon ne Pistole? Aber in dem Fall soll's eine mit Schalldämpfer gewesen sein. Besonders heimtükkisch... und außerdem hat neulich einer gesagt, die Wumme hätt er eindeutig bei Ihnen gesehen...«

»Wer?« fragt Bertie entsetzt.

»Weiß nicht. Aber ist da denn was dran?«

Da denkt Bertie noch länger nach als bisher. »Okay«, meint er schließlich, »ich hatt mal ne Kanone zur Aufbewahrung. Von nem Kumpel, den ich nie wieder gesehen hab. Aber ich schwör's jederzeit, ich hab sie nie benutzt! Ich hab überhaupt nie geballert! Außerdem, ich kann's ja jederzeit – aber Moment mal, Kumpel, haben Sie mich etwa deswegen vorhin über Sandra Biegler ausgequetscht?«

»Reden Sie mal weiter...«, sagt Laumen.

»Is ja auch egal... jedenfalls, das beweist ja wohl meine saubersten Absichten, daß ich die Knarre mitsamt dem Plopper an ner Stelle deponiert hab, wo sie echt keinen Schaden stiften kann, oder?«

»Tatsächlich bei Sandra?« fragt Laumen.

»Ja, bei Sandra!« sagt Bertie. »Bei meiner Todeskandidatin von Freundin, die kaum noch laufen konnte! Und wenn Sie da in dem Apartment nachsehen, finden Sie sie wahrscheinlich heute noch. Oder...«

»Oder was?«

Seine Augen sind riesengroß. »Oder ist das die Waffe, mit der Tennessy umgelegt worden ist?«

»Leider ja«, sagt Laumen. »Dadurch hängen Sie echt auch in dem Fall drin. Aber ich glaub, *da* können wir was tun; da lassen Sie sich mal keine grauen Haare wachsen. Wenn einer so ehrlich ist wie Sie, wissen wir das immer zu schätzen!«

Sie besorgen sich in Windeseile einen Hausdurchsuchungsbefehl und stellen am Abend zu dritt, dazu mit zwei Spurensicherern, Sandra Bieglers Apartment auf den Kopf. Keine Pistole, kein Schalldämpfer.

»Wie ich das seh«, sagt Höffgen, »war das die erfolgreichste Suche der letzten Zeit!«

Am nächsten Tag leistet er abermals Schützenhilfe, als die Untersuchungsgefangene Jill Biegler wieder bei Trimmel abgeliefert wird, und gibt Trimmel bei der Gelegenheit die Berichte von Petersen und Laumen.

Zehn Uhr vormittags. Trimmel blättert in den Papieren. Und er findet alles, was er sucht.

»Nun?«

Die Untersuchungsgefangene Jill Biegler nickt. »Ich hab's gestern noch mit meinem Anwalt besprochen. Es kann ihr nichts mehr passieren...«

»Wo fangen wir an?«

Sie fängt vorn an, ohne jeden Vorbehalt. »Sandra muß wirklich sterben, aber klar ist ihr das bis heute noch nicht. Sie hat höchstens noch ein halbes Jahr zu leben, eher noch weniger. Aber sie hat mich bis zuletzt, bis ich in Haft kam, gefragt, ob sie denn nun endlich die neue Niere kriegt – jetzt, wo Tennessy nicht mehr da ist...« Sie kramt in ihrer Handtasche nach Zigaretten.

Trimmel gibt ihr Feuer.

»Grundsätzlich fragt sie mich nach der Niere, seit ich im Computerzentrum arbeite und sie gehört hat, daß da Transplantate vermittelt werden. Sie war früher medizinisch-technische Assistentin, und normalerweise müßte sie wissen, daß sie keine Chance mehr hat. Aber sie verdrängt's einfach, und deshalb hab ich alles getan, um ihr die letzte Zeit so schön wie möglich zu machen; wie mir das mit Bertie passieren konnte, hab ich selbst nie begriffen. Ich hab mir jedenfalls nicht mal ne Wohnung mit eigenen Möbeln geleistet, obgleich ich das normalerweise spielend könnte. Und als sie zum allerersten Mal mit ihrer... ihrer Nierenforderung kam, hab ich ihr gesagt, klar, ich mach's schon. Wider besseres Wissen, und das war mein erster großer Fehler! Sie war... sie ist ja schlau; ich kam unheimlich schnell in Zugzwang...«

»Wieso?«

»Weil ich – ich meine, ich wollte und konnte ihr nicht sagen, daß bei ihr aus medizinischen Gründen gar keine Nierenverpflanzung möglich ist oder nicht *mehr* möglich ist! Deshalb hab ich sie Woche für Woche vertröstet, und schließlich, als mir gar nichts mehr einfiel, hab ich gesagt, daß Jake derjenige ist, der da dauernd Schwierigkeiten macht! Das war dann der zweite Riesenfehler – ich Idiot, ich hab ihr zum Teil sogar die Wahrheit gesagt!«

»Das mit... mit Becker?«

»Ja. Mit Becker und wohl noch dem einen oder anderen. Von da an beschimpfte Sandra nicht mehr mich, sondern Jake, den sie mal durch mich kennengelernt hatte, aber normalerweise nie wiedersehen würde. Und bis dahin war's mir sogar ganz recht... Jake hat ein dickes Fell, dachte ich, außerdem weiß er von dem Unsinn nichts. Aber dann, am Samstagabend...«

»... am zwanzigsten November?«

Sie nickt. »Da hat sie mir in ihrer Bude so den Nerv getötet, daß ich gesagt hab, morgen – also Sonntag – geh ich mittags ins Zentrum, da treff ich ihn, und dann red ich mit ihm. ›Er läßt uns ja doch wieder hängen‹, sagt sie, ›wetten?‹ Und ich sag ja – wahrscheinlich hat sie recht. Aber ich wollt ja tatsächlich mit ihm reden. Nicht wegen ner Niere für Sandra; das hätte ja keinen Zweck gehabt. Ich wollt ihn echt mal um Rat fragen, weil... weil...«

»Weil er ne Seele von Mensch war?« fragt Trimmel.

Sie schaut ihn mißtrauisch an. »Glauben Sie's mir immer noch nicht?«

»Doch, doch...«, sagt er schnell.

»Er *hatte* seine guten Seiten! Er kannte die Problematik um Sandra sogar... es war sogar seine Idee, daß wir Sandra im Computer speichern, auch wenn sie gar kein Fall für eine Transplantation war...«

»Warum?« Dabei kennt er die Antwort.

»Damit ich ihr die ausgedruckten Protokolle zeigen konnte! Damit sie mir *glaubt* – warum sonst?«

»War das nicht riskant?«

»Ach wo! Erstens machte er aus gutem Grund alle Nierenvermittlungen selbst. Und zweitens, selbst wenn was schiefgelaufen wäre – kein Hahn hätte danach gekräht, wenn ner Eppendorfer Patientin ne Niere angeboten worden wäre, die sie nicht braucht! Kleiner Computerfehler und Schwamm drüber! Übrigens, sagen Sie mal...«

Er ahnt, was kommt.

»Ich hab einen völlig trockenen Hals; haben Sie hier nicht wenigstens mal ein Glas Wasser?«

»Wasser nicht«, sagt er. »Aber Whisky – der geht einem angeblich nicht so auf die Pumpe.«

Sie trinkt den ersten, einen etwa dreistöckigen, in einem Zug. Und er trinkt mit, höchstens einen halben Zentimeter weniger.

»Konnt ich ahnen«, sagt Jill Biegler anschließend ohne jeden Übergang, »daß Sandra sich dann am nächsten Morgen hinter mir her ins Haus schleicht? Ins Hochhaus, mein ich?«

Trimmel hat's geschafft, wahr und wahrhaftig.

»Jake macht freiwillig Sonntagsdienst, das wissen Sie ja, und die Macke mit seiner Affenliebe zu Mike kennen Sie auch. Ich hatte Sandra ja gesagt, wann ich ins Zentrum fahre, also ist sie rechtzeitig da und legt sich gegenüber auf die Lauer. Und als ich mit Bertie in die Tiefgarage fahre, geht sie heimlich hinter mir her, bevor das Tor automatisch wieder zugeht. Sie ist also im Haus, und das Haus kennt sie – da war sie mit mir schon öfter. Und nun geht sie zu der Telefonzelle im zweiten Stock, ruft Tennessy auf seiner Durchwahl an und bestellt ihn unter einem x-beliebigen Namen in irgendeine Kneipe am Gänsemarkt. Sie käm von Professor Becker, sagt sie, der hätte ihr Geld gegeben, damit sie's ihm auszahlt; es sei also in seinem eigenen Interesse, daß er kommt...«

»Versteh ich nicht«, sagt Trimmel. »Warum will sie ihn aus dem Haus locken?«

»Weil sie ihm in ihrem kaputten Denken eine letzte Chance geben will... daß er sagt, von Becker oder sonstwem nimmt er kein Geld! Aber wenn er nicht so reagiert, dann wird sie ihn bei der Rückkehr erwarten...«

»Gespenstisch...«

»Ja, sicher!« sagt sie heftig. »Ist es nicht gespenstisch, daß Jake vergißt, den Haupteingang abzuschließen, als er wie ein Wilder aus dem Haus rennt? Daß sie deshalb sogar in den Hauptraum kommt, statt draußen warten zu müssen? Sie ist da vermutlich rein, als ich unten bei Bertie bin und ihm sag, daß es länger dauert und er schon losfahren soll... wir müssen mindestens bei der Gelegenheit aneinander vorbeigelaufen sein! Auf jeden Fall sitz ich dann wieder in meinem Büro und warte auf Jake; ich wußte ja auch nicht, wo er war. Und mit einemmal glaube ich, ich hör Stimmen, und dann merkwürdigerweise gleich darauf ein komisches leises Knallen, zweimal. Ich geh sofort rüber – und was seh ich?«

Endlich weiß man's.

»Wissen Sie das alles von Sandra selbst?« fragt Trimmel.

»Ja. Sie war nicht mehr bei Verstand. Sie hat's mir am selben Tage erzählt – aber im Grunde hat sie bis heute nicht begriffen, was sie getan hat. Die ständige Angst um ihr Leben; dann hat sie gerade noch gesehen, daß Bertie mit mir in die Garage fährt...«

Trimmel nickt ihr zu.

»Also, in dem Moment, in dem ich vor Jake stand... ich hab wirklich gedacht, ich geh ein! Meine Schwester hat Jake Tennessy erschossen, meine eigene Schwester! Steht da mit einer Riesenpistole neben der Leiche und lacht hysterisch... grauenhaft! Ich hab sie erst mal links und rechts geohrfeigt, damit sie still war.«

»Und? Wurde sie ruhiger?«

»Sie wurde ganz still. Warum sie es getan hat? fragte ich. Weil er ein solches Schwein gewesen wär, sagt sie in aller Ruhe, weil er Nieren für Geld verschachert hätte, anstatt ihr eine zu geben! Weil ich gesagt hatte, er gibt ihr keine – sagen Sie mal, sollte ich ihr etwa *sagen*, daß sie längst eine gekriegt hätte, wenn's Sinn gehabt hätte? Sollte ich ihr sagen, daß es *total* hoffnungslos war für sie?«

»Nein«, sagt Trimmel.

»Woher sie die Waffe hat, frag ich. Von Bertie, sagt sie – er hat sie ihr mit diesem Schalldämpfer zur Aufbewahrung dagelassen, als nach ihm gefahndet wurde, und irgendwann hat er ihr auch mal aus Jux erklärt, wie das Ding funktioniert. Bertie hat später angenommen, sie hätte es mir gegeben, und ich hätte Tennessy umgebracht, als er sich dann bei mir einquartierte... Ja, und dann wieder die Schere für mich: Hätte ich *ihm* sagen sollen, daß es Sandra war?«

»Nein«, sagt Trimmel. »Im Grunde reicht's. Bis auf n paar Kleinigkeiten...«

Gehorsam sagt sie: »Ich bin mit Sandra zu Fuß in die Halle. Genauso auf die Straße, wie ich's Ihnen gestern erzählt hab; dann haben wir meinen Wagen vom Dammtorparkplatz geholt. Ich hab Sandra gesagt, sie muß erst mal verschwinden, und das sah sie auch ein – so kam sie tatsächlich nach Eppendorf. Das ideale Versteck; sie war da bekannt, niemand fragte, hinterher haben nicht mal Sie nach ihr gefragt! Ich mußte bloß sagen, ihr geht's plötzlich so schlecht, sie kann nicht allein zu Hause bleiben... Noch was?«

»Dieses Trumm von Pistole...«, erinnert Trimmel.

»Ach so – die ging echt kaum in meine Handtasche, die habe ich auf dem Weg zu Sandras Wohnung weggeworfen.«

»Wohin?« fragt Trimmel sofort.

»In irgendeinen Alsterarm. Heilwigstraße oder so, ich kann es Ihnen zeigen. Ich hab gedacht...«

»Was denn?«

»Ach nichts...« Sie schlägt plötzlich die Hände vors Gesicht; der Schock kommt erst jetzt. »Ich hab geglaubt«, sagt sie tonlos, »mir kommt niemand auf die Schliche. Ich hab mir überlegt, ich warte einfach, bis... bis Sandra tot ist, und dann klärt sich alles von selbst auf...«

Der Stationsarzt kommt ins Zimmer, hinter ihm Höffgen. Diesmal hat er ihn nicht aufhalten können.

»Ich muß Sie dringend ersuchen, Herr Trimmel, Ihren... Besuch nach Hause zu schicken!«

»Halbe Stunde noch...«, sagt Trimmel.

»Sofort!«

»Verdammt noch mal, lassen Sie mich in Ruhe! Holen Sie Ihren Chefarzt!«

»Das«, droht er, »werd ich auch tun!« Er rennt raus, wieder gefolgt von Höffgen.

Aber bis er den Chefarzt gefunden hat, vergeht doch mindestens eine halbe Stunde, denkt Trimmel. »So. Jetzt machen Sie mal zu! Oder wollen Sie noch lange im Gefängnis braten?«

Das Gas und der schwarze Handschuh. »Natürlich hab ich's selber getan. Ich wollte sterben...«

»Lügen Sie mich nicht an!«

Da gibt sie auch das zu. Sie hat von einem Gasableser gehört, daß das neue Stadtgas höchstens explodieren kann, aber kaum noch giftig ist. »Kaum war ich Sandra losgeworden, kaum lieg ich endlich zu Hause im Bett, da kommt die Polizei, ich soll sofort ins Büro kommen...«

Dabei war sie taufrisch, erinnert sich Trimmel.

»... also, abends denk ich bloß noch, jetzt verschaffst du dir mit Gewalt Ruhe!«

»Und der Handschuh?«

»Nur so eine Idee. Der lag da rum; ich nehm an, daß er von Bertie stammt, aber ich weiß es nicht genau. Jedenfalls, ich hab ihn an den Haupthahn gelegt, weil ich dachte, das bringt die Bu... die Kripo auf die falsche Spur...«

Er schüttelt den Kopf. »Verrückte Idee...«

Sie protestiert. »Lassen Sie sich doch mal von Ihrer verrückten Schwester sagen, was Sandra mir in Eppendorf zum Abschied sagte: Jetzt wär Tennessy tot, und der neue Chef würd ihr endlich ne neue Niere geben! Und Sie sind bei alledem der einzige, der weiß, was wirklich Sache ist!«

»Ich hab überhaupt keine Schwester!« sagt Trimmel.

Das also, denkt er müde, war der Fall Tennessy. In seinem angeschlagenen Kopf wirbeln die Bilder.

Eine fast schon Tote erschießt einen Nierenschmuggler. Ein Polizist bricht sich den Hals beziehungsweise den Schädel und wird von einem anderen Nierenschmuggler gerettet. Ein verhinderter Guerillero, eigentlich ein Spinner, spielt Schicksal – das wirbelt Staub auf. Ein Mädchen wird verhaftet und will in Haft bleiben, freiwillig, bis seine Schwester, die fast schon Tote, ganz tot ist. Der zweite Nierenschmuggler geht mittlerweile freiwillig zum ersten Nierenschmuggler, nämlich ins Jenseits, und nimmt seine Frau mit.

»Allerhand Leichen!« sagt Trimmel vor sich hin.

Dann ruft er Höffgen. Jill fragt er erst gar nicht. »Fräulein Biegler will eine Aussage machen. Sieh zu, daß dann alles weitere veranlaßt wird!«

»Wiedersehen, Herr Trimmel!« sagt Jill.

Er winkt nur noch dreimal kurz mit der Hand. Er schaut

aus dem Fenster: in der Ferne sieht er den Chefarzt, gar nicht *so* eilig.

Spätestens, wenn sie die Waffe aus dem Alsterarm gefischt haben, wird der Haftrichter Jill Biegler auf freien Fuß setzen müssen. Die paar Ordnungsstrafen, die ihr dann ins Haus stehen... Dafür muß man heutzutage nicht sitzen. Die vornehmste Aufgabe des Polizisten: Jills Freund und Helfer.

Und Sandra?

Haftverschonung. Wenn's stimmt, was Jill gesagt hat. Helfen kann ihr sonst niemand mehr.

Der Indizienprozeß im Fall Tennessy findet nicht statt. Zu Sandras Beerdigung werden deshalb bestimmt viel weniger Leute kommen.

15

Kurz vor Frühlingsanfang wird Trimmel entlassen. Den Abend dieses Tages, an dem er der Welt offiziell wiedergeschenkt wird, verbringt er mit Gaby zu Hause; Höffgen hat darauf bestanden, ihn und Gaby heimzufahren, aber strikt abgelehnt, noch einen Schluck zu trinken.

»Ich meld mich wieder, in den nächsten Tagen. Bis dahin alles Gute, Chef. Ihnen auch, Gaby...«

Weg ist er.

»Seid ihr euch inzwischen nähergekommen?« fragt Trimmel, mäßig überrascht.

Gaby nickt. »Er ist wirklich ein netter Mensch. Ich weiß nicht, wie ich's ohne ihn nach der Operation allein vor deiner Tür ausgehalten hätte...«

Sie bringt ihm ein Bier. *Ein* Bier: »Nicht zuviel für den Anfang!« Und später fragt sie aus heiterem Himmel, schon fast hinterrücks: »Du findest diese Jill Biegler ganz prima, nicht wahr?«

Einmal im Jahr ist Trimmel ehrlich. »Ja, ich geb's zu. Ich hab sogar mal geträumt, ich hätte mit ihr geschlafen. Es fand allerdings in ner Art Leichenkeller statt, und geklappt hat's nicht mal im Traum...«

»Schade!« sagt Gaby. »Nach dem, was du erlebt hast, müßte man dir's ja gönnen.«

»Zu spät«, sagt Trimmel. »Jill Biegler wird nach Frankfurt versetzt, hab ich gehört, sobald – na ja, demnächst. Aber ich werd's mir merken!«

Bereits am nächsten Tag macht er einen Ausflug mit der S-Bahn und zu Fuß ins Computerzentrum Fontenay. Die Systemanalytikerin Sieglinde Müller sieht ihn als erste und bekommt völlig grundlos einen Heidenschreck. »Herr... Herr Trimmel!« stottert sie.

»Tach, Tach«, sagt Trimmel. »Ich möchte auch mal Ihren *neuen* Chef kennenlernen...«

Sie ist immer noch verbiestert. »Ich... ich bring Sie sofort hin...«

Aber Peter Wendisch telefoniert gerade. Er sieht viel besser aus als Jacob ›Jake‹ Tennessy, erkennt Trimmel durch eine Glasscheibe. Verstehen kann er kein Wort. Er stellt sich bloß vor, was da möglicherweise geredet wird.

»Ich hab lange überlegt, ob ich Sie mal anrufe... hallo? Ach so, ja... Ja, ich hab erfahren, Sie sind ja nun der Nachfolger von Herrn Tennessy...« Etwa so. »Herzlichen Glückwunsch übrigens...«

Der Mann könnte Patient bei Professor Becker sein. Dessen Klinik gibt's ja nach wie vor; Professor Meyer hat die Hürden der Übernahme angeblich glatt genommen.

»Danke, danke...«, sagt Wendisch,

»Ja, damit sind wir eigentlich schon beim Thema – ich meine, die Nachfolge von Herrn Tennessy...«

»Vielen Dank für den Glückwunsch, Herr...«

Unverständliches Gemurmel wie bei der Mehrzahl aller Vorstellungen zwischen Gentlemen.

»... aber ich fürchte, Herr... wirklich, ich fürchte, ich verstehe Sie nicht so ganz...«

»Ja, wenn ich unter Umständen ein bißchen deutlicher werden darf, Herr Wendisch...«

»Bitte!«

»Gut. Sehen Sie, ich bin Patient bei Professor Becker gewesen, wegen einer neuen Niere, ziemlich dringend, und bin's auch noch... aber Professor Becker, mit dem ich darüber viel gesprochen hatte, ist ja nun leider tot, und Sie wissen vielleicht so gut wie ich, daß zwischen Herrn Professor Becker und Herrn Tennessy ausgezeichnete Beziehungen bestanden...«

»Moment, Moment«, unterbricht Peter Wendisch, »ich glaube fast, es könnte besser sein, wir beenden dieses Gespräch. Guten Ta...«

»Nein!« schreit er. »Herr Wendisch, bitte, legen Sie nicht auf! Ich bin ein schwerkranker Mann, Herr Wendisch, so können Sie nicht mit mir umgehen...«

Wendisch schweigt.

»Mein Leben hängt davon ab, ich schwör's Ihnen, Herr Wendisch, und da ist mir alles recht, verstehen Sie, Herr Wendisch? Alles! Auch wenn's nur zwei Jahre mehr bringt, Herr Wendisch, oder nur eins...«

»Mal ganz abgesehen von der moralischen Seite...«

»Ich geh zugrunde!« schreit er dazwischen. »Da können Sie doch nicht von Moral reden!«

»... ganz abgesehen von der moralischen Seite«, sagt Wendisch unerbittlich, »und apropos Zugrundegehen... Herr Becker und Herr Tennessy sind an ihren Beziehungen wohl schon früher zugrunde gegangen...«

»Eine Million, Herr Wendisch! Schwarz!«

»Es... es geht nicht...«

»Glauben Sie doch nicht, daß es mir Spaß macht, Sie anzurufen!« Der Mann ist völlig außer sich.

Wendisch sagt nichts.

»Herr Wendisch – hören Sie mir zu?«

»Ja...«

»Herr Wendisch, ich komm mal nach Hamburg, wir müssen darüber mal persönlich reden, bitte...«

»Ich kann Sie nicht daran hindern, nach Hamburg zu fahren, nur...«

»Nächsten Dienstag!«

»Ich kann Sie nicht hindern... aber geben Sie mir mal Ihre Telefonnummer...«

Die schreibt er dann auf. Und legt den Hörer auf und geht

durch den Ausgang an der gegenüberliegenden Seite seines Büros in den riesigen Computerraum – in das Reich von Mike. Er starrt auf den Bildschirm, nimmt eine Zigarette aus der Tasche, erinnert sich, daß er als Boß hier schon gar nicht rauchen soll, und steckt sie wieder weg.

Sieglinde Müller zupft ihn am Ärmel und deutet auf die andere Seite, wo Trimmel wartet.

»Darf ich Ihnen was anbieten?« sagt Wendisch höflich. »Möchten Sie vielleicht« – es klingt ein bißchen ironisch – »Mantel und Mütze ablegen?«

Trimmel nimmt automatisch die Mütze vom Kopf, und da sieht Peter Wendisch das große Pflaster.

»Oh, entschuldigen Sie«, sagt er verlegen, »ich hatte keine Ahnung...«

»Macht nichts!« sagt Trimmel. Er setzt seine Mütze wieder auf; den Mantel hat er sowieso anbehalten. »Wenn ich mal eine scheinbar sehr diskrete Frage stellen darf... mit wem haben Sie da gerade telefoniert?«

»Mit unserer Frankfurter Zentrale«, sagte der neue ABS-IL-214-Chef erstaunt, »wieso...«

»Nein, nein, vergessen Sie's... ich dachte nur... eigentlich bin ich ja auch wegen ner ganz anderen... also, die Sache ist die, Herr Wendisch. In Ihrem... Ihrem Johnny...«

»Mike!« lächelt Wendisch.

»... richtig. Also, in Ihrem Antonia-Berta-Sieglinde-Irene-Luise-Zwo-eins-vier-Apparat« – ohne zu stottern! – »ist seit einiger Zeit ein EKG von mir gespeichert. Ich wünsche, daß es gelöscht wird!«

»Warum das denn?« fragt Wendisch perplex.

»Weil es damit angefangen hat«, sagt Trimmel. »Weil es das erste Mal war, daß ich mit Ihrem *Star von Hamburg* zu tun hatte, und inzwischen läuft mein Herz mindestens so gut wie früher.«

»Okay, Moment bitte!« sagt Wendisch knapp. Er geht aus dem Zimmer und ist schon zwei Minuten später wieder zurück, einen eng beschriebenen Papierstreifen in der Hand. Einer, der präzise so aussieht wie der von damals.

»Ich hab's höchstpersönlich gelöscht!« behauptet er. »Wenn Sie den Computerausdruck als Andenken...«

»Ehrenwort?«

»Ja!!! Herrgott, sind Sie mißtrauisch!« sagt Wendisch, inzwischen doch sehr indigniert.

Und da meint Trimmel zwar, er müsse ihn beruhigen. »Ist ja gut, ich hab's nicht so gemeint, regen Sie sich ab!« Aber das Schlimme daran ist eben doch, sagt er sich, daß man die Brüder als Normalverbraucher nie kontrollieren kann!

TRIMMEL MACHT EIN FASS AUF

Für Karlheinz,
der mich zu diesem Buch ermuntert hat,
als über allen Kippen noch Ruh war

1

Der Totenkopf ist von Hand gemalt, einer nicht sehr geübten Hand, die gekreuzten Gebeine darunter sehen aus wie zwei Streichhölzer mit Zündköpfen an beiden Enden. Das Zeichen für Gift: in verwaschener, schmutziger Kalkfarbe auf zerbeultes, ehemals grünes Blech gemalt, auf alte Fässer, hundert- und vielleicht sogar tausendfach, Fässer mit Totenkopf und Gebeinen, soweit das Auge reicht.

»Schöne Sauerei!« sagt Trimmel. Seine Schuhe werden den Rest kriegen in diesem riesigen Misthaufen aus Kalk und Bauschutt und Blech.

Schöne Sauerei, in der Tat: Einer lehnt malerisch zwischen den Fässern, der hat erst gar keine Schuhe an. Tot liegt er da zwischen den Fässern, tot und erschossen.

»Wie heißt er?« fragt Trimmel.

Weiß man nicht, sagen sie ihm, denn die Brieftasche ist nicht da. Er sieht auch nicht aus wie einer, der zu Lebzeiten Visitenkarten verteilt hat.

»Wie lange tot?«

Na, jedenfalls schon eine ganze Weile, als die Kinder ihn fanden und als aufgeklärte Kinder ihrer Zeit sofort zum nächsten Telefon mit Notrufnummer liefen.

»Hier umgelegt?«

Also, das ist in höchstem Maße unwahrscheinlich, wenn's auch noch nicht ganz sicher ist...

Trimmel nickt. Tote Männer auf Schuttkippen sind erfahrungsgemäß selten auf Schuttkippen gestorben. Neuerdings werden Schuttkippen zwar immer häufiger zu Friedhöfen umfunktioniert, aber immerhin, die Frage stellt sich, wer stirbt schon direkt am Rand seines Grabes?

Die Kippe liegt im Norden von Hamburg, am Rand eines Industriegeländes, nicht weit von der Bundesstraße 4 in der groben Richtung Kiel. Trimmels ganze Kerntruppe macht sich gemeinsam mit dem Meister die Schuhe und die Hosenbeine dreckig. Höffgen, Petersen und Laumen, dazu die

Spurensicherer, die Fotografen, die Schutzpolizisten, die Neugierigen, die Cowboys und die Indianer.

»Kommt mal her«, sagt Trimmel zu den Cowboys und Indianern, »wie war das denn genau?« Natürlich ist er ein paar Schritte von der Leiche weggegangen; von hier aus kann man höchstens noch eine starre Hand sehen, wenn man genau hinsieht. Als die Kinder sich stumm und ratlos und ein bißchen verlegen ansehen, fragt Trimmel: »Wer ist denn euer Häuptling?«

»Ich!« sagt derjenige, der tatsächlich die längsten Federn hat.

»Hast du den Mann gefunden?«

»Nee, das war der da!« Einer, der ein bißchen wie ein verhärmter Zorro-Nachkömmling aussieht und bei diesem Spiel offensichtlich den Banditen abgeben sollte.

»Spielt ihr denn hier öfter?« fragt Trimmel und nickt dem kleinen Zorro zu.

Das Kind schüttelt den Kopf, aber der Häuptling nickt. Andere schütteln ebenfalls den Kopf, andere nicken. »Haben nicht immer alle Zeit!« erläutert der Häuptling. »Aber ich war gestern ganz genau hier!« Tapfer faßt er die Hand des toten Mannes ins Auge. »Sie können mir glauben, Herr Polizeipräsident, da hat der Mann hier noch nicht gesessen!«

Er hat wirklich *gesessen* gesagt; gut beobachtet, denkt Trimmel. Den Präsidenten aus Kindermund überhört er großzügig. Soll er den Bälgern – den Läusen, wie er sie nennt – allen Ernstes erklären, daß ein Kriminalpolizeihauptkommissar etwas weniger zu sagen hat?

Statt dessen fragt er den Jungen: »Der tote Mann hat wirklich gesessen?«

»Er war ja zugedeckt«, sagt der Junge mit entwaffnender Selbstverständlichkeit, »aber sitzen, das tut er ja jetzt noch!«

Als sich bei der Ständigen Mordkommission am Berliner Tor die Nachricht verbreitete, daß nicht nur eine Leiche gefunden, sondern daß sie auch noch von spielenden Kindern gefunden worden sei, wurden kurzfristig auch zwei WKPzen in Marsch gesetzt, zwei Kriminalbeamtinnen – eine Meisterin und eine Obermeisterin. Sie sind kaum auf der

Kippe eingetroffen, als Trimmel auch schon nichts mehr zu sagen hat.

»Sie können die Kinder doch nicht so dicht bei der Leiche stehen lassen!« sagt die Obermeisterin halblaut, aber vorwurfsvoll.

Sie führt die lieben Kleinen fast hundert Meter seitwärts aus dem Bild und übernimmt dort mit ihrer Kollegin mit routinierter praktischer Kinderpsychologie die weitere Vernehmung; Trimmel kann froh sein, daß er überhaupt zuhören darf.

So erfährt er aus zweiter Hand, daß der Indianerhäuptling den Banditen offenbar nicht besonders gut leiden kann. Denn was sich da heute morgen abgespielt hat, war schon ganz schön eklig und gemein:

Der Bandit, etwas abseits von der Truppe, war sozusagen direkt auf die Leiche getreten. Sie war von Unbekannt mit einer alten grauen Zeltplane zugedeckt worden, und wenn jemand auch nur zwei Meter rechts oder links vorbeigegangen wäre, hätte er sie niemals gefunden.

Der Bandit seinerseits hatte zunächst alle Feindschaften fahrenlassen und dem Häuptling sofort die Entdeckung des toten Mannes gemeldet. Und der Häuptling ist gar nicht so feinfühlig, wie es die weibliche Polizei gern hätte. »Natürlich haben wir unter die Plane geguckt!« sagte er. »Der hatte ganz gebrochene Augen, das ist doch der Beweis dafür, daß einer richtig tot ist!«

Aber sonst, behauptet er, haben sie nichts verändert. Die Plane hat erst viel später die Polizei von der Leiche weggezogen, die Kriminalpolizei; sie liegt jetzt ein paar Meter daneben, und es gibt inzwischen bestimmt schon tausend Fotos von der Leiche mit und ohne Plane.

»Was habt ihr anschließend gemacht?« fragt die Obermeisterin.

Dann kommt's heraus: Der Häuptling hatte sich gegen den Banditen, seinen Erzfeind, eine hundsgemeine Maßnahme ausgedacht. Der Bandit, befahl er, müsse Wache schieben, während er selbst als Häuptling gemeinsam mit allen Kriegern inzwischen die Polizei alarmieren würde.

»Warum fragen Sie nicht mal«, sagte Trimmel verärgert

und mit Kopfweh vom Abend zuvor, »ob die Jungs nicht 'n Auto oder so was gesehen haben?«

»Habt ihr heute morgen vielleicht ein Auto gesehen?« fragt die Obermeisterin gehorsam.

Natürlich nicht. Und die Befragung der Kinder geht weiter wie gehabt.

Der kleine Bandit hatte offenbar Angst gehabt, dem in verrenkter sitzender Haltung an ein Faß gelehnten toten Mann, auch wenn er noch zugedeckt war, mutterseelenallein Gesellschaft zu leisten. Er war höchstens zwei Minuten dabeigeblieben und dann schleunigst – das gibt er ohne weiteres zu – hinter den anderen hergelaufen.

»Weil er sich so doof anstellte, sind wir dann alle zusammen dahinten auf die Straße gelaufen und haben in einem Tabakgeschäft Bescheid gesagt!« erläutert der Häuptling mit wichtiger Miene.

Und dann?

»Dann hat der Mann von seinem Laden aus die Polizei angerufen, und wir haben gemacht, daß wir schleunigst wieder wegkommen!« Oder auch wieder hinkommen, wie man's nimmt.

»Wir wollten natürlich sehen, ob in der Zwischenzeit was mit dem toten Mann passiert war!« sagt plötzlich Zorro junior, der seine Hemmungen abgelegt und die Sprache wiedergefunden zu haben scheint.

»Halt du dich da raus!« sagt der kleine Häuptling giftig.

»Nun zankt euch mal nicht!« sagt die Obermeisterin. »Wie alt seid ihr denn eigentlich?«

Zorro ist Zehn, der Häuptling ist Elfeinhalb, die anderen liegen dazwischen. »Wir haben schon immer damit gerechnet, daß hier mal was passiert!« sagt einer von Zehneinhalb. »Deshalb haben wir ja auch hier immer am liebsten gespielt!«

Wieder mischt Trimmel sich ein. »Warum denn?«

»Weil's so schön unheimlich ist!« sagt das Kind. »Immer die Totenköpfe auf dem Blech...«

Und Zorro, der jüngste, der nun offenbar ganz auf der Höhe ist, sagt altklug wie einer, der am liebsten fernsieht, wenn's die Mami verboten hat: »Als wir zurückkamen, hatte in der Zwischenzeit niemand was an der Leiche verändert!«

Er sieht richtig verschmitzt aus, denkt Trimmel; was hat er bloß mit seinen ständigen Leichenveränderungen? »Woher weißt du das denn so genau?«

»Weil ich ja der letzte war, bevor wir zurückkamen, und als wir zurückkamen, war ich der erste. Ich kann am schnellsten laufen!«

»Mußte mir gelegentlich mal vormachen!« sagt Trimmel freundschaftlich. Und da läuft das Kind dann tatsächlich los, mit einem Affenzahn, zwanzig Meter hin, zwanzig Meter zurück, und ist kaum aus der Puste!

»Prima!« lobt die Obermeisterin.

»Ja, nich?« sagt er. »Deshalb weiß ich auch, daß alles ganz genau so geblieben war!«

Hartnäckig, wie nur ein Zehnjähriger sein kann. Trimmel reicht's für den Anfang; zwei Minuten lang war er amüsiert und abgelenkt gewesen, aber was zuviel ist, ist zuviel. Einen Tick zu freundlich wendet er sich an die beiden Kolleginnen: »Haben Sie keine Bonbons dabei?«

»Wieso das?«

»Na, für die Kinder...« Um ihnen das Maul zu stopfen, denkt er.

»Nein, leider nicht.«

»Also, ich hab dann keine Fragen mehr«, sagt Trimmel, »und wenn Sie fertig sind, würd ich die Kinder doch ganz schnell nach Haus schicken. Am Ende zertrampeln sie uns noch die Spuren!«

Er geht zurück in Richtung Leiche und ist der Ansicht, daß es ein ziemlicher Unfug ist, wenn sich der erste polizeiliche Angriff nach einem Mordfall auf Kinder in den Herbstferien stützen muß.

Da ist aber noch der Raupenfahrer. Seine Aufgabe ist es, wie er Trimmel erzählt, die Trümmerwüste zu planieren. Er war gerade von der Frühstückspause zurückgekommen, als die Kinder zum Telefon unterwegs waren, und er wollte justament einen von den im Vordergrund herumliegenden Schuttbergen auf die Fässer schieben. In diesem Moment war aber schon der erste Funkstreifenwagen eingetroffen.

»Ich hatte bis dahin nichts von ner Leiche gesehen«, sagt der Raupenfahrer verstört, »aber da hör ich plötzlich durch den Raupenlärm, wie wer schreit, und ich stell den Motor ab. Da kommen die beiden schon über die Steine gerast wie Mark Spitz...«

»Hä?« fragt Trimmel.

»Na, logisch, daß se nicht geschwommen sind! Jedenfalls schreinse ›Halt‹ und kommen direkt auf mich zu, und ich überleg mir noch, hier kann ich ja nu mit der Raupe bestimmt nicht zu schnell gefahren sein – was die wohl von mir wollen?«

»Ja, ja...«, sagt Trimmel, nur halb Ohr.

Die ganze Zeit hindurch sieht er sich diese Fässer an, notdürftig in Reih und Glied gelegt wie von einem betrunkenen Brötchenbäcker. Und die ganze Zeit hindurch fragt er sich, was der Mann dazwischen soll – der Mann, dem sie außer den Schuhen sogar die Socken ausgezogen haben, und das in einer Gegend, wo man am besten alte hohe Gummistiefel trägt...

Zum Glück steht wenigstens Laumen neben ihm und hört sich an, was der Raupenfahrer erzählt: »Als ich von der Maschine runter bin, schreit einer von den beiden: ›Halt, stehenbleiben!‹ Dann packen sie mich beide am Arm und drehen mir fast den Arm rum, als wär ich's gewesen...!«

»Sie sind's aber nicht gewesen?« fragt Trimmel, immer noch nicht ganz bei der Sache.

»Also ehrlich!« sagt der Raupenfahrer entrüstet.

»Schon gut«, sagt Trimmel. »Machen Sie das hier hauptberuflich?«

Der Mann denkt nach. »Wenn Sie meinen, daß ich hier täglich planiere... Also, fast täglich, würd ich sagen, mindestens dreimal die Woche.«

»Wann zuletzt?«

»Gestern.«

»Wer bezahlt das?«

»Nu ja, ich krieg das Geld von meiner Baufirma, Lehnsen Gebrüder, die hat'n Vertrag mit der Stadt, der gehört ja die Kippe von Rechts wegen...«

»Von Rechts wegen sind Sie also nicht bei der Stadt«, sagt Trimmel. »Muß da nicht einer von der Stadt so was wie ne Aufsicht haben?«

»Doch«, sagt der Raupenfahrer. »Schlocker!«

»Und wer ist Schlocker?«

»Na, son alter Sack über sechzig. Nennt sich Kippenwärter, muß Gebührenmarken kassieren, wenn einer Schutt kippt oder so. Aber der is ja nu...« Er sieht sich um und zuckt die Schultern.

»Der is ja nu was?« fragt Trimmel.

»Sehnse ja!«

»Ich seh gar nichts!« sagt Trimmel geduldig.

»Eben!« sagt der Raupenfahrer, lauter als nötig. »Sie sehn doch, daß er nicht da ist!«

So ein Leichenfund macht die Leute sichtlich nervös.

Kippenwärter Schlocker, der alte Sack, ist tatsächlich weit und breit nicht aufzutreiben; dabei wäre er im Moment der einzige, der das Geheimnis um die Fässer lüften könnte. Woher kommen sie, und was ist drin? Der Raupenfahrer weiß nur, daß sie immerhin mit Schlockers Genehmigung hier abgekippt worden sind, etwa ein- bis zweimal die Woche vom Lastwagen.

»Stand ne Firma auf dem Lastwagen?«

Er schüttelt den Kopf. »Ich war ja nu nicht immer dabei, hab auch nicht drauf geachtet...«

»Hat Schlocker dafür auch Gebühren kassiert?«

»Müßt er ja eigentlich...«

»Hat er nie gesagt, was das für Gift sein soll?«

Er zögert und zieht eine Grimasse. »Wieso denn Gift?«

»Weil Holsten Edel ne andere Aufschrift hat!« sagt Trimmel gehässig.

»Jetzt machense aber Witze!« sagt der Raupenfahrer und lacht sich halb krank.

Trimmel gibt Laumen den Auftrag, er soll diesen Schlocker aufstöbern; irgendwo muß er ja wohnen. Laumen sucht sich erst mal eine alte Zeitung und putzt sich die Schuhe ab. »Sind Sie eigentlich so fest davon überzeugt, Chef«, fragt er, »daß die komischen Fässer unbedingt was mit dem Kerl zu tun haben?«

»Du etwa nicht?« fragt Trimmel.

»Na ja«, orakelt Laumen, wobei er sich redliche Mühe gibt, seine mühsam gesäuberten Schuhe nicht wieder drekkig zu machen, »ich könnte mir auch vorstellen, daß die Leiche die eine Sauerei ist und die Fässer die andere...«

»Sauerei?«

»Ja, sicher. Sozusagen zwei verschiedene Arten von Umweltverschmutzung – eine, die wir kennen, und eine, die wir noch nicht kennen...«

»Hau endlich ab!« sagt Trimmel. Seit zwei Sätzen schon ist er sauer darüber, daß der Raupenfahrer lange Ohren macht. Immerhin ist der Mann bei *Gebrüder Lehnsen*, hat er gesagt, und die *Gebrüder Lehnsen* kippen hier ihren Schutt ab, und unter dem Strich kann man den Gebrüdern deshalb im Moment ebensowenig trauen wie allen Leuten, die auch nur am Rande mit der Kippe zu tun haben.

Außerdem dieses besonders eklige Wort: Umweltverschmutzung. Ein Begriff, der von Jahr zu Jahr mehr in Mode kommt, wenn auch noch nicht bei der Kriminalinspektion I, der Dachorganisation der Ständigen Mordkommission, wie neulich einer geflachst hat...

Alles in allem, es sieht ganz danach aus, als würde es Probleme geben, sagt sich Trimmel – neue, unbekannte und deshalb schon im Ansatz schwierige Probleme. Und bei Licht besehen ist das und nichts anderes der Grund für seinen Ärger, von den bohrenden, wütenden Kopfschmerzen mal abgesehen; ehrlich ist er ja immer, der Herr Hauptkommissar, vor allem sich selbst gegenüber.

Als Laumen weit genug weg ist, greift er sich nochmals den Raupenfahrer. »Sie sind ja anscheinend n ungewöhnlich ordentlicher Mensch, nich wahr?«

»Ja, schon«, sagt er, »aber wieso...?«

»Warum haben Sie die Fässer immer so schön mit Schutt zugekippt?«

»Weil's Schlocker mir gesagt hat!«

»Und? Hat er Ihnen dafür Mäuse gegeben?«

»Mir und Mäuse?« fragt er hochnäsig zurück. »Wofür denn? Der arme Hund... Ist mir doch egal, wie ich hier den Schutt verteile!«

»Aber warum gerade auf die Fässer?«
»Sie können aber Fragen stellen!«
»Können Sie vielleicht auch antworten?«
Der Mann zuckt die Schultern. »Damit's besser aussieht, hat Schlocker gesagt!«
»Und damit sie verschwinden, nicht wahr?« sagt Trimmel provozierend.
»Denken Sie doch, was Sie wollen«, sagt der Raupenfahrer verbittert, »wofür gibt's denn diese Kippen, wenn man nicht mal alte Fässer da hinbringen darf?«
Nach wie vor, sagt sich Trimmel, kann es durchaus sein, daß die Leiche mit den Fässern nichts zu tun hat. Ein einziger Punkt allerdings ist und bleibt komisch: Der Mann, der die Leiche hier abgelegt hat, muß auf der Kippe verdammt gut Bescheid gewußt haben. Denn wenn die kleinen Cowboys und Indianer nicht gewesen wären, läge Mister Barfuß jetzt schon mitsamt den Fässern einen guten Meter tief unter dem Bauschutt vergraben!

Am Ende läßt sich Trimmel einen Spaten geben und macht ein Faß auf, dessen Deckel schon geborsten ist. Als er den Spalt erweitert, kommen schmutzige, gräuliche Brocken heraus, eine Art Steinschlacke.
Einer von den Spurensicherern, die ihre Nase überall haben, sagt plötzlich: »Dem Frieden trau ich nicht. Wenn das man kein Härtesalz ist!«
»Was soll das sein?« fragt Trimmel.
»Könnte sein, mein ich ja nur«, sagt der Mann, ein jüngerer Typ, den Trimmel noch nicht kennt, »könnte zyanidhaltiges Härtesalz sein...«
»Sind Sie Chemiker?« fragt Trimmel.
»Nur für den Dienstgebrauch!« sagt der Mann vorsichtig. »Ich hab neulich mal so ne Probe gesehen...«
»Ist das gefährlich?«
»Ziemlich«, meint er. »Hier auf der öffentlichen Kippe hat's bestimmt nichts zu suchen...«
»Ja, wo denn sonst?«
Das weiß er auch nicht, kann's aber auch gar nicht wissen. »Das wissen die Experten selbst nicht genau. Das Zeug

kann sich nämlich spalten, und dann reicht das hier aus, damit kann man leicht ganz Hamburg um die Ecke bringen. Ich meine, wenn's wirklich...«

»Wenn's wirklich...?« sagt Trimmel.

Aber der Jüngere zuckt nur noch die Achseln, gebeugt von der Last der plötzlichen Erkenntnis. Wofür gibt es Oberkollegen in einer so kritischen Situation?

Tonnenweise Gift und ein Mord mittendrin: da kriegt es dann tatsächlich auch Trimmel mit der Angst zu tun. Höffgen muß schleunigst losstiefeln, entscheidet er, und die Hamburger Landesbehörde für Umweltschutz benachrichtigen. Laumen, verlangt er, soll endlich den Kippenwärter anschleppen; dabei kann Laumen noch nicht mal in der Stadt sein; die paar Minuten, die er weg ist!

»Wißt ihr denn immer noch nicht, wie der tote Kerl da geheißen hat?«

»Wir sind noch nicht soweit!« sagt Petersen sanft. »Ist ziemlich schwierig hier in dem Modder...« Außerdem, gibt er vorsichtig zu bedenken, können immerhin drei Gruppen von Menschen für die Deponierung des toten Mannes verantwortlich sein – erstens die mit den Fässern, zweitens diejenigen, die hier regelmäßig den Bauschutt abladen, und drittens auch solche, die weder mit den Fässern noch mit dem Schutt zu tun haben.

»Mag ja sein«, sagt Trimmel, »bloß, wenn er mit Schutt angeliefert worden wär, wär er vermutlich noch dreckiger!«

Also doch die mit den Fässern?

Dann, endlich, ist es soweit. Die Hilfssheriffs von der Polizeitechnik haben ihre Blechnummern rund um die Leiche in den Dreck gesteckt und die Spuren markiert – Spuren, die wahrscheinlich gar nichts mit der Geschichte zu tun haben. Hier kann man nämlich alles verlieren, aber kaum was wiederfinden, bestimmt auch keine Spuren.

»Ich hab ja auch schon künstlerisch wertvollere Aufnahmen gemacht!« meckert der Fotograf. »Das Schönste ist jedenfalls das Wolkenbild!«

Sei's drum, denkt Trimmel, sie haben die Leiche fotografiert, gezeichnet, vermessen und bloß noch nicht beerdigt.

Er wirft einen bösen Blick auf die Neugierigen, die sich selbst in dieser gottverlassenen Giftwüste inzwischen versammelt haben, eine schweigende Mauer, die Zentimeter um Zentimeter näher rückt. Spannend genug ist das Schauspiel: der Polizeiarzt ist zwar noch nicht da, aber am Tod dieses Mannes gibt es nun wirklich keinen Zweifel, und so legen die Polizisten ihn aus seiner sitzenden Haltung erst mal vorsichtig auf den Bauch.

Vorher konnte man fast genau in der Mitte der Hemdbrust ohne Schlips einen Einschuß sehen, einen ziemlich großen, blutverkrusteten Einschuß, bestimmt sofort tödlich, auch wenn das Herz vermutlich nicht voll getroffen worden ist. Aber jetzt – jetzt sieht man gar nichts, und Trimmel sagt, halb zu sich selbst: »Komisch, bei dem Kaliber nicht mal 'n Ausschuß?«

Ausgerechnet einer von den Uniformierten aus dem ersten Streifenwagen nickt eifrig mit dem Kopf: »Also aus größerer Distanz erschossen, Herr Hauptkommissar?«

»Muß ja wohl!« murmelt Trimmel. Etwas lauter: »Lassen Sie mal das Gelände hier absperren!«

Der Tote grinst zu alledem, eine gequetschte Wange auf der dreckigen Erde. Aber das macht erfahrungsgemäß die Verspannung, die von der Totenstarre kommt.

Der Arzt kommt, stupst mit dem Finger an der Leiche herum, fühlt hier und da, wiegt bedächtig den Kopf, den eigenen, und sagt: »Sehr lange ist er noch nicht tot!« Dann sieht er sich die Leiche länger von oben an und erweitert seine Feststellung: »Zwei Tage könnten's allerdings doch schon sein!« Und schließlich schaut er sich im weiten Rund um, das inzwischen von vier Polizisten notdürftig von Neugierigen gesäubert wird, und fragt: »Ist der mit den Fässern angeliefert worden?«

»Möglicherweise!« sagt Trimmel. Man muß wirklich nicht bei der Mordkommission sein, um auf die Idee zu kommen, daß die Fässer und die Leiche zumindest was miteinander zu tun haben könnten.

Der Arzt beugt sich wieder über den toten Mann, dreht ihn halb um und läßt ihn wieder zurückfallen. »Dem hat's bestimmt das halbe Innenleben zerrissen!« sagt er. »Den Totenschein« – dabei betont er das *den* – »hätten Sie ausnahmsweise selbst ausstellen können!«

Damit ist seine Arbeit offensichtlich beendet. Er zieht sich Handschuhe über die Finger, mit denen er die Leiche angefaßt hat, und zündet sich eine Zigarette an. Trimmel sieht dem blauen Dunst nach und kriegt Lust auf eine Zigarre. Aber dann erinnert er sich, daß er vor dem Mittagessen nicht rauchen wollte, und läßt die Finger davon.

Immerhin steht er schon so lange in der Gegend herum, daß er sich jetzt einfach auf das umgekippte Faß setzt, das er aufgemacht hat. Petersen hat jüngere Füße, denkt er – soll der aufpassen, wenn sie die Leiche jetzt endlich filzen.

Und wie Petersen aufpaßt, hinter der randlosen Brille wie ein Luchs: Ein halbes Päckchen Filterzigaretten ziehen sie der Leiche aus den Taschen, ein Feuerzeug, nach Gebrauch wegzuwerfen, ein angebrochenes Päckchen Papiertaschentücher, dann noch zwei Büroklammern, aber sonst leider gar nichts.

Oder doch: oben links in der äußeren Jackentasche neben dem Revers knistert's. Zwei Gaststättenquittungen – eine aus Hamburg, eine aus Kiel.

»Zeig mal her!« sagt Petersen interessiert.

Auf der Rückseite der beiden Zettel steht je ein Name. Genau gesagt, der Teil eines Namens. *Willi M.* auf dem Hamburger, *Annika B.* auf dem Kieler Zettel.

»Die steck ich gleich ein«, sagt Petersen hastig, »wir kriegen das Zeug ja sowieso auf den Tisch!«

Er studiert die Zettel wie zwei Kassiber, die er unverhofft abfangen konnte, sieht zu Trimmel hinüber, der sich noch mit dem Doktor unterhält – und steckt, als niemand protestiert, die beiden Papiere tatsächlich in seine Brieftasche.

Dann passiert einiges zur gleichen Zeit. Der Arzt marschiert ab, zieht sinnigerweise den Handschuh wieder aus, als er sich von Trimmel und Petersen verabschiedet, und der Leichenwagen kommt. Und als die Bestattungsunternehmer den Toten endlich in ihre Kunststoffwanne gelegt haben, paßt er plötzlich viel besser in die öde Landschaft mit den runden Fässern.

Und schon wieder geht's weiter – ein Betrieb wie auf einem Autobahn-Parkplatz. Der Leichenwagen fährt ab, gleich anschließend der Wagen mit den Spurensicherern, und dafür nähert sich dann das nächste Auto. Diesmal ein ziviler schwarzer Rekord, sicher vom Umweltschutz.

»Na also!« sagt Trimmel befriedigt – nun kann er ebenfalls bald gehen, denkt er. Aber der Mann vom Umweltschutz, dem man den Regierungsrat schon an der Nase ansieht und der auch noch einen Referendar mitgebracht hat, geht offensichtlich mit einer neunpfündigen Katastrophe schwanger.

»Hoffmann«, stellt er sich vor, »das da ist Herr Siemensmeyer!« Und fragt gleich darauf, ein wenig zu forsch, weil bei allem Schmutz, mit dem er zu tun hat, Leichen doch wohl zu den Seltenheiten seines Alltags gehören: »Wo ist denn Ihr Toter?«

»Da hinten fährt er!« sagt Trimmel.

»Na«, meint der Umweltschützer, vorübergehend erleichtert, »so neugierig bin ich auch gar nicht!«

Er sieht sich erst mal aus der Distanz die Fässer an, die großen Blechbüchsen mit den Totenköpfen und den Gebeinen – offen daliegende Fässer, halb mit Schutt zugedeckte Fässer, unter dem Schutt vermutlich noch mehr. Er beugt sich über die grauen Brocken, die aus dem einen Faß herausgekrümelt sind, hält die Nase dabei aber in achtungsvoller Entfernung, richtet sich wieder auf und sagt mit Grabesstimme: »Ich glaub schon, daß das Natriumzyanid ist!«

»Ich auch!« sagt Siemensmeyer.

»Wissen Sie, was das heißt?« fragt Hoffmann.

Trimmel tut ihm den Gefallen und sagt wenigstens: »Ich ahne es, nach dem, was ich gehört hab...«

»Das ist nämlich fast noch schlimmer als ein Mord«, sagt Hoffmann, »das wär um ein Haar ein Massenmord geworden, ogottogott...«

»Mich brauchen Sie im Moment wohl nicht?« fragt Trimmel.

»Ich Sie brauchen? Warten Sie... nein, direkt nicht. Allerdings muß ich Sie dringend um eins bitten: strengstes Stillschweigen! Wenn da was in die Zeitung kommt... nicht auszudenken!«

Trimmel nickt verständnisvoll, verspricht ihm, den Fall noch geheimnisvoller zu behandeln als andere Mordfälle, und erteilt ihm die Erlaubnis, die Leichenfundstelle nunmehr auf andere Todesgefahren hin zu untersuchen. »Also zertrampeln Sie uns nicht die Markierungen!«

Hoffmann schreitet gemeinsam mit Siemensmeyer das Gelände ab, und Trimmel bleibt mit Petersen allein zurück.

»Weißt du, was das ist?« fragt Trimmel. »Natriumzyanid oder Härtesalz oder wie sie das nennen?«

»Muß wohl dasselbe sein!« sagt Petersen phlegmatisch. »Warum sind Sie eigentlich so blaß?«

»Wenn wir bloß gestern früher ins Bett gegangen wären!« stöhnt Trimmel. Als er losmarschiert und ihm endlich keiner mehr zusieht, setzt er vorsichtig wie ein Seiltänzer ein Bein vor das andere.

Erst auf dem Weg zum Auto kommt Petersen dazu, den Kneipenzettel wieder aus der Brieftasche zu holen. »Ich glaub fast, ich hab da 'n guten Ansatzpunkt...«, meint er geheimnisvoll.

»Nämlich?«

»Hier, diese Namen...«, sagt er und zeigt Trimmel die beiden Quittungen. »Hat er anscheinend draufgeschrieben, weil er mit den Leuten essen war und irgendwo Spesen abrechnen wollte...«

»Meinst du?« sagt Trimmel skeptisch. »Ob er die nicht einfach erfunden hat?«

Petersen schüttelt den Kopf. »In dem Fall nicht. Willi M. gibt's zwar bestimmt hunderttausend in Hamburg, aber den Namen Annika, den hab ich in meinem ganzen Leben nur ein einziges Mal gehört...« Er sieht Trimmel schräg von der Seite an, ob der auch richtig zuhört.

»Und?« fragt Trimmel und tut ihm den Gefallen. »Wie hieß sie weiter? Etwa Annika B.?«

»Annika Boll!« sagt Petersen stolz. »Außerdem kenn ich sie sogar persönlich... das heißt, ich hab sie gekannt...«

Das allerdings muß er Trimmel dann doch genauer erklären.

2

Es war vor zwei Jahren, als der damalige Kriminalmeister Petersen – der ›Leichenbestatter‹, wie er bei Trimmel genannt wird – sich noch beim Einbruchsdezernat nützlich machte. Damals hieß er noch der ›Herr Beileid‹ – denn wenn die Leute vom Einbruch sich auf den Weg zu einem sogenannten Geschädigten machten, sagten – und sagen – sie im allgemeinen: »Ich mach mal einen Beileidsbesuch!« Und Petersen sagt es, vom Tage seines Eintritts in die Kripo an, besonders gern und häufig.

Eines Tages mußte Petersen in jener Zeit wieder mal ein weißes Formular ausfüllen, Überschrift ›Strafanzeige‹, wie üblich mit zwei Fingern auf der Schreibmaschine; strafbare Handlung: wie üblich Diebstahl.

Aber es war ein besonderer Diebstahl, wie Petersen dem Delikt in Klammern hinzufügte – es war ein Beischlafdiebstahl. Der Geschädigte war naturgemäß ein Mann, dessen Namen er inzwischen vergessen hatte, aber den konnte man ja notfalls nachschlagen – und die Beschuldigte war eine gewisse Annika Boll.

Diesen Namen vergaß Petersen nicht, denn als er im Verlauf seiner Ermittlungen auch die Trägerin dieses Namens kennenlernte, stellte er sofort Vergleiche mit seinen Lieblingsschauspielerinnen Jane Fonda und Julie Christie an. Dabei ging Annika Boll mit mehreren Längen Vorsprung durchs Ziel, und Petersen freute sich insgeheim schon auf die Stunde der Verhaftung.

Aber es kam anders, und auch das war Petersen – im Grunde ein Menschenfreund – recht:

Der Geschädigte – Kaufmann, wie Petersen sich erinnerte, Direktor einer mittleren Handelsfirma für Stahlröhren – zog seine Anzeige zurück, und Petersen machte eine Einstellung des Verfahrens möglich, nicht ganz im Einklang mit seinen Dienstvorschriften. Vom ursprünglichen Tatbestand einer Betriebsfeier mit kriminellen Folgen blieb immerhin scheinbar nichts mehr, das nicht privat war: Annika hatte sich offenbar in ihren smarten Boß verliebt und war ihm spät in der Nacht in ein Hotelzimmer gefolgt. Das hatte sich ein paarmal wiederholt, und der Industrielle hatte schon überlegt, ob er sich und seiner Liebe nicht mit der Anmietung eines Apartments einen würdigen Rahmen schaffen sollte.

Doch dann wachte er eines Morgens auf, noch im Hotel; seine Sekretärin und Geliebte Annika war schon weg, und aus seiner Kollegmappe fehlten wichtige Unterlagen über die Beteiligung der Firma am Röhrenhandel mit den Sowjets. Nichts wie hin zur Polizei, sagte er sich – offenbar etwas voreilig.

Denn Annika leugnete, ebenso sanft wie hartnäckig. Annika fiel bei der Vernehmung nicht ein einziges Mal auf einen Polizeitrick herein – und siehe da, einige Tage später fanden sich die verschwundenen Geschäftspapiere angeblich durch Zufall hinter einer Schreibtischlade, wohin sie gerutscht sein sollten, weil die Lade überfüllt gewesen war... Dieses Kapitel Industriespionage wurde also nicht geschrieben; Petersen zerriß die Anzeige, und sie ging somit gar nicht erst zur Staatsanwaltschaft.

Trotzdem, irgendwas blieb hängen, und er sah Annika zu seinem Leidwesen nicht wieder. Als er damals seinen Abschiedsbesuch bei der Firma machte, einen Besuch mit Herzklopfen und Hintergedanken, traf er sie schon nicht mehr an. Nur so ganz nebenbei erfuhr er, daß Annika Boll nun doch geflogen sei – ›aus dem Bett und aus der Firma‹, wie die neue Chefsekretärin dem Mann von der Polizei schadenfroh flüsterte.

Daraufhin reagierte Petersen ein bißchen wie ein enttäuschter Liebhaber, auch wenn er ja im Grunde überhaupt noch nicht zum Zuge gekommen war. Es sei ja nun sinnlos, befand er, auch die letzten Spuren seiner amtlichen Tätigkeit zu entfernen. Ursprünglich hatte er das bereits hergestellte dreiteilige Foto des Mädchens und die ihm abgenommenen Fingerabdrücke heimlich wieder aus der Kartei herausnehmen und in seine Brieftasche stecken wollen. Aber nun ließ er sie drin; nun war ihm der Spaß an Jane-Julie-Annika Boll gründlich verleidet.

Vierzehn Tage lang lief er mürrisch herum; dann kaufte er sich ein gebrauchtes Fernsehgerät für den Feierabend. Auf die Dauer war das billiger als häufige Kinobesuche.

Auch der Kriminalmeister Laumen, der jüngste und in bezug auf seine Karriere erfolgversprechendste Mann in Trimmels Kerntruppe, hatte zu dem Mordfall von der Schuttkippe seine Beziehungen, wie sich später herausstellte. Er war im Sommer dieses Jahres auf dem Kommissarslehrgang in der Polizeiakademie Hiltrup bei Münster gewesen; seitdem verfügte er nicht nur über einige gründliche Erfahrungen mit attraktiven weiblichen Zöglingen der Universität Münster, über eine pauschale, aber einigermaßen umfassende Kenntnis neuer polizeilicher Aufgaben in den siebziger Jahren sowie das Recht, den Titel KKA zu führen, Kriminalkommissaranwärter, sondern hatte auch ein Seminar über den sogenannten Umweltschutz über sich ergehen lassen müssen. Grundsätzlich war er nicht gerade der Fleißigste dabei gewesen, hatte aber gerade zu diesem Thema ein paar ungewöhnlich bedeutende Sätze in sein Kollegheft geschrieben:

Der Mensch ist dabei, sich und seinen Nachkommen durch rücksichtslose Ausbeutung und Verschmutzung der Natur sowie durch Gedankenlosigkeit die eigenen Lebensbedingungen zu vergiften und damit zu entziehen. Der Mensch ist also dabei, mit der Verschmutzung der Natur und der Umwelt ein Ende seines Daseins in die Wege zu leiten.

Schlimm genug, sagte sich Laumen, als er das schrieb, aber was habe ich damit zu schaffen?

Weil er aber damit rechnen mußte, in der Prüfung danach gefragt zu werden, notierte er sich sowohl die gesetzlichen Möglichkeiten, mit denen man Umweltverschmutzern zu Leibe rücken konnte, als auch die hauptsächlichen Erscheinungsformen dieser Straftaten.

Einmal kamen da Verstöße gegen das Wasserhaushaltsgesetz zur Sprache, möglicherweise auch Verstöße gegen das Reichsnaturschutzgesetz, und in fast allen Fällen mußte man den Tatbestand auf Betrug abklopfen und immer auf mögliche Ordnungswidrigkeiten achten. Zum anderen indessen mußte der gute Polizist ein Auge haben auf ungebührliche Abgasverseuchungen, illegale Anwendungen von DDT, verbotene Verbrennungsaktionen und nicht minder verbotene Ablagerungen von Haushalts- und Industrieabfällen – die vor allem.

Im Grunde hatte Laumen allerdings gewußt, daß er zur Mordinspektion zurückgehen würde, und so waren Fächer wie Kriminalistik und Spurenkunde wichtiger für ihn als die Möglichkeiten der Geländeverseuchung. Er wurde im Examen auch tatsächlich nicht zu solchen Umweltproblemen befragt, machte die Prüfung mit der für Hiltrup guten Note *Zwei minus* und gab anschließend kräftig einen aus. Bis zum 13. September, dem Tag, an dem die Schuttleiche ins Haus stand, war von Umweltschutz jeglicher Art nicht mehr die Rede.

Immerhin, Laumen hatte am 13. September das böse Wort als allererster in den Mund genommen.

Und sonst? Gab's da überhaupt, in irgendeiner Form, eine Vorgeschichte – Ereignisse oder Erinnerungsfetzen, die dem Gewitter wie ein Wetterleuchten vorausgingen? Etwa einen Herzanfall Trimmels, der ihn zum Arzt brachte und gleichzeitig an einen Computer, der später bei einem spektakulären Verbrechen eine spektakuläre Rolle spielte?*

Nichts dergleichen, von Petersens Bekanntschaft mit Annika Boll abgesehen. Irgendwer sagt immer ›Aha!‹, wenn eine durch Fremdverschulden entstandene Leiche auftaucht, sei es in Herrenhäusern, Krankenhäusern, Pissoirs oder Omnibussen. Wichtig allerdings sind solche Querverbindungen selten, und Polizisten, letzten Endes, sind in der Regel auch nur Menschen mit einer mehr oder weniger soliden Halbbildung.

Jetzt also Umweltschutz in Reinkultur: Man hätte sagen können, daß Trimmel – ebenso wie sein Adlatus Höffgen – den Begriff nur aus der Zeitung kannte. Allerdings war ihm die Schuttkippe, die jetzt ein tödliches Geheimnis preisgegeben hatte, schon mehrfach aufgefallen.

Er fuhr öfter zu seinem Freund Dr. Lippmann, der in der Pinneberger Gegend als Biologe arbeitete, und dabei kam er regelmäßig und zwangsläufig in der Nähe der Kippe vorbei. Fast immer ärgerte er sich dabei über die Vögel, die über der Kippe kreisten und krächzten, Krähen und Möwen – ei-

* *Ein EKG für Trimmel* von Friedhelm Werremeier. Heyne-Taschenbuch Nr. 2088 in der Reihe *Blaue Krimis*.

gentlich ganz grundlos, denn nie kam ihm ein Vogel so nahe, daß er sein Auto hätte verunreinigen können.

Immerhin, dachte er, der Verdacht lag nahe, daß auf der im Stadtplan als Bauschuttkippe ausgewiesenen Anlage nicht nur Steine und Erde, sondern auch ganz ordinärer Müll abgeladen wurde. Außerdem erweckten die krächzenden Vögel bei ihm die fatale Vorstellung von Aasgeiern – eine Assoziation, die inzwischen ja ganz offensichtlich überhaupt nicht mehr exotisch war.

Irgendwann im Februar oder März dieses Jahres hatte außerdem ein Kollege auf der Frühbesprechung bei Kriminaldirektor Marshall berichtet, auf einer Bürgerversammlung sei der Verdacht laut geworden, auf eben jener Kippe würden verbotenerweise Giftstoffe gelagert. Mehr ein Kuriosum zu jener Zeit; keiner nahm die Sache so recht ernst, und niemand ging der Sache nach. Trimmel jedenfalls schon gar nicht; es war geradezu ein Wunder, daß ihm die Drei-Minuten-Episode Monate später wieder einfiel. Denn es gab viel zu tun das Jahr über, es gab sogar entsetzlich viel zu tun: Bis zum 13. September war bereits das 19. Verbrechen des Mordes oder Totschlages sowie das 27. Verbrechen des versuchten Mordes oder Totschlages seit dem 1. Januar in Hamburg angefallen. Infolgedessen hatte die Kripo alle Mühe, ihre Aufklärungsquote für Kapitalverbrechen bei den üblichen knapp 90 Prozent zu halten, und für Firlefanz nicht eine Minute Zeit.

Gegen Abend des 13. September war das Protokoll über das Geständnis des 19. Kapitalverbrechers abgeschlossen, die Akten konnten zur Staatsanwaltschaft, der traurige Sieg über die Gewalt war wie üblich in Trimmels verräucherter Stammkneipe *Old Farmsen Inn* bei Korn und Bier gefeiert worden. Alle Mann hoch, diesmal war sogar Laumen dabei, der sonst sehr auf seine sportliche Linie hielt.

»Wieder mal Weihnachten in Sicht!« hatte Höffgen gesagt; dabei stand ihm der Hemdkragen weit offen, und man hätte draußen sitzen können, wenn man im *Old Farmsen Inn* überhaupt hätte draußen sitzen können.

Aber niemand widersprach. Denn morgen lag nichts an

außer den üblichen Akten, die sich kiloweise auf jedermanns Schreibtisch stapelten. Fast ein Geschenk, wenn die Mörder mal Pause machten.

Unaufgefordert füllte der Wirt dann auch noch die Gläser nach und sagte mit der Miene eines wichtigen Mäzens: »Das geht diesmal auf meine Rechnung, die Herren!«

Die Herren dankten und tranken ihm stumm zu, Trimmel bekam noch einen Korn extra.

»Was war's denn diesmal?« fragte der Wirt.

»Kauf dir morgen ne Zeitung!« schlug Trimmel vor.

Da lachte der Wirt, ging zurück zur Theke und stellte peu à peu die Musikbox so laut, daß man sein eigenes Wort nicht mehr verstehen konnte.

Später spielten Höffgen, Petersen und Laumen ein paar Runden Skat, und Trimmel sah eine Weile zu und ging schließlich zum Wirt an die Theke. »Mach das Ding mal n bißchen leiser!« sagte er friedlich, geradezu väterlich, »die Jungs können ja kaum achtzehn sagen!«

»Na also!« sagte der Wirt und grinste. Aber er irrte sich trotzdem, wenn er glaubte, daß Trimmel ihm nun im Gegengeschäft erzählen würde, welcher arme Hund von Mörder heutigentags die Hosen heruntergelassen hatte.

»Du bist schlimmer als einer vom Verfassungsschutz!« schimpfte der Gastronom am Ende. Es war wie immer: ein Idyll mit Schattenboxen und den üblichen Körnern und Bier. Allmählich wurde der Typ von Mann, den man nach einer leider tödlich verlaufenen Schlägerei tagsüber per Haftbefehl aus der menschlichen Gesellschaft herausgepickt hatte, auch aus dem eigenen Gehirn verdrängt.

Hätte man ahnen können, daß ausgerechnet zum selben Zeitpunkt ein toter Mann auf der Schuttkippe zur vorletzten Ruhe gebettet wurde? Oder das, was sonst noch passierte: daß jemand mit einer ungeladenen Pistole Schießübungen veranstaltete, beispielsweise, und dauernd mit dem Schlagbolzen *klick* machte, was man ja bekanntlich nicht tun soll?

Daß dieser Jemand am Ende mit unbeholfenen Fingern ein volles Magazin einschob – und daß er dabei ein Gesicht machte wie einer, der viel lieber eine Sonatine vierhändig gespielt hätte?

Natürlich nicht. Wenn Polizisten Ahnungen hätten, könnten sie manchmal wochenlang nicht ruhig schlafen. Sie haben auch keinen sechsten Sinn und schon gar kein Talent zur Spökenkiekerei. Polizisten unterschieden sich von Handwerkern und Facharbeitern hauptsächlich nur dadurch, daß sie nicht immer ganz so pünktlich Feierabend machen können und deshalb nach Feierabend schon mal über die Stränge schlagen.

An diesem Abend schlugen sie gemeinsam so kräftig über die Stränge, daß die ganze Mannschaft spät in der Nacht per Taxi nach Hause fuhr. Am nächsten Morgen, als der Tod von Mister Barfuß gemeldet wurde, waren sie allesamt noch zu Hause, angeblich in Ermittlungen unterwegs. Und als sie es schließlich doch erfuhren, sagten alle so ziemlich dasselbe: »Ach, du Scheiße!«

Immerhin verstanden sie es, auf dem Weg zum Tatort – beziehungsweise Fundort – halbwegs geschickt den Umweg über Farmsen zu machen und die eigenen Autos abzuholen. »Mann, war die Stadt wieder voll!« sagte Trimmel, als er leicht verspätet die Schuttkippe erreichte.

Niemand grinste, außer der Leiche. Aber die hatte ja auch, im Gegensatz zu allen anderen, keine Kopfschmerzen.

3

Allmählich wird der Kippenwärter Schlocker verdächtig: die mittfünfzigjährige ehemalige Kriegerwitwe, mit der er in einer Sozialwohnung in Billstedt zusammenlebt, kann sich selbst keinen Vers darauf machen, warum er seit gestern morgen nicht nach Hause gekommen ist.

»Er wollte nur zum Arzt«, sagt sie hilflos, »dann arbeiten wie üblich!«

Laumen rechnete sich aus, daß Schlocker – wenn überhaupt – kurz vor der Entdeckung der Leiche zum Arzt gegangen ist. Er ist jetzt schon zu drittenmal bei Schlockers verhärmter Lebensgefährtin, hat drei Dutzend Ärzte und fast noch mehr Kneipen abgeklappert, in denen der Kippenwärter irgendwann schon mal gesehen worden sein sollte, und er stellt es sich immer schwerer vor, Trimmel ohne Schlocker unter die Augen zu treten.

Ganz so schlimm wird's aber dann doch nicht. Laumen fährt mit der U-Bahn zum Berliner Tor, und als er im Präsidium halbwegs verzagt und mürrisch oben ankommt, will Trimmel gerade aus der Tür.

»Na?« sagt er.

Laumen zuckt die Schultern.

»Immer noch nicht?«

Laumen schüttelt den Kopf.

»Na, wenn schon!« sagt Trimmel, seltsamerweise gar nicht unzufrieden. »Er wird schon wissen, warum er die Kurve gekratzt hat!«

Erst als Laumen sich die Jacke ausziehen will, wird Trimmel sauer. »Weißt du, wo man Kippenwärter im allgemeinen am ehesten trifft?«

»Auf der Kippe!« antwortete Laumen gehorsam und zieht den rechten Ärmel, den er schon ausgezogen hatte, wieder an.

»Grüß ihn mal schön!« sagt Trimmel, in den Augen seiner Leute manchmal ein richtiger Bastard von einem Kindermädchen und einem Menschenschinder. »Laß mal wieder von dir hören!«

Der Mann, den Trimmel im eigenen Haus besucht, ist Oberkommissar und in etwa sein Jahrgang: Martinius, Kriminalist im weißen Kittel, als Ballistiker der Stolz der Hamburger Innenbehörde. Er hält das großkalibrige, nur leicht deformierte Geschoß, das die Gerichtsmediziner aus dem Mann von der Schuttkippe herausgeschnitten haben, zwischen Daumen und Zeigefinger gegen das Licht und macht ein Gesicht wie eine alte Eule, die nicht weiß, ob sie ihre eigenen oder ein paar wildfremde Eier ausbrütet.

»Das Ding ist komischer als deine ganze Leiche«, sagt Martinius, »Fünfundvierziger Colt, da steckt meist 'n ganz krummes Ding dahinter. Achtunddreißiger Special ist ja ganz schön in Mode, aber 'n Ballermann wie der hier...

Riecht nach Profi. Da kannste noch 'ne Menge Spaß kriegen!«

Trimmel sitzt rücklings auf einem Stuhl und nickt vor sich hin, sicher nicht aus Vorfreude. »Also hast du keine Ahnung, wer uns das Ding untergeschoben hat?«

»Beim besten Willen«, sagt Martinius kopfschüttelnd, »bei uns is er nicht registriert!« Er holt eine geradezu unförmige Kanone aus einem Stahlschrank und spielt behutsam damit herum. »Das is son Otto, der letzte, den wir hier hatten. Wird bald zwanzig Jahre, daß einer mit so was rumgefuhrwerkt hat.«

»Und?« fragt Trimmel. »Habt ihr ihn jetzt beschossen?«

»Herzchen«, meint Martinius mitleidig, »warum sollen wir ihn beschießen, wenn er's beim besten Willen nicht gewesen sein kann? Wenn ich beschwören kann, daß er hier seit ewig nicht rausgekommen ist?«

»Hätt ja sein können!« sagt Trimmel, inzwischen völlig ohne Hoffnung.

»Wir fragen noch in Wiesbaden nach, Zentrale Tatortmunitionssammlung. Is ja ne ganz gut erhaltene Makrone.« Dabei wirft Martinius das Geschoß von einer Hand in die andere und zurück. »Aber erfahrungsgemäß...« Er zuckt die Achseln.

Trimmel sagt: »Wenn man von euch schon mal was wissen will!«

Martinius grinst, und Trimmel steht auf und geht weg. Keine Vergleichsgeschosse, keine brauchbaren Fingerabdrücke. Trotzdem, denkt er. Nur Mut.

Auch keine besonderen Kennzeichen.

Höffgen wiederholt am Telefon seines Meisters halblaut die Angaben seines Gesprächspartners von der Gerichtsmedizin und notiert: »Siebenundzwanzig bis zweiunddreißig Jahre alt, außer Schußverletzung keine Gewalteinwirkung... was, doch schon drei Tage tot? Hhmm... Zähne? Nicht mal irgendwo ne Narbe? Nicht mal n Blinddarm? Kannste nix machen...«

Er bedankt sich und legt den Hörer auf. Schon vierundzwanzig Stunden ist die Leiche in den Händen der Behörde, und als besondere Kennzeichen haben sie nicht mal eine Blinddarmnarbe registriert.

Petersen ist ins Zimmer gekommen und hat den Rest des Gesprächs mit angehört. »Ist ja nicht so schlimm, Eddie«, sagt er fröhlich, »Hauptsache, *einer* kommt weiter!«

»Du etwa?« fragt Edmund Höffgen.

»Wer sonst?« grinst Petersen. Er legt das Foto eines Mädchens auf den Tisch, das dreiteilige Polizeifoto seiner ehemaligen Klientin Annika Boll, die der Tote von der Kippe angeblich in Kiel bewirtet hatte. Wirklich ein hübsches Schätzchen, selbst unter den damaligen Umständen. »Die hat damals in Hamburg gewohnt. Aber sie hat sich nicht mal abgemeldet, als sie aus Hamburg verschwunden ist. Du kannst dir gar nicht vorstellen, was ich gekurbelt hab, bis ich sie aufgetan hatte!«

»Wo ist sie denn hin?« fragt Höffgen.

»Sie ist tatsächlich nach Kiel verzogen!« sagt der Leichenbestatter mit amtlicher Miene.

»Und woher weißt du das?«

»Sie ist auch in Kiel gemeldet!«

»Aber das geht doch gar nicht, wenn sie sich nicht abgemeldet hat!«

»Wieso? Die haben einfach geschlafen auf m Einwohnermeldeamt. Könnt dir überall passieren...«

Höffgen überlegt. »Nun sag bloß noch, der andere ist auch aus Kiel. Dieser Willi Dingsda, der auf dem anderen Zettel stand?«

»Erstens heißt er Willi M-Punkt«, sagt Petersen streng, »zweitens, denk doch mal nach, der Zettel mit Willi M-Punkt war aus m *Hahnhof* in Hamburg, und drittens...«

»Drittens was?«

»Drittens bin ich natürlich im *Hahnhof* vorbeigegangen und hab den Kellner aufgetan, der die Rechnung ausgestellt hat. Aber damit hatte es sich... wenn sich weder der Kellner noch sonst jemand an Willi oder unsere Leiche erinnert, was willst du da noch machen?«

Zehn-, zwanzigtausend Willi M.s allein in Hamburg und vielleicht noch mehr. Selbst Trimmel hat das eingesehen, sagt Petersen. Deshalb wird die Spurenakte Willi M. ge-

(Z W I S C H E N D U R C H :)

Die Spur Willi M. verläuft vorerst im Sande. Wir stehen eben noch am Anfang der Ermittlungen – und können uns darum erst einmal für die kommenden Ereignisse stärken. Mit einem heißen Drink für zwischendurch zum Beispiel: würzig und im Handumdrehen zubereitet – so ist der…

schlossen, bevor die Polizei sie überhaupt erst richtig eröffnen konnte.

»Wohingegen die Spur Annika Boll recht erfolgreich zu werden verspricht...«, sagt Petersen wichtig.

»Haste schon in Kiel Bescheid gesagt?«

»Ganz feierlich sogar!« nickt Petersen. »Übers Landeskriminalamt!« Er entwickelt in jüngster Zeit eine für seine Mitmenschen zuweilen strapaziöse Marotte: wenn er eine halbwegs spannende Sache hat, versucht er sie dadurch, daß er sich die Würmer aus der Nase ziehen läßt, noch spannender zu machen.

»Herrgott noch mal«, sagt Höffgen, »wie lange soll ich mir das noch...«

»Ist ja schon einer hingegangen zu Fräulein Boll...«

»Und was sagt sie?«

»Nichts...«

»Und warum nicht?«

»Weil sie nicht da war!« sagt Petersen.

Höffgen resigniert. »Vielleicht war sie gerade einkaufen«, sagt er so sanft wie möglich, »außerdem, wenn wir schon miteinander reden, kannste nicht mal drei Takte auf einmal reden?«

Petersen nickt bereitwillig und bringt dabei das Kunststück fertig, gleichzeitig den Kopf zu schütteln. »Annika Boll ist seit drei Tagen spurlos verschwunden!« sagt er, ohne zu stocken.

Da macht Höffgen ein sehr bedenkliches Gesicht. »Schon wieder jemand!« sagt er und denkt an Schlocker, vor allem aber an Mister Barfuß. »Sie wird doch nicht auch noch tot sein...?«

»Möglich wär's!« sagt Petersen freudestrahlend.

Laumen hat Schlocker immer noch nicht getroffen, denn auf der Kippe ist er nach wie vor nicht wieder aufgetaucht, Trimmel zum Trotz. So leistet Laumen Herrn Hoffmann Gesellschaft, Herrn Regierungsrat Hoffmann von der Landesbehörde für Umweltschutz. Der hat heute seine Hilfskraft Siemensmeyer zu Hause gelassen, dafür aber zwei kleine Bagger auf der Schutzkippe auffahren lassen, deren Schaufeln behutsam Faß für Faß aus dem Boden klauben. Manchmal stinkt es bestialisch, wenn zwischen den Schuttbrocken und Fässern eine illegale vergammelte Müllader angestochen wird.

»Es ist also wirklich Zyanid?« fragt Laumen dröhnend, als der Feldherr über die zwei lauten Bagger mal einen Moment Zeit hat.

»Zyanidhaltiges Härtesalz!« korrigiert Hoffmann. »Einwandfreies Testergebnis. Ich kann's nur immer wieder sagen, wenn ihr hier keine Leiche gefunden hättet und das Zeug Zeit gehabt hätte, sich zu spalten und ins Grundwasser zu kommen...« Er schüttelt sich wie im Frost.

»Wofür braucht man denn das Zeug nun genau?« schreit Laumen, denn die Bagger sind gerade wieder sehr laut.

»Oberflächenhärtung von Stahl«, schreit Hoffmann zurück, »komplizierte Geschichte... immer schon Ärger und Streit, wohin damit anschließend...«

»Jedenfalls nicht auf die Kippe!« antwortete Laumen, um Hoffmann bei guter Laune zu halten. Diesmal muß er die Hände wie ein Megaphon vor den Mund nehmen.

»Weiß Gott nicht!« schreit der Umweltschützer empört. Er macht Laumen Zeichen: sie gehen ein Stück abseits, nur weg von dem Baggergedonner und immer noch laut genug.

»Härtesalz soll nach Gebrauch mit Spezialanlagen vernichtet werden«, erklärte Hoffmann, »da drüben bei TOXEX, ne Firma, die hat angeblich solche Verbrennungsanlagen aus Amerika und Spezialgenehmigungen!« Dabei deutet er auf eine rechts im Hintergrund erkennbare Fabrikanlage mit ein paar nicht sehr hohen Schornsteinen.

»Was heißt hier angeblich?« fragt Laumen.

»Nun ja«, sagt Hoffmann, »haben tun sie die Öfen wirklich, aber das werden wir schon noch klären, wahrscheins haben die Dinger nicht funktioniert, einfach nicht geschafft, das Zeug zu verbrennen – weiß der Kuckuck...«

»Deshalb haben sie's illegal hier abgekippt?«

Hoffmann nickt. »Wüßte nicht, wer sonst!«

Im Augenblick gibt es hier außer für die Bagger und ihre Aufsicht so recht nichts zu tun. Laumen überlegt: Kann es dem Umweltschutz schaden, wenn die Mordinspektion – also er selbst zur Zeit – mal vorprellt?

»Sie haben bestimmt nichts dagegen«, sagt er, »wenn ich mich auch mal n bißchen informier und mir die Sache aus der Nähe ansehe...«

Passen tut's ihm nicht, dem Regierungsrat, aber Grund genug, die Polizei an ihrer Arbeit zu hindern, hat er auch nicht. »Haben Sie denn gut aufgepaßt im Chemieunterricht?« fragt er säuerlich.

»Es reicht!« sagt Laumen. Dann stapft er davon, an den Baggern vorbei quer über die planierten Trümmer auf die kurzen Schornsteine zu.

Niemand auf der Kippe hat gesehen, daß die Szene beobachtet worden ist. Nur die Cowboys und Indianer, die auch heute wieder nach dem Rechten sehen, wenn auch am Rande der Kippe in respektvoller Entfernung, haben die Frau gesehen, die mit einem Opel Admiral so dicht wie möglich an das Gelände herangefahren ist. Etwa zweihundert Meter von den Baggern entfernt, unauffällig, getarnt durch ein paar Krüppelsträucher. Von den Baggern bis zur Firma TOXEX sind es in entgegengesetzter Richtung weitere sechs- bis siebenhundert Meter, wenn nicht mehr in der klaren Luft.

Die Frau ist ausgestiegen, sportlich-elegant gekleidet, Anfang bis Mitte Vierzig, gepflegt und gut erhalten, merkwürdig nervös. Sie hat ein Fernglas aus dem Handschuhfach genommen und beobachtet die Baggerszene. Faß um Faß deutlich, aber lautlos durch die Distanz. Laumen hat schon ein gutes Drittel seines Weges zurückgelegt.

Die Frau nimmt das Fernglas herunter, überlegt sekundenlang, steigt dann in ihr Auto, startet und fährt so heftig an, daß es staubt.

Die Cowboys und Indianer merken sich den Vorfall und die Autonummer. Sie beschließen aber, noch nichts zu sagen, sondern erst noch weiteres Material zu sammeln und es dann erst gebündelt der Polizei zu übergeben. Sie haben nämlich ein altes Rechenheft zu ihrer persönlichen Ermittlungsakte umfunktioniert, etwa wie Emil und die Detektive, seit die Frau von der Polizei sie gefragt hat, ob sie am Morgen vor der Auffindung des toten Mannes ein Auto gesehen hätten.

Da hatten sie tatsächlich keins gesehen.

Aber später, eine halbe Stunde nach der Befragung, war es dem pfiffigen kleinen Zorro eingefallen: »Ich glaub, der Chef von den Weibern« – gemeint war Trimmel, nicht ganz zutreffend – »wollte eigentlich wissen, ob wir überhaupt ein Auto beobachtet hätten, auch schon vorher!«

Autos, meinte daraufhin der Häuptling, nur um seinem Feind zu widersprechen, kämen ja nun öfter an die Kippe herangefahren.

Aber er stieß auf Widerspruch aus den eigenen Reihen: »Der rote Wagen, der letzte Woche immer hier war, der war aber ganz schön komisch!«

Einer, der Autobildchen sammelt, sagte: »Das war ein Ford Capri!«

Erste Eintragung ins Ermittlungsheft also: Vier- oder fünfmal war ein roter Ford Capri in der letzten Woche an der Kippe gewesen. War nur ein einzelner Mann drin, war ausgestiegen und hatte an verschiedenen Stellen auf der Kippe herumgesucht.

»Wie sah der Mann aus?« fragte der Häuptling, der sich – wennschon, dennschon – selbst auch zum Schriftführer ernannt hat.

»Ganz normal...«

Mehr leider nicht.

Aber jetzt, wo die Frau mit dem Fernglas ihren Auftritt gehabt hat, fällt es auch einem von den Läusen ein: »Einmal hat der Mann ja auch mit der Frau mit dem Fernglas zusammengestanden!«

Auch das kommt ins Heft.

Und der Häuptling, der dann seine Mannen prüfend ansieht, bemerkt plötzlich, daß der kleine Zorro etwas komisch aus der Wäsche schaut, richtig ängstlich.

»Was ist mir dir?« fragt er.

Zorro überlegt. »Ach«, sagt er, »ich dachte noch, ich hätte noch...« Aber dann schüttelt er den Kopf. Er will mit seinen

Problemen unbedingt allein fertig werden. »Da sind doch auch immer noch Lastwagen mit Steinen gekommen...«, sagt er lahm. Lastwagen von den Gebrüdern Lehnsen, die hier Schutt kippen.

»Blödmann!« sagt der Schriftführer-Häuptling. »Das hat die Polizei doch todsicher von alleine rausgekriegt, so blöd sind die doch nicht...!« Trotzdem macht er, um ganz sicherzugehen, eine entsprechende Notiz.

»Hier, abzeichnen!« sagt er zu Zorro. Ganz wie im richtigen großen Leben. Zorro macht einen unleserlichen Krakel, ganz wie im Leben, und die anderen müssen auch.

Das ist nun aber alles doch schon eine ganze Weile her. Und bei allem kriminalistischem Eifer: Die Kinder, haben zwar das Kennzeichen des Opel Admiral notiert, der von der Kippe weg viel zu schnell in Richtung Bundesstraße 4 gefahren ist, also nach Norden oder auch nach Kiel. Über längere Zeiträume jedoch vergessen die Zehn- bis Elfjährigen letztlich doch, zu ihren krakeligen Notizen auch die passenden Autonummern zu schreiben.

Als Laumen den Lagerhof der Firma TOXEX erreicht, fallen ihm auch hier sofort die Fässer auf, die dort gestapelt sind – dieselben Fässer wie die auf der Kippe, vielleicht eine Idee sauberer. Er sieht zunächst keinen Menschen auf dem Gelände, geht deshalb ins Büro und trifft dort einen hageren Mann, etwa Mitte Vierzig, mit einem großen Adamsapfel, einer goldgefaßten Brille und einem rotbunten Schlips, dem einzigen Lichtblick über dem fleckigen weißen Kittel.

»Was wünschen Sie?« bellt der Mann sofort, ungnädig und mißtrauisch.

»Weiß ich noch nicht«, antwortete Laumen, »ich komm nämlich von der Kriminalpolizei!«

»Ja, und?« sagt der Mann, plötzlich erschrocken, und steht auf. Streicht sich den Schlips zurecht: »Mein Name ist Binder...«

»Laumen!« sagt Laumen.

»Angenehm!« erwidert Binder. »Womit kann ich dienen?« Er hat Laumen nicht einmal nach irgendeinem Ausweis gefragt.

»Ach«, sagt Laumen betont harmlos. »Sie werden es sicher schon gehört oder die Meldung gelesen haben, in Ihrer weiteren Nachbarschaft« – er deutet vage in Richtung Kippe – »ist gestern ein Toter aufgefunden worden, und da wollt ich nur mal fragen, ob Sie hier der Chef sind oder so...«

»Ich bin Geschäftsführer«, sagt Binder, »aber was hat das mit Ihrem Toten...?« Er spricht den Satz nicht zu Ende.

Laumen erklärt es ihm: »Erst mal nur wegen der Nachbarschaft, sagte ich doch. Näheres wissen Sie vermutlich auch nicht?«

»Reiner Zufall, daß ich heute früh die Meldung gelesen hab!« behauptet Binder kopfschüttelnd.

»Na, jedenfalls lagen da gestern neben der Leiche irgendwelche Fässer rum, und nun sehe ich zufällig, daß ähnliche Fässer auch bei Ihnen zu finden sind...«

»Das täuscht!« sagt Binder sofort.

»Wieso?«

»Die Fässer«, meint Binder, »die Sie hier draußen sehen, enthalten hochgiftige Industrierückstände. Die Fässer auf der Kippe sind tatsächlich von uns dort abgeladen worden, gegen Gebühr, aber natürlich erst, nachdem der Inhalt bei uns entgiftet worden ist!«

»Entgiftet?« fragt Laumen. Er spielt eine ganz gute Partie mit dem Mann, hat allerdings auch die besseren Karten im Ärmel.

»Ja... verbrannt, könnte man sagen...«

»Aha«, sagt Laumen, »das klingt ja auch alles ganz schön einleuchtend, Herr Bender...«

»Binder!«

»... Herr Binder, pardon. Nur sagen da ein paar Fachleute, auf der Kippe wären noch jede Menge Zyanidverbindungen. Halten Sie es für möglich, daß da ein falscher Fehler passiert ist?«

Er ist sich sofort sicher, daß Binder einen ›falschen Fehler‹ für möglich hält – um so mehr, als er jetzt versucht, durch halbwegs gelehrt klingendes Geschwätz abzulenken: »Es geht hier bei unserer in der Bundesrepublik ziemlich einmaligen Firma um die Vernichtung zyanidhaltiger Härtesalze,

Abfälle bei der Stahlveredelung, laienhaft ausgedrückt um die Vernichtung, wie ich betonen möchte...«

»Schon gehört!« nickt Laumen.

»Um so besser«, fährt Binder fort, »dann brauch ich ja nicht mal soviel zu erklären. Wir haben also hier Verbrennungsöfen, Spezialanlagen aus Amerika, speziell für Verbindungen wie NaCN, außerdem ist unser Betrieb vom Gewerbeaufsichtsamt genehmigt und vom TÜV abgenommen worden... wir dürfen jedenfalls ganz offiziell die nach der Entgiftung völlig harmlosen Rückstände auf der Schuttkippe drüben abladen...«

»Verstehe!« sagt Laumen. »Aber es steht doch niemand vom Aufsichtsamt daneben, wenn Ihre Öfen in Betrieb sind?«

»Sie!« protestiert Binder. »Sie wollen uns nicht etwa unterstellen...?«

Laumen schüttelt den Kopf. »Ich unterstelle gar nichts. Aber mal so ganz ohne Chemie. Auf der Kippe drüben ist erstens Gift und zweitens ne Leiche gefunden worden. Da wird man wohl noch denjenigen fragen dürfen, der beruflich zumindest mit dem Gift zu tun hat – oder?«

»Fragen Sie doch die Chefin selbst!« sagt Binder.

»Ne Chefin gibt's hier?«

»Sie ist im Moment nicht da, aber wenn Sie heute nachmittag wiederkommen...«

»Natürlich. Aber als Geschäftsführer sind Sie ja Fachmann genug, um erst mal son Vorgespräch...« Er läßt den Satz in der Luft hängen und schlendert so lässig aus dem Büro nach draußen, daß Binder gezwungen ist, ihm zu folgen. »Haben Sie eigentlich keine Arbeiter?«

»Natürlich. Bloß – sie sind heute nicht da...«

»Betriebsferien?«

»Das nicht gerade... eine kleine technische Panne...«

Aber Laumen scheint im Moment nicht zuzuhören. Er schreitet die Front der gestapelten Fässer ab und dreht sich am Ende um. »Sind die schon entgiftet?«

»Noch nicht«, sagt Binder, »ich sagte gerade, eine kleine technische... einer unserer Öfen wird gerade überholt. Das arbeiten wir leicht auf...«

»... und bringen dann den Rest auf die Kippe, nicht wahr? Bloß den Rest?«

»Genau!« sagt Binder erschöpft.

»Wann haben Sie zuletzt gekippt?« fragt Laumen streng.

»Vor ner Woche...«

»Außer ihnen kippt da niemand?«

»Doch – Schutt, soviel ich weiß. Außerdem... Sie wissen ja, was mit solchen Kippen für Unfug...«

»Außer Ihnen kippt jedenfalls niemand Fässer ab?«

»Nicht daß ich wüßte...«

»Hhmm...«

Es bleibt die Tatsache, denkt Laumen, daß Gift auf der Kippe ist, und der Mann hier sagt selbst, daß niemand anderes als er beziehungsweise seine Firma Fässer mit Gift oder Rückständen von Gift auf die Kippe bringt. Da soll er sich beim Umweltschutz herausreden – er wird dort eine verdammte Nuß zu knacken haben. Und was den Mord anbelangt, genau gesagt, das Mordopfer...

»Ach du Schreck«, sagt Laumen, »haben Sie wirklich gesagt, daß Sie vor ner Woche zuletzt gekippt haben?«

»Natürlich!« sagt Binder.

»Nicht erst vor drei Tagen?«

»Ganz bestimmt nicht!«

»Aber vor ner Woche lebte die Leiche noch!« überlegt Laumen. »Mal abgesehen davon, daß erst vor drei Tagen Fässer angeliefert worden sind...«

»Von uns nicht!« sagt Binder hartnäckig.

»Ja, zum Teufel, von wem denn?«

Da zuckt Binder einfach wieder mal die Schultern: Laumen heißt das wohl, soll sich die Frage am besten selbst beantworten.

Laumen deutet auf die im Hof gestapelten Fässer. »Woher kommen die?«

»Genau kann ich's nicht sagen...«, meint Binder.

»Und ungenau?«

»Von METALLIN in Kiel vermutlich... einem unserer Hauptkunden...«

»In Kiel, sieh an!« Er kann gerade noch seine Überraschung verbergen. »Was machen die da?«

»Spezialstahl«, sagt Binder, »METALLIN ist eine ziemlich kleine, aber ganz lukrative Klitsche. Nitrierungsverfahren... hängt mit dem Kohlenstoffgehalt zusammen... wollen Sie's genau wissen? Es geht im Prinzip um die Oberflächenhärtung von...« Aber so glücklich er ist, endlich wieder mit seinen Fachkenntnissen brillieren und wohl auch ablenken zu können: Laumen winkt ab, das ist ihm zu hoch, das geht ihn auch gar nichts an.

»Also METALLIN«, sagt Laumen, »Spezialstahl aus Kiel. Wär's denn möglich, daß die Brüder einfach die eine oder andere Fuhre unentgiftet auf Ihrer Kippe abgeladen haben und auf diese Weise Kosten sparen wollten?«

»Technisch schon«, gibt Binder zu. »Kann ich mir aber kaum vorstellen...«

»Wer ist denn der Meister bei METALLIN?«

»Ja, das weiß ich doch nicht!« sagt Binder fast entrüstet.

»Ich mein, wem METALLIN gehört!«

»Ach so!« sagt Binder vorwurfsvoll. »Stephan heißt er, Direktor Doktor Stephan – nennt sich Direktor, ist aber de facto Alleininhaber. Der und Meister... höchstens Weltmeister im Geldverdienen!«

Es hörte sich fast an, als könne Binder diesen Dr. Stephan nicht so recht leiden – als sei ihm die Aussicht, die Leute von METALLIN hätten das Härtesalz unbefugt auf die Kippe gebracht, gar nicht so unangenehm.

»Wir werden sehen!« orakelte Laumen. Er holt ein Foto des unbekannten Toten von der Kippe aus der Tasche und hält es Binder so plötzlich unter die Nase, daß er entsetzt zurückweicht.

»Das... das ist ja scheußlich!« sagt er.

»Unser täglich Brot«, sagt Laumen großspurig, »schon mal gesehen, den Mann?«

»Nie!« behauptet Binder steif und fest.

Laumen ist ein bißchen enttäuscht. »Vielleicht müssen Sie sich ihn doch noch mal aus der Nähe ansehen!« droht er. Aber viel Zweck hätte es wahrscheinlich nicht, sagt er sich, denn Binders Reaktion wirkte ziemlich überzeugend. »Vielleicht komm ich ja noch mal wieder!« sagt er beim Abmarsch.

Sorgsam wählt er dann einen Weg, der im Bogen um die Dreckskippe herumführt.

Geschäftsführer Binder wartet, bis Laumen weit genug weg ist, und hängt sich dann ans Telefon. Er nimmt sich eine Liste mit einem Dutzend Firmennamen vor, sämtlich Kunden von TOXEX, und ruft sie der Reihe nach an.

»Hallo, ja«, sagt er, wenn sich jemand meldet, »hier Firma TOXEX Hamburg, Binder, bitte Herrn Direktor Burgsmüller...« Oder wer sonst gerade zuständig ist.

Das Mädchen in der Zentrale fragt meist, ob es dringend ist, und Binder sagt dann: »Dringend? Oh, Verehrteste, natürlich ist das dringend!«

Ansonsten aber, wenn er den Direktor erst mal am Apparat hat, bringt er kaum einen kompletten Satz zustande: »Nein, nein... was heißt hier Gefallen tun... auf jeden Fall vorerst keine Salze mehr... sagte ich Ihnen doch, unsere Öfen sind beide ausgefallen... Lagermöglichkeiten? Natürlich haben wir Lagermöglichkeiten... aber ich bin doch kein Ofentechniker, was weiß ich, wie lange das dauert... natürlich bemühen wir uns, so schnell wie möglich unsere Verträge... also gut, schönen Dank auch, ja, so schnell wie möglich, Wiedersehen!«

So stoppt er, was noch zu stoppen ist. Lieferungen von Gift, die für die nächsten Tage angekündigt waren.

Das Unheil selbst ist kaum noch zu stoppen.

4

Der Opel Admiral fährt die B 4 entlang, hat Quickborn hinter sich, erreicht Lentföhrden, nähert sich Bad Bramstedt. Es herrscht lebhafter, aber nicht übermäßig starker Verkehr in beiden Richtungen. Immerhin achtet die Frau am Steuer derart angestrengt auf alle entgegenkommenden Wagen, besonders in den Ortsdurchfahrten, daß sie Kopfschmerzen bekommt. Die dunkle Brille, die sie immer griffbereit hat, setzt sie trotzdem nicht auf.

Bad Bramstedt liegt hinter ihr; die nächste Ortschaft ist Wiemersdorf. Kein Gegenverkehr momentan; die Frau gibt Gas, überholt zwei, drei andere Fahrzeuge und nimmt das Gas gleich wieder zurück.

Denn jetzt tauchen Lastwagen auf, die entgegenkommen, Gott sei Dank mit hundert oder zweihundert Metern Abstand zwischen sich. Der dritte ist blau. Ein Fünftonner ohne Anhänger. Als er herankommt, erkennt sie die Kieler Nummer. Es ist der Wagen, dem sie entgegengefahren ist, den sie abfangen will, der auf keinen Fall bis nach Hamburg kommen soll.

Lichthupe: einmal, zweimal, zehnmal. Dann endlich hat der Fahrer des Lasters begriffen, blinkt zurück, donnert an dem Admiral vorbei, wird langsamer, rollt aber noch weiter in Richtung Süden.

»Was soll das?« fragt der Beifahrer im Führerhaus.

»Das ist Frau Knabe«, sagt der Fahrer, »die schöne Susanne!«

»Und?«

»Keine Ahnung!« sagt der Fahrer. Es klingt beunruhigt.

Im Rückspiegel sieht er, wie Frau Knabe, die hart gebremst hat, in einen Feldweg einbiegt und den Admiral geschickt wendet. Ihr Wagen kommt auf, überholt, setzt sich vor den Lastwagen und biegt zwei Kilometer weiter auf einen geräumigen, einsamen, neben der Bundesstraße gut ausgebauten Parkplatz ab. Der Laster folgt und hält hinter dem Admiral.

Frau Knabe springt heraus, der Lkw-Fahrer stellt erst noch den Motor ab und zieht die Handbremse.

»Is aber ganz schnuckelig, die Tante!« sagt der Beifahrer.

»Ja, ja«, sagt der Fahrer. »Bleib mal 'n Moment sitzen!«

Er steigt aus, geht ihr entgegen; sie treffen sich weit genug vom Laster entfernt. »Mensch, Scholz!« sagt Susanne – atemlos, als sei sie persönlich die B 4 entlanggezischt und nicht ihr Auto.

»Was is'n los?«

»Habt ihr Fässer?« fragt sie.

»Ja, wieso? Sollen wir plötzlich aufhören, oder wie stellst du dir das...«

»Mit Zyanid?«

»Mensch, mit grünen Heringen!« sagt er grob. »Ehrlich, Susannchen – kann man mal erfahren, was los ist?«

Bisher hat er die Frau weder mit Sie noch mit du angeredet. Ganz gut so, denn der neugierige Beifahrer ist doch nicht im Wagen sitzengeblieben, sondern ausgestiegen und dazugekommen. Er macht Stielaugen; so was wie Susannchen kriegt er offenbar nicht oft zu sehen:

Die blonden Haare hat sie hochgesteckt – lässig, als würden sie jeden Moment auf die Schultern fallen; um die Brust hat sie erheblich mehr als Twiggy. Für das sportliche Chanelkostüm ist sie eigentlich noch zwei Jahre zu jung (sie ist zweiundvierzig) aber dafür zeigt sie Bein, viel schlankes Bein zwischen Rocksaum und flachen Blockabsätzen.

»Tag!« sagt der Beifahrer. Susanne nickt nur, und Scholz denkt vorerst nicht daran, ihn vorzustellen.

»Wir können heute nicht auf die Kippe!« sagt Susanne.

»Und warum nicht?« fragt Scholz.

»Es geht nicht!« sagt sie. Ihre Augen sagen: Kannst du dir das nicht denken?

»Komm, spuck's aus!« brummt er.

Im allgemeinen denkt er gar nicht so langsam, sagt sie sich. »Zeitungen lest ihr wohl nicht, und ans Telefon geht bei euch auch keiner außer ein paar Ignoranten?«

»Stephan ist auf Dienstreise!« sagt Scholz achselzuckend. Natürlich kann er denken, und er denkt im Moment sogar ziemlich schnell. Denkt sich, was passiert sein könnte – und kommt zu dem Schluß, daß es Schlimmeres gibt. Zumindest für ihn, Erwin Scholz: Ein Mann Mitte Dreißig, auf den ersten Blick ein Bild von einem Mann. Einsachtzig, mit dunklen Haaren und dunklem Teint; er könnte für einen klassischen Römer durchgehen, und dabei ist er kräftig und durchtrainiert wie ein germanischer Mister Universum. Mit der modisch abgewetzten braunen Lacklederjacke sieht er auch noch aus wie ein teurer Star aus einem Männerpuff. Nur die Augen... für die kriegt er keine Mark. Flink wie die Wiesel, verschlagen wie angehauchte Fensterscheiben. Die Augen mustern Susanne von Kopf bis Fuß, vor allem in der mittleren Partie, und im Augenblick glitzern sie dabei wie ein Irrlicht.

»Hübsch heute, die Frau Chefin!« sagt er.

Sie sieht ihn nur böse an.

Dem Beifahrer fällt die scheinbare Unentschlossenheit auf die Nerven. »Was soll denn nun passieren?« fragt er.

Für ihn ist das alles nicht mehr und nicht weniger gefährlich als ein kaputter Reifen.

Scholz reißt sich zusammen. »Wir können das Zeug ja schließlich nicht wieder mit nach Kiel nehmen...«, überlegt er laut.

»Ja, was denn sonst?« fragt Susanne.

»Das geht nicht!« sagt er. »Muß ich das denn hier im einzelnen erklären?«

»Legt's doch einfach hier in 'n Busch!« schlägt der Beifahrer vor, ein harmloser Arbeiter namens Galwitzki, ein Mann ohne Hintergrund und ohne Hintergedanken.

Susanne Knabe kriegt daraufhin einen höhnischen Lachkrampf.

»Warum lachen Sie denn?« fragte Galwitzki gekränkt.

»Ja, warum?« fragt auch Scholz.

»Weil das hier so öffentlich ist wie der Hamburger Rathausmarkt!« behauptet Susanne.

»Also, das seh ich nicht...« sagt Scholz.

Susanne sieht sich um. Verwirrt, kaum imstande, einen klaren Gedanken zu fassen. Wenn er recht hat, hat er recht. Im Grunde ist hier nur flaches Land, leeres Land mit Bäumen dahinter. Der Parkplatz ist leer außer dem Admiral und dem blauen Fünftonner mit der diskreten weißen Aufschrift ›METALLIN KIEL‹ am Führerhaus. Kein Mensch außer ihnen ist zu sehen; es geht auf Mittag, und die Straße wird eher leerer als voller.

»Wenn wir hier im Gelände 'ne passende Stelle finden«, überlegt Scholz, »wenn wir's dann auch noch einigermaßen abdecken...?« Ihre Verwirrtheit reizt ihn. Nichts mehr mit ihrer üblichen Überlegenheit, die bis zur Kaltblütigkeit geht. Ein hilfloses kleines Mädchen statt der üblichen großen Dame. »Wollen wir uns die Sache nicht wenigstens mal ansehen?«

Widerstrebend nickt sie. Geht zu ihrem Auto, nimmt die große Sonnenbrille heraus, setzt sie auf, auch wenn gar keine Sonne scheint, wie um sich zu tarnen, und wandert über den kopfsteingepflasterten Platz. Etwa in der Mitte zweigt ein Waldweg ab. Sieht ziemlich stabil aus.

Sie kommt zurück. »Bleiben Sie mal 'n Moment hier«, sagt sie zu Galwitzki, »ich seh mir mit Herrn Scholz mal das Gelände an!«

»Na also!« sagt Scholz. Und dann geht er mit Susanne in den Wald, und nach ein paar Metern, kaum außer Hörweite, sagt er: »Is mir ja klar mit dem Leichenfund, damit war ja zu rechnen; natürlich hab ich die Meldung in der Zeitung gelesen. Aber von sonstwas war doch gar nicht die Rede...?«

»Doch!« sagt Susanne. »Die Kippe wird ausgebaggert!«

Da kriegt er doch einen Schreck. »Ach du Scheiße!« sagt er. Das eine oder andere Faß gefunden – na ja. Aber gleich ausbaggern...

Sie sagt: »Mir paßt das überhaupt nicht hier im Wald. Ich seh auch nicht ein, warum ihr nicht einfach zurück nach Kiel...«

»Mädchen, ich kann's nicht!« sagt er. »Im Gegensatz zu euch wird bei uns voll gearbeitet. Was meinste, wie viele das mitkriegen, wenn ich mit den Fässern zurückkomm, und sich das Maul zerreißen?«

Sie nickt, und sie gehen weiter. Hier vorn ist der Wald auf jeden Fall noch zu dünn. Scholz überlegt. Aber gar nicht mal so sehr über den Verbleib der Fässer, nicht einmal über die Konsequenzen, die sich aus dem Ausbaggern der Kippe ergeben. Scholz überlegt, daß jetzt eine Stunde gekommen ist, auf die er – vielleicht nur halb bewußt – schon lange gewartet hat... Immer war sie die Chefin, hat ihn ausgenutzt, hat ihn benutzt, wann und wie es ihr in den Sinn gekommen war. Und jetzt steht sie plötzlich hilflos da, völlig ratlos, ist auf ihn angewiesen und wird sich einiges gefallen lassen müssen...

»Ich seh nicht ganz, warum sich unsereins da gleich aufhängen sollte...« sagt er hinterhältig.

»Was meinst du mit unsereins?« fragt sie.

»Nun ja, unsereins aus Kiel... ich seh nur nicht ganz, wie *du* da rauskommen willst.«

»Wieso bloß ich?« fragt sie.

»Ich ja wohl am ehesten...« Ein unverbesserlicher Optimist.

Jedenfalls steht auf keinem einzigen Faß der Name einer Firma, überlegt er. Und selbst dann, wenn METALLIN irgendwie in die Sache verwickelt würde – bis die Polizei daraus Kapital schlagen könnte, hätte weiß Gott eher für TOXEX das letzte Stündlein geschlagen... Plötzlich mußte er laut lachen.

»Was soll das?« fragt Susanne.

»Mädchen«, sagt er, immer noch lachend, »ich hab mir immer schon gewünscht, mal 'ne persönlich haftende Gesellschafterin allein im Wald zu haben...«

Persönlich haftend, durch die Höhe ihrer Einlage praktisch Alleinbesitzerin der TOXEX *Industrieentgiftung Hamburg,* zufällig weiblichen Geschlechts – und wahrhaftig das, was die Männer eine scharfe Tante nennen...

Blitzschnell hat er sie gepackt, will sich endlich das holen, was sie ihm seiner Ansicht nach schuldig ist. Will sie erniedrigen, wie es nur geht – und spätestens in diesem Augenblick erkennt Susanne, daß es ihm überhaupt nicht mehr um die Fässer geht.

»Bist du wahnsinnig?« schreit sie und schlägt ihn wütend ins Gesicht.

»Natürlich!« sagt er grinsend. Immer noch hält er sie wie eine eiserne Zange. Lacht sich halbtot, während sie wütend mit den Fäusten auf ihn einschlägt: noch nie hat eine Frau versucht, ihn zu verprügeln, und es macht richtig Spaß...

Ekel ist alles, was Susanne noch empfindet. Sie ist zu schwach, um sich gegen den Mann zu wehren. »Du Schwein«, flüstert sie, »du verdammtes Schwein!«

»Klar, Mädchen. Sieh doch zu, wie du die Fässer hier los wirst...«

Er läßt sie los, und sie gehen weiter, vielleicht etwa zweihundert Meter tief in den Wald. Etwa zwanzig Meter vom Weg entfernt finden sie eine kleine Schlucht.

»Hier vielleicht?« sagt sie.

»Warum nicht?« grinst er.

»Ich mein die Fässer und sonst gar nichts!« sagt sie müde. Sie bückt sich und greift mit den Händen durch das lockere Laub. »Hier wär's möglich...«

»Klassestellung!« sagt Scholz hinter ihr. Und als er sie diesmal packt, schlägt sie nicht mehr um sich.

Sie kann es sich tatsächlich nicht leisten.

Galwitzki sagt, als sie zurückkommen: »Ich dachte, ihr seid verschollen!«

Niemand antwortet ihm.

Susanne ist bleich wie eine Kalkwand. Sie besieht sich den Laster. »Sie... Sie meinen also, ihr könnt da fahren?«

»Wenn's auf dem Rückweg nicht regnet, immer...« sagt Scholz ziemlich geistesabwesend.

»Na, dann los!« Sie setzt sich in den Admiral, fährt in den Wald, Scholz und Galwitzki folgen mit dem Fünftonner. Es geht wirklich ganz gut. Allerdings nur im Schrittempo.

Unterwegs auf den zweihundert Metern bis zur Schlucht fragt Galwitzki: »Was ist denn nun eigentlich wirklich los, warum machen wir das?«

Ganz so ohne weiteres kann man ihn doch nicht abspeisen. Scholz antwortet, so unbeteiligt wie möglich: »Auf unserer Kippe in Hamburg ist 'n toter Mann gefunden worden... Also, was heute so alles auf die Kippe kommt! Komische Geschichte. Wir können jedenfalls im Moment nicht hin!«

»Ach so!« sagt Galwitzki. Aber in seinem Kopf arbeitet es noch.

Es muß dann am Hunger liegen oder daran, daß Susanne ihm auch nicht einen einzigen freundlichen Blick gönnt. Jedenfalls wird Galwitzki eine halbe Stunde später, als sie die Hälfte der Fässer schon vom Wagen haben, plötzlich ohne Vorwarnung aufmüpfig.

Gerade hat er noch – durchgeschwitzt wie Scholz und in Hemdsärmeln – ein Faß vom Wagen in die kleine Schlucht gerollt. Das tut auch Susanne aus Leibeskräften; so sieht sie nicht, wie Galwitzki plötzlich stehenbleibt und demonstrativ die Hände in die Taschen steckt.

»Machste gerade Feierabend?« fragt Scholz aggressiv.

Susanne sieht auf. »Bitte!«

Aber Galwitzki schüttelte den Kopf. »Daß hier was oberfaul ist, das sieht doch 'n Blinder!«

»Quatsch«, sagt Scholz, »wie kommste auf die Idee?« Er wechselt mit Susanne einen Blick des Einverständnisses.

Auch Galwitzki sieht es, und er kriegt Angst, daß der stabile Scholz ihn gleich verprügeln könnte. Aber eine Leiche ist und bleibt eine Leiche, gerade für eine ehrliche Haut. »Ich kann mir nicht vorstellen«, überlegt er langsam, aber vorwurfsvoll, »daß die ganze Kippe gesperrt wird, bloß weil da an irgendner Ecke 'n x-beliebiger Toter gefunden worden ist. Normalerweise kippen wir da doch mit Genehmigung, mein ich, oder etwa nicht?«

Eben nicht, aber das bring ihm mal jemand bei: Erklär ihm mal jemand, daß der Tote eben nicht ›nur n x-beliebiger Toter‹ ist!

Scholz versucht es trotzdem. »Natürlich dürfen wir da kippen, normalerweise. Is nur, wir haben da 'ne Spezialgenehmigung von ner Spezialbehörde, verstehste? Und das soll nicht jeder wissen, daß da Härtesalz abgelagert wird – das könnte Unruhe geben bei der Bevölkerung!«

Das Wort ›Spezial‹ zieht sonst immer bei Galwitzki. Diesmal ist er jedoch nur halbwegs beruhigt. »Nu ja, is ja komisch – mit der Leiche habt ihr angeblich nichts zu tun, und trotzdem seid ihr so was von nervös; das geht doch auf keine Kuhhaut...«

»Mensch, Karl«, sagt Scholz geradezu väterlich, »du weißt doch, daß du manche Sachen nicht übersiehst!«

Das endlich zieht, merkwürdigerweise. Denn das Schöne an der Einfalt ist das, daß sie häufig – wie auch hier – mit der Bescheidenheit gemeinsam auftritt. Karl Galwitzki nickt und macht sich endlich wieder an die Arbeit.

»Ich tu Ihnen auch mal 'n Gefallen!« sagt Susanne Knabe. Eine Pfundsfrau, wie sie so arbeitet – außerdem ein Versprechen, das so schön ist, daß es nicht einmal gehalten werden muß.

Nach getaner Arbeit wird Laub über die Fässer gescharrt; man muß schon ziemlich genau hinsehen, wenn man die

Dinger erkennen will. Galwitzki verabschiedet sich artig, sogar mit Handschlag, und klettert auf seinen Beifahrersitz.

Susanne kann auf diese Weise noch ein halbwegs privates Wort unter vier Augen mit Scholz reden. »Kann er die Klappe halten?«

Scholz lacht, und er hat schon wieder das Glitzern in den Augen. »Galwitzki? Der hat Frau und Kind – du kannst ihn ja auch mal dranlassen, dann hält er die Klappe bestimmt!«

»Was ist mit Stephan?«

»Mein Problem!« sagt er, plötzlich kurz angebunden. »Ich hab dir gesagt, das klär ich, und dabei bleibt's!«

»Was wir in Zukunft mit euren Fässern machen, ist dir aber nicht so ganz klar, was?«

»Erst mal ist da jetzt Pause«, sagt er, »außerdem find ich den Wald hier ganz prima. In jeder Beziehung. Und wenn du mit deiner Firma überhaupt die nächsten paar Wochen überlebst...«

»Dann kann ich Gott danken, meinst du?«

»Wem auch immer«, sagt er. »Mach's gut, Mädchen!«

Er küßt ihr die Hand, ein verdammt schlechter Witz in dieser Lage, und klettert in seinen Laster. Sie geht zu ihrem Opel, zieht sich erst mal die Lippen nach und startet. Als sie in entgegengesetzter Richtung davonfahren, ahnt sie nicht, daß sie mit Scholz, diesem Widerling, niemals mehr auch nur ein einziges Wort reden muß.

Unterwegs zieht sie ihren Slip aus, wobei sie gerade nur für ein paar Sekunden das Gas wegnimmt, und als gerade kein Gegenverkehr ist, kurbelt sie die Scheibe herunter und wirft ihn aus dem Fenster. Trübsinnig bis dorthinaus hinter der Sonnenbrille: Nichts gegen eine kleine Notzucht zwischen gelegentlichen Sexualpartnern, aber irgendwo hört's auf!

Und nicht nur in dieser Hinsicht: Niemand soll versuchen, ihr vorzumachen, daß das alles noch gutgehen kann.

Leiche hin, Leiche her; die Polizei hat die Giftfässer auf der Kippe gefunden, und die Fässer werden ausgegraben und untersucht. Dagegen hilft im Endeffekt keine Lüge und keine Ausrede und keine Gewalttat, und ein paar im Wald versteckte Giftfässer sind im Grunde nur eine dumme Galgenfrist... Im Grunde, denkt Susanne bitter, läßt sich alles, was sie noch macht, nur noch mit dem Flügelschlagen eines geköpften Huhnes vergleichen.

Sie fährt auf den Hof ihrer Firma, steigt aus und schlägt die Wagentür zu, ohne abzuschließen. Binder ist nirgends zu sehen; die Arbeiter müßten demnächst auch wohl mal wieder anfangen, sonst kann sie den Laden demnächst ganz dichtmachen. Aber erst übermorgen kommen, wieder mal, die Ofentechniker.

Sie geht ins Büro. Die Tür steht offen, und sie findet dort zu allem Überfluß auch noch einen Mann vor, der die Beine auf ihren Schreibtisch gelegt hat.

»Nimm sofort die Beine runter!« sagt sie scharf. Denn der Mann ist nicht irgend jemand, sondern ihr Ehemann Walter Knabe, mit dem sie in heftiger Scheidung lebt.

»Gott, du mit deiner Pingeligkeit!« meckert er, bevor er sich ordentlich hinsetzt.

»Was willst du hier?« fragt sie.

»Guten Tag sagen. Ist doch 'n netter Zug von mir, oder?«

Walter Knabe und nett – da hätte sogar einer Schwierigkeiten, der ihn noch nie gesehen hat. Mitte Fünfzig ist er, jugendlich-elegant gekleidet, stattlich, stattlich, einer der besten Zigarrenhalter Hamburgs. Eine nach Eau de Cologne duftende Fehlfarbe, ein schöner, mittelalterlicher Taugenichts, ein erfolgreicher Lebemann auf anderer Leute Kosten.

»Guten Tag!« sagt Susanne sachlich. Sie ärgert sich schon, wenn er nur lächelt. »Und nun?«

»Du hast ja ne Menge Ärger am Hals«, lächelt er. »Was man so hört...«

»Und?«

»Ich dachte, ich könnte mich 'n bißchen nützlich machen und dir helfen.«

»Nachdem du mir vorher einen Privatdetektiv nachgejagt hast, ob ich nicht mal zufällig fremdgehe?«

»Gott, bist du nachtragend. So schlimm war's ja auch nicht. Man muß sehen, wo man bleibt...«

»Dann bleib, wo du bist!« sagt sie böse.

Aber er schüttelt lächelnd den Kopf. »Man muß sehen, wo man bleibt, Susannchen! Was nützt mir die schönste Scheidung, wenn du mit dem Laden hier pleite gehst?«

Der Geschäftsführer Binder, der irgendwo auf dem Gelände nach dem Rechten oder auch Unrechten gesehen hat, kommt ins Büro; er hat den letzten Halbsatz wohl noch mitbekommen und sagt pikiert: »Ach, Herr Knabe!« Er will sofort wieder hinausgehen.

Aber Susanne hält ihn zurück: »Bleiben Sie bitte hier, Herr Binder, ich möchte meinen Mann etwas fragen...«

»Bitte!« Walter Knabe zieht eine eisgraue Augenbraue hoch.

»Hast du gewußt«, fragt sie, »daß wir in letzter Zeit technische Schwierigkeiten hatten?«

»Natürlich«, sagt er. »Ihr habt sie ja jetzt noch!«

»Hast du gewußt, daß wir ein paar Tonnen Härtesalz vorübergehend auf der Schuttkippe deponieren?«

Da wird er richtig ärgerlich, auch wenn Binder zuhört. »Lügt euch doch nicht selbst in die Tasche! Vorübergehend deponiert... soll ich darüber lachen?«

»Ist dir an irgendeiner Stelle eine von deinen sogenannten Redseligkeiten unterlaufen?«

»Susannchen«, sagt er nachsichtig, »was hätte ich für ein Interesse daran, daß sie dich hochnehmen – ausgerechnet ich?« Er geht ins Vorzimmer, wo seit gestern, seit Binder die Sekretärin nach Hause geschickt hat, niemand mehr sitzt. »Ganz vernünftig«, urteilt er, »warum soll das Mädchen mitkriegen, was hier läuft?«

Er zieht sich die Jacke aus, als ob er arbeiten will – eine Sensation im Leben von Walter Knabe. Hängt die Jacke über den Stuhl der Sekretärin, setzt sich auf den Stuhl und legt die Beine auf den Schreibtisch der Sekretärin. »Hier sitz ich lange gut!« Es klingt nicht mal besonders hämisch.

Susanne Knabe – was soll sie machen? Sie kann ihn nicht mal rausschmeißen. Und recht hat er zu alledem auch noch...

Er nimmt die Beine wieder herunter, steht freiwillig auf und geht zu einem Regal mit Leitzordnern. »Wo sind denn neuerdings deine Auftragsbelege?«

»Links. Zweite Reihe von oben. Der dritte Ordner rechts!« sagt Susanne zähneknirschend. Manchmal kommt die Hilfe so richtig von der falschen Seite.

Der Fahrer Erwin Scholz, der in Kiel bei METALLIN-Direktor Dr. Stephan eine merkwürdige Vertrauensstelle genießt, hat dem Beifahrer Galwitzki einen Hunderter außer der Reihe gegeben (aus der eigenen Jackentasche, aber bestimmt nicht von seinem eigenen Geld) und ihn nach Hause geschickt. »Mach mal drei Tage blau!« hat er gesagt. Denn er weiß aus Erfahrung: In diesen drei Tagen wird Galwitzki nicht nur blau machen, sondern auch blau sein, und dann kann er erfahrungsgemäß am schlechtesten reden, wenn ihn einer was fragt.

Aber es kommt dann am Abend dieses Tages doch noch einiges auf Erwin Scholz zu – Schlimmeres jedenfalls, als es Susanne Knabe in Gestalt ihres nichtsnutzigen Ehemannes Walter erdulden mußte: Scholz geht kurz nach acht, als bei METALLIN die Mittagsschicht kaum noch und die Nachtschicht noch lange nicht arbeitet, in Dr. Stephans Privatbüro. Auch hier ist die Sekretärin nicht da, aber Stephan ist da; Stephan ist nämlich gar nicht ständig auf Dienstreise, sondern hat sich in den letzten Tagen lediglich bei einer Reihe von Leuten aus sicherlich triftigen Gründen verleugnen lassen.

»Na«, sagt Stephan unfreundlich, »gibt's was Neues?«

Scholz lümmelt sich ungefragt in einen Sessel und nimmt sich eine von den Chef-Zigarren, die der Chef sowieso nicht raucht. »Wir haben abgeladen wie immer...«

»Wie immer?« fragt Stephan. Als er aufsteht und Scholz Feuer gibt, verzieht er sekundenlang schmerzlich das Gesicht.

»Wir haben's« – Scholz zieht an der Zigarre – »kurz in den Wald gekippt!«

Da allerdings bleibt Stephan fast die Spucke weg. »Was habt ihr?«

»War nicht meine Idee...« Endlich brennt die Zigarre zufriedenstellend. »Susanne Knabe hat uns auf der Straße eingeholt. Ich find ihre Idee gar nicht schlecht...«

»Und warum?«
»Mensch, weil's nicht anders ging!« sagt Scholz. »Dummerweise haben sie mit dem toten Kerl auf der Kippe auch den ganzen Zyanidscheiß gefunden!«
»Den ganzen...?« fragt Stephan entsetzt.
»Offenbar. Aber was soll's? Ich seh nicht ein, was wir damit zu tun haben. Offiziell, mein ich...«
Stephan schnappt immer noch nach Luft. »Das... das seh ich anders...«
»Bitte sehr...!« sagt Scholz und legt ein Bein über die Stuhllehne.
»Das darf doch alles nicht wahr sein!« sagt Stephan. Er steht mühsam aus seinem Sessel auf, ächzend wie vorher schon, kommt hinter dem Schreibtisch hervor, geht ein paar Schritte unruhig hin und her, hinkt dabei und setzt sich wieder hin, weil ihm das Gehen sichtlich weh tut.
»Ich würd ja sitzen bleiben, wenn ich in der Lage wär«, sagt Scholz hämisch.
Stephan ignoriert es. »Was passiert, wenn jemand die Fässer im Wald findet und ausbuddelt?«
»Die findet niemand!«
»Und wenn doch?«
»Dann müssen sie noch lange nicht von uns sein!«
»Galwitzki...?«
»Mensch, ich bin doch kein Anfänger!« sagt Scholz voller Verachtung.
»Leider nicht!« bestätigt Stephan. Dann faßt er einen Entschluß. »Ich seh mir die Sache selbst an. Und du kommst mit!«
»Wann denn?« fragt Scholz verblüfft.
»Heute noch. Sofort!«
»Mensch, ich bin müde wie ein Hund...«
»Ich etwa nicht?« fragt Stephan, und das zumindest klingt ehrlich.
Aber er hat keine ruhige Minute mehr, sagt er sich, bevor er es nicht selbst gesehen hat. Merkwürdig aufgekratzt wirkt er plötzlich, geradezu unternehmungslustig. Scholz, sagt er, soll mit dem Fünftonner sofort in Richtung B 4 vorausfahren; er wird im Mercedes folgen.

»Die reinste Expedition«, sagt Scholz, *»for what?«*

»Weil's mir stinkt!« antwortet Stephan. »Und wenn ich auch nur im geringsten den Eindruck habe, daß jemand in absehbarer Zeit die Fässer finden könnte, werden wir beide Nachtschicht machen! Höchstpersönlich!«

»Wieder aufladen?« fragt Scholz ungläubig.

»Genau!«

»Aber du kannst doch kaum laufen in deinem Zustand!«

»Das werden wir ja sehen!« sagt Stephan entschlossen.

»Trotzdem seh ich nicht ein, warum wir mit zwei Wagen fahren müssen... abgesehen davon, du weißt ja, was bei solchen Nachtfahrten rauskommen kann...«

»Daran mußt du mich gerade erinnern!« sagt Stephan böse.

»Also?« fragt Scholz.

Stephan bleibt dabei. »Wir fahren mit zwei Wagen. Weiß der Henker – vielleicht sind wir froh, wenn wir mit dem Mercedes schnell abhauen können!«

Besonders logisch ist das nicht, aber Scholz resigniert. »Wenn du meinst...«

Wenn's schon sein muß, denkt er, muß er wenigstens nicht mit Stephan in einem Wagen fahren. Denn dazu hat er in diesen Tagen überhaupt keine Lust.

Dr. Stephan schleicht mit seinem schweren Automatikwagen hinter dem Laster her. Scholz findet den Parkplatz wenigstens ohne Schwierigkeiten, steuert den Fünftonner zum zweitenmal an diesem Tag von der Straße, und zum zweitenmal folgt ihm ein Pkw. Stephan ist schon ausgestiegen, als Scholz gerade erst die Tür aufmacht.

Stephan stoppt ihn. »Bleib besser hier. Mal sehen, ob einer, der die Gegend nicht kennt, nicht sofort drüber stolpert!«

»Wie du meinst...«, sagt Scholz. Müde ist er, und der Kerl hier, der offiziell sein Chef ist, kann ihm mit seinen komischen Ideen im Mondschein begegnen. Also setzt er sich wieder ins Führerhaus, läßt die Tür offen, stellt das Radio an und läßt Stephan allein losstolpern. Schadenfroh sieht er, daß es leicht zu regnen beginnt.

Irgendwie allerdings traut er dem Frieden nicht. Er macht das Licht an und liest eine Zeitung, ist dabei jedoch sehr unkonzentriert und sieht mehrfach mißtrauisch in die Richtung, in der Stephan verschwunden ist. Zweimal ist er versucht, auszusteigen und hinterherzugehen, bleibt aber schließlich doch sitzen.

Der Parkplatz ist stockfinster und noch gottverlassener als am Mittag. Eine Weile war das Licht von Stephans Taschenlampe noch sichtbar, jetzt aber ist es ganz aus. Der Regen hört wieder auf, und nach einer Ewigkeit von zehn oder fünfzehn Minuten kommt das Lampenlicht wie ein Irrlicht aus dem Wald zurück.

Denn Dr. Stephan hat tatsächlich die Fässer in der kleinen Schlucht gefunden und sogar halbwegs befriedigt festgestellt, daß sie besser versteckt sind, als er dachte. *Der* Punkt ist also klar – und damit eigentlich auch der zweite. Fünf Meter vor dem Lastwagen, bereits auf dem Parkplatz macht Stephan die Lampe aus, steckt sie in die Jackentasche und holt aus der anderen eine Neun-Millimeter-Pistole, eine ASTRA mit ziemlich kurzem Lauf, die deshalb besser zu tragen ist.

»Komm endlich!« schreit Scholz. »Haste endlich gesehen, daß ...«

Dann ist Stephan da, steht direkt neben Scholz, ein bißchen tiefer als Scholz, sagt keinen Ton – und zielt!

»Also doch ...«, sagt Scholz würgend.

Seine letzten Worte.

Stephan hat Scholz auf die kurze Distanz direkt ins Herz getroffen. Genau gesagt durchs Herz geschossen; das Geschoß ist hinten sogar wieder ausgetreten. Eine Menge Blut, denkt Stephan überrascht. Und wie schnell bei dem quer über den Sitz gerutschten Mann die Augen trüb werden ...

Jetzt erst zittern ihm die Hände – ganz plötzlich und so heftig, daß ihm die Pistole aus der Hand fällt.

Ein paar Minuten später erst hat er sich so weit beruhigt, daß er eine Reihe sonderbarer Verrichtungen in Angriff nehmen und durchführen kann.

Dem toten Scholz zieht er aus einem Gürtelhalfter eine gefährlich große Kanone, einen amerikanischen Colt, Automatic, Kaliber 45. Er nimmt aus dem Fußraum des Führerhauses – immer ängstlich bemüht, die Leiche nicht zu berühren – einen keilförmigen großen Bremsklotz, und von oberhalb der Rückenlehne nimmt er einen Stofftiger, einen von der Sorte, die man früher bei Tankstellen angeblich in den Tank bekam.

Dann steigt er aus, mit Colt, Bremskeil und Tiger, und macht mit kundigen, aber nicht sehr geübten Fingern den Colt schußbereit. Er sieht sich um, aber die Gegend ist so gottverlassen, daß vermutlich nicht mal das Abfeuern eines Flakgeschützes einen Menschen anlocken würde. Die Autos, die vorbeifahren, haben es eilig – bisher jedenfalls.

So steckt er einen Schalldämpfer auf den Colt, legt den Tiger vor einen Baum, den Bremskeil noch davor, zielt mit dem Colt auf das Holz – und drückt ab.

Der Rückstoß reißt ihm den Arm hoch, Neun-Millimeter-Schüsse sind überhaupt nichts dagegen. Er legt den Colt auf die Erde, wo jetzt schon zwei Pistolen liegen, massiert mit dem linken Arm den rechten und macht ein ziemlich schmerzverzerrtes Gesicht dazu. Endlich ist er soweit, daß er den Holzkeil besichtigen kann: Das 11,5-Millimeter-Geschoß hat das Holz glatt durchschlagen.

Also muß es im dahinterliegenden Tiger stecken, und genau so ist es auch. Stephan ist von Haus aus Naturwissenschaftler und hat das gut berechnet. Als er das deformierte Geschoß aus dem Tiger herauspult, läuft ein Häufchen Sägemehl heraus. Er merkt's nicht und macht weiter:

Zieht schwarze Stoffhandschuhe aus der Tasche, zieht sie an, putzt das Coltgeschoß sorgsam ab. Nimmt den Colt, säubert auch ihn und klettert wieder in die Fahrerkabine. Angewidert – trotz Handschuh – nimmt er die tote Hand von Erwin Scholz und drückt sie auf den Colt, zwecks Fingerabdrücken. Dann legt er den Colt neben die schlaffe Hand und das Coltgeschoß etwa an die Stelle, wo er – nach einigem Suchen – das für Scholz tödliche Neun-Millimeter-Projektil, das den Körper durchschlagen hat, gefunden hat. Dies steckt er in die Tasche, steigt aus, nimmt Stofftiger,

Bremskeil und ASTRA-Pistole und geht damit ein Stück in den Wald. Zwischen zwei Baumwurzeln gräbt er mit den Händen ein Loch – und dabei wird er dann endlich doch gestört.

Er kann gerade noch die Taschenlampe ausmachen, als der Lichtkegel eines Autos über den Parkplatz huscht. Stephan bleibt wie erstarrt auf der Erde hocken; ein VW Käfer fährt auf den Parkplatz, und der Fahrer steigt aus und kommt in seine Richtung.

Was will er?

Er will nur pinkeln – Gott sei gelobt!

Als er endlich ausgepinkelt hat, geht er zu seinem Volkswagen zurück, fährt aber trotzdem nicht ab, sondern läßt die Tür offen und knipst die Innenbeleuchtung an. Ein Mädchen sitzt mit ihm im Wagen: Stephan kann deutlich erkennen, wie sie zwei Zigaretten anzündet und ihrem Begleiter eine herüberreicht.

Herrgott noch mal, muß das hier sein...?

Nun denn, es kommt nicht zum Äußersten, vielleicht fühlt sich das Paar durch den Lastwagen und den Mercedes auf dem Parkplatz doch etwas gehemmt. Stephan ist glücklich, daß er die Türen der beiden Wagen zugemacht hat, vor allem die Tür zum toten Scholz hin; er sieht auf die Uhr, es geht auf halb zwölf, und seine Nerven sind kurz vor dem Zerreißen.

Es bleibt ihm kaum was erspart, von Udo Jürgens aus dem Autoradio des Volkswagens bis zu einer zweiten verliebten Zigarette bei offener VW-Tür. Als sie aufgeraucht ist, wird die Tür zugeschlagen – und gleich wieder aufgemacht, wobei das Mädchen sich halb krank lacht, weil sein Kleid oder Mantel eingeklemmt war und dabei doch wohl ziemlich hochgerutscht ist.

Dann endlich das zweite Türzuschlagen und die Abfahrt des VW. Stephan in seiner Hocke zittern die Beine.

Er legt Bremskeil, Stofftiger und die ASTRA-Pistole in das Loch, obgleich er es ursprünglich noch tiefer graben wollte. Aber er will weg hier, keine Sekunde länger bleiben als nötig, möglichst nie wieder hin...

Dabei weiß er schon, daß man ihn – nach seinem eigenen

Plan – sicherlich von Amts wegen hierhin zitieren wird. Vermutlich morgen schon.

Er steigt in den Mercedes, will starten, greift nochmals in seine Tasche und fühlt dort das Projektil, das den Körper von Scholz durchschlagen hat. Ein kurzer, sekundenlanger Schüttelfrost. Aber es hilft nichts – das häßliche Stück Metall muß weg.

Also steigt er nochmals aus, wirft das Geschoß so weit und so heftig in den Wald, daß er sich fast den Arm ausrenkt, nachdem er schon ein halbwegs kaputtes Bein hat.

Aber als er dann vom Parkplatz fährt, hat er sich immerhin wieder soweit beruhigt, daß er mit Überlegung und Verstand ganz langsam anrollt – möglichst wenig Reifenspuren!

Endlich Feierabend für einen Mörder...

Zurück nach Kiel kann er den Wagen bei fast leerer Straße ziemlich voll ausfahren. Dabei muß er sich voll konzentrieren. Es ist die reinste Erholung.

5

Exakt zu dieser Zeit sitzt der Kieler Kriminalmeister Eduard Henneberg in seiner Heimatstadt auf Wunsch und im Auftrag der Hamburger Kripo an der Bartheke eines zwielichtigen Etablissements namens *Golden Globe*. Er trinkt Whisky – auf Staatskosten, versteht sich – und hat den Auftrag, das Barmädchen Ellen Graß zu vernehmen.

Ellen zeigt viel Busen für wenig Leute, genau gesagt nur für Henneberg und noch einen Mann, der melanscholisch am anderen Ende der Theke vor sich hin hängt. Sie hat Zeit für ein Gespräch. Aber ob sie auch Lust hat?

Denn sie ist – oder war – die Wohnungsgenossin von Annika Boll, hat die Kieler Kripo herausbekommen; sie ist – oder war – angeblich sogar ihre Freundin und Vertraute.

Henneberg sieht sich nacheinander die Kunstwerke des *Golden Globe* an, üppige Damen ohne jedes Textil mit noch üppigeren Brüsten und so weit geöffneten Schenkeln, wie es die Sittenpolizei gerade noch zuläßt, und sagt dann den bedeutsamen Satz: »Ziemlich ruhig hier...!«

»Kommt noch«, sagt das Barmädchen. »Wie wär's, darf ich auch einen?« Dabei deutet sie auf das Whiskyglas.

Henneberg antwortet: »Eigentlich nicht...«

»Wo gibt's denn sowas?« schmollt Ellen.

Henneberg lächelt und zeigt seine Dienstmarke. »Bei uns. Kriminalpolizei!«

Ellen Graß ist nur mäßig überrascht: »Wegen Annika?«

»Sie sind tagsüber ja nie anzutreffen!« entschuldigt sich Henneberg.

»Das schon«, sagt sie. »Bloß, wenn ich schlaf, mach ich nie die Tür auf!«

Henneberg trinkt einen Schluck. »Ja, ja...«

Dann schweigt er wieder. Und wartet, bis das Mädchen, irritiert durch seine Einsilibigkeit, von sich aus den Mund aufmacht.

»Haben Sie immer noch keine Spur?«

»Wenn Sie sich nicht als Spur sehen...«, lächelt er.

Aber sie bleibt ganz ernst. »Allmählich mach ich mir ja selbst Sorgen. Glauben Sie, daß Annika...«

»... tot ist?« ergänzt Henneberg.

Sie nickt angstvoll.

»Na ja«, sagt er, wenig tröstlich, »es muß ja nicht gleich das Schlimmste sein!« Aber es klingt wie der Ansatz zu einer Leichenrede.

Sie versucht, ihr lebensgefährliches Dekolleté etwas zuzuziehen, obgleich es da wenig zu ziehen gibt.

»Hat sie eigentlich gearbeitet?« fragt er.

Nicken, nicht mehr; sie hat immer noch Angst.

»Wo denn?«

»Ooch, bei so ner Firma, die hieß METALLIN...«

»METALLIN?« sagt Henneberg. »Hier in Kiel? Diese Leute, die Stahl härten?« Gerade noch hat er seine Überraschung für sich behalten können.

»Werkzeuge machen sie«, sagt sie, »Zahnräder und so. Annika hat mal 'n Zahnrad als Briefbeschwerer mit nach Hause gebracht...«

»Und wie lange wohnten... Ich meine, wie lange wohnen Sie schon mit Annika zusammen?«

»Ein Jahr oder so...«

Gerade jetzt verlangt der Typ am anderen Ende der Theke ein frisches Bier. Aber Ellen Graß kommt freiwillig zu ihrem knauserigen Vernehmungsbeamten zurück, weil der andere Typ vielleicht doch nicht ihr Typ ist – oder aus natürlichem Respekt vor der Polizei.

»Ist das denn wichtig, wie lange wir...?«

»Vielleicht schon«, sagt Henneberg, »kommt drauf an, was ihr euch so erzählt habt.«

»Ach«, meint sie, kaum, daß er ›ihr‹ gesagt hat, »ich bin so traurig. Wollen wir nicht n bißchen ins Séparée gehen? Ihr wißt ja sowieso, was hier läuft...«

»Und wer macht hier die Bar?« fragt er.

»Ich bin ja nicht die einzige hier!« antwortet sie und macht eine unbestimmte Bewegung mit dem Daumen in Richtung auf ein paar rote Plüschvorhänge. »Ich brauch n Menschen, was soll's?«

Das klingt alles so wenig lüstern oder geldgierig, daß der Meister Henneberg, einunddreißig Jahre alt, nicht gerade unansehnlich und für diesen Job wie geschaffen, für ein paar Sekunden ernsthaft in Versuchung gerät. Doch dann siegt die Tugend, und Eduard Henneberg beschreitet den goldenen Mittelweg: »Vielleicht können wir ja doch einen zusammen trinken?«

»Okay«, sagt sie gleichgültig, allenfalls ein bißchen enttäuscht, und schenkt sich Weinbrand mit Cola ein. »Die arme Annika... Prost!«

»Prost!« sagt Henneberg geduldig.

»Ich bin ja hier schon ewig und deshalb nachts meistens arbeiten...«, meint sie; dabei lehnt sie sich wie eine Verschwörerin über die Theke und vergißt dabei ihren Busen. »Sie war tags arbeiten, wir sind uns nie ins Gehege gekommen...«

»Feste Freunde?« fragt Henneberg.

»Glaub schon«, sagt sie. »Das bleibt ja nicht aus...«

»Wen denn?«

»Ich weiß nicht...«

»Hat sie denn nie n Namen gesagt?«

Sie schüttelt den Kopf.

Henneberg glaubt ihr nicht. »Ehrlich«, wiederholt er, »nie n Namen?«

Urplötzlich erregt sie sich, ohne deshalb viel lauter zu werden: »Ihr mit euern Namen! Als wenn's das bloß wär über Annika...!«

»Was ist es denn sonst?«

»Fragen Sie mich doch!« sagt sie, wenig logisch, denn das tut er ja schon mit unendlicher Geduld.

»Mit wem war sie zusammen, in der Wohnung oder außerhalb oder wo auch immer?«

»Sie hat in der letzten Zeit n festen Freund gehabt«, sagt Ellen Graß, »leider. Ich weiß aber nicht, wer...«

»n hübsches Mädchen wie sie...«

»Wie ich?« fragt sie hoffnungsvoll.

Kopfschüttelnd sagt er: »Sie auch, natürlich. Aber ich mein Annika. Wenn Sie wirklich schon so lange mit ihr gelebt haben und privat mit ihr waren, oder...«

»Oder...?« meint sie lauernd.

»Ach, so ist das!« sagt er enttäuscht. »Sind Sie bi?«

»Sie hätten's ja ausprobieren können!« antwortet sie schnippisch.

Neue Gäste kommen ins Lokal, zwei Mädchen in modischem Chiffon aus *Heidis Reizwäsche-Center* erscheinen hinter dem roten Vorhang; die Sünde kommt auf Touren. Ellen Graß wird dringend gebraucht, denn die Mädchen sind in der Minderzahl.

»Ich glaub, ich muß arbeiten...«

Er zwar auch. Aber soll er jetzt die Obrigkeit hervorkehren und Putz machen? Wenn's mit hoher Wahrscheinlichkeit heute abend doch zu nichts mehr führt?

Henneberg legt zwanzig Mark auf die Theke, bekommt eine Rechnung über achtzehn Mark, sagt »Stimmt so!« und geht zum Ausgang. Da ist eine Art Flur, eine Garderobe, ein Telefon, daneben der Niedergang zu den sanitären Einrichtungen. Ungesehen in diesem müden Laden kann sich Henneberg auf der halben Höhe des Niedergangs postieren, und nach einer halben Minute wird seine Mühe belohnt.

Ellen Graß kommt aus dem düsteren, lüsternen Schankraum, ehe sie arbeiten geht, legt zwei Groschen auf das Münztelefon. Jemand meldet sich am anderen Ende, sie schiebt die Münzklappen zusammen, die Groschen verschwinden klappernd, und Ellen sagt: »Bitte Herrn Doktor Stephan!«

Er scheint aber nicht dazusein, und am Ende sagt Ellen »Danke!« und legt den Hörer auf.

Schade.

Dann ist sie wieder weg, und Henneberg geht. Draußen überlegt er, ob er nicht doch hätte größer einsteigen sollen – oder ob die Tatsache, daß Ellen Graß einen ihm derzeit noch unbekannten Dr. Stephan schützen wollte, nicht schon für sich allein eine nützliche Nachricht ist.

So geht in Norddeutschland die Nacht dahin, und morgens um sechs steht in Hamburg der Kriminalobermeister Petersen besonders früh auf – auf Trimmels Anordnung, bestimmt nicht aus eigenem Antrieb. Um sieben ist er auf der Leichenkippe, und tatsächlich, wen trifft er da?

Schlocker!

Den Herrn Kippenwärter persönlich.

Er sieht aus wie Henry Vahl in einer seiner Glanzrollen, und er denkt ganz offensichtlich, daß er sich bei dem Mann, der sich als Polizist ausgewiesen hat, mit einem entsprechend pfiffigen Gesicht aus der Affäre ziehen kann. Aber er kann nicht wissen, daß Petersen einen ziemlichen Rochus auf ihn hat, einen sozusagen kameradschaftlichen Rochus, weil sich sein Kumpel Laumen bei der Suche nach Schlocker fast die Beine ausgerissen hat.

»Wo waren Sie die ganze Zeit?« fragt er.

»Krank«, behauptet Schlocker gemütlich, »hat Ihnen meine Braut denn nicht gesagt...?«

»Hat sie«, sagt Petersen. »In welchem Krankenhaus haben Sie gelegen?«

»In Sankt Georg!« sagt Schlocker vieldeutig, denn dort gibt es zwar ein großes Krankenhaus, das auch so heißt, aber erheblich mehr Kneipen aller Schattierungen.

»Das werden wir noch prüfen«, entscheidet Petersen.

»Erst mal zeigen Sie mir Ihre Abrechnung über die Fässer!«

»Welche Fässer?« fragt Schlocker, obgleich es draußen, wo Hoffmanns Truppe immer noch baggert, von Fässern nur so wimmelt.

Petersen macht nur eine müde, gleichwohl unmißverständliche Geste.

Es stellt sich heraus, daß Schlocker höchstens für jede zehnte Ladung Giftfässer Gebührenmarken verkauft und Gebühren kassiert hat. Für die anderen hat er entweder gar nichts kassiert oder das Geld in die eigene Tasche gesteckt.

»Haben Sie sich wenigstens die Erlaubnis zeigen lassen, daß die Fässer überhaupt hier abgekippt werden durften?«

»Aber selbstverständlich, Herr Kommissar!« sagt Schlokker vertraulich.

»Warum haben Sie die Fässer immer mit Schutt zukippen lassen, kaum daß sie da lagen?«

»Damit's besser aussieht!« behauptet Schlocker. Genau das hat er ja auch dem Raupenfahrer gesagt.

»Daß 'ne Leiche dazwischen war, haben Sie inzwischen mitgekriegt?«

»Neee!« sagt er, so ehrlich erstaunt, wie es nur ein notorischer Lügner sein kann.

»Jäää!« sagt Petersen böse.

»Das find ich aber s-tark...«

Hamburger alle beide, trotzdem fühlt Petersen sich jetzt auch noch nachgeäfft und auf den Arm genommen. »Sie sind die Hälfte Zeit nicht hiergewesen, wenn gekippt wurde, Sie haben betrogen und unterschlagen, Sie sind der pflichtvergessenste Mensch, der mir je untergekommen ist...«

S-tarker Tobak. Aber Schlocker wankt und weicht nicht. »Machen *Sie* immer alles nach Vorschrift?«

»Doch«, sagt Petersen, »meistens!«

»Nu ja...« Er grinst.

»Wieviel Mücken haben Sie pro Faß gekriegt?« Zugegeben, ein Schuß ins Blaue. Aber er trifft ins Schwarze.

»Pro Faß?« erregt sich Schlocker. »Mann, haben Sie Vorstellungen! Alle Weihnachten und Ostern mal n kleinen billigen Schein...«

»So alle Jubeljahre, nicht?« sagt Petersen gehässig.

Und als Schlocker nickt, hat er verloren. Hatte sowieso keine Chance. Nun geht es Schlag auf Schlag.

»Sie wußten doch, was in den Fässern war?«

»So 'ne Art Schlacke, nich?«

»So 'ne Art, ja«, nickt Petersen. »So ne Art mit m Totenkopf drauf!«

»Ooch, das hatte nichts zu sagen, hamse mir gesagt, das ist nur Formsache.«

»Wer?«

»Die von da drüben...«

»Wer genau?«

»Die von dem TOX-Dingens...«

»Die Chefin?«

»Waren ja alles Chefs, Herr Kommissar...« Er druckst herum. »Also, so genau... Genau weiß ich das nicht so genau...«

»Da sind Sie der fünfte!« sagt Petersen.

»Was heißt das?«

»Von wegen genau weiß ich das nicht so genau...« Dann gibt er dem armen Kippenwärter, der sich während dieses gewaltsamen Dialogs mit zitternden Fingern eine krümelige Zigarette gedreht hat, sogar Feuer, sagt aber gleichzeitig: »Sie werden das demnächst noch ganz genau wissen, Herr Kippenwärter!«

Gerade der Titel bringt den Kippenwärter aus der Fassung. »Ich, immer ich!« brüllt er los. »Immer auf die Kleinen und Alten! Erhohnse doch die Rente, dann hat unsereins das nich nötig wegen nem Scheißzwanziger...!«

Petersen sieht ihn ohne jedes Mitgefühl an und verläßt Schlockers Hütte mit dem gesprungenen Kanonenofen mit stiller Befriedigung.

Sie bauen ihr Puzzle zusammen, und es gibt durchaus schon Stücke, die zusammengehören. Trimmel sitzt am Schreibtisch, Höffgen und Laumen stehen um ihn herum, und sie kombinieren munter vor sich hin.

Trimmel malt auf der Innenseite eines leeren, roten Schnellhefters mit dickem Filzstift einen Kreis. Keine Rekonstruktion, sondern allenfalls eine Gedächtnisstütze; er könnte ebensogut Männchen malen.

»Das ist also die Kippe!« sagt er zu dem Kreis. Er halbiert ihn, schraffiert mit dem Filzstift die untere Hälfte und stellt fest: »Da sind die Giftfässer abgekippt und mit Schutt zugeschüttet worden!«

Laumen, um auch mal was zu sagen: »Giftfässer von METALLIN aus Kiel.«

»Nicht nur!« sagt Höffgen, der Vollständigkeit halber.

Trimmel hört nicht recht hin und malt wieder: am oberen Rand der schraffierten Kreisfläche einen dicken Punkt. »Da ist zwischen den Fässern der Tote abgelegt worden. Der sollte gerade mit Schutt beerdigt werden...« Er dreht sich zu den beiden um und sagt mürrisch, ohne eine Antwort zu erwarten: »Wißt ihr denn immer noch nicht, wie die Leiche heißt?«

Dabei ist das im Moment scheinbar gar nicht das Primäre. Denn die nach wie vor namenlose Leiche hatte einen Zettel mit dem Namen eines Mädchens in der Tasche, das bei METALLIN in Kiel gearbeitet hat – und außerdem verschwunden ist.

»Ich hätt mich wirklich nicht gewundert«, sagt Trimmel und malt in der Nähe des ersten Punktes noch einen zweiten, »wenn die bei der Baggerei auch noch auf der Kippe gefunden worden wär...«

Jedenfalls, es gibt eine Verbindung zwischen METALLIN und den Fässern und der Leiche. Eine Verbindung zu TOXEX gibt es sowieso. Und Trimmel ist gut beraten, als er der Sache mal von Anfang an auf den Grund geht.

»Wer stellt dieses Natriumzyanid her?« fragt er methodisch.

»Genau drei Firmen in Deutschland!« sagt Laumen.

»Wofür wird es gebraucht?«

»Wissen Sie doch – zur Oberflächenhärtung von Stahl!«

»Sicher – aber warum härtet man Stahl nur an der Oberfläche?«

»Weil er innen manchmal ruhig 'n bißchen weicher sein

kann!« sagt Laumen simpel, aber im Prinzip zutreffend. Er nimmt das Fernschreiben, daß der Kieler Kollege Henneberg gleich morgens bereits geschickt hat. »Hier steht's ja, was METALLIN anbelangt. Zahnräder. Die müssen nur an der Oberfläche superhart sein...«

Bis hierhin ist das alles ganz reell. Die Gifthersteller arbeiten ebenso öffentlich, und Firmen wie METALLIN können das Gift ebenso öffentlich verbrauchen. Kriminell kann's erst werden, wenn das verbrauchte, aber immer noch giftige Gift abtransportiert und unschädlich gemacht werden muß.

»Soweit waren wir ja schon mal!« sagt Höffgen.

»Ja, und?« sagt Trimmel. »Bin ich dafür verantwortlich, daß wir hier Umweltschutz lernen müssen, bloß um n Mordmotiv zu finden?« Manchmal argumentiert er neuerdings richtig demokratisch.

Laumen nutzt es aus und sagt: »Motive gibt's nicht, höchstens Motivbündel!« Dieser neumodische Begriff, den die Kriminologen neuerdings hinterrücks in die Polizeischulen schleusen. Hier – aber nur hier! schwört sich Trimmel insgeheim – könnte er seine Berechtigung haben.

»Der Kollege Henneberg« – Laumen erwähnt fairerweise auch die Hilfstruppe – »hat heute nacht erfahren, daß eine Freundin von Annika Boll versucht hat, den Direktor von METALLIN anzurufen!«

»Stephan?« fragt Trimmel interessiert.

Laumen nickt. »Hier steht's. Mitten in der Nacht!«

»Sollen wir den nicht mal etwas gründlicher überprüfen lassen?« schlägt Höffgen vor.

Auch Trimmel ist offenbar dieser Ansicht. »Hol mal 'n Korn!« sagt er. Wie meistens, wenn er im Begriff ist, einen Entschluß zu fassen.

Als Höffgen zum Schrank geht und den Korn und drei Gläser holt, sieht er, daß Petersen gerade gekommen ist – auf leisen Sohlen wie immer. Er greift sich ein viertes Glas.

»Ich weiß nicht«, sagt Petersen, der offenbar schon eine ganze Weile zugehört hat, »ob wir TOXEX da so ganz unter den Tisch fallenlassen können...«

Höffgen schenkt ein. Trimmel trinkt als erster, sieht dabei

Petersen an und fragt: »Weißt du denn endlich, wer die letzten Tage wann gekippt hat?«

»Das nicht«, sagt Petersen, »das läßt sich wohl nicht mehr feststellen...«

»Und warum nicht?«

»Weil der Kippenwärter son praktischer Mensch ist. Wohlsein!« Er trinkt und hält eine längere Rede: »Immerhin hat dieser Schlocker von TOXEX Geld dafür gekriegt, daß er beide Augen zudrückt, wenn gekippt wird. Da hat er sich gesagt, wenn ich schon beide Augen zudrücken muß, wenn gekippt wird, kann ich ja gleich ganz verschwinden. Und deshalb hat er sich seine zwanzig Mark genommen und ist ins Pornokino auf die Reeperbahn oder so...«

»Für zwanzig Mark?« grinst Laumen.

Trimmel jedoch sagt zu Petersen: »Ich glaub, du hast recht!«

Denn erstens, meint er, angenommen, der tote Mann ist in Kiel ums Leben gekommen, bei Stephan oder METALLIN – warum sollte man sich die Mühe gemacht haben, ihn hundert Kilometer weit nach Hamburg zu bringen?

Zweitens, METALLIN hat astreine Verträge mit TOXEX in Hamburg zum Anliefern der Giftfässer zwecks Vernichtung; ist METALLIN damit nicht aus dem Schneider? Kann es den Kielern nicht egal sein, ob bei TOXEX die eine oder andere Schweinerei passiert oder nicht?

Und drittens, schließlich: Deutet nicht alles darauf hin, daß bei TOXEX in Hamburg tatsächlich Schweinereien passiert sind, von der Bestechung eines städtischen Angestellten nicht mal zu reden?

Höffgen hat trotzdem noch Einwände: »Was ist mit Annika Boll? Sie soll ja mal Papiere geklaut haben, und nun ist sie weg. Zuletzt war sie aber bei METALLIN!«

»Theoretisch kann sie auch bei TOXEX Papiere geklaut haben und hier um die Ecke gebracht worden sein!« entscheidet Trimmel.

Dann läutet das Telefon.

Trimmel nimmt ab, sagt »Ja, natürlich!« und wird blaß um die Nase. »Erwin Scholz?«

Genau. METALLIN hat eine neue Leiche preisgegeben.

Der scheinbar dazu passende Colt liegt direkt neben der Leiche im Führerhaus des blauen METALLIN-Fünftonners. Eduard Henneberg und die übrige Kieler Mordkommission unter Oberkommmissar Kolff sind schon fleißig bei der Arbeit. Auf dem für den öffentlichen Verkehr gesperrten Parkplatz wird Trimmels Wagen vorsichtig an den Rand gewinkt.

Kolff kommt auf ihn zu, als er aussteigt, gibt ihm die Hand und sagt mit seiner sanften Fröhlichkeit: »Wenn wir schon mal einen Tatort zusammen haben...«

Trimmel nickt. Mit Kolff und mit Laumen, der ihn gefahren hat, sieht er sich erst mal die Leiche an. Und die Waffe, die dem toten Scholz aus der Hand gefallen zu sein scheint, als er starb.

»Was halten Sie davon?« fragt Kolff.

»Dicker Colt, nicht?« antwortet Trimmel.

»Ja, ja«, sagt Kolff, »es paßt mal wieder alles wunderschön zusammen...« Deshalb ist Trimmel ja hier, an dieser Stelle außerhalb seines Dienstbereichs: Ein Laster von METALLIN, der passende Fahrer dazu, ein Colt wie bei einer in Hamburg gefundenen Leiche.

»Selbstmord?« fragt Trimmel, weil's nicht nur auf den ersten Blick so aussieht.

Kolff zuckt die Achseln. »N bißchen wenig Blut für das Kaliber... sonst alles da, Projektil, Waffe... soll mich nicht wundern, wenn seine Fingerabdrücke drauf sind... eigentlich nur ne winzige Kleinigkeit...«

Nur ein paar Schritte vom Laster entfernt, schon mit einem Spurenschildchen gekennzeichnet, liegt ein kleines Häufchen Sägemehl in der Nähe eines Baumes.

Trimmel bückt sich, sieht es sich an, dreht sich, immer noch gebückt, zu Kolff um: »Hat's hier heute nacht auch geregnet?«

»Eben«, sagt Kolff. »Und das Zeug ist trocken!«

Der METALLIN-Laster ist zwar auch trocken, aber man sieht noch deutlich die eingetrockneten Spuren von Regentropfen. Es würde bedeuten, daß jemand das Sägemehl, wie es so schön heißt, zu einem Zeitpunkt auf den Parkplatz verbracht haben muß, zu dem Scholz schon tot war. Sonst hat alles seine Richtigkeit – es ist gerade nur der winzige Tick, der nur den von Haus aus besonders mißtrauischen Polizisten auffällt.

Gerade wird ein Mercedes mit Kieler Nummer auf den Parkplatz eingewinkt, und Direktor Dr. Stephan steigt aus. Trimmel und Kolff kennen ihn nicht, aber sie können sich denken, wer da auf sie zu hinkt und dabei so gerade wie möglich zu gehen versucht.

»Guten Tag«, sagt er und schielt an den Polizisten vorbei auf den Lastwagen, »Stephan, mein Name, Doktor Stephan – ich bin der Repräsentant von METALLIN...«

»Kolff!« sagt Kolff. »Mein Hamburger Kollege Trimmel...« Und dann, so sanft wie möglich: »Sehen Sie mal ins Fahrerhaus, Herr Doktor Stephan!«

Stephan geht, von den Polizisten gefolgt, zum offenen Fahrerhaus, sieht hinein und sagt entsetzt: »O Gott, das ist ja Scholz!«

»Er ist tot!« sagt der sanfte Kolff.

»Meine Güte!« sagt Stephan und dreht sich um, ganz blaß um die Nasenspitze. Er sieht sich um, sieht einen Baumstumpf, setzt sich hin und sagt erschüttert: »Wie... Wie ist denn das passiert?«

»Möglicherweise hat er sich selbst erschossen!« antwortet Kolff.

Trimmel hat bisher noch keine Silbe gesagt und hört nach wie vor nur zu. Hört, wie Stephan kopfschüttelnd anderer Ansicht ist: »Scholz selbst... Kann ich mir nicht vorstellen...«

Dann greift Trimmel doch ein, nachdem er sich durch einen Blick mit Kolff verständigt hat. Er nimmt aus seiner Brieftasche das dreiteilige Polizeifoto von Annika Boll. Er betrachtet es zunächst selbst, ein hübsches Mädchen kann man gar nicht oft genug ansehen, und fragt Stephan beiläufig: »Sie haben allerhand Abgänge in Ihrer Firma?«

Stephan sieht ihn verständnislos an. »Wieso?«

Trimmel zeigt ihm das Foto.

»Warum...«, sagt er, »das ist doch... Ja sicher, das ist Fräulein Boll... Eine etwas... etwas ungewöhnliche Fotografie...«

»Wenn's Fräulein Boll man nicht gewesen ist!« sagt Trimmel ziemlich gefühllos.

Kolff betrachtet die Szene mit einiger Skepsis; er würde die Vernehmung – denn darauf läuft es ja wohl hinaus – etwas anders führen. Tatsächlich gelingt es Trimmel zunächst überhaupt nicht, diesen Dr. Stephan aus der Fassung zu bringen.

»Ich verstehe Sie nicht!« sagt Stephan.

Trimmel: »Sie wissen gar nicht, daß Fräulein Boll vermißt wird?«

Stephan: »Wer hat denn Vermißtenanzeige erstattet?«

Trimmel: »Niemand. Aber sie ist nicht da!«

Und wieder Stephan: »Ja, da haben Sie recht, das ist mir auch seit einigen Tagen aufgefallen, wenn ich so darüber nachdenke...«

»Was macht sie denn bei Ihnen?«

»Sekretärin. Gelegentlich vertritt sie meine eigene Sekretärin, wenn die mal gerade nicht da ist...«

»Also, Chefsekretärin?«

»Sozusagen stellvertretende...«

Kolff kommt auf den Kern der Ereignisse zurück. Er deutet auf die Fahrerkabine des Lastwagens. »Der Herr Scholz da... Kannten sich die beiden?«

Stephan nickt. »Scholz und Fräulein Boll... Sicher, so groß ist die Firma ja nicht...«

Und Trimmel steckt das Foto von Annika Boll wieder in die Tasche und nimmt statt dessen ein Foto der Leiche des immer noch nicht identifizierten Mannes von der Hamburger Giftkippe heraus. Melancholisch und blicklos sieht der Tote den Betrachter an.

»Schrecklich!« sagt Stephan. »Aber was hat das alles mit Scholz zu tun?«

»Der Mann war nicht zufällig auch bei Ihnen beschäftigt?«

»Den Mann hab ich noch nie gesehen!«

Wie unabsichtlich schlendert Trimmel nochmals zum Lastwagen, zur Leiche von Scholz, und Stephan und Kolff schlendern mit. Neben Scholz liegt immer noch der Colt. »Den Colt haben Sie auch nicht gesehen?«

»Das ist ein Colt?« fragt Stephan zurück.

Und Trimmel, der im Angesicht des toten Fahrers endlich auf die Gifttransporte von Kiel nach Hamburg zu sprechen kommen wollte, antwortet ungeduldig: »Ja, das ist ein Colt!«

Damit vergibt er eine Chance, aber das kann er im Moment nicht wissen, und er sieht auch nicht, wie erleichtert Stephan ist, daß er das Thema Colt im Moment nicht weiter erörtert. Trimmel ist ungeduldig – sowas ist selten gut. Und Kollege Kolff aus Kiel, der sowieso von diesem Aspekt des komplizierten Falls bisher wenig Ahnung hat, hört neugierig zu.

»Sie haben doch auch mit dem sogenannten Umweltschutz zu tun, Herr Doktor Stephan?« fragt Trimmel im Angesicht der Leiche des Fahrers Scholz.

Aber Stephan antwortet: »Nicht, daß ich wüßte...«

»Zyanid und so...?«

»Ach so«, meinte er, »das meinen Sie. Sozusagen Blausäuresalz. Brauchen wir zum...«

»... Stahlhärten!« unterbricht Trimmel.

»Richtig! Ich sehe, Sie sind im Bilde. Darf ich fragen wieso, wenn es nicht möglicherweise einen privaten Grund haben sollte?«

Bei Trimmel ist fast nichts privat, und das sagt er Dr. Stephan auch laut und deutlich. »Ich nehme an, Sie wissen, daß auf einer von der Hamburger Entgiftungsfirma TOXEX ordnungsgemäß benutzten Kippe zwischen von Ihnen stammenden unentgifteten Fässern die Leiche eines Mannes gefunden wurde und bisher nicht identifiziert werden konnte?« Ohne zu stocken. Wenn er will, kann er ja reden.

»Und?« fragt Stephan.

»Und, und, und... Ich teile es Ihnen hiermit offiziell mit. Auf jeden Fall wissen Sie ja wohl, wer die von Ihrer Firma abzustoßenden Giftfässer in halbwegs regelmäßigen Abständen nach Hamburg transportiert hat. Ich nehme an, es war stets oder gelegentlich Scholz...« Er deutet auf die Leiche.

Stephan, die Überlegenheit in Person, geht einfach weg und setzt sich wieder auf seinen Baumstumpf. Trimmel muß ihm folgen.

»Natürlich war es Scholz«, sagt Stephan. »Mit diesem Firmenlastwagen. Scholz war keineswegs mein Privatfahrer; er hatte durchaus auch andere Aufgaben zu erledigen. Im übrigen tat er das zu meiner vollsten Zufriedenheit, und ich ließ ihm weitgehend freie Hand...«

»Der Wagen ist leer!« sagt Trimmel.

»Nicht ganz!« sagt Stephan, äußerlich hart wie oberflächengehärteter Stahl. Immerhin eine Leiche an Bord.

»Wußte Annika Boll zufällig, wie die Sache vor sich geht?«

Stephan hält es für möglich. »In ihrer dienstlichen Eigenschaft... Ich müßte mich erkundigen... natürlich gibt's da Verträge und Rechnungen zwischen uns und...«

»TOXEX?«

Stephan nickt nur. Die Sache ist doch so einfach – warum fragt dieser Mensch derart simple Dinge, wenn es viel kompliziertere Dinge gibt?

Trimmel, groteskerweise, sieht die Sache ähnlich. Alles liegt offen und kann eingesehen werden – und es macht trotzdem keinen Vers. METALLIN zahlt teures Geld an TOXEX für die Vernichtung seiner Zyanide. Wie da – Annika Boll zur Hälfte gerechnet – zweieinhalb Leichen anfallen können, ist allerdings beim besten Willen nicht einzusehen.

Noch einmal wird es spannend, als Dr. Stephan die Gedenkminute für Erwin Scholz, die sich sozusagen unfreiwillig ergeben hat, mit den Worten beendet: »Was hat das alles mit diesem Mord zu tun?«

Kolff fragt, blitzschnell zupackend wie eine Klapperschlange: »Mord?«

Auch Trimmel schnappt zu: »Mord?«

Aber Stephan weiß, warum er urplötzlich heftig wird: »Mord oder Selbstmord – das ist mir doch egal! Schließlich ist Erwin Scholz mein Fahrer... gewesen!«

»Sicher ist es Selbstmord!« sagt der Oberkommissar Kolff in seiner Güte.

Stephan wird zunächst entlassen; man teilt ihm mit, daß die Leiche seines Fahrers vorerst beschlagnahmt ist, und so murmelt er unverbindliche Worte des Abschieds und hinkt zu seinem Wagen. Trimmel und Kolff bleiben vor dem Baumstumpf stehen, auf dem der Mann von METALLIN gerade noch gesessen hat, und sehen sich etwas ratlos in die Augen.

»Ich habe einen Leichenwagen bestellt«, sagt Trimmel, »es wär vielleicht besser, wenn er in Hamburg...«

»Ja, sicher«, sagt Kolff, »andernfalls hätt ich's Ihnen vorgeschlagen!«

Laumen hat sich inzwischen mit dem Kriminalmeister Henneberg zusammengetan, der ebenso wie er KKA ist – Kriminalkommissaranwärter. Als eine Weile später der Hamburger Leichenwagen auf den Parkplatz fährt, sagt Laumen: »Ich könnte mir vorstellen, wir sehen uns in der Sache noch öfter...«

»Da kannst du recht haben!« sagt Eduard Henneberg.

Er sieht besser aus als Petersen, denkt Laumen, aber irgendwie ähnlich...

»Wiedersehn!« sagt auch Trimmel zu Kolff. Alles vom Platz, vom Parkplatz an der B 4. Eine Leiche mehr und sonst gar nichts. Der Wald hinter dem Parkplatz steht schwarz und vorerst schweigend.

6

Peters ist nach wie vor ein Glückspilz. Erst hat er den Kippenwärter aufgetan und Laumen damit den Rang abgelaufen – jenen Schlocker, der damit halbwegs zu den Akten gelegt werden konnte. Jetzt trifft er auf Anhieb Susanne Knabe, die sonst ständig in Geschäften unterwegs war und der Polizei bisher unbekannt geblieben ist.

Im Vorzimmer sitzt statt einer Sekretärin ein Mann, der ihn neugierig anschaut, als er mit Frau Knabe in ihrem Büro verschwindet. Petersen unterdrückt den Wunsch, ihm eine Nase zu ziehen, macht ihm allerdings die Bürotür eigenhändig vor der Nase zu.

Und geht dann gleich in die vollen: Familienfotos ansehen, wie das bei der Polizei heißt. Dasselbe, was Trimmel vorher mit Dr. Stephan gemacht hat. Erst Annika Boll. Dann Mister Barfuß von der Kippe.

»Nein!« sagte Susanne Knabe in beiden Fällen.

»Natürlich nicht...«, sagt Petersen verständnisvoll. »Nun gibt's ja neuerdings, wie ich Ihnen schon sagte, leider wieder einen Toten. Erwin Scholz von der Firma METALLIN, den haben Sie doch sicher gekannt?«

»Ich hatte öfter mit ihm zu tun...«, sagt Susanne, gleichermaßen vorsichtig und ehrlich.

»Wie oft?« fragt Petersen.

»Nun ja, ich war ja nicht immer da, wenn er Zyanidtransporte nach Hamburg...«

»Wie oft?« wiederholt Petersen.

»Wenn Ihnen das so ungeheuer wichtig erscheint... vielleicht ein dutzendmal. Gerade oft genug, daß es mich seltsam berührt, daß er tot sein soll...«

»Ja, ja«, sagt Petersen voll scheinheiliger Kümmernis, »Sie hatten vielleicht ja auch wohl einen gemeinsamen menschlichen Kontakt?«

»Menschlich?« Frau Knabe ist indigniert.

»Nun ja, gnä Frau...«

»Mit Scholz?« Sie schüttelt über die Andeutung, es könne vielleicht etwas mehr als nur eine zufällige geschäftliche Bekanntschaft zwischen ihr und Scholz bestanden haben, scheinbar völlig entgeistert den Kopf.

»Dann darf ich vielleicht doch mal auf diese Giftgeschichte zurückkommen«, sagt Petersen. »Es steht ja nun fest, daß Sie Giftladungen zum Verbrennen bekommen haben, die aber unverbrannt und noch sehr, sehr giftig auf die Kippe gekommen sind...«

Frau Knabe, immer noch kopfschüttelnd: »In jedem Fall ohne mein Wissen!«

»Aber Leute«, sagte Petersen, »Leute wie der Fahrer Scholz, der ja nun leider tot ist, müßten's eigentlich genau gewußt haben?«

»Theoretisch ja!« gibt sie zu.

»Ach, praktisch eigentlich auch, wenn ich so darüber nachdenke...«

»Der Herr Scholz vielleicht?« fragt Petersen lauernd.

»Offenbar Ihr Lieblingsthema!« sagt Frau Knabe kühl.

Aber auch Petersen läßt sich die Butter nicht vom Brot nehmen. »Darauf muß ich ja nun bestehen, gnä Frau. Der Herr Scholz ist zu Lebzeiten ein Arbeitskollege von dem verschwundenen Fräulein Boll gewesen, und der Herr Scholz ist scheinbar auch mit demselben Colt erschossen worden wie der andere tote Mann...«

»Tatsächlich beide?« Susanne Knabe gibt sich plötzlich menschlich und überrascht.

»... und es wär doch schon wirklich Hexerei«, nickt Petersen, »wenn das mit den Toten und dem Gift nichts miteinander zu tun hätte...«

Sie weiß im Moment offensichtlich nicht weiter. Nimmt eine Zigarette aus einem Kästchen und bietet Petersen auch eine an. Petersen nimmt sie, sucht nach Feuer, aber Frau Knabe kommt ihm mit einem goldenen Feuerzeug zuvor. Petersen will es ihr aus der Hand nehmen, aber die emanzipierte Dame besteht darauf, erst ihm und dann sich Feuer zu geben.

»Danke, gnä Frau!« sagt der Leichenbestatter ausgesucht höflich.

Sie macht zwei tiefe Lungenzüge und sagt dann: »Wahrscheinlich haben Sie recht. Man könnte den Fall auf dem Hintergrund der mörderischen Konkurrenz in unserem Geschäftszweig sehen...«

»So viele Entgifter gibt's?« fragt Petersen.

»Eben nicht. Wir sind fast die einzigen!«

»Ja, aber...«

»... aber wir müssen das so sehen: Es gibt an die fünfzig, die entgiften *wollen* und *müssen* – Salze, Säuren – und die's nicht *können*. Das bringt mich übrigens auf einen Gedanken...«

Er wartet geduldig, während sie überlegt.

»Diese... diese Tatwaffe – so nennen Sie das, nicht?«

Er nickt. »Eine sehr großkalibrige Waffe...«

»Ein Colt?«

»Ich sagte es gerade...«

Und sie nickt, wie um sich den letzten Anstoß zu geben. »Ich könnte mir vorstellen, woher er kommt...«

»Woher denn?« fragt er gespannt.

»Er könnte von mir kommen«, sagt sie endlich. »Das heißt, ursprünglich aus den Staaten... Schauen Sie, ich habe seinerzeit die Öfen in Amerika gekauft, das einzige vernünftige und entsprechend teure Modell; für die Amerikaner ein fantastisches Geschäft. Die Leute haben in solchen Fällen manchmal etwas merkwürdige Danksagungsmethoden: Als wir die Verträge unterzeichnet hatten, ging der Boß plötzlich an seinen Schrank und holte einen Colt heraus, mit Munition und allem Drum und Dran...« Sie lächelt leicht; muß irrsinnig komisch gewesen sein.

»Weiter!« drängt Petersen.

»... er sagte jedenfalls, es sei ein Colt, als ich ihn fragte, was ich mit dem Mordsinstrument soll. Ach, sagte er, Baby, Entgiften ist ein so gefährliches Geschäft, da kann es nicht schaden, wenn man bewaffnet ist... Ich glaube, ich hätte ihn schwer beleidigt, wenn ich die Waffe nicht angenommen hätte.«

»Dann...?« fragt Petersen gespannt.

»Dann hab ich ihn mit rübergebracht«, sagt Susanne Knabe, »unverzollt, zugegeben. Jemand hat ihn dann hier im Büro gesehen und gefragt, ob ich ihn nicht verkaufen will. Ich war froh, daß ich ihn los wurde. Für hundert Mark – vermutlich viel zuwenig...«

Petersen ist so gespannt, daß er nicht merkt, wie die Bürotür leise aufgemacht und angelehnt wird. »Scholz...?« fragt er und hält fast den Atem an.

Aber sie schüttelt den Kopf. »Sein Chef. Doktor Stephan. Direktor Stephan von unserer Kundin METALLIN. Vor drei oder vier Monaten; er hat ihn gleich mitgenommen...«

Petersen geht zum Telefon, und erst, als er schon wählt, fragt er anstandshalber: »Darf ich mal...«

»Bitte!« sagt sie.

In dem Türspalt zum Vorzimmer steht Walter Knabe, macht ein mieses Gesicht und schüttelt den Kopf. Sie war so lange mit ihm verheiratet, daß sie weiß, was er meint: Das finde ich aber gar nicht gut! Sie schüttelt indessen den Kopf und legt warnend den Finger auf den Mund.

Petersen kann das alles nicht sehen, kriegt keine Verbindung mit Trimmels Direktapparat und verabschiedet sich ziemlich hastig.

»Bist du des Teufels?« sagt Walter Knabe.

»Laß mich zufrieden. Ich weiß genau, wann ich in Vorlage gehen muß!« sagt sie bitterböse.

Zunächst scheint sie recht zu behalten. Denn als Petersen, da er Trimmel nicht erreichen kann, auf eigene Faust den Polizeiapparat spielen läßt, kommt zunächst nicht allzuviel dabei heraus.

Zwar geht Oberkommissar Kolff höchstpersönlich zu Dr. Stephan, um ihn wegen des Colts zu vernehmen, aber das Gespräch ist ausgesprochen unergiebig.

Am Schluß sagt Stephan: »Ich kann Ihnen nur zum allerletztenmal versichern, Herr Kolff, ich habe nie einen Colt gesehen außer bei Herrn Scholz, und ich konnte einen Colt bis dahin nicht von einem MG unterscheiden...«

»Sie versichern mir 'ne Menge«, sagt Kolff nachdenklich. »Annika Boll haben Sie nur beruflich gekannt, einen Colt haben Sie so gut wie nie... Was soll ich denn glauben?«

»Natürlich die Wahrheit!« antwortet Stephan. »Scholz war ein Waffennarr. Und wenn Sie mich fragen, die Person, die Ihnen erzählt hat...«

»Nicht mir!« sagt Kolff.

»... die der Polizei erzählt hat, ich hätte einen Colt käuflich erworben – die Person verwechselt mich offenbar mit Erwin Scholz, kann uns also nicht besonders gut gekannt haben...«

»Bißchen kurzgeschlossen, was?« gibt Kolff zu bedenken.

Aber nein, meint er. »Scholz hatte dutzendweise Waffen, auch Schalldämpfer und so... und dieser Colt lag doch neben seiner Leiche, von ihm selbst benutzt...«

Kolff steht auf. »Die arme Polizei soll wieder mal alles rauskriegen!« sagt er verbittert.

Trimmel war aus gutem Grund nicht da, denn eine Polizeirevierwache in Eidelstedt hatte angerufen und den Besuch einer Pensionsbesitzerin angekündigt, die – hoffentlich – endlich die Identifizierung von Mister Barfuß vorantreiben könnte. Die Sache ist ihm wichtig genug; er geht mit der Frau selbst ins Leichenschauhaus. Unterwegs zu den Kühlfächern redet er sich fast den Mund fußlig, um die völlig verängstigte Frau zu beruhigen.

»... ist sicher nicht schön, eine Leiche anzusehen«, sagt er, »das weiß ich am besten, aber es gehört ja nun mal zum Leben...«

Die Frau nickt, nach wie vor voller Angst.

»... und denken Sie doch mal«, sagt Trimmel, »wenn dieser Herr Wunderra erst vor drei Wochen bei Ihnen eingezogen ist, kann er Ihnen ja noch nicht so vertraut sein, daß Sie solche Angst vor seiner Leiche haben müssen, vorausgesetzt, er ist es überhaupt...«

Nein, nein, meint sie gottergeben.

»... und wenn er's ist, da würd ich an Ihrer Stelle mal ganz praktisch denken, dann ist doch die Chance für Sie viel größer, daß Ihnen aus dem Nachlaß die Miete gezahlt wird, die er Ihnen noch schuldet...«

Endlich sagt sie auch was: »War denn... in dem Koffer nichts, den ich auf dem Revier abgegeben habe?«

»Nee«, sagt Trimmel kopfschüttelnd, »soviel ich weiß, können Sie mit den paar Klamotten von Herrn Wunderra keinen Staat machen. Und die Papiere, die noch drin waren, die werden gerade technisch untersucht; das ist höchstens für uns interessant, aber für Sie ist das wertloses Zeug...«

Sie stehen inzwischen unmittelbar vor den Leichenkammern, und wenn man sie nicht festhält, wird sie gleich davonlaufen wie eine verängstigte Katze.

»Also jetzt wirklich, Sie brauchen wirklich nur einen einzigen Blick auf sein Gesicht zu werfen, ne Sache von zwei Sekunden...«

»Aber wenn er...?«

»Ach wo«, sagt Trimmel, »die Schußwunde bleibt zugedeckt. Und daß er unter Schutt gelegen hat, sieht ihm keiner mehr an!«

»Ich kann nicht!« sagt sie.

Es ist zum Heulen.

»Natürlich können Sie! Denken Sie doch mal nach! Der Mann war in Hannover Privatdetektiv, haben wir festgestellt, und Detektive sind nun mal Menschen, die wahrscheinlich gefährlicher leben als andere Menschen – haben Sie doch auch schon gehört, oder?«

»Ja!« sagt sie zaghaft.

Und dann macht er die Tür auf, die erste Tür von mehreren zwischen Leben und Tod. »Kommen Sie jetzt. Ich bleib ganz dicht bei Ihnen!«

Dreißig Sekunden danach sagt sie leise und deutlich: »Ja, das ist der Herr Wunderra!«

Unmittelbar darauf kippt sie um und wird von Trimmel und einem Gerichtsmediziner aufgefangen und auf eine Trage gebettet. Die steht zufällig da herum für welchen Zweck auch immer.

Der Arzt, ein Mann mit dem schönen Namen Dr. Sorge, sieht sich die Frau an. Das Kühlfach mit dem Herrn Wunderra wird inzwischen wieder zugeschoben. Der Frau geht es offenbar nicht allzu schlecht, denn der Arzt sagt zu den beiden Gehilfen im Raum: »Bleiben Sie 'n Moment bei ihr. Sie kommt gleich wieder zu sich!«

Sorge will sichtlich noch was anderes loswerden. »Ich hab noch was für Sie!« sagt er zu Trimmel, und Trimmel folgt ihm in den Obduktionsraum.

»Eigentlich ist das ja nicht mein Bier«, sagt Dr. Sorge, »aber ich hab mal n Paraffintest mit ihm veranstaltet.«

»Mit wem?« fragt Trimmel.

»Na, Wunderra, oder wie der Mann inzwischen heißt...«

»Und?«

»Der Mann hat vermutlich kurz vor seinem Tod eine Schußwaffe abgefeuert!«

»Tatsächlich?« staunt Trimmel.

»Tatsächlich!« nickt der Arzt. »Das heißt, haargenau kann ich's natürlich nicht sagen, so hundertprozentig ist das nicht mit dem Paraffin; außerdem lag er ja auch auf der Kippe. Aber ich glaub schon, daß er geschossen hat. Unmittelbar bevor es ihn selbst erwischte...«

Ganz schöne Neuigkeiten sind das. »So, so...«, sagt Trimmel. Aber es geht noch weiter.

»Ich hab nämlich noch was!« kündigt Sorge an. Er geht zu

einer Tafel und zeichnet mit Kreide zwei Gebilde, die, wie er sagt, menschliche Rümpfe im Längsschnitt darstellen sollen. Etwa in Herzhöhe zeichnet er bei beiden zwei deutliche Doppellinien. »Den Kerl von der Autobahn...«, sagt er dabei.

»B 4!« korrigiert Trimmel.

»Na schön – also, dieser Scholz, den Sie mir da angeliefert haben, eigentlich gehört der ja nach Kiel in die Gerichtsmedizin...« Er sieht sich seine Zeichnung nachdenklich an.

Trimmel wirft ein: »Das hat seine Gründe!«

»Ja, sicher«, sagt Sorge, »die großkalibrige Pistole. Die angeblich großkalibrige Pistole...«

Auch Trimmel schaut auf die Zeichnung, er weiß noch nicht, worauf Dr. Sorge hinauswill.

»Passen Sie mal auf!« sagt er.

Die beiden Doppellinien innerhalb der stilisierten Rümpfe beginnen, wie gesagt, jeweils in Herzhöhe, und sie enden etwas oberhalb der Kreuzgegend. Der Arzt macht jetzt bei der ersten Rumpfzeichnung am Ende der Doppellinie einen ziemlich großen – maßstäblich: etwa kinderkopfgroßen – Trichter.

»So sähe das im Prinzip etwa aus, wenn ne Elf-Komma-fünf-Millimeter, ne Fünfundvierziger, glatt durch den Körper hindurchschlägt...«

Bei der zweiten Rumpfzeichnung bringt er an derselben Stelle einen sehr viel kleineren – maßstäblich: allenfalls faustgroßen – Trichter an. Dann sieht er den immer noch verständnislosen Trimmel triumphierend an.

»Das ist nämlich Ihre glatt durchschlagene Scholz-Leiche von der Autobahn beziehungsweise B 4!«

Da dämmert's endlich in Trimmels Gesicht. »Ist das Ihr Ernst?«

»Und wie!« sagt der Arzt. »Der Mann ist nie im Leben von 'ner großkalibrigen Fünfundvierziger getötet worden. Höchstens, aber allerhöchstens von ner Neun-Millimeter, allerdings aus ganz kurzer Entfernung!«

Trimmel will's nicht glauben – es spricht nahezu alles dagegen. »Passen Sie mal auf, Doktor: Da liegt ne Leiche mit einer dicken Schußwunde. Hinter der Leiche liegt ein Fünfundvierziger-Projektil. Vor der Leiche, neben den Händen, liegt die passend große Waffe. Auf der Waffe sind Fingerabdrücke des Toten...«

»Vollkommen klar«, sagt Dr. Sorge, und dabei wirkt er regelrecht spitzbübisch. »Der Mann hat sich mit einer Fünfundvierziger erschossen, auch wenn der Paraffintest bei *ihm* negativ war...«

»Haben Sie etwa bei ihm auch...?«

»Meinen Sie, ich mach halbe Sachen? Jedenfalls ist die Kugel ordnungsgemäß hinten wieder rausgetreten. Nur die Millionstelsekunde, wo die Kugel im Körper war, da ist sie zusammengeschrumpft und hat ihre Geschwindigkeit absichtlich verlangsamt...«

Trimmel steht auf. »Mein lieber Mann«, sagt er, »das will ich sehen!«

Vorsichtig öffnet der Arzt daraufhin die Tür und späht nach nebenan: die bewußtlose Wunderra-Vermieterin ist offenbar wieder zu sich gekommen und in Sicherheit gebracht worden. »Kommen Sie, die Luft ist sauber...«

»Wenigstens die Luft!« knurrt Trimmel.

Beide gehen in den Nebenraum, und der Arzt zieht eigenhändig ein Kühlfach auf. Erwin Scholz erscheint – in Lebensgröße, aber kalt und tot.

»Ist das n Fünfundvierziger Einschuß?« fragt der Arzt und deutet auf seine Brust.

»Eigentlich nicht«, gibt Trimmel zu, »obwohl man sich da ziemlich...«

»... irren kann!« sagt der Arzt. »Aber warten Sie!«

Er packt den Toten bei den Schultern, dreht ihn, steif, wie er ist, halb herum, und grinst Trimmel an. »Keine Bange, Sie kriegen wirklich nur n Neun-Millimter-Ausschuß zu sehen!«

Trimmel sieht dreimal hin. Endgültig: Sorge hat recht.

Im Polizeilabor gilt die Sache Scholz natürlich noch nicht als Mordsache. Ein Häufchen Sägemehl liegt auf Glas, und daneben stehen ein Mikroskop, Reagenzgläser und ein Diktiergerät. Der dazugehörige Laborant gibt mit dessen Hilfe seine Erkenntnisse von sich.

»Untersuchungsgegenstand: Sägemehlartige Masse vom Leichenfundort Parkplatz B 4, Todesermittlungssache Erwin Scholz... Bei dem Untersuchungsgegenstand handelt es sich nicht um reines Sägemehl, sondern um einen schon vor längerer Zeit angefallenen Sägerückstand, vermischt mit Baumwollfasern und zermahlenem Schaumgummi. Nach hierorts gemachten Erfahrungen ist diese Substanz bisher nur als Füllung von Stofftieren billigerer Art in Erscheinung getreten...«

Viel mehr ist im Moment wirklich nicht dazu zu sagen.

Aber als Trimmel zwei Stunden später diesen kurzen, fast nichtssagenden Bericht liest, kriegt er fast einen Wutanfall. Sicherlich an der falschen Stelle – begreiflich allerdings ist es. Denn es hat selten einen Fall mit zwei oder gar drei Leichen gegeben, in dem es so viele Spuren und Theorien und so wenige wirkliche Erkenntnisse gab.

»Erst Kinder«, schimpft er, »dann Kinderspielzeug. Sind wir denn allmählich alle kindisch?«

Petersen, von seinem Fischzug aus dem TOXEX-Büro und anderen Streifzügen zurück, sagt vorsichtig: »Die Frau Knabe hat keine Kinder...«

»Was heißt das?«

»Sie hat aber n Ehemann«, antwortet Petersen, der sich, wie immer, gründlich erkundigt hat.

»Ja, und?«

»Mit dem lebt sie in Scheidung!« sagt der Leichenbestatter freudestrahlend. »Walter Knabe. Will ne Menge Geld von ihr haben – heutzutage kriegen ja auch die Männer Alimente...«

»Ach nee...«, sagt Trimmel.

»Doch, doch und vielleicht wird er's auch kriegen, wenn diese TOXEX nicht an uns zugrunde geht...«

»Wird sie ja wohl!« sagt Trimmel fatalistisch.

»Ja, gut«, meint Petersen, »aber bis vor kurzem war das ja noch nicht abzusehen. Da hatte dieser Walter Knabe gar keine schlechten Aussichten...«

»Ging sie fremd?« fragt Trimmel schnell.

»Könnt schon sein. Und was glauben Sie, was ich glaube, mit wem sie's gehabt hat?«

»Sag bloß!« sagt er.

Und Petersen nickt. »Mit Scholz. Auch wenn sie's bisher noch abstreitet... Ich kann mich da meistens ganz gut auf meine Instinkte verlassen.«

Plötzlich bekommt der stämmige, gutaussehende Privatdetektiv Max Wunderra, der Tote von der Giftkippe, den man gerade erst mit vollen Namen kennengelernt hat, einen ganz bestimmten Stellenwert.

»Was glauben Sie, Chef«, sagt Petersen, »wie der Ehemann Knabe das mit dem Seitensprung rausgekriegt haben könnte?«

»Indem er ihr den Detektiv hinterhergeschickt hat!« sagt Trimmel, vorübergehend fast glücklich. Aber gleich darauf verzieht sich die Sonne wieder von seinem Gesicht, und er wird zusehends nachdenklicher und wirkt gar nicht mehr überzeugt. »Und als dann alles hochkochte, hat einer den anderen umgebracht, meinst du...?«

Petersen hebt die Schultern: so schön es wäre, er glaubt es auch nicht so ganz.

»Erst hat der Scholz den Wunderra umgelegt«, sagt Trimmel, »und dann die Knabe den Scholz?«

Viel zu glatt, um wahr zu sein. Petersen gibt zwar noch zu bedenken, daß der Ehemann Knabe, wie er erfahren hat, inzwischen wieder bei TOXEX tätig ist. Aber daraus die Folgerung abzuleiten, die Eheleute hätten sich nach der Beseitigung aller Nebenbuhler und Störenfriede wieder vertragen – abenteuerlich!

»Warum sollte Knabe sich ausgerechnet n Detektiv aus Hannover mieten?« fragt Trimmel. »Meinst du, die Dame ist mit Scholz regelmäßig in die Lüneburger Südheide gefahren?«

»Das weiß ich nun leider nicht«, gibt Petersen zu, »aber zwischen Kiel und Hamburg... Schleswig Holstein wär da sehr viel günstiger gelegen.«

Wunderra kommt aber nun mal aus Hannover. Er ist der dortigen Polizei als ›Schnüffler‹ bekannt; ein cleverer, fast etwas zwielichtiger Bursche, der sich nicht mit den üblichen Scheidungsaffären zufriedengab, sondern sich auch schon mal an Dingen versuchte, die im Grunde nur die Polizei etwas angehen. Erpressungen, in einem Fall sogar ein Raubüberfall, der später als versuchter Mord gewertet wurde... Zuzutrauen war diesem semmelblonden Burschen einiges, darunter durchaus die Möglichkeit, daß er sich als Detektiv mal an einen Mordfall wagte.

Andererseits: das Büro von Wunderra in der Liebknechtstraße, das die Hannoveraner sofort durchsucht haben, gibt überhaupt nichts her, in des Wortes doppelter Bedeutung. Ein paar so gut wie leere Metallschränke, in denen nur einige unbezahlte Rechnungen lagen, ein vergammelter Schreibtisch, eine uralte mechanische Schreibmaschine, alles mit einem Sperrmüllwert gleich Null. Kein Hinweis auf lebende Verwandte oder Freundinnen, immerhin zwei zerfledderte Taschenbücher über aufbrechende Probleme des Umweltschutzes...

Alte Klamotten, wie gesagt, und eine neue Problematik.

»Hat er wenigstens n Auto gehabt?« fragt Trimmel.

»Einen roten Capri!« sagt Petersen; tatsächlich, denkt er grinsend, der Alte ist von allein drauf gekommen!

»Was grinst du so?« will Trimmel wissen. »Die Karre müssen wir doch suchen!«

Da strahlt Petersen. »Wir haben sie schon gefunden«, sagt er, »nachdem wir den Typ und das Kennzeichen hatten, war's ganz einfach. Stand in nem Parkhaus in Eimsbüttel. Wissen Sie, seit wann?«

Trimmel tut ihm den Gefallen. »Seit wir Wunderra gefunden haben!« rät er.

»Richtig!« sagt der Leichenbestatter. »Seit dem frühen Morgen! Bloß wußt keiner mehr, wer ihn hingebracht hat. Ist da alles n bißchen anonym...«

»Sonst nichts gefunden?«

»Die Leute sind ja noch nicht fertig«, verteidigt Petersen die Kollegen von der Spurenkunde, »aber wenigstens einen Schuh haben wir schon. Mit Socken drin. Lag unterm Vordersitz, war von außen kaum zu sehen, hab ich gehört...«

»Was für'n Schuh?«

»So ne Art Wildlederstiel. Größe vierundvierzig. Paßt genau zu Wunderra. Fehlt also nur noch einer...«

Einfacher wird das Rätsel um den endlich identifizierten Mister Barfuß dadurch allerdings nicht.

7

Seinen endgültigen Stellenwert bekommt Mister Barfuß alias Max Wunderra am nächsten Morgen auf der Giftkippe. Trimmel ist nicht gerade mit der Absicht hingegangen, den zweiten Schuh zu suchen und zu finden. Aber irgendwie geht ihm der Schuh nicht aus dem Kopf.

Am Rand der Kippe trifft er die Kinder wieder, die seinerzeit Wunderra gefunden haben – die Cowboys und Indianer, die inzwischen Federn gelassen haben.

»Na, ihr Läuse«, sagt Trimmel, »was gibt's Neues?«

»Nichts Besonderes, Herr Kommissar!« meldet der Häuptling vorschriftsmäßig.

»Ihr habt hier nicht mal zufällig n Schuh gefunden?« fragt er.

Die Kinder sehen sich an, schütteln die Köpfe, beratschlagen. »Nein, nicht daß wir wüßten!« sagt schließlich der Zorro von ehemals, inzwischen in Zivil.

»Habt ihr denn immer noch keinen besseren Spielplatz?«

»Den gibt's gar nicht!« sagt der Häuptling überzeugt. Wo einmal eine Leiche war, kann seiner Überzeugung nach offenbar jederzeit eine zweite auftauchen; außerdem ist hier ja auch ohne Leichen in den letzten Tagen einiges los gewesen.

»Na gut«, sagt Trimmel, »wenn ihr noch was hört und seht, könnt ihr mir ja Bescheid sagen!«

Er will schon gehen, als der Häuptling ihn überraschend altklug fragt: »Wie würden wir Sie denn erreichen?«

»Trimmel heiß ich«, sagt Trimmel fast widerstrebend, »bin immer im Polizeipräsidium.«

Und der Häuptling, der einzige, der noch Kopfschmuck trägt, nickt ihm respektvoll zu: »Vielleicht rufen wir Sie mal an!«

Es klingt richtig geheimnisvoll.

Trimmel stapft inzwischen auf Hoffmann zu, der mit den beiden Baggerfahrern zusammensteht und schwatzt. Die große Raupe, die Wunderra beinahe zugeschüttet hätte, und die von Hoffmann beorderten kleinen Bagger stehen arbeitslos in der Gegend herum. Trimmel hört, als er näher kommt, wie der eine Fahrer zu Hoffmann sagt: »... jedenfalls seit zwei Monaten kein einziges Faß mehr!«

»Tag, Herr Hauptkommissar!« sagt Hoffmann munter. »Nur eine Sekunde, ich hab gleich Zeit für Sie...« Er blättert in einem Notizbuch und sagt zu den Baggermännern: »Mit den Unterlagen würd's übereinstimmen. Rund zwölfhundert Tonnen, das käm hin...«

»Sollen wir dann abhauen?«

Hoffmann zögert. »Macht noch ein paar Stichproben. So quer übers ganze Gelände...«

»Okay!« sagt der Mann und geht mit seinem Kumpel an die Maschinen. Hoffmann ruft ihm nach: »Aber einer von euch kann ja eigentlich doch schon...«

»Alles klar!« ruft er zurück. Erst mal machen sie sowieso Frühstückspause, und zwar gemeinsam.

»Geht voran, wie ich sehe?« sagt Trimmel.

Umweltschützer Hoffmann nickt. »Danke, der Herr Wunderra hat uns seit gestern ziemlich geholfen. War nett von Ihnen, daß Sie uns gleich benachrichtigen ließen...«

»War der Papierkram in dem Koffer tatsächlich interessant?« fragt Trimmel.

»Hochinteressant?« sagt er begeistert. »Die Fässer hatten wir ja, aber ohne Wunderra hätten wir noch wochenlang recherchieren müssen!« Er trägt einen Overall, in dem er aussieht wie in einem Karnevalskostüm. »Ich könnte mir allerdings auch vorstellen, daß Wunderra Ihnen die Arbeit erleichtert. Wollen wir mal *darüber* reden?«

Trimmel nickt. »Polizeiarbeit ist das immer, wenn jemand versucht, n Reibach zu machen und dabei für ein paar tausend Menschen das Trinkwasser vergiftet!«

»Ändert aber nichts daran«, sagt Hoffmann fröhlich, »daß Wunderra sozusagen in euern Diensten gestorben ist!«

»Also, ob's *das* war...«, sagt Trimmel skeptisch.

»Ja, was denn sonst?« Hoffmann nimmt eine herumliegende Holzlatte und unterstreicht seine Sätze durch Striche im Schutt. »Sie haben hier ne Leiche gefunden und uns damit geholfen, das Zyanid zu finden, bevor hier ne Katastrophe passiert. Jetzt geht's vielleicht umgekehrt. Wunderra war Detektiv, nicht?«

»Schnüffler!« sagt Trimmel gehässig.

»... ja, gut; jedenfalls hatte er erstaunlich solide Kenntnisse. Hat irgendwo rausgekriegt und ausgerechnet, daß TOXEX da drüben an die zwölfhundert Tonnen Gift nicht vernichtet hat... nicht nur Zyanid, auch noch anderes Zeug, und statt dessen hier abgekippt hat. Und ne ganze Menge davon von METALLIN in Kiel – das war einer der Hauptkunden, soweit waren wir ja schon mal...«

»Die haben buchstäblich überhaupt nichts entgiftet?« fragt Trimmel entgeistert.

»Doch, schon, am Anfang ging's wohl ganz gut mit den Öfen. Vor allem dahinten – da, wo wir zuletzt gebaggert haben. Zusätzlich zu den zwölfhundert Tonnen Gift ungefähr diesselbe Menge entgiftet...«

»Ach so. Aber sagen Sie mal, was mir noch eingefallen war – irgendwann letzten Frühling gab's doch mal Beschwerden aus der Bevölkerung über die Kippe?«

»Die haben wir nachgeprüft«, bestätigt Hoffmann. »Bloß, das war noch nichts Kriminelles. Oder – was mir, unter uns gesagt, wahrscheinlicher erscheint – wir haben nicht richtig gestochert. Nobody ist eben perfect...«

»Danke, danke!« sagt Trimmel.

»Tja, und nun kommen wir mal zur Sache. Es wird schwer sein, METALLIN was anzuhängen, obgleich mich persönlich dieser Punkt am meisten ärgert...«

»Warum hacken Sie immer auf METALLIN rum?« fragt Trimmel. »Die haben doch ebensowenig was damit zu tun wie diese Baufirma, diese...«

»Lehnsen Gebrüder.«

»Richtig – die haben wir ja nach Strich und Faden überprüft, natürlich negativ. Die Schweinerei hat schließlich TOXEX ganz alleine abgezogen!«

»Möglich ist es«, sagt Hoffmann, »nur, ich wär gerade in dem Punkt ein bißchen skeptischer...«

Trimmel reagiert reichlich unqualifiziert: »Sie halten, scheint's ne ganze Menge von TOXEX?«

»Susanne Knabe?« sagt Hoffmann lächelnd. »Charmante

Person. Die hat anfangs bestimmt noch geglaubt, mit der Vernichtung von giftigen Industrieabfällen ein gutes Werk zu tun, bloß...«

»N Geschäft wollt sie machen!« sagt Trimmel.

»Machen Sie Ihren Job umsonst?« fragt der Umweltschützer.

»Fast!« sagt Trimmel bitter.

»Also, die Frau Knabe jedenfalls auch nicht... Soll *ich* jetzt mal Kriminalist spielen?«

Diesmal sagt Trimmel gar nichts.

»Erstens«, fährt Hoffmann fort, »wir haben begründete Aussichten, Knabe und TOXEX zu überführen, daß sie sich hier im Zusammenhang mit der Schuttkippe strafbar gemacht haben. Aber hundertprozentig ist das noch nicht. Sie glauben gar nicht, wie viele Lastwagenfahrer und Kippenwärter und Spediteure in diesem Geschäft dazwischenhängen. Die müßten alle schwören, daß niemand anderes als Susanne... als Frau Knabe das angezettelt hat.«

»Und?« sagt Trimmel.

»Zweitens. Ich möcht grundsätzlich nicht wissen, wieviel Gift da so in deutscher Erde ruht, ohne daß nur ein Hahn danach kräht. Hat sich ja früher auch keiner aufgeregt...«

»Wieder Ihre seltsame Vorliebe für...«

»Drittens«, sagt Hoffmann unbeirrt, »irgendwann vor Jahren kamen wir dann groß raus, wir vom Umweltschutz – war ja auch nötig. Aber plötzlich war da jemand – wohlgemerkt, ich sprech jetzt mal aus der Sicht von TOXEX! –, jemand, der n Stück Papier auf die Straße wirft oder n paar Zentner Gift verbuddelt, ne Art Staatsfeind Nummer eins und stand am Pranger. Verstehen Sie, was ich meine?«

»Es dämmert...«, gibt Trimmel zu.

»Diese Geier!« erregt sich Hoffmann. »Überall, wo Gift abfällt in der Industrie... Das beste Mittel, um die Konkurrenz kaputtzumachen: behaupte einigermaßen schlüssig, daß jemand nicht imstande ist, *seinen* Giftmüll ordnungsgemäß zu vernichten, und du bist der Größte, und der andere kann einpacken!«

»Wer war hier der Größte?« fragt Trimmel.

»Andersrum. Der Wunderra, Ihre Leiche aus Hannover, ist als Detektiv gleichzeitig auf TOXEX *und* METALLIN angesetzt worden, das geht einwandfrei aus seinen Unterlagen im Koffer hervor...«

»Ach! Ich dachte, in dem Koffer sind nur chemische Formeln und so?«

»Nee, nee, auch n paar Notizen in ner Spezialkurzschrift, die einer von uns entziffern konnte!«

»Aha. Und von wem ist er angesetzt worden?«

»Kommt gleich. Jedenfalls war die Hauptstoßrichtung für Wunderra tatsächlich nicht TOXEX, sondern METALLIN. Und jetzt folgendes: in Hannover gibts die schärfste Konkurrenzfirma für METALLIN in ganz Deutschland. Und wenn Sie mich fragen: Die Brüder streiten zwar ab, den Namen Wunderra überhaupt nur gehört zu haben, obgleich Wunderra sie sogar namentlich nennt, SPEZIALSTAHL GmbH, aber...«

»Verstehe«, sagt Trimmel, »METALLIN sollte von SPEZIALSTAHL kaputtgemacht werden, und die Frau TOXEX ist nur als Mittel zum Zweck reingeraten?«

»Ja, genau!« sagt Hoffmann todernst. »Das jedenfalls ist meine Überzeugung!«

»Von der Leiche Scholz mal abgesehen«, überlegt Trimmel, »Sie sagen selbst, daß es schwer ist, METALLIN was anzuhängen... in Sachen Umweltverschmutzung haben die Kieler doch überhaupt keinen Dreck am Stecken.«

»Und die verschwundene junge Dame?« ereifert sich Hoffmann. »Alles ganz zufällig? Wenn die Kieler sich einfach nur besser gegen Wunderra gewehrt hätten als die Hamburger?«

»Strafrechtlich und logisch ist und bleibt TOXEX der krumme Hund!« sagt Trimmel hartnäckig. »Bei denen steht so viel auf dem Spiel – n besseres Motiv für ein paar Morde gibt's gar nicht!«

»Susannchen hat Ihrer Ansicht nach also ein paar Leute ermorden lassen«, sagt Hoffmann kopfschüttelnd, »nur damit sie nicht die Lizenz verliert oder n paar Wochen auf Bewährung kriegt? Okay, Herr Trimmel – mit Ach und Krach wär sogar da n Sinn drin. Aber glauben Sie im Ernst, daß bei

METALLIN niemand gewußt hat, daß bei TOXEX krumme Sachen laufen?«

»TOXEX hatte ja noch andere Kunden...«

»Alle zusammen nicht die Hälfte von METALLIN!«

Trimmel schweigt. Er fühlt sich definitiv in die Enge getrieben.

»Als hier auf der Kippe, da vorn« – Hoffmann macht eine entsprechende Bewegung mit seiner Latte – »die Leiche Wunderra gefunden wurde, ist bei METALLIN in Kiel eine Ladung Zyanid in Fässern rausgegangen. Das hat Herr Siemensmeyer, den Sie neulich kennengelernt haben, in Kiel einwandfrei feststellen können. Hier auf der Kippe ist diese Ladung mit Sicherheit nicht angekommen, auf dem Lagerhof von TOXEX auch nicht. Wo kann sie abgeblieben sein?«

»Haben Sie Stephan gefragt?«

»Ich nicht, aber Siemensmeyer. Und Stephan hat bestätigt, die Ladung ist rausgegangen. Nur, den Wagen, sagt er, hat sein Fahrer Scholz gefahren, und der ist ja nun leider tot! Frage an Sie, Herr Trimmel: Wo, bitte, ist er denn gestorben?«

»Zwischen Kiel und Hamburg«, sagt Trimmel widerwillig.

»Eben! Wie wär's – wollen wir nicht mal zwischen Kiel und Hamburg suchen?«

Trimmel sieht ihn an wie eine eklige Spinne.

»Nur mal so, Herr Trimmel...?«

Für solche Fälle – das weiß der Polizist ebenso wie der Umweltschützer – gibt es die Bereitschaftspolizei. Und die ist allezeit bereit, bei begründetem Verdacht auf eine Straftat von Format ein Gelände gründlich zu durchforsten; das gilt so halbwegs als Training.

»Sie wissen genau«, sagt Trimmel, »daß ich jetzt suchen lassen muß...«

»Lachen Sie doch mal!« schlägt der anfangs so pingelige Regierungsrat Hoffmann fröhlich vor. »Glauben Sie, ich würd Ihnen ne Dienstaufsichtsbeschwerde anhängen, wenn Sie nicht suchen lassen? Andererseits wissen Sie doch, daß es Sinn hat!«

Leider Gottes hat er recht. »Sie haben gut lachen!« sagt

Trimmel, schief grinsend. Er hat eine Lektion erhalten, und er wird sie lernen, ob er will oder nicht.

Auf dem Rückweg halten ihn auch noch die Läuse auf, und sie treten diesmal sogar von sich aus an ihn heran. »Herr Kommissar, wir haben uns überlegt, wenn wir telefonieren, das kostet ja Geld für uns...«

»Was habt ihr denn?« fragt Trimmel.

Ein abgewetztes Schulheft haben sie.

»Gib mal her!«

Trimmel blättert, und dann gehen ihm die Augen über. Ein roter Capri war auf der Kippe, bevor Wunderra – offenbar sein Eigentümer – dort aufgefunden wurde? Er war mit einer Frau zusammen, die offensichtlich Frau Knabe war? Dieselbe Frau hat die Baggerarbeiten später mit dem Fernglas beobachtet und ist dann Richtung Norden davongefahren?

»Na warte...!« sagt er und steckt das Heft ein.

»Können wir unser Heft nicht wiederhaben?« fragt der Häuptling schüchtern.

»Das muß ich leider beschlagnahmen«, sagt Trimmel, so freundlich wie möglich, »das ist sehr wichtig, darüber dürft ihr auch nicht sprechen!«

Trotzdem sehen ihm die Kinder enttäuscht nach, offenbar mit dem Gefühl, daß man sich so eng eben doch nicht mit der Polizei einlassen soll.

Dr. Erich Stephan kriegt an diesem Tage nochmals den Besuch von Herrn Siemensmeyer, und es zeigt sich, daß der Refendar doch wohl noch etwas jung ist für schwierige Aufgaben wie diese. Jedenfalls hat er nur den Auftrag herauszubekommen, ob der Fahrer Scholz mit der zwischen Kiel und Hamburg verschwundenen Giftfuhre allein oder mit einem Beifahrer unterwegs gewesen ist – und dabei erfährt Stephan so ganz nebenbei, daß die Polizei morgen in der Umgebung des mörderischen Parkplatzes an der B 4 eine große Suchaktion durchführen will.

Bis gegen Abend denkt er, nur mäßig beunruhigt, über den Fall nach. So gründlich, denkt er, daß sie seine Mordrequisiten finden, werden sie wohl nicht suchen. Und wenn sie die Fässer finden? Das, entscheidet er, ist seit dem Tod von Erwin Scholz für ihn und die Firma überhaupt nicht mehr gefährlich.

Er fährt in seine Villa, und dort kriegt er dann plötzlich noch mehr Besuch. Seine Haushälterin meldet ihm ein Fräulein Graß, und erschreckt erinnert er sich, daß das offenbar die Wohnungsgenossin von Annika Boll ist.

Sie ist es tatsächlich, und sie teilt ihm unverblümt mit, daß dieser Tage ein Polizist bei ihr gewesen ist – ein Mann, der unbedingt wissen wollte, mit wem die verschwundene Annika in der letzten Zeit so ins Bett gegangen ist.

»Sie meinen, ich bin mit ihr ins Bett gegangen?« fragt Stephan lauernd.

»Natürlich sind Sie«, sagt sie. »Und ich möchte von Ihnen wissen, ob Annika tot ist oder nicht!«

»Das weiß ich doch nicht!« behauptet er. Das Verhältnis mit Annika abzustreiten, hat wohl kaum einen Sinn. Das Mädchen ist allerdings cleverer, als er dachte.

»Ich habe gelesen, einer Ihrer Angestellten ist tot aufgefunden worden...«, sagt Ellen Graß.

Stephan nickt. »Scholz. Mein Fahrer.«

»... und die Zeitungen vermuten auch, daß dieser Fall mit einem Hamburger Mordfall zusammenhängt.«

»Ja, aber Kind, damit habe ich doch nichts zu tun!« erklärt Stephan entrüstet.

»Ich weiß nicht so recht«, meint sie, »jedenfalls sollte ich doch wohl zur Polizei gehen und erzählen, daß Annika Ihre Freundin gewesen ist...«

Daher also weht der Wind, denkt Stephan. Kleine Erpressung am Rande. Gleich Geld oder nicht gleich Geld? Eine winzige Chance, überlegt er, hat er trotz allem noch, ohne Geld aus der Sache herauszukommen.

»Ich wollte ohnehin gerade Frau Knabe anrufen«, sagt er. »Sie werden sie nicht kennen, eine Hamburger Geschäftsfrau, die vermutlich dringender als ich in den Verdacht geraten könnte, mit diesen, eh... rätselhaften Todesfällen zu tun zu haben...«

»Bitte!« sagt Fräulein Graß, lehnt sich im Sessel zurück und weiß nicht so recht, was das soll.

Stephan wählt. Susanne Knabe ist gleich am Apparat. »Guten Abend«, sagt er, »Stephan hier...«

»Ja, bitte...?« sagt sie wachsam.

Er vertraut darauf, daß Fräulein Graß ja nur seine Seite des Gesprächs anhören kann – und daß er sie überzeugen kann, ein absolut ehrenwerter Mensch mit einer total reinen Weste zu sein.

»Frau Knabe«, sagt er, »was ich Sie schon immer fragen wollte, warum haben Sie mich eigentlich dieser Tage angerufen und sich nach dem Schicksal meiner verschwundenen Sekretärin erkundigt, nach Fräulein Boll?«

Susanne Knabe antwortet: »Wieso – das sagt ich Ihnen doch! Ich hatte es von Herrn Scholz erfahren, als ich mit ihm über die nächsten Lieferungen sprach... Menschliches Interesse, was sonst?«

Betont laut sagte Stephan: »Ja, natürlich, ich erinnere mich... Es ist ja auch nur, wenn Sie mich nicht angerufen hätten... also irgendwie hat mich Ihre Sorge doch sehr beeindruckt. Und deshalb... Na ja, vielleicht kann ich Ihnen heute einen Tip geben, den Sie natürlich streng vertraulich behandeln sollten...«

Er macht Zeichen für Fräulein Graß: Streng vertraulich – ist das nichts?

Susanne am anderen Ende der Leitung sagt nur: »Ja, ich höre...«

»Ich halte es nämlich für möglich«, sagt Stephan, »daß die Polizei morgen an einem bestimmten Punkt eine Suchaktion starten wird.«

»Wo und wonach?« fragt Susanne.

»Die Fässer!« antwortet er. »Die, die neulich mit Scholz bei uns rausgegangen und bei Ihnen wohl nie angekommen sind – merkwürdige Geschichte...«

»Was hätte ich Ihrer Ansicht nach damit zu tun?« fragt Susanne, die leider nicht weiß, was Erwin Scholz seinem Herrn und Meister noch zu Lebzeiten erzählt hat.

»Sicher nichts, Frau Knabe; es ist bestimmt sogar besser, wenn Sie – übrigens genau wie ich – überhaupt nichts wissen. Von Scholz kann ja nun leider niemand mehr Auskunft kriegen... Schreckliche Geschichte, so mitten aus dem blühenden Leben, dazu noch von eigener Hand – mir unverständlich...«

»Das wär's?«

»Eigentlich schon...«, sagt er.

»Und woher haben Sie Ihre Weisheit?«

»Da war ein Umweltschutzbeauftragter bei mir und hat es mir erzählt.« Diesmal schnippt er sogar mit den Fingern, damit Fräulein Graß auch wirklich gut zuhört. »Den Rest können ausgerechnet Sie sich doch an fünf Fingern abzählen, oder...?«

Also hat Scholz es ihm doch noch erzählt, denkt Susanne bestürzt, die Sache mit den Fässern im Wald. Vielleicht auch das andere... aber das ist ihr schon fast egal.

Die Fässer, um Gottes willen!

Warum ruft er mich deswegen an?

»Ja, schönen Dank auch!« sagt sie. »Wiederhören, Herr Doktor Stephan...«

Stephan wirkt geradezu aufgesetzt munter, als er den Hörer auflegt. »Na?« sagt er zu Ellen Graß.

»Ich weiß nicht, warum ich mir das anhören sollte...«

»Aber das gibt's doch gar nicht!« sagt er väterlich streng. »Sehen Sie denn nach diesem Gespräch immer noch nicht ein, daß ich mit dem Verschwinden von Fräulein Boll auch nicht das geringste zu tun habe?«

»Fräulein Boll...!« sagt sie höhnisch.

»Na schön – von Annika... Mir sagt doch keiner von der Behörde, was die Behörde plant – ich meine, die Suchaktion –, wenn ich verdächtig wäre, oder?«

»Ja, nun...« Sie weiß nicht mehr weiter.

»Jedenfalls müssen Sie gesehen und gehört haben« – dabei deutet er auf das Telefon –, »daß hier ganz andere Dinge im Spiel sind. Mit meinem Privatleben hat das überhaupt nichts zu tun!«

»Ich hab Sie neulich abends schon anzurufen versucht...«, sagt Fräulein Graß.

»Ich bin Ihnen ja auch dankbar, daß Sie zu mir gekommen sind!« Er ist überzeugt, daß er ihr eine gute Komödie vorgespielt hat (und gleichzeitig, zwei Fliegen mit einer Klappe, auch noch diese verdammte Susanne aufgescheucht und nervös gemacht hat). Trotzdem, ein paar Mäuse tun ihm nicht weh und machen die Sache endgültig dicht... Er geht zum Schreibtisch, schließt auf und nimmt drei Scheine heraus. Braune Riesen. Dreitausend Mark.

»Hier«, sagt er und schiebt das Geld lächelnd über den Tisch, »ich bin Ihnen wirklich dankbar. Ich möchte einfach nicht, daß mein Privatleben da reingezogen wird!«

Ellen Graß zögert nur Sekunden, steckt das Geld dann ein und verabschiedet sich. Stephan bringt sie noch bis zur Tür und gibt ihr länger als nötig die Hand.

Nacht liegt dann über dem Parkplatz und dem Wald dahinter, Taschenlampen geistern durch die Gegend, und es ist empfindlich kühl. Susanne Knabe, tatsächlich aufgescheucht und im höchsten Maße alarmiert, hat ihren nichtsnutzigen Ehemann Walter und außerdem ihren Geschäftsführer Binder mobilgemacht: nichts soll unversucht bleiben, den Karren doch noch, in allerletzter Sekunde, aus dem Dreck zu ziehen.

Um vier Uhr früh sind sie draußen, erst Susanne mit Mann, dann, nur Minuten später, der verschlafene Binder.

»Tut mir ja leid«, sagt Susanne, »ich weiß es ja auch erst seit dem späten Abend...«

Von der kleinen Schlucht leuchten sie jeden Quadratzentimeter aus. »Ich bin ja ein vorsichtiger Mensch«, meint Walter Knabe, »aber sehen kann man die Fässer beim besten Willen nicht!«

Trotzdem, sie kratzten noch mindestens zwei Kubikmeter Laub in mitgebrachte Säcke und schütten sie in die Schlucht auf die Fässer. Das neue Laub ist so braun und so feucht wie das alte; besser kann man die Fässer nicht verstecken, und abtransportieren kann man sie soweiso nicht mehr. Das Ganze dauert mehr als zwei Stunden. Und wenn die Bullen anrücken, rücken sie meist ziemlich früh an.

Susanne zögert, als sie zu dritt wieder auf dem Parkplatz stehen. Sechs Uhr dreißig – schon hell und noch nicht ganz hell. Ganz leichter Nebel – vermutlich wird es ein sonniger, melancholisch verhangener Tag.

»Am besten, du fährst mit Binder zurück«, sagt sie zu

Walter, »ich möchte sehen, ob die wirklich kommen oder ob man mich nur auf den Arm genommen hat...«

Aber in diesem Moment kommen sie schon. Vier Mannschaftswagen hintereinander; man sieht sie in der langgestreckten Kurve auf einen guten Kilometer Entfernung.

»Mensch«, entsetzt sich Binder, »nichts wie weg!«

»Steig bei ihm ein!« schreit Susanne. »Haut ab nach Hamburg, ich komm später nach!«

Binder – mit Knabe im Wagen – jagt seinen Rekord vor lauter Angst in einem derartigen Tempo nach Süden, als müßte er noch vor dem Frühstück eine Rallye gewinnen. Susanne läßt es ruhiger angehen; sie ist inzwischen krumme Sachen gewöhnt. Sie hat gelernt, Gottvertrauen durch Fatalismus zu ersetzen.

Ein paar hundert Meter vom Parkplatz entfernt leuchten ihre Bremslichter auf. Bis hierher werden sie wohl nicht suchen, denkt sie. Sie fährt den Wagen ein Stück von der Straße zwischen ein paar Büsche, und im Rückspiegel sieht sie gerade noch, wie der erste Wagen der Bereitschaftspolizei auf den Parkplatz einbiegt.

8

Offiziell leitet Oberkommissar Kolff die Aktion; in Schleswig-Holstein hat Trimmel nur in Ausnahmefällen was zu sagen. Trimmel hat Petersen mitgebracht, Kolff seinen üblichen Henneberg. Es hätte nicht viel gefehlt, und Trimmel wäre, von Hamburg kommend, dem Admiral von Susanne Knabe begegnet. Genau sagt, fehlten höchstens zwanzig oder dreißig Sekunden.

Die Bereitschaftspolizisten aus Eutin kletterten von ihren Wagen und packten ihre Gerätschaften zusammen. Suchstangen und Spaten vor allem. Einer ihrer Oberbeamten, ein uniformierter Kommissar, meldet sich bei Kolff.

»Kann losgehen«, sagt er. »Die Jungs sind ganz enttäuscht, daß sie nur ein paar Fässer finden sollen.«

»Kann man nie wissen...«, sagt Kolff.

Er und Trimmel gehen bis zur Abzweigung des Waldwegs. »Hier runter«, sagt Kolff, »fünfzig Meter zu beiden Seiten des Weges, würd ich vorschlagen.«

»Wie tief?« fragt der Bereitschaftskommissar.

Kolff sieht Trimmel an.

»Mal sehen«, sagt der, »mehr als drei Kilometer sicher nicht...«

Der Kommissar sieht auf die Uhr. »Müßt eigentlich bis mittags zu schaffen sein!«

Dann geht er zu seinen Leuten, die in lockerer Formation angetreten sind, sagt ihnen, sie sollen endlich das verdammte Gähnen lassen, und schickt sie in Kette los.

Technisch sieht das so aus: Die Polizisten verteilen sich auf Tuchfühlung zu beiden Seiten des Waldwegs, und sie marschieren langsam, aber zielstrebig wie eine Schnecke auf Beutefahrt waldeinwärts. Sie stochern wirklich in jedem Gewächs herum, das höher ist als zehn Zentimeter. Vor allem aber – und das ist für Leute, die hier etwas zu verbergen haben, viel gefährlicher – stochern sie auch alle Meter tief ins Laub hinein, als hätten sie den Auftrag, für die Forstwirtschaft Humusproben zu entnehmen.

Merkwürdig, was ein Wald auf diese Weise alles preisgibt: Eine ockerfarbene Badehose, obgleich kilometerweit nicht mal ein Bach fließt. Eine Petroleumlampe, die man noch glatt an einen Antiquitätenhändler verkaufen könnte, wenn man sie ein bißchen putzte. Ein blauweiß gestreiftes Oberhemd, das auf den ersten Blick wie eine weggeworfene Sträflingsjacke aussieht. Und Blechdosen, Zeitungen, ein alter Autoreifen sowie ein halb verwestes Eichhörnchen... Alles Dinge, die – bis auf das Eichhörnchen – hier überhaupt nichts zu suchen haben. Aber auch Dinge, die man liegen läßt, weil sich die Kripo bestimmt nicht dafür interessiert.

Umweltverschmutzung und Umweltverschmutzung sind eben zwei völlig verschiedene Dinge.

Kolff, Trimmel und ihre Leute, außerdem der Bereitschaftskommissar bleiben hinter der Kette zurück. Sie stehen in der Gegend herum, rauchen Zigaretten und Zigarren und reden mehr oder weniger dummes Zeug, und Trimmel denkt darüber nach, warum, zum Teufel, auch er so früh aufstehen muß, wenn die Bereitschaftspolizei ihren Zöglingen bei Gelegenheiten wie heute frühes Aufstehen beibringt.

Zugleich ist er aber ungeheuer gespannt, ob Hoffmann recht hatte – ob er auf diese Weise tatsächlich an Susanne Knabe, seine Verdächtige Nummer eins, herankommt. Außerdem ist er zuversichtlich – ganz offensichtlich im Gegensatz zu Kolff, der seine eigenen Vorstellungen von diesem Kriminalfall zu haben scheint.

Und dann passiert etwas, eine halbe Stunde nach Beginn der Aktion: Ein Suchender wird fündig. Er findet zunächst ein keilförmig bearbeitetes Stück Holz. Vermutlich hätte er es liegen lassen und wäre davongestochert, wenn das Holz nicht ein Loch gehabt hätte.

So aber stochert er weiter und findet neben dem Holzkeil einen Stofftiger. Das Tier ist so verdreckt, daß man es zunächst für einen braunen Panther halten könnte.

»Kannste deiner kleinen Schwester mitbringen!« flachst der Nachbar. Aber gleich darauf kriegt er Stielaugen. Denn was jetzt aus dem Modder kommt, ist ganz ohne Zweifel eine Pistole!

»Zeig mal her!« sagt einer, der beim Waffenunterricht besonders gut aufgepaßt hat. Und er hat recht mit seiner Diagnose, wie sich zeigt: eine verdreckte, aber offenbar funktionsfähige ASTRA-Neun-Millimeter-Pistole!

Der Finder staunt: »Ich hätt's bis jetzt nicht für möglich gehalten, daß wir hier überhaupt etwas finden! Und nun gleich ne Wumme!«

Die Kameraden staunen ebenfalls. Sie staunen ihn an wie einen, der außer der Reihe befördert worden ist.

»Das bring ich mal gleich zur Kripo!« sagt der Mann stolz. Vor Freude macht er ein paar Laufschritte – und das, obgleich es ihm niemand befohlen hat.

Zur gleichen Zeit wird Susanne Knabe entdeckt; es passiert überhaupt einiges gleichzeitig an diesem leicht verhangenen, dabei sonnigen Morgen. Ein Truppführer der Bereitschaftspolizei – im Rang gerade so hoch, daß er nicht mehr selbst suchen und stochern muß – hat mit seinem Fernglas herumgespielt und Susanne dabei plötzlich voll im Bild. Ebenfalls mit Fernglas.

Und nun spielt er Winnetou: Das will er wissen, was die Frau hier zu suchen hat!

Von hinten schleicht er sich an sie heran und benimmt sich immerhin so geschickt, daß sie es nicht merkt.

Kolff nimmt automatisch ein Taschentuch heraus, als ihm die Pistole und die anderen Requisiten gebracht werden. »Was ist das denn?« sagt er und greift danach.

»Mein lieber Mann!« sagt Trimmel.

»Können Sie sich darauf einen Vers machen?« fragt ihn Kolff.

»Neun Millimeter...«, murmelt Trimmel.

»Ja, sieht so aus, aber...?«

»Es sieht so aus, als hätten wir endlich die Tatwaffe!« sagt Trimmel. Er ist selbst am meisten überrascht.

Kolff kann nichts damit anfangen. »Im Fall Scholz...?« vermutet er. »Aber das war doch...«

»Ja, ja – haben wir zuerst auch gedacht. Der ist aber vermutlich gar nicht mit einem Colt erschossen worden...« Trimmel hat plötzlich ein schlechtes Gewissen.

»Sondern?« fragt Korff pikiert.

»Mit... mit ner Neun-Millimeter. Hören Sie, ich weiß es selbst erst seit vorgestern abend...«

»Ach ja?«

»Ich wollt's Ihnen ja schließlich nicht vorenthalten, aber wir haben so viel um die Ohren... Ich konnt außerdem selbst nichts mit dem Unfug anfangen, bis jetzt natürlich...«

Kolff sieht nachdenklich den Holzkeil und den Stofftiger an. »Offenbar durchschossen...«

»Ja, beides!« sagt Trimmel.

Und dann sehen sie sich an und grinsen. »Das Häufchen Sägemehl!« sagt Kolff. »Erinnern Sie sich?«

Trimmel nickt. »Ganz schön raffinierte Kiste...«

»Fragt sich nur, wessen!« sagt Kolff nachdenklich.

Bis auf fünf Meter hat sich der Truppführer an Frau Knabe herangepirscht. Jetzt sagt er unvermittelt: »Was machen Sie denn da?«

Sie dreht sich ruckartig um und läßt das Fernglas fallen. Sie will davonlaufen, bleibt aber dann stehen.

»Zu... zugucken!« sagt sie.

»Warum?«

»Ist das... verboten?« stottert sie.

»Das nicht, aber...« Der Polizist sieht sie mißtrauisch an, als er das Fernglas aufhebt. »Wie kommen Sie denn überhaupt in die Gegend?«

Über den Parkplatz ist sie nämlich nicht gekommen.

»Ich bin zufällig hier vorbeigekommen...«, sagt Susanne. Nach dem ersten schlimmen Schrecken kann sie wenigstens wieder sprechen.

»Hhmm... Haben Sie immer ein Fernglas dabei?«

»Im Auto...«, sagt sie. Ziemlich leichtsinnig.

Er fragt sofort zurück. »Wo ist denn Ihr Auto?«

»Da... dahinten...«

»Hhmm...«

Im Grunde liegt nichts gegen sie vor; das Gelände ist nicht abgesperrt, und Suchaktionen finden selten ohne Neugierige statt. Für einen Moment steht es auf Messers Schneide, ob er sie laufen läßt.

Susanne sieht es. »Ich fahr auch gleich weg!« sagt sie bittend.

Aber da schüttelt er plötzlich den Kopf. »Haben Sie wenigstens einen Ausweis dabei?«

»Leider nicht!« sagt Susanne.

»Irgendwas... Führerschein wenigstens...?«

»Im Auto!« sagt Susanne.

»Na gut... dann gehn wir mal hin!«

Mitten in die Büsche. Erst mit einem Ganoven wie Scholz zum Zweck einer halben Notzucht, nun mit einem Polizisten zum Zweck einer halben Festnahme. Denn darauf, sagt sich Susanne, läuft's ja hinaus.

Durch den Wald hört man Rufe. »He, hallo!... Da, weiter nach links!... Ja, genau...«

Genau dort, in der kleinen Schlucht abseits vom Weg, werden endlich die Fässer gefunden, erst eins, dann zwei, dann alle, die unter dem Laub versteckt sind.

Die Truppe hat ihr Ziel erreicht. Einer marschiert los wie der Läufer von Marathon, nur nicht so weit und auch nicht so schnell, um Kolff und Trimmel die Entdeckung zu melden.

Die beiden, unterstützt von Petersen und Henneberg, sind immer noch mit dem Tiger, dem Klotz und vor allem der Pistole beschäftigt, als buchstäblich alles auf einmal auf sie einstürmt.

Erst der Truppführer, der Susanne Knabe im Wald gestellt hat. Er ist mit ihr zum Auto gegangen, hat sich die Zulassung und den Führerschein zeigen lassen, wurde stutzig, als er den Namen Knabe las – und beschloß dann endgültig, die Dame der Kripo vorzuführen.

»Herr Kommissar«, sagt er zu Kolff, »ich weiß ja nicht, ob... Jedenfalls lief die Dame hier im Wald herum und hat die Aktion mit einem Fernglas beobachtet... Und dann fiel in der Einsatzbesprechung gestern der Name Knabe...«

»Die Frau Knabe!« sagt Petersen anstelle von Kolff – der einzige hier, der sie persönlich kennt.

»Guten Tag!« sagt sie.

Und Trimmel, wic ein Echo von Petersen, viel zu überrascht, sich schon freuen zu können: »Die Frau Knabe...!«

Gleich darauf kommt der Bote von der Fundstelle der Fässer. »Herr Kolff, wir haben das Gift gefunden, da hinten links, gut hundert Meter von...«

Er verstummt, als er sieht, daß ihm so recht niemand zuhört – daß es im Moment anscheinend sogar noch Wichtigeres gibt als die Fässer.

»So«, sagt Kolff und gibt Henneberg die zuerst gefundenen Gegenstände, wie um die Hände frei zu haben. »Sie sind also die Frau Knabe...«

»Wie kommen Sie hierher?« fragt Trimmel.

»Die Dame hatte nämlich...«, sagt der Truppführer, der allmählich begreift, daß er offenbar eine kostbare Beute gemacht hat.

Sie selbst allerdings sagt vorerst gar nichts.

»Na, is ja auch egal«, sagt Trimmel, »kann man sich ja denken...«

Petersen springt hinzu, als sie aus ihrer Handtasche eine Zigarette hervorholt. Er gibt ihr Freuer; diesmal wenigstens ist *er* schneller. »Danke!« sagt sie.

Dann macht sie zwei, drei tiefe Züge hintereinander. Ganz egal, was sie noch vorbringt: Es wirkt jetzt schon so, als wolle sie sich für längere Zeit zum Bleiben einrichten, und das ist in ihrer Lage ja auch gar nicht verkehrt.

»Ich würde schrecklich gern nach Hamburg zurückfahren!« sagt sie trotzdem.

»Wollen wir uns nicht wenigstens gemeinsam die Fässer ansehen?« schlägt Kolff vor.

»Muß ich das?«

Kolff zuckt die Schultern.

»Oder ist das vielleicht eine vorläufige Festnahme?«

»So ähnlich!« sagt Trimmel. Denn das kann er nun wirklich verantworten.

»Dann möchte ich erst recht nach Hamburg«, sagt Susanne Knabe. »So schnell wie möglich. Ohne meinen Anwalt sage ich in dieser Situation kein einziges Wort mehr!«

»Also los!« entscheidet Kolff.

Dann, endlich, kriegt auch der Bereitschaftspolizist von Marathon sein Recht. »Wenn Sie mir bitte folgen würden!« sagt er eifrig.

Trimmel, Kolff, Petersen, Henneberg und Susanne Knabe. Der Bereitschaftskommissar ist schon vorher losmarschiert, denn schließlich war das Finden der Fässer seine eigentliche Aufgabe.

Es sind genau fünfundvierzig Fässer, die inzwischen freigelegt sind. Die gleichen Fässer wie auf der Hamburger Giftkippe. Am Rand der kleinen Schlucht sind ein paar Spuren mit Nummern gesichert; Kolff hat aus Kiel vorsichtshalber ein paar Spurensicherer mitgebracht.

Trimmel fragt Susanne ohne jede Ironie: »Erkennen Sie die Fässer als Ihr Eigentum an?«

»Ich bin unter Umständen bereit, in Hamburg mit Ihnen darüber zu sprechen!« sagt sie stur.

»Immerhin etwas...«, murrt Trimmel. Er geht mit Kolff ein paar Schritte seitwärts. »Was machen wir denn mit ihr?«

»Gott, ja«, überlegt Kolff, »bloß weil sie hier sistiert worden ist statt in Hamburg... Ich meine, sie ist ja sowieso ne alte Bekannte von Ihnen, und da sie ohnehin nach Hamburg will...«

»Der eigentliche Tatort ist sowieso wohl Hamburg!« meint Trimmel.

»Na ja...«, sagt Kolff.

»Ja, wieso denn nicht?«

»Ich hab da noch ein paar allerletzte Zweifel...«, sagt Kolff mit leichtem Grinsen. »Einen Punkt muß ich Ihnen nämlich noch beichten. Wir haben bei METALLIN einen Mann aufgetan, einen gewissen Galwitzki, der mit Scholz und den Fässern unterwegs war. Der müßte eigentlich genau wissen, was hier passiert ist...«

»Aber trotzdem sind Sie damit einverstanden, daß Frau Knabe mit uns...?«

»Ist doch einfacher!« sagt Kolff. »Ich schick Ihnen Galwitzki nach Hamburg, und für den Fall, daß Frau Knabe bei der Vernehmung immer noch Schwierigkeiten macht...«

Er ist so großzügig, daß Trimmel fast schon wieder mißtrauisch wird. »Sie wollen sicher noch mal zu Stephan?« fragt er vorsichtig.

Kolff lächelt wieder. »Könnte sein...«

Dann gehen sie zurück zu den anderen. Trimmel schickt Petersen los: Er soll mit Susannes Admiral schon mal losfahren. Eine kleine Weile sieht er noch zu, wie die Kieler Spurensicherer die markierten Fußabdrücke mit Gips ausgießen und dabei meckern, wie Spurensicherer meistens meckern.

»Viel Beweiskraft hat das ja nicht!« sagt einer.

»Macht mal zu!« entscheidet Kolff. Man erkennt immerhin einen weiblichen Abdruck, der zu Susanne passen könnte.

Am Ende darf Trimmel, beschenkt wie vom Weihnachtsmann, die Szene verlassen: sowohl die Fußabdrücke kriegt er mit nach Hamburg, als auch die sorgsam in Zellophan gepackte Pistole, den Stofftiger und den Holzkeil. Im Gelände hinter dem Parkplatz, sieht er im Rückspiegel, richtet die Bereitschaftspolizei eine Wache ein – sicher so lange, bis die Umweltschützer kommen und weitere Maßnahmen veranlassen.

Den größten Rest des Tages hat Trimmel in Hamburg alle Hände voll zu tun. Er muß sich vor allem darum kümmern, daß ein Haftbefehl gegen Susanne Knabe ausgestellt wird – noch nicht wegen des Verdacht des Mordes, den Trimmel ihr morgen unbedingt nachweisen will (das reicht noch nicht ganz aus), aber immerhin wegen eines ganzen Bündels von Delikten im Zusammenhang mit den Giftfässern.

Spätestens morgen abend will er die Sache endgültig vom Tisch haben. Oder wenigstens soweit, daß Petersen, der den Fall am besten kennt, den üblichen gepflegten Abschlußbericht schreiben kann. Der Schreck jedenfalls, der ihn am späten Nachmittag dieses ereignisreichen Tages trifft, ist nur von kurzer Dauer: Der Hamburger Strafverteidiger Dr. Heimsoth ruft Trimmel an – ein ganz vernünftiger Mann; das sind meistens die schärfsten – und stellt sich als Anwalt von Frau Knabe vor. Und Trimmel kann nicht anders – er muß Dr. Heimsoth ein Gespräch mit seiner Mandantin genehmigen.

Ganz zum Schluß ruft noch Dr. Sorge von der Gerichtsmedizin an, und von ihm läßt Trimmel sich sagen, was er ohnehin schon weiß: daß es selbstverständlich nicht möglich ist, ohne weitere Anhaltspunkte festzustellen, ob Erwin Scholz wirklich mit der jetzt im Wald ausgegrabenen Neun-Millimeter-ASTRA durchlöchert worden ist.

»Ja, womit denn sonst?« fragt Trimmel automatisch.

»Das ist Ihr Job!« sagt der Experte.

Daraufhin nimmt sich Trimmel die Akten des Falles vorsichtshalber doch noch mit nach Hause.

9

Morgens sitzt er schlecht ausgeschlafen und allzu scharf rasiert hinter seinem Schreibtisch, als Susanne Knabe vorgeführt wird. Auf seiner linken Wange prangt, bestimmt fünf Zentimeter lang, ein scharfer Kratzer.

»Haben Sie sich geschnitten?« fragt Susanne mit scheinheiliger Anteilnahme.

»Danke«, sagt er, »es geht schon...«

Susanne trägt ein anderes Kostüm als am Tag zuvor – sie muß ihren Anwalt doch wohl schon länger kennen. Dunkelblau und hochgeschlossen ist es, als sei dies schon die Gerichtsverhandlung und nicht erst die informatorische Anhörung.

»Nehmen Sie bitte Platz!« sagt Trimmel.

»Kein Protokoll?« fragt Susanne, als sie sich setzt.

»Später vielleicht...«

Aber er hat kein gutes Gefühl; er ist sich nicht mehr sicher, daß es heute dazu kommt. Die Sache, hat er nächtens festgestellt, ist doch noch dünner, als er dachte. Verdachtsmomente die Menge, aber alles andere als ein schlüssiger Beweis. Wenn es ihm nicht gelingt, Susanne Knabe aus der Reserve zu locken, stehen die Aktien auch noch hinterher schlecht.

Er holt, um überhaupt irgendwo anzufangen, die verschiedenen Gipsabdrücke der Fußspuren aus dem Schreibtisch und legt sie vor sich hin. Die weibliche Spur nimmt er in die Hand und benutzt sie im Verlauf der Vernehmung des öfteren wie einen Zeigestock.

»Sie kommen ja leider nicht um diese Fußspur herum, Frau Knabe!« sagt er höflich.

Dazu sagt sie erst einmal gar nichts.

Er denkt, er kann sie vielleicht überrumpeln, und legt kommentarlos den Stofftiger, den Holzklotz und letztens die Neun-Millimeter-Pistole zu den Gipsgebilden – die Pistole, die eine erste Prüfung in der Ballistik bereits ergebnislos durchlaufen hat.

»Stattliche Sammlung!« sagt sie bewundernd.

»Ich komm noch drauf zurück...«

Aber es wird schwer, ungeheuer schwer. Jetzt, da ihre krummen Machenschaften offenbar endgültig aufgeflogen sind und sie sich nicht mehr aufs Vertuschen, sondern aufs Verteidigen konzentrieren kann, wirkt Susanne viel selbstsicherer als bisher. Petersen, immerhin, hat schon mehrfach davon gesprochen, daß sie noch viel härter sei als ihre Giftschlacke.

»Also erst die Fußspur...«, sagt Trimmel.

»Ich kann ja wohl schlecht bestreiten«, sagt sie gleichmütig, »daß ich auf dem Parkplatz oder im Wald oder wo Sie das her haben, gewesen bin...«

»Sie waren mindestens zweimal in der Parkplatzgegend...«, meint Trimmel bedächtig.

Da rechnet sie blitzschnell nach; manchmal ist es wichtig, richtig bis zwei oder drei zählen zu können. Tatsächlich war sie dreimal dort draußen: einmal beim Abladen der Fässer, dann beim besseren, wenn auch im Endeffekt nutzlosen Verstecken der Fässer, und zum drittenmal bei der ärgerlichen Suchaktion gestern. Aber das kann dieser Mensch ja alles nicht wissen! denkt sie.

»Einmal!« sagt sie entschieden.

Trimmel schüttelt den Kopf. »Sie sind ziemlich weit von der Fundstelle angetroffen worden, wie Sie das nennen. Die Spur stammt direkt von der Fundstelle!«

»Ich war unmittelbar vor Ihrer Suche dort!« behauptet sie. »Ich hatte gehört, daß die Fässer dort liegen sollten, was ich bis dahin nicht wußte, und daß Sie...«

»Von wem?« fragt Trimmel schnell.

Zögernd sagt sie: »Von Doktor Stephan...«

»Das kann man prüfen!« meint Trimmel. Aber darauf kommt es ihm im Moment gar nicht so sehr an. Denn er kann beweisen, daß Susanne auch beim Abladen der Fässer dabei war; der Zeuge Galwitzki sitzt inzwischen im sicheren Versteck auf Abruf bereit.

»Sie haben ja da noch weitere Füße ausgegossen...« Susanne deutet auf die anderen Abdrücke. Normale Abdrücke mit normalen Sohlenmarkierungen; wenig Beweiskraft dahinter – da hatte der Kieler Spurensicherer recht.

»Männliche Füße...«, sagt Trimmel bedeutungsvoll.

»Hilfstruppen vielleicht?« fragt sie hämisch.

Trimmel zündet sich die erste Zigarre des Tages an, und

Frau Knabe macht ein angewidertes Gesicht, obgleich der blaue Rauch in eine ganz andere Richtung geht.

»Wo ist Ihr Geschäftsführer?« fragt er unvermittelt.

»Im Büro, nehm ich an.«

»Da ist er nicht!«

»Ja, dann weiß ich's auch nicht«, sagt sie. »Ich hatte die letzten vierundzwanzig Stunden wenig Gelegenheit...«

»Wo ist Ihr Mann?«

»Verehrtester, ich weiß es doch nicht!« sagt sie ungeduldig und wundert sich, daß er's nicht tragisch nimmt.

Trimmel steht auf, geht ins Nebenzimmer und kommt mit dem Zeugen Galwitzki zurück. »Wenn ich vorstellen darf, Frau Knabe – die Hilfstruppe!« Kleine Pause. »Soweit sie noch lebt, meine ich...«

»Tag, Herr Galwitzki!« sagt Susanne achselzuckend.

»Frau Knabe...«, sagt der Beifahrer Galwitzki verlegen; jedes weitere Wort bleibt ihm im Hals stecken.

»Haben Sie ihn extra aus Kiel kommen lassen?« fragt Susanne.

»Mußte ich ja wohl, oder?« sagt Trimmel.

Und da endlich gibt sie den ersten Meter Boden preis. »Eins zu null für Sie. Ich war zweimal im Wald...«

Galwitzki wird wieder hinausgeführt und seinem Begleiter von der Kieler Polizei übergeben. Man soll die Leute nicht länger konfrontieren, als unbedingt nötig ist. »Galwitzki und Scholz und Sie haben also die Fässer abgeladen!« stellt Trimmel fest.

»Richtig.«

»Sie waren mit Scholz ziemlich lange allein im Wald, während Galwitzki auf dem Parkplatz auf Sie wartete...?«

Ein Ekel sondergleichen packt sie. »Was meinen Sie damit?«

»Nur so...«, sagt er.

»Aber Sie müssen doch...?«

Er wechselt nur das Standbein und setzt sich dann wieder hin. »Sie leben in Scheidung?«

»Allerdings!« sagt Susanne Knabe.

»Schickt Ihr Mann Ihnen gelegentlich Detektive hinterher?« fragt Trimmel.

Das Gefährliche an ihm ist, denkt Susanne, daß er sich so sprunghaft gebärdet. »Ich weiß nicht«, sagt sie, »was das mit dem allen...«

»Detektive wie den Herrn Wunderra?«

»Ach, endlich«, sagt sie. »Jetzt weiß ich endlich, was Sie meinen! Den hab ich sicher erschossen, meinen Sie?«

»Glaub schon!« sagt Trimmel.

»Und hinterher Scholz auch?«

Trimmel nickt und riskiert ein Grinsen, sagt aber noch nichts.

»Und warum?« fragt Susanne Knabe.

Daraufhin gibt es einen etwas unqualifizierten Schlagabtausch. »Warum wohl?« fragt Trimmel und beantwortet sich die Frage selbst: »Sie sind mit Scholz in den Wald gefahren und haben da Ihren Mist abgekippt...«

»Halbwegs korrekt.«

»... und später haben Sie Scholz als Mitwisser erschossen, Ihren Colt neben ihm liegen lassen und uns einen raffinierten Selbstmord vorzutäuschen versucht...«

»Und warum hätte ich Galwitzki leben lassen?« fragt Susanne kopfschüttelnd.

»Ach, hören Sie mir doch auf mit solchen technischen Einzelheiten!« sagt Trimmel reichlich großzügig. Er legt den Gipsabdruck aus der Hand und die anderen Dinge – den Tiger, das Holz, die Waffe – auf den Tisch. »Erstens: was weiß ich, ob Sie nicht insgesamt dreimal im Wald waren, indem Sie Scholz nochmals da rausgelockt haben. Zweitens: Sie haben ihn bestimmt nicht wegen seiner Mitwisserschaft beim Giftkippen umgelegt, sondern wegen der anderen Sache, der viel schlimmeren...«

»Wunderra?«

»Beispielsweise.«

»Am Ende gehen Sie noch davon aus«, sagt Susanne verständnislos, »daß ich auch noch dieses verschwundene Mädchen erschossen habe, von dem dauernd die Rede ist?«

»Sie sagten ja selbst, daß Sie Hilfstruppen gehabt hätten...«

»Zum Abladen, ja!« sagt sie. »Zu sonst gar nichts!«

Das Telefon klingelt. Der Direktapparat. Trimmel nimmt den Hörer ab, sagt: »Nein!« und legt wieder auf. Immerhin, die Unterbrechung war ganz nützlich. Denn so kreuz und quer durch die Landschaft wie bisher kommt er nicht weiter. Ordnung muß sein, gerade bei der Vernehmung.

»Der Ordnung halber«, fragt er, »woher und seit wann wissen Sie, daß ein Mädchen verschwunden ist? Sie brauchen mir die Frage nicht zu beantworten, ich kenn die Antwort schon; Ihr Geschäftsfreund Doktor Stephan hat Ihnen offenbar jede Menge erzählt...«

»Hat er«, bestätigt sie, »aber wieso reiten Sie eigentlich dauernd auf Doktor Stephan rum?«

Schon vorhin hat sie gezögert, als der Name des METALLIN-Chefs fiel. Jetzt wird sie geradezu böse. Einen Sinn ergibt das nicht, denkt Trimmel – noch nicht. Aber er registriert es.

Als sie sich eine Zigarette anzündet und gegen den nun doch ringsum wabernden Zigarrenqualm anzurauchen versucht, kommt ihr offenbar die Idee, auch gegen den Raucher selbst vorzugehen.

»Darf ich Sie mal was fragen?«

»Bitte sehr?«

»Ich möchte zu gern Ihre verschrobenen Gedanken kennenlernen«, sagt sie ernsthaft, »ich möchte wissen, ob Sie mir überhaupt über das... Deponieren von Natriumzyanid hinaus derartig ungeheuerliche Dinge vorwerfen dürfen...«

»Warum denn nicht?«

»Weil Sie mir bisher keinen einzigen... Beweis geliefert haben, der über das Deponieren von Giftfässern hinausführen könnte.«

»Der Haftbefehl ist Ihnen eröffnet worden!« stellt Trimmel fest. »Wenn es sich danach herausstellt, daß möglicherweise mehr dahintersteckt...«

»Ihre zwei raffinierten Morde?«

»Wenn schon, vermutlich drei!«

Aber sie schüttelt nachsichtig den Kopf. »Ich bin doch gar nicht raffiniert! Glauben Sie, daß ich gestern derartig blind in die Mausefalle gelaufen wäre, wenn ich das alles getan hätte, was Sie mir da zutrauen?«

»Jeder macht mal n Fehler!« sagt Trimmel.

»Und den Mörder zieht's an seinen Tatort zurück?« höhnt sie im Gegenzug.

Wenn er sich selbst gegenüber ehrlich ist, muß er zugeben, daß ihm das plötzliche Auftauchen von Susanne Knabe bei der gestrigen Suchaktion doch sehr in den Kram gepaßt hat. Daß ihm, nach wie vor, die Idee vom Mörder und vom Tatort gar nicht so abwegig erscheint...

»Ich seh doch, was Sie denken«, sagt sie, »aber schminken Sie sich den Quatsch ab, Herr Trimmel! Sie wissen doch selbst, daß ich bis gestern alles hätte abstreiten können, alles vertuschen... sogar das Abladen der letzten Fässer da draußen...«

»Sie vergessen Galwitzki!« erinnert Trimmel.

Aber selbst dagegen hat sie was. Sie schüttelt den hübschen Kopf: »Wenn ich die Aussage dieses Mannes selbst vorhin noch, bei Ihrer Gegenüberstellung oder wie das heißt, bestritten hätte... was dann?«

»Sie haben's aber nicht bestritten!«

»Ja, eben!« sagt sie. »Weil ich ehrlich bin! Daran kommen Sie nicht vorbei, Herr Trimmel!«

Es geht auf elf; wieder klingelt der Direktapparat und wieder will Trimmel nichts von ihm wissen. Manchmal läuft's einfach nicht. So wie heute.

»Wenn Sie mir wenigstens sagen könnten«, meint die widerspenstige Angeschuldigte, »warum ich unbedingt *beide* erschossen haben soll, Wunderra *und* Scholz. Oder Ihrer Ansicht nach sogar *drei!* Sie sind so unbescheiden...«

»Einen nach dem anderen!« sagt Trimmel.

Aber sie will und will es nicht wahrhaben. »Ich hab ja nun einiges von Ihnen zu hören gekriegt, und ich bin es gewöhnt, mir meine eigenen Gedanken zu machen. Das ist nämlich... Also, von Chemie versteh ich zwar immer noch mehr als von Waffen, aber wenn ich beispielsweise diesen Colt nicht verkauft hätte... warum hätt ich diesen Herrn Wunderra und dann den Herrn Scholz unbedingt mit zwei verschiedenen Pistolen umbringen sollen?«

»Woher wissen Sie das denn schon wieder?« fragt Trimmel überrascht.

»Aus dem Wald – woher sonst? Ich bin ja schließlich nicht taub; vielleicht sollten Sie Ihren Leuten nächstens den Mund verbieten!«

Man kann tatsächlich nicht vorsichtig genug sein, denkt Trimmel. »Sie haben doch mal was mit Scholz gehabt, oder nicht?« fragt er.

»Deshalb bei ihm ein kleineres Kaliber?« fragt sie zynisch zurück.

»Haben Sie oder haben Sie nicht?«

»Zweimal«, sagt sie lässig, »wenn's Ihnen so wichtig ist, will ich Ihnen auch in dieser Hinsicht eine präzise Auskunft geben; ehrlich, wie ich nun mal bin...«

»Und? Haben Sie ihm diesen Colt verkauft oder geschenkt?«

Da schüttelt sie heftiger als bisher den Kopf und wirkt richtig ärgerlich. »Ich sag Ihnen jetzt zum zehnten Male: Ich hab diese schreckliche Waffe mit nach Deutschland gebracht, jawohl! Aber ich habe sie lange vor dieser ganzen Geschichte verkauft, und zwar nicht an Scholz!«

»Ja, ja, an Doktor Stephan«, sagt Trimmel. »Bloß, er bestreitet es! Inzwischen auch schon zum zehntenmal!«

»Dann lügt er eben!«

»Dann müssen wir Sie beide gegenüberstellen!«

»Muß das denn sein...?«

Das dritte Mal in dieser Vernehmung, daß sie im Zusammenhang mit Dr. Stephan irritiert ist. Diesmal fragt Trimmel: »Was haben Sie eigentlich gegen den Mann?«

»Nichts!« sagt sie. »Warum sollte ich?«

Ganz plötzlich fällt ihm Kolff ein, der gestern immer noch eine andere Spur als er zu verfolgen schien und nochmals bei Dr. Stephan vorbeischauen wollte: Was wäre, denkt er, wenn der Kollege nicht so ganz unrecht hätte? Wenn diese Frau einerseits wirklich unschuldiger ist, als er glaubt, andererseits aber mehr wüßte, als sie sagt?

Es ist nicht logisch, beschließt er; denn dann würde sie Stephan in ihrer Lage doch wohl voll in die Pfanne hauen, statt ihm auszuweichen. Bisher hätte sie ihn schonen können, damit er sie nicht zusätzlich mit der Umweltverschmutzung belastet, was er möglicherweise gekonnt hätte. Aber dieses Argument ist inzwischen ja weggefallen.

So nimmt er denn in Gottes Namen einen neuen Anlauf – den dritten oder vierten oder fünften inzwischen. »Sehen Sie mal, Frau Knabe, ich hab noch selten einen so klaren Fall gehabt! Sie machen Ihr dubioses Geschäft mit dem Industriegift, indem Sie hemmungslos die Umwelt versauen, und bei der Gelegenheit...«

»Hemmungslos?« unterbricht sie indigniert.

»Ja, wieso?«

»Ich und hemmungslos? Wer fängt denn damit an? Haben Sie bei dieser ganzen Geschichte und ihren Hintergründen nie darüber nachgedacht, daß die sogenannte Verschlechterung der Umweltbedingungen hauptsächlich von der Einführung neuer Produktionsverfahren in der Industrie herrührt?«

»Also nicht hemmungslos, gut...« Er hat keine Lust, sich durch derartige halbwegs philosophische Erörterungen vom eigentlichen Thema abbringen zu lassen.

»... und von wegen versauen?« Sie empört sich weiter. »Wer versaut denn hier was? Beschäftigen Sie sich mal mit Nobelpreisreden, da werden Sie feststellen, daß die Natur selbst für die Umweltverschmutzung nach allgemeiner Ansicht mindestens so verantwortlich ist wie Leute wie... wie wir, die wenigstens noch versuchen, Sauberkeit und Ordnung...«

»Hören Sie auf!« sagt er. »Versuchen Sie nicht, mich an zwei dußligen Vokabeln aufzuhängen! Sie wissen genau, wo's langgeht!«

»Nämlich?«

»Sie haben illegal Industriegift abgeladen, und dann ist Ihnen, in wessen Auftrag, sei dahingestellt, so n Fuchs wie Wunderra auf die Schliche gekommen – Wunderra mit seiner Helfershelferin Annika Boll. Und von da an hatten Sie dann auch kaum eine Chance als die Pleite oder...«

»... den Mord?«

»Ja, genau!«

»Sie irren!« sagt sie, beinahe nachsichtig. »Ich habe den Herrn Wunderra nie gesehen, weder tot noch lebendig.«

Da steht er auf.

»So. Nun sind Sie dran!«

»Wieso jetzt schon wieder?«

»Ihre zweite dicke Lüge!« sagt er befriedigt.

»Da bin ich aber gespannt!«

»Das sind Sie ja schon den ganzen Morgen...« Er holt das Rechenheft heraus, das er den Kindern auf der Kippe weggenommen hat. »Hier steht's. Notiert von den objektivsten Zeugen der Welt – das kann ich Ihnen gelegentlich gern näher erklären. Sie haben sich mit Wunderra noch zu seinen Lebzeiten getroffen. Auf der Kippe!«

»Ach nee...«, sagt sie, scheinbar erstaunt.

»Genau gesagt mit einem blonden Mann, der exakt so aussah wie Wunderra, und der mit einem roten Ford Capri unterwegs war, exakt wie Wunderra!«

»Um Himmels willen!« sagt sie. »Der war das? Ich lach mich halbtot! Der hat mir n ganz anderen Namen als Wunderra genannt...«

»Welchen?«

»Schultheiß oder so ähnlich.«

»Was wollt er? Und wieso auf der Kippe?«

»Auf der Kippe – also, da müßten Sie ihn selbst fragen, wenn's noch möglich wär. Ich war gerade draußen, als er mich ansprach. Und was er wollte? Er wollte ein Geschäft mit mir machen!«

»Sofern man eine Erpressung noch als Geschäft bezeichnen kann...«, meint Trimmel.

»Nein, nein – so nicht. Er meinte, es sei doch viel billiger, das Zyanid faßweise einzuzementieren und ins Meer zu versenken. Bei denselben Tarifen – eine bestechende Idee. Bloß...«

»Bloß was?«

»Das ist ja nun mal leider verboten, wie Ihnen jeder Fachmann sagen wird.«

Widerstrebend nickt er. Denn der Fachmann Hoffmann, der Regierungsrat vom Umweltschutz, hat es ihm tatsächlich gesagt.

Und nun schlägt es schon zwölf.

Susanne meint offensichtlich, daß sie jetzt Oberwasser hat, und sie nutzt es nach Kräften aus. »Im übrigen – hatten Sie nicht ursprünglich vermutet, der mir damals unbekannte Herr Wunderra sei ein Privatdetektiv, den mein Mann auf mich angesetzt hatte?«

»Das eine schließt das andere ja nicht aus!« sagt Trimmel. »Wenn Sie mit Scholz was gehabt haben, gibt es theoretisch ohne weiteres eine Verbindung zwischen Ihrem ... na, Ehebruch und der Giftgeschichte. Wie ich Detektive kenne ... Der hätte sofort gewittert, daß da 'n größeres Geschäft für ihn drin war!«

»Ich an Ihrer Stelle würd mich da aber doch entscheiden«, sagt sie, »aber ganz wie Sie wollen. Sie bleiben immer noch dabei, ich hätte als erstes diesen meinen Verfolger außer Gefecht gesetzt?«

»Ja.«

»Und dann das Mädchen?«

»Ja.«

»Und dann auch noch den sogenannten Liebhaber?«

»Ja. Und?«

Sie schüttelt den Kopf. »Ein Schwachsinn sondergleichen ... Es stinkt wirklich zum Himmel ...«

Trimmel nimmt eine neue Zigarre, bearbeitet sie, zündet sie an und beobachtet seine Verdächtige mit immer größerem Widerwillen.

»Nein, nein, Verehrtester«, fährt sie fort, »ich kann nicht mal eine Forelle essen, die ich vorher lebendig gesehen habe! Und nun leg ich einfach nacheinander drei Leute um, ganz ohne Herzflimmern ...«

Trimmel pafft und schweigt.

»... nein, nein, Herr Trimmel – tut mir aufrichtig leid, aber beim besten Willen ...«

»Drei Leute, sehr richtig!«

»Keinen einzigen!« sagt sie entschieden. »Woher hätte ich überhaupt wissen sollen, daß Wunderra eine Helfershelferin hatte, wenn ich nicht mal was von Wunderra selbst wußte?«

»Das haben Sie doch schon zugegeben ...«

»Hab ich nicht!«

»Außerdem hatte diese Annika Boll schon einmal n Verfahren wegen Industriespionage am Hals!«

»Ja, das ist möglich«, sagt sie cool, »aber das ist doch kein Beweis gegen *mich!*«

Er muß einen Korn trinken, so erschöpft ist er, und sie wirkt immer noch taufrisch. Er geht zum Schrank, nimmt die Flasche heraus, dreht sich halb zu Susanne Knabe um und sagt: »Ich hab leider nur Korn im Haus...«

»Warum nicht?« sagt sie.

Da schenkt er zwei Gläser ein, und sie trinken sich wortlos zu – ausdruckslos wie die Pokerspieler. Das Spiel geht dann weiter, aber die Einsätze werden kaum noch erhöht – von Trimmel aus gesehen mangels Masse an Beweisen und Indizien.

»Seit drei Monaten sind also Ihre Giftöfen ausgefallen?« fragt er.

Sie nickt. »Seit drei Monaten versuche ich, sie reparieren zu lassen.«

»Solange kippen Sie das Gift ab?«

»Dafür sehe ich sicher meiner gerechten Bestrafung entgegen.«

»Genau das«, sagt Trimmel, »die Bestrafung... haben Sie die nicht zu umgehen versucht?«

»Ich versuche wirklich, Ihnen zu folgen...«, sagt Frau Knabe und schenkt sich eigenhändig einen zweiten Korn aus der Flasche ein.

»Also?«

»Dieses Pärchen Wunderra und Boll, wenn's da ein Pärchen gab – meinetwegen, da hätte man noch zur Not ein Motiv für mich konstruieren können. Aber Erwin Scholz?« Sie lächelt ihn an. Tatsächlich: sie lächelt. »Vielleicht um die eine oder andere schwache Stunde auszulöschen?«

Trimmel schüttelt den Kopf. »Schwache Stunde nicht, aber doch wohl ne schwache Stelle. Irgendwann hätte der Herr Scholz vielleicht doch gesungen, nicht? Der wußte doch einiges, nicht! Und irgendwann hätte die Polizei dann doch rausgekriegt, daß der Colt von Ihnen stammte – gar nicht so ungeschickt von Ihnen, uns das gleich zu sagen. Jedenfalls haben Sie sich gesagt, ich bring erstens Scholz um, und außerdem stifte ich n bißchen Verwirrung mit Stofftiger und Bremsklotz und anderem Kaliber und was weiß ich...«

»Zum letzten Male, auch wenn ich Ihnen hier ausgeliefert bin«, sagt Susanne Knabe, »Sie können mich auch dann nicht überzeugen, wenn Sie noch drei Stunden reden!«

»Ich habe nicht mehr die Absicht!« sagt Trimmel entschlossen. Er schließt das Korn weg und holt von nebenan eine Beamtin.

»Wenigstens den Haftrichter hab ich überzeugen können!« sagt er böse, als Susanne abgeführt wird.

Als der Direktapparat nach dem Mittagessen zum fünftenmal klingelt, kommt Trimmel gerade aus der Kantine zurück und nimmt endlich das Gespräch an. Insgeheim hofft er, als er sich meldet, daß es Kolff ist. Aber es ist Hoffmann, der Umweltschützer, und er ist vor Freude halb aus dem Häuschen.

»Sehen Sie«, sagt er, »jetzt haben wir ja die Fässer! War das nicht eine nützliche Idee von uns beiden?«

»Von Ihnen vor allem«, sagt Trimmel höflich. »Sagen Sie, haben Sie heute schon öfter angerufen?«

»Nein. Wieso?«

»Ach, ich dachte nur... was soll denn mit den Fässern jetzt passieren?«

»Deswegen rufe ich ja an!« sagt Hoffmann. Er will wissen, ob er – im Einverständnis mit seinem schleswig-holsteinischen Kollegen – die Giftbehälter aus dem Wald abtransportieren kann; bis auf weiteres, meint er, sollten sie gemeinsam mit den anderen auf der Hamburger Kippe deponiert und dort unter Kontrolle gehalten werden.

»Von mir aus gern...« sagt Trimmel. Immerhin muß er noch seinen schleswig-holsteinischen Kollegen fragen, den Oberkommissar Kolff, und er sagt, er wird Hoffmann zurückrufen, sobald er Kolff erreicht hat.

Auf diese Weise hat er wenigstens einen plausiblen Vorwand, von sich aus mit Kolff zu sprechen. Er wartet dann auch nicht eine einzige Minute und läßt sich über die Polizeileitung Kiel geben.

Nicht etwa, daß er nicht mehr felsenfest davon überzeugt ist, mit Susanne Knabe den richtigen Griff getan zu haben. Aber er muß sich nach neuer Munition umsehen, hat seine Argumente im Moment verbraucht, weiß nicht so recht weiter. Und da er dreimal beobachtet hat, wie seltsam Susanne reagierte, sobald die Rede auf Dr. Stephan kam, glaubt er, daß dort noch einiges zu holen ist.

Kiel meldet sich nach der üblichen Wartezeit von fünf Minuten; leider ist weder Kolff noch der Sachbearbeiter Henneberg im Haus.

»Ja, wo sind die denn?« fragt Trimmel, plötzlich gespannt. »Bei Doktor Stephan?«

»Nicht direkt«, sagt der Kieler Kollege zögernd. »Sie sind allerdings, soweit ich weiß, in Sachen METALLIN unterwegs... Henneberg auch.«

»Hhmm...«

»Herr Kolff meinte, er kann da noch einige Zeugen auftreiben oder so... könnte spät werden, hab ich zufällig gehört, hat er seiner Frau gesagt...«

»Sehen Sie ihn denn noch?«

»Bestimmt«, sagt der Kieler fatalistisch. »Ich hab nämlich Spätschicht!«

Da überlegt Trimmel nur noch Sekunden, bis er einen Entschluß faßt. »Sagen Sie Kolff, ich komm morgen früh um neun mit dem Zug nach Kiel, und es wär schön, wenn er etwas Zeit für mich hätte!«

»Hat er sicher!« sagt der Kieler liebenswürdig. »Er hat heute schon mehrfach vergeblich versucht, Sie telefonisch zu erreichen.«

Also war's doch Kolff. Aber Trimmel tröstet sich: die Fragen, die er jetzt an Stephan hätte, waren vor ein paar Stunden noch gar nicht formuliert. Es hätte noch gar keinen Sinn gehabt, während der Vernehmung von Susanne Knabe mit Kolff zu sprechen – ganz abgesehen davon, daß Kolff seinerzeit inzwischen vermutlich ebenfalls weiter ist als heute morgen.

Ordnungsgemäß besorgt sich Trimmel eine Dienstreisegenehmigung für den morgigen Tag. Diesmal fährt er allein, beschließt er. Und bei der letzten Besprechung, gegen Feierabend, sagt er zu Höffgen: »Denkt gelegentlich auch mal an das Kroppzeug, das da außerdem noch drinhängt!«

Ehemann Walter Knabe, Mittäter bei der Umweltverschmutzung. Geschäftsführer Binder, mindestens Helfershelfer. Und Kippenwärter Schlocker, ein Mann, der immer gleich beide Augen zudrückte.

»Sind alle wieder aufgetaucht«, sagt Petersen. »Hatten wohl nur mal kurz die Hosen voll...«

»Schlocker ist inzwischen fristlos entlassen worden!« berichtet Laumen.

»Dann können wir den Punkt ja vergessen!« sagt Trimmel friedlich, schon in der Tür.

Diesmal geht er ohne Akten davon.

10

Kiel Hauptbahnhof, am nächsten Morgen. Kolff ist persönlich da, als der Zug aus Hamburg einläuft. Trimmel steigt aus – mit leichtem Gepäck, aber schwerem Geschütz im Köfferchen – und entdeckt Kolff im Gedränge. Er winkt und boxt sich förmlich zu ihm durch.

»Na, sehn Sie!« sagt er hocherfreut.

Und auch Kolff ist offenbar äußerst zuversichtlich. Zwar versteht er im Bahnhofslärm nur die Hälfte von dem, was Trimmel sagt, aber so wichtig wird's auch nicht mehr sein. Oder etwa doch?

»... hab ich deshalb die Knabe eingesperrt!« sagt Trimmel.

Kolff traut tatsächlich seinen Ohren nicht. »Ich hab auch wen zum Einsperren!«

Trimmel bleibt stehen, sieht Kolff verständnislos an, weiß nicht so recht, ob er sich verhört hat.

Kolff jedoch nickt. »Stephan nämlich!«

»Aber n Zeugen können Sie doch nicht verhaften?« sagt Trimmel.

Das stimmt zwar nicht, wenn man's wörtlich nimmt, aber Kolff versteht schon, was er meint. »Ich mein ja auch als Täter!«

»Stephan?«

»Stephan!«

»Aber da hab ich die Knabe...« Ein fast schon absurder Dialog zwischen hauptberuflichen Mörderjägern. Kolff, denkt Trimmel, ist doch wirklich der hartnäckigste Kollege, mit dem er es je zu tun gehabt hat.

»Ich habe Stephan!« behauptet Kolff, stur wie ein Maulesel. »Zumindest hab ich n Haftbefehl!«

Im Grunde sind beide perplex. »Sie wollen Stephan allen Ernstes als Täter...?«

»Ja!«

»Aber wegen dem... Ich meine, ich bin doch extra nach Kiel gekommen, damit wir ihn als letzten wichtigen Zeugen...«

»Tja...« Kolff zuckt die Achseln.

Und Trimmel, mürrisch plötzlich wie seit langem nicht mehr: »Wenn Sie da mal nicht schiefliegen, Herr Kollege!«

Kolff nickt, richtig schön scheinheilig. »Einer von uns«, sagt er, »muß sich da wohl irren...«

Sie sind so in Rage, daß sie nicht einmal sehen, wie Dr. Stephan ein paar Meter an ihnen vorbeigeht. Allerdings hat auch Kolff in Kiel seine Leute, genau wie Trimmel in Hamburg, und er würde im Zweifelsfall wissen, daß ›sein‹ Mann nicht weit kommen kann.

Dr. Stephan trägt einen hellen Kamelhaarmantel, bestimmt nicht aus dem Kaufhaus, und ein sorgsam im Ton abgestimmtes braunes Aktenköfferchen. Ein Gepäckträger mit zwei Schweinslederkoffern folgt ihm.

Stephan besteigt einen Wagen erster Klasse, sucht seinen Platz, vergleicht die Nummerierung mit seiner Platzkarte, geht ins Abteil, in dem bereits ein älteres Ehepaar sitzt, und sagt höflich: »Guten Tag!«

»Guten Tag!« sagen die beiden lieben Alten.

Dann wendet er sich dem Gepäckträger zu. »So, hier...«

Aber als der Mann Anstalten macht, die Schweinsledernen im Gepäcknetz unterzubringen, treten zwei richtig unauffällige Herren auf Stephan zu.

»Moment bitte!« sagt der erste.

Der zweite fragt formvollendet: »Herr Doktor Stephan?«

»Ja, bitte...« sagt Stephan.

»Kriminalpolizei!« sagt der erste. »Sie wollen verreisen?«

»Ja und?« sagt Stephan.

»Das ist...« Der Beamte wirkt fast schüchtern. »Ich glaube, Sie müssen noch etwas warten...«

Normalerweise hätte kaum jemand, außer höchstens dem Gepäckträger, die Szene mitgekriegt. Aber Stephan macht eine kleine Schau aus seiner Festnahme – denn eine solche ist es ja nun. Dabei hätte er sich sagen sollen, daß es im Leben Dinge gibt, die nicht zu ändern sind.

Statt dessen sieht er – so, daß alle es sehen – auf seine Uhr und sagt: »Ich und warten? Ich warte genau noch acht Minuten bis zur Abfahrt dieses Zuges!« Gleichzeitig versucht er, zwischen sich und den beiden Beamten die Abteiltür zuzuziehen, mit dem Erfolg, daß einer der beiden seinen Fuß dazwischenstellt.

»Machen Sie doch keine Schwierigkeiten, Herr Doktor Stephan«, sagt er bittend. »Herr Kolff möchte Sie sprechen, und es ist nun mal unsere...«

»Ich muß sehr dringend verreisen!« behauptet Stephan. »Geschäftlich, verstehen Sie? So eine Marke wie Sie kann ja jeder...«

»Bitte«, sagt der Beamte, »zwingen Sie uns doch nicht, Aufsehen zu erregen!«

Dabei hören das Ehepaar und der Gepäckträger längst mit offenen Mündern zu. Stephan sieht erneut, völlig überflüssig, auf seine Uhr. Dann gibt er dem Gepäckträger einen Wink, er soll die Koffer wieder nach draußen bringen, und geht wortlos vor den Beamten her aus dem Zug.

»Ist der Herr jetzt verhaftet?« fragt die ältere Dame den Gepäckträger voller Angst.

»Muß wohl!« sagt der Mann. Er beeilt sich, weil er so und so noch ein paar Mark zu kriegen hat.

Trimmel und Kolff haben sich den Weg hinaus zu Stephans Villa im Polizeimercedes ziemlich angeödet. Eduard Henneberg, vorn rechts neben dem Fahrer des neutralen Wagens, hat mitgekriegt, daß die Herren verschiedener Ansicht sind, und wettet mit sich selbst, wer wohl recht hat.

»Da sind wir!« sagt Kolff.

Ein Haus mit Stil und Vorgarten. Stephan ist nicht zu Hause. Aber die verschreckte Haushälterin läßt die Herren ein, als Kolff ihr sagt, er werde sicher bald kommen.

»Aber er wollte doch verreisen...?«

»Kann schon sein!« sagt Kolff und nimmt Platz. Da geht sie gehorsam aus dem Herrenzimmer.

Henneberg hat ein Tonbandgerät mitgebracht und bemüht sich, es anzuschließen.

Trimmel steht mit dem Rücken zum Fenster. »Entschuldigen Sie, daß ich so still bin, aber...«

»Sie vermuten einfach zuviel hinter der Sache!« sagt der sanfte Herr Kolff.

Henneberg hat Schwierigkeiten mit dem Tonband, denn er murmelt was von ›Scheiße!‹, und Kolff sieht ihn mißbilligend an.

Trimmel dreht sich um: »Also...?«

Und Kolff nickt. »Passen Sie mal auf. Erinnern Sie sich, wie Stephan auf den Parkplatz kam, damals bei dem Laster mit der Leiche von Scholz?«

Trimmel erinnert sich, sieht Kolff an und wartet ab.

»Wie Sie Stephan das Bild von dieser Annika Boll zeigten? Und wie er sagte, ja, richtig, jetzt fällt's ihm ein, er hat das Mädchen auch schon ein paar Tage nicht gesehen?«

»Ja und?«

Jetzt ist Henneberg an der Reihe, der immer noch mit dem Tonband herumfummelt. »Ich hab mir noch mal diese Ellen Graß vorgeknöpft, dieses Barmädchen, die mit Annika zusammenwohnte. Sie hat endlich ausgepackt. Daß nämlich Annika mit Doktor Stephan gründlich ins Bett gegangen ist...«

»Aber ihn deshalb gleich hopsnehmen?«

Kolff schüttelt den Kopf. »Warten Sie's doch ab! Das Mädchen hat Henneberg nämlich auch noch erzählt, daß Stephan ihr dreitausend Mark gegeben hat, astreines Schweigegeld, nur damit sie nichts aussagt über das Verhältnis!«

»Wirklich sehr ehrbar...«, sagt Trimmel, dem das alles nicht paßt.

»Sie will einfach nicht mehr schweigen, hat sie mir gesagt«, meint Henneberg gleichgültig, »sie kann das mit ihrem Gewissen nicht mehr vereinbaren, Annika gegenüber – richtig schön dramatisch. Ich hatte früher schon den Eindruck, daß sie lesbisch ist und ziemlich scharf auf Annika war...«

»Ja und?« sagt Trimmel schon wieder.

»Es geht ja auch noch weiter!« meint Kolff.

Gerade jetzt aber öffnet die Haushälterin die Tür, und Stephan erscheint, nur noch ganz leicht hinkend. Die Beamten, die ihn aus dem Zug geholt haben, tragen sein Gepäck.

»Guten Tag!« sagt er eisig. »Und nun möchte ich...«

»Morgen, Herr Doktor Stephan!« sagt Trimmel.

Kolff erklärt: »Ihre Hausdame war so freundlich, uns einzulassen...«

»Es blieb ihr vermutlich nichts anderes übrig«, sagt Stephan, »genau wie mir... Das sind doch Nacht-und-Nebel-Aktionen, ohne jeden Grund!«

»Sie irren sich!« sagt Kolff.

»Da bin ich aber sehr gespannt...«

Wer allerdings ist das nicht in dieser Situation, in der ein Mensch mit akustischer Fantasie förmlich den Gong zur ersten Runde hören könnte?

»Wir können's gleich hinter uns bringen«, sagt Kolff. »Sind Sie damit einverstanden, daß wir unser Gespräch auf Tonband aufnehmen?«

»Was wollen Sie von mir?«

»Ein paar Fragen zu zwei oder drei Mordfällen...«

»Mehr nicht?«

Henneberg am Tonbandgerät kapituliert endgültig. »Das Ding ist leider kaputt!« stellt er fest. Ausgerechnet jetzt, denkt er. Aber das sagt er nicht.

Stephan setzt sich, sieht auf seine Uhr und sagt nervös: »Ich muß weg, verstehen Sie denn nicht?«

»Doch, doch«, sagt Kolff fast traurig, »nur...«

»Also gut«, sagt Stephan resignierend, »nur um Zeit zu sparen; ein Tonbandgerät könnte ich Ihnen sogar leihen...« Er holt hinter seinem Schreibtisch ein großes, bestimmt ziemlich teueres Gerät hervor.

Henneberg schaut ihm zu, und gemeinsam schließen sie den Apparat an. Noch bevor er aufnahmebereit ist, scheucht Kolff seine beiden Leute, die mit Stephan gekommen und neugierig im Zimmer geblieben sind, wieder nach draußen.

»Sie erinnern sich«, sagt er dann, »daß Sie mir mal in diesem Zimmer hier sagten, Sie hätten nie einen Colt gesehen außer bei Herrn Scholz?«

»Ich erinnere mich sehr gut!« sagt Stephan.

»Wir haben aber«, – jetzt blufft Kolff ein bißchen – »unsere Informanten nochmals befragt. Die bleiben eisern dabei, daß Sie die Waffe gekauft haben!«

Trimmel hilft ihm aus: »Natürlich handelt es sich hier in der Hauptsache um Zeugen aus Hamburg!«

»Ich hab die Waffe nicht gekauft!« sagt Stephan.

Kolff, unmerklich lauter: »Aber eben doch gesehen?«

»Bei Scholz; ja!«

»Nicht mal damit geschossen...?«

»Ach, hörn Sie auf!«

Dabei fängt es gerade an, denn endlich läuft das Tonband im richtigen Tempo und in der rechten Spur. Trimmel bewundert einmal mehr die Sanftmut von Kolff; das ist zwar nicht seine Methode, aber ungeschickt ist sie sicher nicht. Schade nur, daß Kolff falsch liegt. Denn davon ist Trimmel mehr denn je überzeugt.

»Es ist Ihr gutes Recht, sich nicht selbst zu belasten«, sagt Kolff, »allerdings...« Er steht auf, schlendert zur Terrassentür und sieht nach draußen, obgleich er durch das Milchglas nicht allzuviel sieht. »Hübscher Garten!«

»Den hat Scholz gemacht«, sagt Stephan. »Davon verstand er was...«

Kolff dreht sich abrupt um. »Vielseitiger Mensch, nicht? Fahrer, Gärtner... sonst noch was?«

Stephan zuckt die Schultern.

»Ich hab keinen Fahrer und keinen Gärtner«, fährt Kolff fort, »aber wenn ich einen hätte... mir wär's ziemlich unheimlich an Ihrer Stelle, wenn der dauernd mit einem Colt durch die Gegend liefe!«

»Auch das habe ich Ihnen früher schon gesagt«, meint Stephan, »er war ein Waffennarr, hatte ein Dutzend Pistolen und Revolver mit Zubehör...«

»Und warum haben Sie ihn geduzt?« fragt Kolff plötzlich.

Er lacht freudlos. »Paar Leichen im Keller, Ihrer Ansicht nach...?«

»Vielleicht drei?« rät Kolff.

»Wir kennen... kannten uns seit zwanzig Jahren, das ist alles!« sagt Stephan mürrisch. »Haben Sie noch mehr so intelligente Fragen?«

»Natürlich!« Kolff schätzt Stephan regelrecht ab, wirklich wie einen Gegner im Ring. »Wußten Sie eigentlich, daß Ihre Geliebte und Freundin Annika Boll noch einen anderen Freund hatte, in der letzten Zeit?«

»Moment mal! Wer behauptet, Annika Boll sei meine Freundin gewesen?«

»Ich!« sagt Kolff.

»Ich weise das schärfstens zurück!« erwidert Stephan.

Aber Kolff schüttelt den Kopf. »Nehmen Sie's erst mal zur Kenntnis. Von Einzelheiten, Schweigegeld und so, können wir immer noch reden. Oder sagen Sie mir eben noch, was ich sowieso schon weiß. Daß Sie nämlich auf den betreffenden Herrn rasend eifersüchtig waren!«

»Wer soll denn dieser Herr eigentlich gewesen sein?« Stephan überspielt hervorragend den Schock, der ihn getroffen haben muß, als das Wort ›Schweigegeld‹ fiel.

»Erinnern Sie sich etwa nicht...?«

Weiter kommt Kolff im Moment nicht, denn die Haushälterin klopft an, tritt ins Zimmer, sieht ihren Chef verstört an, weil sie nicht weiß, was sie von der seltsamen Situation halten soll, und fragt: »Ist hier ein Herr Trimmel?«

»Ja?« sagt Trimmel.

»Da ist ein Telefongespräch für Sie, Herr Trimmel, es wär dringend...«

»Legen Sie's hier rein!« sagt Stephan. Aber im Moment hat er in seinem eigenen Haus nicht viel zu sagen.

»Ich sprech lieber draußen!« entscheidet Trimmel.

Natürlich ist es Höffgen. Ziemlich atemlos. »Chef? Chef? Wir wissen jetzt, wem die Neun-Millimeter gehört hat...«

»Nämlich?«

»Wunderra«, sagt Höffgen. »Max Wunderra, ganz ordentlich auf Waffenschein. Hätten wir sofort rauskriegen können, aber wer glaubt schon, daß in der Beziehung mal einer ehrlich ist?«

»Das ist ja...«, sagt Trimmel.

»Eben. Ich dachte, vielleicht wär's gut, wenn Sie es gleich wüßten...«

»Du bist ein Genie!« sagt Trimmel, ehrlich überzeugt.

Er legt auf und bleibt noch einen Moment in der Diele stehen, überwältigt von der plötzlichen Erkenntnis. Das ist ja genau das Stück, das beim Puzzle noch fehlt oder verkehrt herum lag – das alles entscheidende Stück! Jetzt endlich weiß man, was herauskommt: Rotkäppchen, der grüne Heinrich oder die blaue Blume!

Das ist ja ein Ding, in der Tat!

Und auch, wenn die Zeit inzwischen alle Wunden geheilt haben sollte, entscheidet Trimmel, als er wieder ins Herrenzimmer geht – Narben bleiben!

Allzuviel hat sich an der Situation nicht verändert. Immer noch Hauen und Stechen und relativ wenig Wirkung.

Kolff sagt gerade: »Während der kritischen Zeit, in der Max Wunderra und vermutlich auch Annika Boll erschossen wurden, waren Sie nachweislich weder in Ihrer Firma noch hier in Ihrer Wohnung. Wo waren Sie, Herr Doktor Stephan?«

»Ein Alibi?« fragt Stephan höhnisch.

»So was, ja...«, sagt Kolff.

Wieder einmal findet Stephan die Sache empörend: »Ich finde es empörend, in welchem Ausmaß Sie hinterrücks in meinem Privatleben herumschnüffeln!«

Und wieder einmal sagt Kolff mit der ihm eigenen Beiläufigkeit: »Mein Gott – es geht doch um etliche Morde!«

»Sie verdächtigen mich allen Ernstes, damit in irgendeiner Form...«

Endlich wird Kolff mal schärfer: »Und wo waren Sie, als Scholz erschossen wurde? Man hat Sie abfahren sehen, Herr Doktor Stephan, Sie und Scholz! Mit dem Lastwagen!«

»Und ich bin dann zu Fuß oder per Anhalter nach Kiel zurück, ja? Oder wie stellen Sie sich das vor? Ich meine, nachdem ich Scholz erschossen hatte...?«

»Sie sind mit dem Mercedes zurück!« sagt Kolff sachlich, und damit bringt er Stephan zum erstenmal aus der Fassung.

»Wer behauptet das?« schreit der METALLIN-Chef wütend, springt auf, hinkt auf Kolff zu, in der Erregung stärker hinkend als in der ganzen letzten Zeit, und macht wahrhaftig den Eindruck, als wolle er Kolff an den Kragen.

Der grinst schon.

Aber da sagt Trimmel urplötzlich und völlig überraschend: »Lassen Sie doch mal die Hosen herunter, Herr Doktor Stephan!«

Stephan sieht Trimmel an, als habe der den Verstand verloren. »Wie... wie meinen Sie das?«

»Wörtlich!« sagt Trimmel.

»Ich soll... Sagen Sie mal...«

»Ich bitte Sie einfach, zur Klärung der Situation mal Ihre Hosen herunterzulassen!«

»Und wenn ich's nicht tue?« sagt Stephan.

»Tja«, sagt Trimmel scheinheilig, »dann müssen wir n Gerichtsbeschluß erwirken...«

Verstört und verwirrt öffnet Stephan schließlich den Gürtel und zieht seine Hose bis etwa zum Knie herunter. Auf dem Oberschenkel des Beins, mit dem er beim Gehen hinkt, sitzt ein dickes Pflaster mit Mull darunter. Die Zeit hat doch noch nicht alle Wunden geheilt.

»Sie könnten nicht noch das Pflaster kurz abmachen?« schlägt Trimmel vor. »Ich meine, so schlimm kann's ja eigentlich nicht mehr...«

»Nein!« schreit Stephan. »Nein und dreimal nein! Jetzt reicht's mir...« Er zieht entschlossen die Hose wieder hoch, vergißt bei Trimmels weiteren Worten allerdings, den Gürtel zu schließen.

Denn Trimmel sagt endlich die Wahrheit – oder das, was

er dafür hält: »Lassen Sie's eben. Ich weiß auch so, was drunter ist unter dem Pflaster!«

»Was denn?« fragt Kolff, der nichts begreift.

»Ne Neun-Millimeter-Schußwunde«, sagt Trimmel gleichmütig, »was sonst?«

»Und wenn das so wäre?« sagt Stephan, plötzlich wieder ganz ruhig.

»Woher soll er die haben?« fragt Kolff.

»Na«, sagt Trimmel, »ist doch klar. Von Max Wunderra, von wem sonst?«

»Ich passe!« sagt Kolff.

Trimmel spielt aus. »Herr Stephan«, sagt er, »Herr Doktor Stephan hat Annika Boll und Max Wunderra tatsächlich nicht erschossen, da irren Sie sich wirklich, Herr Kolff. Er war nur dabei und hat von Wunderra eine gewischt gekriegt, mit der Neun-Millimeter ins Bein. Dabei ging er parterre, der Herr Doktor Stephan. Und wie soll ein Mensch, der parterre ist, von Wunderra in dieser Situation mal ganz abgesehen...« Mitten im Satz hört er auf.

Stephan steht so, daß er über Trimmels Schulter hinweg auf die Terrassentür sehen kann. Für einen Sekundenbruchteil hat Stephan entsetzt das Gesicht verzogen.

Trimmel hat es gerade noch gesehen, vor allem aber Kolff hat es gesehen: Undeutlich ist hinter der Milchglasscheibe ein Gesicht erschienen und sofort wieder verschwunden – ein Spuk in einer ohnehin schon gespenstischen Szene.

Kolff reißt die Terrassentür auf und rennt dem Gesicht hinterher. Stephan sinkt in den nächsten Sessel. Henneberg, der das Tonband steuerte und nichts gesehen hat, greift automatisch nach der Dienstwaffe und sagt: »Was ist denn los?«

»Der Teufel!« sagt Trimmel, wie immer in solchen Fällen, wenn er selbst noch nicht weiß, wo's längs geht.

Die Person ist um das Haus herum zur Straße gelaufen; Kolff rennt hinterher, aber er kann sich Zeit lassen. Die beiden Männer, die Stephan gebracht haben, sind längst aus ihrem Auto heraus und schneiden der Person – es ist eine Frau – den Fluchtweg ab.

Sie bleibt stehen, wird von einem der Beamten vorsichtshalber am Arm festgehalten, und dann ist auch Kolff zur Stelle.

»So...!« sagt er, etwas außer Atem.

»Was wollen Sie?« sagt die Frau.

»Kommen Sie... kommen Sie bloß mal mit!« sagt Kolff. »Mit ins Herrenzimmer. Da wollten Sie ja sowieso hin, oder?«

Stephan im Sessel schließt jetzt auch seinen Gürtel und macht ein Gesicht wie das Opfer eines Hypnotiseurs. Dabei geht – endlich – alles mit rechten Dingen zu.

Kolff und die Frau – ein Mädchen, müßte man besser sagen, ein bildhübsches Mädchen – kommen ins Zimmer, und jeder außer vielleicht Henneberg weiß, wer das Mädchen ist:

Annika Boll.

»Du warst nicht im Zug...«, sagt Annika Boll entschuldigend zu Stephan.

»Nein, nein«, murmelt der.

Kolff sagt: »Fräulein Boll, wenn ich vorstellen darf...«

Aber niemand denkt daran, sich seinerseits vorzustellen oder vorstellen zu lassen. Nur Trimmel steht langsam auf und geht auf Annika zu.

»Kann ich mal Ihren Ausweis sehen?« bittet er höflich.

Das Mädchen mit den schulterlangen, blonden, beim Laufen verwehten Haaren kramt den Ausweis aus der Handtasche und gibt ihn Trimmel. Kolff sieht Trimmel über die Schulter, als er ihn liest. Annika Boll, einwandfrei. Quicklebendig. Ende Zwanzig, dezentes Make-up, keine Lidschatten – die hat sie gar nicht nötig. Ein taillierter Hosenanzug aus braunem Kord für die Reise. Das steht natürlich nicht alles im Paß. Aber sogar das Paßbild ist attraktiver als das bisher bekannte Polizeifoto.

»Danke, Fräulein Boll!« sagt Trimmel und gibt den Paß zurück.

Kolff sagt, halb zu sich, halb zu ihr: »Fein, daß Sie noch leben...«

Und Trimmel wendet sich endlich wieder Herrn Dr. Stephan zu. »Tja, Verehrtester...!« Er setzt sich breitbeinig auf einen Stuhl, sieht Stephan fast mitleidig an, holt sein Zeug heraus und zündet sich umständlich eine Zigarre an.

Auch Stephan bewegt sich wieder, nimmt eine Zigarette aus einer angebrochenen Packung, und als Trimmel soweit ist, sagt er: »Kann ich bitte auch mal Feuer haben?«

Es ist der erste Satz seines Geständnisses.

11

Stunden später, als das Licht schon brennt, macht Kolff kurz die Terrassentür auf, um den blauen Rauch hinauszulassen. Niemand achtet recht auf den anderen; wer sollte hier noch flüchten? Ein Mädchen, gegen das nichts Besonderes vorliegt, das sich allenfalls überlegen kann, ob es seinen Liebhaber auch hinter Gittern heiratet? Ein Mann, der mit einer noch nicht ganz verheilten Schußwunde am Schenkel nicht weit kommen würde – dessen Aussage außerdem auf Tonband konserviert ist?

Sie spielen das Band nochmals ab, um zu sehen, was sie vergessen haben. Kolff hat Henneberg die Arbeit abgenommen und steuert selbst; das haben auch sanftmütige Oberbeamte so an sich, wenn die Lorbeeren geerntet werden.

... Ich war Scholz gegenüber nie kleinlich, hört man Stephans Stimme vom Tonband, *aber er war genau der Typ, der immer noch mehr wollte... Er hat das alles angezettelt, was dann passiert ist...*

Trimmel vom Tonband: *Er wirtschaftete in die eigene Tasche, meinen Sie?*

Dazwischen zündet sich der leibhaftige Dr. Erich Stephan, der sonst nur spärlich raucht, an der Kippe einer Zigarette die nächste an, die zehnte oder zwanzigste inzwischen.

Leibhaftig nickt er. Auf dem Band beantwortet er Trimmels Frage indirekt, aber ausführlich:

Vor nem halben Jahr teilt er mir mit, die Giftöfen von TOXEX in Hamburg funktionieren nicht mehr richtig. Na, sag ich, da müs-

sen wir unsere Rückstände anderweitig zur Vernichtung anliefern... Das ist nämlich ungeheuer schwer, wissen Sie, neuerdings gibt es ja sogar Proteste, man darf das Zyanid nicht mal einzementieren und ins Meer versenken... Jedenfalls, sagt Scholz, das Problem hat er schon gelöst, das Gift kommt unentgiftet einfach auf die Schuttkippe...

Das Band läuft und läuft. Trimmels Stimme: *War ja auch das bessere Geschäft, nicht wahr?*

Also darauf kam's ja nicht an...

Wieviel Verdienst war's denn?

Die Stimme zögert. *Hunderttausend, was weiß ich... Auf die Summe kam's mir* (Betonung auf ›mir‹) *doch überhaupt nicht an, ich mußte das Zeug ja nur loswerden...*

Also wie gehabt?

Stephan im Raum nickt wieder, wie um seine Aussage zu bestätigen: *Zuerst sag ich zu Scholz, kommt gar nicht in Frage mit der Kippe, aber er lacht. Das Gift kommt schon ne ganze Weile auf die Kippe, sagt er, und selbst wenn ich, Stephan, jetzt zur Polizei gehe und TOXEX anzeigen würde... Ob ich ernsthaft glauben würde, bei der Hexenjagd gegen Umweltverschmutzung, daß mir bei der Polizei jemand glauben würde, ich hätte nichts gewußt?*

Sie hätten's versuchen können!

Hab ich aber nicht! sagt die Stimme störrisch.

Kolff stellt das Gerät ab. »Das können wir im Moment mal ausklammern!«

Wichtiger als das Gift sind hier tatsächlich die Leichen. Im Grunde, denkt Trimmel, hat Kolff mit seinem Verdacht doch mehr recht gehabt als er, wie's scheint, auch wenn sie beide nicht so ganz richtig lagen. Vor allem in bezug auf Annika Boll, Gott segne sie!

»Fräulein Boll«, sagt Trimmel zu der Madonna, die zwischen ihm und Stephan sitzt, »Ihre Rolle zu diesem Zeitpunkt ist mir allerdings noch nicht so ganz...«

Aber Kolff, der das Gerät vorspult und die Stelle sucht, wo er weiter abspielen will, erinnert ihn: »Das kommt ja noch...«

»Eben!« sagt Stephan.

»Na schön«, sagt Trimmel, »jedenfalls werden Sie uns ja

nachher unterschreiben, daß Sie auf dem Band die volle Wahrheit gesagt haben?«

Stephan nickt: natürlich. Kolff hat die Stelle gefunden und schaltet wieder ein.

... Scholz vor drei Wochen ganz aufgeregt zu mir, sagt die Stimme Stephans, *und sagt mir, wir kippen auf, genau so – bis jetzt haben wir abgekippt, jetzt kippen wir auf. Ein Detektiv, den die Konkurrenz bezahlt, ist uns auf die Schliche gekommen, er muß Informationen aus unserem Haus haben...*

Das Band läuft weiter, aber alle Anwesenden, auch Stephan, sehen bei diesen Sätzen Annika an. Sie sitzt da wie aus Stein und hat sogar die Augen geschlossen.

... hat er da angeblich ein Telefongespräch mit angehört, und er weiß, wo die beiden sich zwei Tage später treffen wollen, der Detektiv und der... derjenige aus unserem Haus... Ob ich nicht mitkommen will und die Sache in flagranti mit ansehen...?

Sie wußten noch nicht, wer die undichte Stelle bei Ihnen war? Kolffs sachliche Stimme drängt an dieser Stelle Stephans zögernde Stimme, endlich weiterzusprechen.

Wär ich dann mitgekommen? sagt Stephans Stimme – heftig, weil sie offenbar lügt.

Trimmels Stimme; die Lüge wird im Moment zurückgestellt: *Wo fand das Treffen statt?*

Stephans Stimme: *Kieler Bucht... Strandbad Kalifornien, nachts gegen elf...*

Und ausnahmsweise sogar Annikas Stimme: *Er muß mehr gewußt haben. Er muß vorher schon einen Tip gehabt haben oder geschnüffelt haben.*

Annika macht Kolff verzweifelte Zeichen: Kann man das Band nicht mal wieder abstellen?

Kolff tut es.

Annika sagt: »Kann ich einen Moment raus?«

»Gerade jetzt?« fragt Kolff sanft.

Stephan bittet: »Bleib hier, Annika!«

Da nickt sie, und die Tortur vom Tonband geht weiter.

Trimmels Stimme: *Wer hat n Tip gehabt oder geschnüffelt?*

Annikas Stimme: *Scholz.*

Trimmels Stimme: *Ach nee.*

Stephans Stimme: *Jedenfalls war da n geparktes Auto, so n Capri. Du, sagt mir Scholz, die machen nicht nur unsere Geschäfte kaputt, die bumsen auch noch, was ja dann nicht stimmte... Jedenfalls will er sich das mal aus der Nähe ansehen... dieses, dieses geile Gesicht von ihm hätten Sie sehen sollen!*

Das Band läuft sekundenlang leer.

... wir gehen auf das Auto zu, ich ein paar Schritte zurück, Scholz drückt sein Gesicht platt an die Scheibe und sieht in den Wagen... Dann wird die Tür aufgerissen, Scholz taumelt zurück, hat wohl nicht damit gerechnet, ein Mann springt raus...

Sekunde Pause.

Trimmels Stimme: *Wunderra?*

... Wunderra, ja, und er hat eine Pistole in der Hand und brüllt Scholz an: Du Schwein! oder so was. Scholz schlägt nach der Pistole, will sie ihm aus der Hand schlagen, und dann geht die Pistole auf einmal los, und ich merke, daß ich getroffen bin.

Trimmels Stimme: *Sie gingen parterre?*

... noch während ich falle, gibt's einen zweiten Knall, diesmal viel lauter, mir platzt bald das Trommelfell... und im Liegen seh ich, wie der andere umkippt... Wunderra... er fiel so komisch, man mußte gleich sehen, der war... der war tot.

Schon wieder Pause, aber diesmal wagt niemand, Stephan zu unterbrechen, nicht während der Aufnahme und nicht jetzt während des Abspielens.

Mir kommt's ja heute noch viel irrsinniger vor als damals, daß es da eine Schießerei gegeben hat...

Pause.

... daß Scholz überhaupt seinen Colt dabei hatte...

Pause.

... Dann diese Mordlust... dieses Laß-bloß-keinen-leben... Er hätt auf jeden Fall geschossen, hat er mir später gesagt, auch wenn der andere nicht...

Stephans Stimme ist zwar leiser geworden, aber sehr deutlich zu verstehen. Unversehens wird sie wieder lauter: *Plötzlich passiert zweierlei. Das Auto, aus dem der Mann gekommen ist, gibt Gas, und Scholz... Scholz schießt zweimal hinter-*

her ... ich hör kurz ein Mädchen schreien, aber wohl mehr aus Angst ... Kolffs Stimme: *Annika Boll?*

Annika Boll hat sich immer noch nicht gerührt und immer noch die Augen geschlossen. Sie sieht nicht einmal, daß Stephan ihr immer wieder – so auch hier – zunickt.

... sie schafft's erst mal und kommt auf die Straße. Dann nimmt Scholz meinen Wagen ... den Merdedes ... und rast wie ein Verrückter hinterher ...

Plötzlich steht Stephan auf, geht zu Kolff und stellt, ohne daß ihn jemand hindert, das Gerät ab. »Wie weit ich von nun an auf das Verständnis der Justiz hoffen kann«, sagt er, »können Sie mir vermutlich nicht sagen ...«

»Sie hatten jedenfalls doch ein Verhältnis mit Annika ... mit Fräulein Boll?« fragt Kolff.

»Viel mehr!« sagt Stephan, und als er jetzt zu Annika sieht, macht sie wenigstens die Augen auf.

»Dann müssen Sie da draußen ja leicht wahnsinnig geworden sein ...?« vermutet Kolff.

Stephan nickt. »Ich war ja plötzlich allein mit dem toten Wunderra ... das heißt, ich weiß nicht, ob das vorhin so deutlich rausgekommen ist: Ich bin zu ihm gekrochen und hab seine Pistole genommen ... ich wollte Scholz erschießen, wenn er zurückkam ... Wär für mich bestimmt besser gewesen als so ... Aber ich wollt ihn vor allem wegen Annika erschießen ... Nur ich konnt's dann nicht!«

»Warum nicht?« fragt Kolff.

»Er wußte damals noch nicht, wie's weitergeht!« sagt der Praktiker Trimmel.

»Ja, genau«, sagt Stephan. »Leider ...«

Aus gutem Grund bleibt das Band noch ausgeschaltet: Hier gibt's noch einiges zu klären, was hinter den Fakten steht. Die Fakten von damals sind auf dem Band, aber die handelnden Figuren, soweit sie noch leben, sind hier in diesem Zimmer, und die Wahrheit hat eine Chance, die selten so groß ist wie hier und jetzt.

»Wann, sagten Sie, kam Scholz zurück?« fragt Oberkommissar Kolff auf der Wahrheitssuche.

Stephan überlegt. »Halbe Stunde vielleicht. Gleich nachdem er weg war, hörte ich noch mehrere Schüsse fallen – die Gegend da ist ziemlich einsam. Aber dann kommt er zurück... Ach so: Was meinen Sie, womit?«

»Mit dem roten Capri!« sagt Trimmel.

»Genau!« sagt Stephan und sieht ihn fast bewundernd an. »Sie ist entkommen, sagt er... Mir fällt vielleicht ein Stein vom Herzen! Zu Fuß entkommen, sagt er... Das Beste, was sie machen konnte, denn sie war... sie ist...« Er lächelt Annika schüchtern an. »Sie ist zwar eine fantastische Autofahrerin, aber gegen den Mercedes hätte sie im Endeffekt auf der Straße doch keine Chance gehabt...«

»Sagen Sie mal...« Trimmel bricht ab; er wollte auf die Schuhe zu sprechen kommen, aber dann entscheidet er, daß das noch Zeit hat.

»Er kommt also mit dem Capri zurück«, erinnert Kolff, »findet Sie mit der Leiche Wunderras vor und ist ziemlich sauer...?«

»Er schäumte!« sagt Stephan. »Er wird sie schon noch kriegen, schreit er immer wieder, darauf kann sie sich verlassen und ich auch!«

»Zuerst muß er allerdings mal die Leiche wegschaffen, oder?«

Stephan nickt.

»Und warum bis nach Hamburg?«

»Ja, also, das ist doch logisch – da wär ich sogar drauf gekommen. Da die Fässer auf der Kippe so ungefähr jeden Tag oder jeden zweiten Tag zugeschüttet wurden, gab's doch gar keine bessere Chance, den Mann loszuwerden...«

Trimmel hakt sofort ein. »Woher wußten Sie das?«

»Weil Scholz es mir erzählt hatte«, sagt Stephan – jetzt, wo er endlich reinen Tisch macht, die Geduld in Person.

»Aber nicht sofort nach Hamburg?« fragt Kolff.

Stephan schüttelt den Kopf. »Er hat Wunderra in den Capri geladen... quer übern Rücksitz, mit einer Plane aus dem Kofferraum zugedeckt... Dann mußt ich mich neben ihn setzen, und wir sind erst mal zu dem Mercedes gefahren, n paar Kilometer weiter, wo Scholz ihn stehengelassen hatte. Kannst du fahren? fragt er mich...«

Trimmel nickt. »Automatic...«

»Ja, eben, sonst wär's nicht gegangen mit meinem Bein... jedenfalls, so konnt ich...«

Scholz, sagt er, hat den Capri mit der Leiche in die Privatgarage gefahren, hier im Haus, und dort hat der Capri dann zwei Nächte gestanden. War ja zugedeckt, der tote Körper, selbst wenn die Haushälterin mal vorbeikommen sollte – war ja außerdem abgeschlossen. Für den Mercedes, sagt Stephan, hat Scholz sich noch was Besonderes einfallen lassen. »Denn wenn es überhaupt eine Spur geben sollte, dann die falsche...« Der Mercedes wurde irgendwo in Kiel abgestellt. »Ich mußte ihn gleich am nächsten Tag als gestohlen melden«, sagt Stephan angewidert. »Als die Garage dann... frei war, mußte ich anonym die Polizei anrufen und sagen, da und da steht ein herrenloser Mercedes... Berechnet hatte er das gut; zwei Tage später stand der Wagen wieder in meiner Garage!«

Kolff nickt: das kennt er schon von seinen oder vielmehr Hennebergs Ermittlungen, diese merkwürdige Diebstahlsgeschichte um Stephans 280 SE Automatic.

Aber da gibt es ja nach wie vor einen Punkt, der viel wichtiger ist, und auf diesen Punkt kommt Trimmel. »Wie ist Scholz denn, nachdem er Wunderra auf die Kippe gebracht hatte, zurück nach Kiel gekommen?«

»Warm und trocken«, sagt Stephan, »und wenn Sie denken, ich wollte Sie veräppeln... Das hat er wörtlich gesagt, und ich hab mich auch nicht drum gekümmert...«

»Hhm...«, sagt Trimmel.

Und tatsächlich, Stephan kommt selbst drauf. »Ob ihn vielleicht... Frau Knabe zurückgefahren hat...?«

Genau weiß er es nicht. Susanne wird es bestreiten. Erwin Scholz ist tot.

»Oder ob er mit dem Capri nach Kiel zurückgefahren ist und der Wagen hier irgendwo steht?« überlegt Stephan fast erschrocken.

Ausnahmsweise bekommt er auch mal eine Auskunft von der Polizei. »Scholz hat den Wagen in einem Hamburger

Parkhaus abgestellt. Übrigens, mit nem Schuh unter dem Sitz...«

»Ach ja, der Schuh!« Stephan erinnert sich sofort. Eben alles zu seiner Zeit. »Was mich gewundert hat – ich meine, soweit ich mich da draußen überhaupt noch wundern konnte... Wunderra hatte nur einen Schuh an. Am anderen Bein war er barfuß...«

»Stimmt genau«, sagt Trimmel anerkennend; der Socken lag auch in dem Capri!«

Merkwürdigerweise sehen daraufhin alle Anwesenden Annika Boll an.

Annika Boll schlägt die fliederfarbenen Augen auf. Sie hat anscheinend nicht eine Silbe überhört.

»Er hatte sich den Knöchel verstaucht!« sagt sie.

»Aha!« sagt Kolff.

Und Stephan greift ein: »Annika hat mir später sofort diese Erklärung...«

Aber Trimmel schneidet ihm das Wort ab. »Sie waren also so vertraut mit Wunderra, daß Sie...?«

Annika nickt. »Der Knöchel war dick geschwollen, ich habe ihn massiert, gerade als... Scholz kam...?«

»Eine Menge Fußkranke!« sagt Kolff sarkastisch, nicht mehr ganz so liebenswürdig wie sonst.

»Warum ist das denn bei der Gerichtsmedizin nicht festgestellt worden?« überlegt Trimmel.

»Je nun«, sagt Annika, die sich angesprochen fühlt, verwirrt, »das weiß ich nun auch nicht...«

»Komische Sache.«

»Ja, aber das kann man doch noch prüfen!« sagt Stephan. »Oder ist die Leiche von Herrn Wunderra...?« Er bricht ab und wechselt das Thema. »Übrigens, da gibt's was, das ist noch viel komischer!«

»Was denn?« fragt Trimmel.

»Nun ja, ich lese später die Meldung in der Zeitung, und da steht, auf der Kippe in Hamburg sei ein toter Mann *barfuß* gefunden worden... Ich laß mir Scholz kommen und frag ihn, ob er dem Wunderra denn nun auch den zweiten Schuh ausgezogen hat. Er lacht – er konnte sich manchmal halb totlachen. Und jetzt hab ich seine Antwort noch wörtlich in Erinnerung: ›Hab ich ja gar nicht!‹ sagt er. ›Manche Leute haben eben komische Ideen!‹ Verstehen Sie?«

»Ja, ich verstehe!« sagt Trimmel.

»Das könnte nämlich weiß Gott bedeuten«, ereifert sich Stephan, »daß Scholz mit der Leiche in Hamburg nicht allein war!«

»Ja, möglich!« sagt auch Kolff.

»... und daß der... oder die andere es aus irgendeinem Grund komisch gefunden hätte, daß die Leiche nur einen Schuh... oder daß sie geglaubt hätte, man könnte an dem Schuh Erdproben sichern und dadurch Rückschlüsse auf den Tatort...«

»Sie sind der geborene Kriminalist, Herr Dr. Stephan«, sagt Trimmel, »schade, daß Sie ein Mörder sind!«

Die nächsten Ereignisse sind auf dem Band schnell erzählt. Annika, aus dem Wagen geflüchtet, hat sich versteckt und gewartet, bis alles vorbei war – der rote Capri und der Mercedes. Sie ist dann die Straße entlang zu einer Tankstelle gelaufen, hat den Tankwart rausgelingelt und sich von ihm für sechzig Mark – Gott sei Dank hatte sie einen Hunderter dabei – nach Wittensee fahren lassen. *Wittensee?*

Unser Haus am Wasser, sagt Stephans Stimme, *weit genug von hier und nicht zu weit. So ziemlich das einzige, was ich letztes Jahr gekauft hab, was Scholz nicht wußte...*

Am nächsten Tag ist er mit dem Taxi nach Wittensee gefahren, und da war Annika, tatsächlich, da haben sie sich erst einmal, wie er sagt, gründlich ausgesprochen.

Kolffs Stimme fragt Annika: *Sie hatten einen Schlüssel zum Haus?*

Ja...

Stephans Stimme: *Es war ja unser Haus...*

Und Trimmel: *Wenn ich Sie vorhin richtig verstanden habe, wollten Sie heiraten?*

An dieser Stelle registriert das Band einen geradezu hysterischen Weinkrampf von Annika Boll. *Es... ist alles... Erich... meinetwegen das... ich habe dich...*

Trimmels Stimme dröhnt dazwischen: *Beruhigen Sie sich doch, Fräulein Boll! Oder wir müssen einen Arzt holen!*

Stephan laut: *Ja, bitte, sof...*

Kolff schaltet aus. »Herr Doktor Stephan, haben Sie eigentlich nie mit Wunderras Auftraggebern in Hannover zu sprechen versucht?«

»Mit SPEZIALSTAHL? Ach, wissen Sie – beweisbar wär da doch nie was gewesen. Und selbst wenn...«

Kolff nickt. »Die hätten das öffentliche Interesse immer auf ihrer Seite gehabt. Aber seit wann, Herr Doktor Stephan, wußten Sie wirklich, daß Ihre... Verlobte die undichte Stelle in Ihrer Firma war?«

Da endlich gibt Stephan es zu. »Scholz hatte es mir auf dem Weg zum Kalifornien erzählt...« Er nimmt sich die dreiundzwanzigste oder vierundzwanzigste Zigarette aus der Großpackung vom Schreibtisch.

Annika gibt ihm Feuer. Sie weint und schreit nicht mehr wie auf dem Tonband. Aber die Flamme zittert wie ein Irrlicht.

»Wunderra hatte mich erpreßt. Mit der... Geschichte mit dem Röhrenhandel... Ich wollte nicht, daß Erich damit konfrontiert wurde...«

»Zum Dank dafür haben Sie ihm den Fuß massiert?« fragt Trimmel.

»Es... Es tat ihm weh...«

»Du hast ja kaum was verraten, Annika!« sagt Stephan. Zu den Polizisten: »Das hab ich inzwischen nachprüfen können...«

»Allerhand zu tun, nicht?« sagt Trimmel.

Stephan sieht ihn an wie einen Folterknecht. »Ich weiß, was Sie meinen. Scholz, nicht wahr? Ich und Scholz – das meinen Sie doch, oder?«

Trimmel zuckt nur die Achseln.

»Scholz hat mir doch täglich erzählt«, sagt Stephan beschwörend, »er traut mir nicht; er weiß, daß ich weiß, wo Annika ist... Aber er wird sie schon finden und zum Schweigen bringen... Ja, sehr richtig: erschießen! Genau wie Wunderra, nachdem das nun alles passiert ist...« Er schüttelt den Kopf, nachträglich noch entsetzt. »Ich hatte doch gar keine andere Wahl! Können Sie sich denn nicht vorstellen, wie man regelrecht zu einem Mord getrieben werden kann?«

»Wie hätte er Annika denn finden sollen?« fragt Trimmel.

»Na, hören Sie... er hätte ja nur hinter mir herfahren müssen, ohne daß ich's merke – ich bin ja jeden Tag nach Wittensee gefahren, heimlich natürlich, mit Umwegen über Eckernförde, was weiß ich. Aber...«

»Aber was?«

»Die Frau Knabe«, sagt Stephan nachdenklich. »Sogar sie war hinter uns her!« Ein paar Sekunden nur denkt er nach; dann nickt er. »Können Sie mir vielleicht einen Grund sagen, warum mich Frau Knabe anruft, unter irgend einem dummen Vorwand, und unbedingt wissen will, wo Annika steckt? Ein Mädchen, das sie noch nie gesehen hat, dessen Namen sie von Rechts wegen nicht mal gehört haben kann?«

»Nach dem... dem Tod von Scholz?« fragt Trimmel.

»Nein, eben nicht!« sagt er. »Vorher! Und das kann sie doch beim besten Willen nur im Auftrag von Scholz gemacht haben... Oder, wenn schon aus freien Stücken, damit sie es Scholz weitersagen und ihr eigenes Fell retten kann... Ihre Firma, mein ich natürlich!«

Endlich, sieht er, hat er Trimmel und Kolff beeindruckt, wenn nicht überzeugt.

Zum letztenmal läuft das Band. Ein Dialog zwischen Stephan und Trimmel.

Inzwischen wußten Sie, wie die Pistole von Wunderra funktionierte?

Die einzige Pistole, die ich je gehabt hab... Nicht mal im Krieg... Ja, natürlich; soviel versteh ich ja nun auch von Technik.

Wann haben Sie Ihren Plan gefaßt?

Gott, Plan... Das würd ich nicht sagen; es war mehr ein spontaner Entschluß. Oder sagen wir, der Plan kam wie von selbst...

Wann?

Nun ja, als Scholz mir sagte, er hat mit Frau Knabe Gift im Wald abgekippt. Die beste Gelegenheit...

Warum haben Sie nicht sofort den Colt genommen?

Herr Trimmel, glauben Sie mir doch endlich: Ich hatte den Colt nie! Frau Knabe hatte ihn Scholz gegeben, wirklich! Und da auf dem Parkplatz... Ich konnte ihm das Ding ja nicht aus dem Gürtel ziehen, solange er noch lebte!

Deshalb das Theater mit dem vorgetäuschten Selbstmord, mit dem Tiger und so...?

Genau!

Und das nennen Sie keinen Plan?

Das Ende des Bandes. Da es niemand abstellt, läuft es zunächst leer weiter.

Überraschend sagt Trimmel: »Inzwischen glaube ich Ihnen sogar, daß Scholz den Colt von Frau Knabe gekriegt hat!«

»Ja, schon«, sagt Stephan, »nur, das fällt mir wirklich jetzt erst ein... Also, streng juristisch könnte man tatsächlich sagen, daß ich ihn gekauft habe. Wenigstens bezahlt; Scholz hatte nämlich an dem Tag kein Geld dabei. Aber...« Er zögert. »Das mein ich gar nicht mal...«

»Sondern?« fragt Trimmel.

»Die Woche vor der Wunderra-Geschichte...«, sagt er nachdenklich. »Scholz ist gerade bei mir, als die Sekretärin ihm ein Gespräch reinlegt. ›Ach, Susannchen!‹ sagt er... aber dann ist er plötzlich ganz einsilbig. ›Ja, ja, ja‹, und geht schnell bei mir raus. Eine Viertelstunde später geh ich rüber zu ihm – er hatte ein eigenes kleines Büro, wo er immer auch mehrere von seinen Waffen verwahrte... Und was macht er da?«

»Er reinigt seinen Colt!« sagt Trimmel aufs Geratewohl.

»Genau!« sagt Stephan befriedigt. »Und noch was. Als er den Colt in Hamburg gekriegt hatte, da war nicht nur Frau Knabe dabei, sondern auch ihr Geschäftsführer Binder. Fragen Sie den mal, was sie gesagt hat!«

Die Polizisten sehen ihn an.

Stephan nickt. »›Du weißt ja, wie's funktioniert!‹ hat sie gesagt!«

»Ja und?« fragt Kolff.

Stephan äfft ihn nach. »Ja und, ja und? Das hat ausgerechnet sie gesagt, niemand anders als Susanne Knabe! Und das mein ich: Wer den Scholz auch nur einmal gesehen hat, der muß dem Scholz doch nicht erzählen, wie eine Waffe funktioniert, Colt oder was immer!«

Trimmel räuspert sich. »So, so...« Er nimmt einen vorbereiteten Briefbogen und liest vor: »Hiermit erkläre ich, Doktor Erich Stephan, Daten, Adresse, pipapo, daß meine auf Tonband gemachten Angaben, nachdem ich sie nochmals angehört habe, der Wahrheit entsprechen... Herr Doktor Stephan...?«

Stephan nickt und geht zum Schreibtisch. In diesem Moment aber gibt das Band plötzlich Laut: brüllend laute Schlagermusik – die Anwesenden greifen entsetzt nach ihren Ohren. Stephan macht einen Satz und stellt das Band ab. »Tschuldigung«, sagt er, »war vorher Musik drauf!«

Dann endlich setzt er sich und leistet seine Unterschrift so feierlich, als trage er sich in das goldene Buch seiner Heimatstadt ein.

Bevor er weggebracht wird, darf er eine Minute mit Annika allein bleiben. Anschließend hat er feuchte Augen, und Annika kauert in einem Sessel und schluchzt wieder so hemmungslos wie vorhin bei der Tonbandaufnahme.

»Bleiben Sie hier wohnen?« fragt Trimmel.

Sie schüttelt den Kopf, ohne ihn anzusehen. »Er... er... möchte es...«, schluchzt sie, »aber ich... kann nicht...«

»Die alte Wohnung?«

Sie schluchzt und nickt.

»Sollen wir Sie hinfahren?«

Endlich trocknet sie ihre Tränen. Sie packt ihre Sachen zusammen. »Nein, danke... An der Ecke ist ein Taxistand!«

Ein paar Minuten steht Trimmel dann noch mit Kolff im Vorgarten der Villa. Sie sind allein.

»Sie müssen auch immer recht haben!« Kolff grinst ihn schief an.

Trimmel nickt. »Mord in Mittäterschaft. Pistole besorgt. Plan mit ausgeheckt. Stichwort gegeben. Leiche eventuell beseitigt... Mal sehen, ob's klappt. Vor allem aufpassen, daß Susanne nicht zu früh merkt, was wir von ihr wollen...«

Sie schlendern ein paar Schritte in Richtung Auto. Hinter

ihnen liegt das Haus des einen Mörders im Dunkeln, seit die Haushälterin die Tür hinter ihnen zugemacht hat. Der andere Mörder liegt immer noch steifgefroren im Schauhaus. Der dritte – die Mörderin in Mittäterschaft natürlich, wenn überhaupt – wird die Nacht noch in der U-Haft in Hamburg verbringen.

»Ihr Bluff mit der Hose war ja Weltklasse...«, grinst Kolff.

»Wieso?« fragt Trimmel, die Arglosigkeit in Person.

»Na ja, ob er auch geklappt hätte, wenn das Mädchen nicht plötzlich reingeschneit wäre...«

»Ich versteh nicht, was Sie meinen...«

»Natürlich verstehen Sie mich«, sagt Kolff und grinst stärker. »Wieso kann einer, wie in unserem Fall Stephan, wenn er mit einer halbwegs harmlosen Fleischwunde am Bein parterre gegangen ist, nicht im Liegen zurückschießen...?«

»Ach so«, sagt Trimmel, »so meinen Sie das. Schießen hätte er können, allerdings. Aber er konnte ja damals noch gar nicht schießen!«

Sie grinsen am Ende beide.

»Ihre Logik...!« sagt Kolff. »Steigen Sie ein, ich bring Sie zum Bahnhof!«

12

Es ist der Tag, an dem der Haftbefehl gegen Susanne Knabe außer Vollzug gesetzt werden könnte, der Haftbefehl wegen Umweltverschmutzung, säuberlich nach Paragraphen sortiert und aufgebaut. Trimmel hatte schon recht, als er befürchtete, daß die liberalen hanseatischen Juristen keinen Menschen wegen Umweltverschmutzung in der U-Haft schmoren lassen, erst recht keine Frau.

Aber sein Eifer, als ›bloßes Hilfsorgan der Staatsanwaltschaft‹ gleich den Richter zu unterlaufen, ist einigermaßen grotesk.

Persönliche Feindschaft gegen einen Menschen, der ihn, den ausgekochten Bullen, fast aufs Kreuz gelegt hätte? Gefühle, von denen sich kein anständiger Polizist leiten lassen sollte? Jedenfalls hat er Erfolg. Es läuft alles so, wie er es sich vorgestellt hat.

Der Richter in Kiel hat den Haftbefehl gegen Dr. Erich Stephan ausgestellt, und Stephan hat die erste Nacht in einer Zelle verbracht, die erste von unendlich vielen Nächten. Seine Schußverletzung war soweit abgeheilt, daß er nicht mehr ins Lazarett gebracht werden mußte.

Und spät in der Nacht ist Trimmel wieder in Hamburg angekommen, wurde von Höffgen erwartet, hat sich gemeinsam mit Höffgen gleich an die Arbeit gemacht: Die letzten Indizien zusammengekratzt, aus den Akten, wo sie bisher schlummerten beziehungsweise übersehen wurden, sogar aus dem Hinterkopf, wo sie fast schon vergessen waren.

Frau Knabe – das ist natürlich nach wie vor überhaupt nicht zu übersehen oder zu vergessen – hatte in dieser ganzen Affäre das allergrößte Interesse, nach dem Abkippen nicht aufzukippen.

Sie muß – weitaus mehr, als sie jemals zugegeben hat – im einzelnen gewußt haben, was mit Annika Boll, vor allem aber mit Max Wunderra passiert war. Denn warum – da hat Stephan ganz recht – sollte sie ihn sonst angerufen und sich unter einem heuchlerischen Vorwand nach dem Schicksal der damals verschwundenen Annika erkundigt haben?

Nachdem es sicher ist, daß Susanne nicht selbst geschossen hat, weder auf Max Wunderra noch auf Erwin Scholz, muß ihre Beteiligung an den Verbrechen anders geartet sein – etwa so wie bei Vera Brühne, die im vermutlich ›berühmtesten‹ deutschen Mordfall ja auch nicht selbst geschossen hat, wie das Schwurgericht feststellte, sondern nur den Plan ausheckte und dafür trotzdem als Mittäterin Lebenslänglich kriegte. Denn daß Susanne Knabe an den Verbrechen beteiligt war – daran gibt es für Trimmel nicht mehr den kleinsten vernünftigen Zweifel.

Es muß einfach eine Komplizenschaft zwischen Erwin Scholz und Susanne Knabe gegeben haben. Der Colt dazu, diese zwielichtige Aussage, wer ihn eigentlich gekauft hat – das alles sind im Grunde nur noch Randindizien. Jedenfalls wird es vor diesem Hintergrund mehr als wahrscheinlich:

Susanne Knabe hat Erwin Scholz nach Kiel zurückgefahren, nachdem er die Leiche Wunderras und den dazugehörigen roten Capri nach Hamburg gebracht hatte!

Sie hat immer schon an den Tag gedacht, an dem es vielleicht einmal Schwierigkeiten mit ihrer lukrativen, aber höchst illegalen Art der Giftmüllbeseitigung geben könnte.

Und deshalb ist sie vielleicht sogar mit Scholz ins Bett gegangen, wenn man nicht gleich alles auf die kleinen menschlichen Schwächen schieben will. Deshalb hat sie Scholz vorsorglich bewaffnet – mit einer so dicken Kanone, daß im Ernstfall kaum noch was schiefgehen konnte. Deshalb konnte sie es sich leisten, gemeinsam mit Scholz an seinem letzten Lebenstag das krumme Ding mit den Fässern im Wald zu veranstalten.

»*Das* Ding hat mir ja am meisten Kopfschmerzen gemacht!« erinnert sich Trimmel.

»Aber ist doch jetzt ganz klar, Chef!« sagt Höffgen. Natürlich ist es klar. »Kommt doch zeitlich genau hin«, rechnet er vor. »Kaum, daß sie mitgekriegt hatte, daß Wunderra auf der Kippe gefunden worden war, waren gleich am ersten Tag die Bagger vom Umweltschutz da. Da wußte sie schon, daß bei METALLIN die Faßladung rausgegangen war, aber sie konnte Scholz nicht mehr erreichen und die Fuhre stoppen. Blieb ihr gar nichts anderes übrig – sie mußte ihm entgegenfahren!«

Trimmel nickt. Vor lauter Eifer wird er dann fast geschwätzig: »Ihre seltsame Reaktion, als ich ihr bei der Vernehmung diesen Fußabdruck zeigte... die muß allen Ernstes geglaubt haben, ich halt ihr n Fußabdruck von dem verschwundenen Schuh von Wunderra vor!«

»Den werden wir ja wohl kaum noch finden!« sagt Höffgen, aber sehr leid tut es ihm nicht.

»Wieso«, sagt Trimmel, »die Öfen von TOXEX sind doch immer noch kaputt?«

Das allerdings ist nicht ganz logisch. Susanne Knabe kann den Schuh ja auch in die Elbe geworfen haben; es muß ja gar nicht der Ofen gewesen sein.

»Das ist überhaupt der einzige Punkt, der mir nicht

schmeckt. Was der Stephan da sagt, warum sie Wunderra den zweiten Schuh ausgezogen haben soll... Höffgen, das überzeugt mich nicht!«

Es ist später Vormittag; der frühe Herbst ist immer noch sonnig.

»Hast du nicht Lust, mal n bißchen mit an die Luft zu gehen?«

»Nur so...?« Höffgen, von Natur aus faul, ist entsetzt. Dann aber, als er Trimmels Gesicht sieht, steht er ohne ein weiteres Wort auf und packt sich ein brauchbares und vor allem unblutiges Foto von Scholz in die Brieftasche.

Auf der Giftkippe ist zur Zeit überhaupt nichts los. Es wird natürlich nicht mehr gekippt, was die Fässer anbelangt, es wird zur Zeit allerdings auch kein Bauschutt gekippt. In der Hütte des fristlos entlassenen Schlocker sitzt ein ehrenwerter Beamter mit Schlips und Kragen und bewacht die Fässer; mit zwei Kollegen, sagt er, löst er sich rund um die Uhr in drei Schichten ab.

»Spielen hier keine Kinder mehr?« fragt Trimmel.

»Die hab ich verjagt!« sagt er stolz. »Die sind jetzt da hinten auf dem Spielplatz, wo sie hingehören.«

»Sehr gut!« lobt Trimmel. Es klingt ein bißchen Sarkasmus mit. Und dann wirft er einen letzten, langen Blick auf die Berge von Natriumzyanid und geht mit Höffgen zum Spielplatz.

Tatsächlich, er trifft die Jungen, vor allem den ehemaligen Indianerhäuptling und den ehemaligen Banditen.

»Wie geht's denn heute?« fragt er kameradschaftlich.

»Ganz gut«, sagt der kleine Boß zögernd. »Kriegen wir eigentlich mal unser Rechenheft wieder?«

»Ehrenwort!« verspricht Trimmel. »Kann nur noch n bißchen dauern, is ja n wichtiges Beweismittel, das hab ich euch ja schon gesagt!«

»Na, dann müssen wir's Ihnen ja glauben!« sagt das Kind.

Trimmel holt das Foto von Scholz heraus und zeigt es ihnen. »Habt Ihr den Mann auch schon mal gesehen?«

Sie überlegen, halten das Bild mit kritischen Gesichtern gegen das Licht – und nicken dann.

»Ja«, sagt der Ex-Häuptling, »der hat immer Fässer im Lastwagen gebracht!«

»Stimmt«, sagt Trimmel. »Sonst nichts?«

Der Eifer der beiden ist grenzenlos; sie ziehen die Stirn kraus und denken so heftig wie Albert Einstein. »Steht das denn nicht in dem Heft?«

»Da steht nichts!« sagt Trimmel.

»Ja, dann müssen wir's vergessen haben... der Mann war nämlich noch mal da, am Tag, bevor wir den toten Mann gefunden haben...«

»Allein?« fragt Trimmel, und plötzlich ist er wie elektrisiert.

Und dann erfährt er's endlich.

»Nein, nicht allein, mit der Frau, die vorher mit dem Mann mit dem roten Auto zusammen war...«

Das, was er wissen wollte. Dankbar greift er in die Tasche und findet ein Zweimarkstück. »Hier kauft euch n Eis! Und gebt dem Onkel da« – er deutet auf Höffgen, der vor Erstaunen mit offenem Mund herumsteht – »eure Namen und Adressen!«

Das macht der Ex-Häuptling.

Der Ex-Zorro sagt plötzlich leise zu Trimmel: »Kann ich Sie mal allein sprechen, Herr Kommissar?«

»Ja, sicher, aber...?«

Er geht ein paar Schritte seitwärts. »Was ist denn?«

»Sind Sie mir auch nicht böse...?« fragt der Kleine.

»Ehrenwort!« sagt Trimmel zum zweitenmal.

»Das ist nämlich...« Er druckst herum. »Ich hab an dem Tag doch was an dem toten Mann verändert...«

»Was hast du?« fragt Trimmel fassungslos.

Aber da sieht er, daß der Junge vermutlich gleich weinen wird. »Komm, ist doch nicht schlimm, wir haben den... die Geschichte ja schon fast aufgeklärt...«

Trotzdem kullern die Tränen. »Ich hab dem Mann seinen Schuh und den Strumpf ausgezogen und versteckt, als ich hinter den anderen herlief...«

»Ja, und warum?«

»Weil er nur einen Schuh anhatte«, sagt der Junge unter Tränen, »und weil ich dachte, wenn ich irgendwo den anderen Schuh find, dann hab ich den Fall aufgeklärt und komm ganz groß raus...«

»Das darfst du aber nie wieder tun!« sagt Trimmel, so streng wie möglich. Dabei kann er nur mühsam das Lachen unterdrücken.

»Ich will aber doch später zur Polizei...«, sagt der Junge mit einem letzten Hickser.

Trimmel kann nicht anders: Er gibt dem Kind diesmal fünf Mark – auch wenn er damit ein für allemal die Preise verdirbt und ein für allemal falsche Vorstellungen von den Vermögensverhältnissen deutscher Polizisten erweckt.

Und mit fünf Mark ist er dabei: Fünf Minuten später hat er tatsächlich Max Wunderras zweiten Schuh in Händen. Dort, wo er versteckt war. Ein leichter Wildleder-Mokassin, kinderleicht auszuziehen. Das genaue Gegenstück zu dem Schuh aus dem roten Capri.

»Haben Sie ein Glück!« sagt Höffgen auf dem Weg zurück ins Präsidium. So neidisch war er auf Trimmel noch nie.

Dabei fühlt sich Trimmel zwar immer noch erheitert, weil alles so schön paßt, aber keineswegs beneidenswert. Seit dreißig Stunden ist er inzwischen ununterbrochen auf den Beinen, und er hat das Gefühl, daß er sofort einschläft, wenn er länger als drei Minuten stillsteht.

»Gehen Sie doch nach Hause, Chef!« sagt Höffgen.

Doch davon will er auch nichts wissen. Er macht seinen Bürokram, der tagelang liegengeblieben ist, und er telefoniert wie wild in der Gegend herum, vor allem mit der Staatsanwaltschaft. In solchen Situationen zeigt es sich, wie nützlich es sein kann, wenn man schon seit Ewigkeiten als Mörderjäger auf demselben Stuhl sitzt – wenn man Hinz und Kunz im Hause und bei der Justiz kennt.

Jedenfalls hat er Erfolg, wie gesagt. Alles, wie er es sich vorgestellt hat – und das innerhalb kürzester Frist, sogar über Mittag.

Essen fällt aus, das macht noch müder. Aber selber nochmals aus dem Haus zu gehen – dazu hat er nun auch keine Lust mehr.

»Willst du es machen?« fragt er Höffgen. Dabei hat er gerade erst gesehen, wie schwer es auch Höffgen fällt, überhaupt noch einen Schritt vor die Tür zu setzen.

Also Petersen. Der Leichenbestatter. Derjenige von ihnen, der in diesem Fall mit noch mehr Glück als Verstand die wichtigsten Dinge rangeschleppt hat: den Kippenwärter Schlocker, die wesentlichen Hintergründe der schönen Susanne, den roten Capri vom Wunderra. Petersen ist wirklich an der Reihe. Außerdem ist er der Mann mit dem größten Lustgewinn bei Festnahmen und Verhaftungen aller Art.

»Komm mal rüber!« sagt Trimmel über die Sprechtaste.

»Ich hab gerade ne Vernehmung!« antwortet Petersen.

»Was Wichtiges?«

»Glaub schon...«

»Weiß Laumen da auch Bescheid?«

»Ja, das schon...«

»Also!« sagt Trimmel.

Dreißig Sekunden später ist Petersen im Zimmer und nimmt seine Aufträge mit äußerlicher Ruhe, aber innerem Frohlocken zur Kenntnis.

Nicht etwa, daß jemand befürchten würde, Susanne Knabe würde – wie gestern Dr. Stephan vor seiner Verhaftung – sofort versuchen, über alle Berge zu verschwinden, sobald sie erst einmal die Zelle hinter sich hat. Im Grunde geht es zu diesem Zeitpunkt nur noch um den theaterreifen Coup, den sich manchmal auch die sachliche, schwer arbeitende Polizei leistet – vor allem dann, wenn sie in Gestalt des Kriminalobermeisters Petersen auftritt und Trimmel die Regie führt.

Jedenfalls geht Susanne am frühen Nachmittag tatsächlich die letzten Meter innerhalb der Untersuchungshaftanstalt in Richtung Ausgang. Sie geht nicht, sie schreitet; elegant wie eine Königin. Bei ihr sind ihr Anwalt, der bekannte Strafverteidiger Dr. Heimsoth, und vorerst noch ein Justizwachtmeister. Heimsoth, das As, hat beim Richter endlich Susannes Freilassung erwirkt.

Sie kann beim besten Willen nicht ahnen, was ihr noch bevorsteht. Trotzdem ist sie brummig. »Haben Sie Ihren Wagen dabei?« fragt sie den Anwalt.

»Gleich um die Ecke!« sagt Dr. Heimsoth.

Sie sieht auf die Uhr. »Eigentlich gerade Zeit, um...«

»Tisch ist schon bestellt!« sagt Heimsoth lächelnd.

»Fein«, sagt sie brummig.

Der Wachtmeister beginnt umständlich, das Tor zur Straße hin aufzuschließen. Sie sieht ungeduldig zu: Noch ein Schlüssel und noch ein Schlüssel und noch ein Schlüssel. »Daß man hier überhaupt noch mal wieder rauskommt...!« sagt sie. Und der Wachtmeister sieht sich halb zu ihr um und denkt sich sein Teil.

Dann ist sie draußen. Das Tor hinter ihr schließt sich, und sie fragt Heimsoth: »Links oder rechts?«

Links, er macht schon die ersten Schritte. Aber von links kommt just in diesem Moment auch Petersen, mit amtlicher Miene, nicht zu übersehen.

»Ach«, sagt Petersen, »guten Tag, gnä Frau, das ist ja gut, daß ich Sie hier gerade treffe. Auf der anderen Seite... Ich weiß nicht so recht...«

»Was wollen Sie?« fragt Susanne Knabe.

Anwalt Heimsoth, der Petersen nicht kennt, weiß sichtlich nicht, was er von der Szene halten soll. »Was wollen Sie«, fragt auch er, »wer sind Sie überhaupt, daß Sie hier...«

»Kann ich vor dem Herrn offen sprechen, gnä Frau?« fragt Petersen scheinheilig.

Es hilft nichts, sie muß die Herren miteinander bekannt machen. »Das ist Herr Petersen von der Polizei – mein Anwalt, Herr Doktor Heimsoth...«

»Ach, das trifft sich ja gut«, sagt Petersen erfreut, »angenehm, Herr Doktor Heimsoth... der Haftbefehl gegen Sie ist also außer Vollzug gesetzt worden, gnä Frau?«

»Sehn Sie ja!« sagt Heimsoth.

»Tja«, sagt er bekümmert, »ich hab da nun leider einen neuen... Da war gerade ein anderer Richter zuständig, sonst hätten Sie es ja wohl früher erfahren... Tut mir aufrichtig leid, Frau Knabe...«

Susanne starrt ihren Anwalt völlig fassungslos an.

Heimsoth sagt: »Kann ich mal sehen?«

Petersen nickt, kramt den neuen roten Haftbefehl aus der

Brieftasche und gibt ihn Heimsoth. Susanne sieht ihrem Anwalt verstört über die Schulter.

Halblaut liest Heimsoth was vom Paragraphen 211 vor und ein paar Wortfetzen: »... neue schwerwiegende Verdachtsmomente... Mord in Mittäterschaft zum Nachteil Max Wunderras... Pistole unter Inkaufnahme des zum Tod von Wunderra führenden Verbrechens... Also ehrlich...!«

Petersen sagt schüchtern: »Geht um den Colt, Herr Rechtsanwalt, wissen Sie...«

»Aber das ist doch kalter Kaffee!« poltert Heimsoth. »Sind Sie der Sachbearbeiter?«

Petersen nickt.

»Meine Mandantin hat den Colt nachweislich an Herrn Doktor Stephan verkauft...«

»Nachweislich?« fragt Petersen.

»Nach-weis-lich!« wiederholt er und betont jede Silbe.

»Tja«, sagt Petersen, »da waren der Herr Trimmel und der Herr Staatsanwalt offenbar anderer Ansicht... und vor allem natürlich der jetzige Herr Richter. Sie können ja dann Haftbeschwerde einlegen, Herr Rechtsanwalt...«

»Worauf Sie sich verlassen können!« sagt der Herr Rechtsanwalt grimmig.

Petersen nickt und drückt den Klingelknopf am Tor der Anstalt. »Sagen Sie, Heimsoth«, fragt Susanne dazwischen, »das ist doch wohl ein Witz...?«

Aber er kann ihr beim besten Willen nicht helfen in dieser Situation; kein Anwalt in Deutschland könnte ihr helfen in dieser Situation, und Petersen weiß das sehr genau.

»Soll ich Ihnen vielleicht auf der Straße erzählen, gnä Frau«, sagt er, plotzlich gar nicht mehr schüchtern, »wie wir Ihnen draufgekommen sind, daß Sie und Scholz das alles angestiftet hatten, Sie vor allem – nur weil Sie Angst vor einer mittelprächtigen Pleite hatten?«

Der Wachtmeister von vorhin macht das Tor auf, bevor Dr. Heimsoth dem Polizisten übers Maul fahren kann. Er sieht Susanne und ihre Eskorte erstaunt an. Und da niemand etwas sagt, sagt Petersen: »Guten Tag... ein neuer Haftbefehl, Herr Hauptwachtmeister... Überhaft!« Er dreht sich zu Susanne und Heimsoth um, zu Heimsoth vor allem, und sagt fast entschuldigend: »So heißt das nämlich in diesem Fall, würde ich als Nichtjurist sagen...«

Dann treten sie ein, und die Tür schließt sich hinter ihnen. Die Tür schließt sich einmal mehr hinter einem Fall von Mord oder Totschlag, den die Kriminalinspektion 1 Gott sei Dank aufgeklärt hat – schlaflose Nächte, Dreck, falsche Spuren und Ärger geschenkt. Zwei ›kleine Fische‹ seit dem 13. September, die nebenher gelaufen sind, dazugerechnet: Das 22. Verbrechen des Mordes oder Totschlags seit dem 1. Januar in Hamburg.

Bei zwei Millionen Menschen fällt eben doch einiges an.

Abends sitzen sie im *Old Farmsen Inn* und trinken Bier und Korn und spielen Skat, weil sie das in Hamburg in ihren Büroräumen nicht dürfen. Höffgen, Petersen und Laumen – Trimmel zu Ehren; Tradition muß sein.

»Wo ist denn Paul?« fragt der Gastwirt, als er seine Runde ausgibt.

»Müde!« sagt Höffgen. »Auch noch die sechsundvierzig?«

»Immer!« sagt Petersen.

»Achtundvierzig?«

»Passe!«

»Das darf doch nicht wahr sein!« sagt der Wirt. Und er hat sogar recht, auch wenn er die ganze Nacht vergebens auf Trimmel wartet, das heißt, bis zum Kneipenschluß um drei Uhr früh.

Denn Trimmel ist hellwach. Trimmel, ist was niemand weiß, schon gar nicht der Kollege Kolff, immer noch auf dem Kriegspfad. Trimmel war tatsächlich schon auf dem Weg zu seiner Wohnung in Hamburg-Hamm, als er so heftig bremste, daß ihm fast einer hinten aufgefahren wäre.

Dann die nächste Telefonzelle, ein Ferngespräch und eine Verabredung zum Abendessen, die keinen Widerspruch duldet. Dann die neue Autobahn nach Kiel.

Und dann Annika Boll, die ihn im gepflegten Restaurant *Kupferkanne* schon ängstlich erwartet.

»Hier waren Sie doch schon mal mit Max Wunderra, nicht

wahr?« sagt er, kaum, daß sie sich guten Abend gesagt haben.

»Ja«, sagt sie, »zweimal...«

»Wir wußten nur von einem Mal«, sagt er beiläufig, »haben nur einen Spesenzettel gefunden...«

»Ach ja...?«

Der Kellner kommt, und sie bestellen Shrimps-Cocktail und ein sogenanntes Kluftsteak. Annika trinkt Wein, Trimmel bestellt Tee.

»Gern!« sagt der Kellner und verschwindet wieder.

»Nun mal zur Sache«, sagt Trimmel. »Darf ich vor dem Essen noch eine Zigarre rauchen?«

»Natürlich...«

»Vielleicht haben Sie gemerkt, daß wir Sie gestern im Beisein von Herrn Doktor Stephan ziemlich geschont haben...«

»Ja?«

»Zum Dank dafür könnten Sie mir eigentlich heute abend erzählen, was da mit Wunderra eigentlich wirklich gelaufen ist.«

»Max...«, sagt sie und hält sich erschrocken die Hand vor den Mund.

»... Max, richtig...«

»Da... Da war aber nichts!« sagt sie.

»Nun ja«, meint Trimmel, »wenigstens hat ja wohl der Herr Scholz vermutet, daß Sie da draußen beim Kalifornien mit Wunderra nicht nur... Geschäfte machen. Dann der vermurkste Knöchel – also ich weiß nicht...«

Der Kellner serviert die Getränke, und sie sagt ganz neutral: »Herr Doktor Stephan war ja wohl davon überzeugt, daß der Verdacht von Scholz lächerlich war!«

»War er lächerlich?« fragt Trimmel, sobald der Kellner nicht mehr neben ihnen steht. Er pafft scheinbar genießerisch an seiner Zigarre, einer kurzen diesmal, denn die *Kupferkanne* ist bekannt für prompte Bedienung.

»Herr Wunderra hat mich eines Abends zu Hause angerufen«, sagt Annika, inzwischen etwas ruhiger. »Er wußte schon, daß ich mit einem Mädchen zusammenwohne und sie abends nicht da ist. Er wußte überhaupt so ziemlich alles über mich ... Diese dumme Geschichte mit dem Röhrenhandel ... Ich hab mich dann mit ihm getroffen ...«

»Am selben Abend?«

»Ja, sicher. Was blieb mir übrig?«

Die Cocktails kommen. »Nun essen Sie mal erst!« sagt Trimmel väterlich. Drückt die Zigarre aus und sagt keinen Ton, bis der letzte kleine Krebs verschwunden ist. »Geschmeckt?«

Sie nickt. »So war das dann. Das war nämlich, ich dachte, ich halte den Herrn Wunderra hin und erzähl ihm nur das aus der Firma, was er ohnehin schon weiß. Und er wußte sehr viel über die Giftgeschichte mit TOXEX. Nachher hatten wir die Rollen fast vertauscht; ich erfuhr mehr von ihm als er von mir ... ich rechnete mir schon aus, wie ich Erich – Herrn Doktor Stephan – aus der Affäre raushalten könnte ... Er hätte sogar mitgespielt, der Herr Wunderra, glaub ich; er war im Grunde ein ganz netter Mensch ...«

»Kannten Sie seinen Auftraggeber?«

»Nur, daß er aus Hannover kam ...«

»Kein Name?«

»Nein ... das heißt, irgendwas mit Spezial ...«

Trimmel nickt. »SPEZIALSTAHL GmbH. Die müssen Wunderra mit Schwarzgeld bezahlt haben ... wir haben seine Konten gecheckt, da war nichts ...«

»Und?« fragt sie gespannt.

»Nichts«, sagt Trimmel. »Sag ich ja. Wir lassen's auf sich beruhen – es bringt ja doch nichts. Wissen Sie, in unserem Job gibt's immer so Situationen, wo ein ganz krummer Hund mit ganz krummen Mitteln was veranlaßt, was öffentlich für gut gehalten wird. Ist ja n staatsbürgerliches Verdienst, was diese SPEZIALSTAHL-Fritzen da angestellt haben ...«

Das Kluftsteak kommt mit Beilagen. »Weiterhin guten Appetit!«

»Danke ... Und noch einen Tee, bitte!«

»Sehr gern, der Herr ...«

Die letzte Galgenfrist, denkt sie. Sie weiß auch schon, daß sie ihm die Wahrheit sagen wird, wenn er danach fragt. Das dumme, aber auch erleichternde Gefühl, mit neunundzwanzig Jahren mit dem Leben abgeschlossen zu haben ...

Und dann fragt er: »Er hat Ihnen doch buchstäblich alles erzählt?«

»Fast!« sagt sie.

»Daß er sich mit Frau Knabe getroffen hat?«

»Ja...«

»Hat sie ihn zu bestechen versucht?«

»Hunderttausend...«

»Und warum hat er's nicht genommen?«

»Er wollt es ja, aber...«

»Aber?«

»Ich wollte es nicht...«

»Und warum nicht?«

»Weil er mir vorgeschlagen hatte, mit ihm und dem Geld in den Sudan zu fahren; da wüßte er, wie man gut leben könnte...«, sagt sie erschöpft.

Sein zweiter Tee kommt.

»Aha!« sagt er. »Möchten Sie zum Nachtisch noch einen Kaffee?«

Sie schüttelt den Kopf. Und sie sagt ganz laut, der Kellner hört es noch, der Kellner dreht sich im Weggehen indigniert zu ihr um: »Ich hab mit ihm geschlafen, ja, ich hab mit ihm geschlafen, er war so ein netter Junge... Jetzt wissen Sie's. Das wollten Sie ja doch nur wissen...!«

»Beruhigen Sie sich!« sagt Trimmel, ebenso laut. »Das wollt ich doch gar nicht wissen, das interessiert mich doch überhaupt nicht!«

Sie sieht ihn an, mit riesengroßen, kaum noch fliederfarbenen, fast schwarzen Augen.

»Das interessiert Sie nicht? Sie wollen mir erzählen, daß Sie... Daß Sie nicht auch genau wissen, daß ich die Röhrenpapiere damals doch geklaut hab...?«

»Quatsch!« sagt er grob. »Sie und Ihr Hang zu Ihren Chefs... das ist doch so was von verjährt, Mädchen!«

Auch wenn es nicht stimmt.

Er geht höchstpersönlich zur Theke und ordert zwei große Korn. »Prost!« sagt er. Zweimal geschluckt und weg.

»Es kann sein, daß Sie vor Gericht müssen«, sagt er, »die Sache mit den Hunderttausend... Mir kommt's da auf die Bestechung an, erst Geld und dann Mord. Susanne Knabe, die hat n guten Anwalt, die versucht das letzte, um doch noch rauszukommen. Aber wehe, wenn Sie einen Ton vor Gericht sagen, daß Sie mit Wunderra n Klüngel gehabt haben!«

Sie kann es immer noch nicht fassen.

Immer noch nicht, als er sie eine halbe Stunde später vor ihrer Haustür absetzt.

»Auf Wiedersehen...«, sagt sie zaghaft.

»Ich glaub nicht«, sagt er. »Aber schönen Dank für den netten Abend!«

Die Autobahn zurück in Richtung Heimat ist leer, der Mond scheint, der Wagen läuft seine Hundertvierzig. Es geht schnell voran, schneller als je zuvor in diesem Fall.

Ein Blick auf die Uhr: 23.30 Uhr. Vierzig Stunden ist der Fahrer inzwischen ohne Schlaf. Eine Mordsviecherei; morgen ist er ein Wrack.

Aber lohnt sich das nicht, denkt Trimmel, wenn man – bei drei Mördern und nur zwei Opfern – einen schon die ganze Zeit für tot gehaltenen Menschen wieder zum Leben erweckt hat? Dazu noch einen so hübschen Menschen wie Annika Boll?

MOTTO: HOCHSPANNUNG

Meisterwerke der internationalen Thriller-Literatur

50/33

50/6

01/8047

01/7754

01/6826

01/7927

01/6968

01/7938

HEYNE FILMBIBLIOTHEK

Der Polizeifilm ist heute ähnlich populär wie seinerzeit der Western. Wolfgang Schweiger beschreibt die Entwicklung des Genres seit den 30er Jahren, insbesondere die erste Blütezeit Anfang der 70er Jahre, und er analysiert den Aufstieg des »Bullen« zum König des Actionfilms in den 80er Jahren. Mit 120 Fotos!

»Ein wichtiges Genre-Portrait!«
Filmdienst

»Filminstinkt ist Schweiger auf jeden Fall zu bescheinigen.«

Jahrbuch der Kriminalliteratur 1990

HEYNE FILMBIBLIOTHEK
Best.-Nr. 32/121

WILHELM HEYNE VERLAG MÜNCHEN